El hombre de

Volúme

Una historia de amor ...... el
lenguaje y el tiempo

Anna Gary

EL HOMBRE DE LAS CAVERNAS 1: UNA HISTORIA DE AMOR QUE TRASCIENDE EL LENGUAJE Y EL TIEMPO

First edition. November 17, 2023.

Copyright © 2023 Abner Smith.

ISBN: 979-8223660958

Written by Abner Smith.

Also by Abner Smith

El hombre de las Cavernas 1: Una historia de amor que trasciende el lenguaje y el tiempo
El hombre de las Cavernas 1: Una historia de amor que trasciende el lenguaje y el tiempo

L'homme des Cavernes
L'homme des Cavernes
L'homme des Cavernes

Standalone
L'Énigme de l'Abîme Obscur
Les Liens de l'Ombre: Secrets Enfouis, Destins Brisés
Lettres à Clara
Frêne doré
Histoire d'amour d'Halloween
Le Nécromancien me Réclame
Soif de Vengeance
Un Cœur à Reconquérir
Cartas a Clara: Billy Townsend se enamoró de Patricia Bonha

El Nigromante me Reclama: Sus demandas son tan retorcidas como sus experimentos
Sed de Venganza
Fresno Dorado: Arthur se ha enamorado de esta misteriosa chica que no cree en el amor

Se dice que las mujeres y los hombres provienen de dos planetas diferentes en lo que respecta a la comunicación, pero ¿cómo pueden superar los obstáculos de la prehistoria cuando uno de ellos simplemente no tiene la capacidad de comprender el lenguaje?

Ehd es un hombre de las cavernas que vive solo en el desierto. Es fuerte e inteligente, pero completamente solo. Cuando encuentra a una hermosa joven en su trampa, le resulta obvio que está destinada a convertirse en su compañera. Él no sabe de dónde viene, viste ropas extrañas y hace muchos ruidos con la boca, lo que le produce dolor de cabeza. Sin embargo, está decidido a cumplir su propósito en la vida: mantenerla, protegerla y poner un bebé dentro de ella.

Elizabeth no sabe dónde está ni cómo llegó aquí. Ella está confundida y angustiada por su situación, y un hombre de las cavernas la lleva de regreso a su casa cueva. No está interesada en lo más mínimo en los avances primitivos de Ehd y no consigue que él la escuche. No importa lo que haga, lograr que este hombre primitivo pero magnífico comprenda su punto de vista es una lucha constante, y a menudo hilarante.

Solo uno con el otro como compañía, deben confiar el uno en el otro para combatir los peligros de la naturaleza y prepararse para los meses de invierno. Mientras luchan por coexistir, su historia

CAPÍTULO 1

Me despierto con frío y casi oscuridad como cada mañana.

A mi alrededor está la piedra fría de la caverna rocosa donde vivo. Hay calor en las pieles de animales que me rodean, y es difícil alejarme de ellas para arrastrarme por la tierra y las rocas y agregar un tronco encima de las brasas de mi fogón. En unos momentos, las llamas lamen el borde de la madera y me envuelvo un poco más con mi pelaje para protegerme del aire frío hasta que el fuego pueda calentar aún más la pequeña cueva.

Se puede ver un brillo más tenue proveniente del exterior de la grieta que conduce al exterior, pero no puedo atreverme a aventurarme a salir todavía. Mi cuerpo está debilitado y hay pocas cosas dentro de mi mente que quieran seguir adelante, sobrevivir.

Ha pasado tanto tiempo desde que comí.

Mientras veo crecer las llamas, la necesidad de aliviar mi vejiga se vuelve urgente. Con una respiración profunda, fuerzo a mis músculos a ponerme de pie y moverme hacia la cornisa justo afuera de mi cueva. El aire es aún más frío afuera, pero el sol primaveral promete un día más cálido.

Escucho cantar a los pájaros de la mañana durante un rato y me pregunto cuánto tiempo pasará antes de que haya huevos para recoger de sus nidos. Espero que no mucho, aunque sé que si espero hasta ese momento será demasiado tarde.

Necesito comer.

No es la primera vez que pienso en volver a mi cueva, tumbarme y dejar que el hambre me lleve. Estoy cansada, tengo frío y estoy sola. No estoy seguro de que haya alguna razón para seguir trabajando tan duro sólo para mantenerme con vida.

Con un largo suspiro, decido no rendirme todavía.

Miro el palo largo y recto apoyado contra el borde de la entrada de la cueva y me acerco para agarrarlo. Tiene el extremo afilado, pero no estoy seguro de si es lo suficientemente afilado como para perforar la piel de un animal grande. Sé que no puedo volver a fallar, o significará mi muerte, así que llevo el palo adentro y tomo un pedernal afilado de mi colección de herramientas simples.

Con el extremo del palo alojado debajo de mi brazo, empiezo a pasar el trozo de pedernal por el extremo del palo, afilando aún más la punta. Voy despacio, teniendo cuidado de no esforzarme demasiado ni trabajar demasiado rápido; ya he roto otras dos lanzas con impaciencia y no puedo darme el lujo de romper otra.

El esfuerzo me lleva casi toda la mañana y me retraso aún más cuando empiezo a salir de la cueva porque veo movimiento a través del campo de pastos marrones. Me coloco en la entrada de mi cueva y observo de cerca cómo una manada de caninos trota hacia el valle.

Son enormes, el macho más grande mide casi dos de mí con su larga cola. Tienen cabezas enormes, hocicos largos y cuellos cortos y rechonchos. La manada de depredadores se mueve rápidamente por el campo con sus hocicos moviéndose de un lado a otro mientras rastrean el olor de algún otro animal.

Hienodontes.

El primer recuerdo que tengo de los hienodontes fue cuando era niño y llegaron al área de mi tribu en el bosque. Mi madre nos agarró a mí y a dos de mis hermanos y huyó del área tan pronto como los vio, y no regresamos hasta casi el anochecer. Cuando regresamos, la manada había destruido gran parte de la comida que habíamos almacenado para el invierno, la carne de nuestra reciente cacería, y había matado a dos de los hombres que intentaban mantenerlos alejados del resto de la tribu.

Los animales son depredadores feroces y atacan todo lo que encuentran. Una vez descubrieron mi pequeña cueva cuando el fuego era bajo y no lo suficiente como para asustarlos. Tuve que dejar atrás a mi presa y esconderme en el bosque hasta que se fueran, pero se comieron toda la carne de mi presa, destruyeron la piel y esparcieron los huesos.

Contengo la respiración, esperando que no se den cuenta de mí ni de mi cueva. Aunque el olor a fuego normalmente los mantiene a raya, su propia hambre podría llevarlos a ignorar el olor como lo habían hecho antes. Agarro el asta de la lanza y siento que el sudor de la palma de mi mano se acumula allí. Los hienodontes continúan a través del área abierta y luego desaparecen entre los árboles al otro lado. Dejé escapar un suspiro de alivio al verlos avanzar hacia el norte, alejándose de las estepas donde espero cazar. Todavía espero un poco más antes de aventurarme a salir, queriendo estar seguro de que no darán marcha atrás y me olerán.

Una vez que estoy seguro de que se han ido, empiezo el viaje hacia mi trampa. La subida a la cima de la meseta es accidentada y difícil, pero no lleva mucho tiempo. El viento azota a mi alrededor cuando llego a la cima, y mis dedos se aprietan alrededor del extremo de la rama puntiaguda cuando veo la manada de antílopes en el extremo más alejado del espacio abierto. Sólo espero que la lanza sea lo suficientemente fuerte como para perforar la piel de uno de los antílopes que se acerca por el horizonte. Por supuesto, primero tendrán que caer en el hoyo que pasé tres días cavando. Mi mente regresa a una época en la que había otros y la caza era mucho más fácil.

Parece que fue hace mucho, mucho tiempo.

Estoy solo ahora.

Agachándome, me muevo lenta y cuidadosamente, tratando de esconderme detrás de las rocas y mantenerme a favor del viento de los animales. Mi corazón comienza a latir más rápido en mi pecho cuando veo lo cerca que se acerca la manada de mi trampa de pozo. Me coloco en posición y me agacho detrás de las rocas protectoras.

Al poco tiempo, puedo escuchar los rasguños de la manada mientras se acercan. Me agacho un poco más detrás de la roca donde me escondo, tensa y ansiosa. Hace tiempo que mi estómago dejó de gruñir, pero el hambre sigue ahí, reflejada en la debilidad de mi cuerpo. En el fondo de mi cabeza, sé que esta vez el fracaso significa la muerte: ha pasado demasiado tiempo desde que comí. Estoy perdiendo fuerzas rápidamente y, una vez que se acaben, no sobreviviré por mucho más tiempo.

El aire seco silba a mi alrededor y arrastra las hierbas de las estepas de un lado a otro. Me tenso cuando la manada pasa lentamente a mi lado, tratando de contener la respiración para no alertarlos de mi presencia. Si se asustan demasiado pronto, es posible que no corran en la dirección correcta.

Me cronometro lo más perfectamente que puedo, salto de detrás de la roca y corro. Me duele la garganta mientras grito y agito los brazos hacia las bestias. Sobresaltados, todos comienzan a huir ante el sonido de mis gritos. Los persigo, tomando aire rápidamente para poder gritarles de nuevo mientras doy vueltas alrededor de la parte trasera de la manada y trato de acercarlos un poco más a los acantilados. Sus cascos golpean la hierba seca mientras corren, muchos de ellos desviándose del hoyo que he cavado a pesar de que lo he cubierto con ramitas y hojas largas y delgadas para ocultarlo.

Grito, pero esta vez de frustración. Corro hacia la derecha, con la esperanza de empujar al menos a uno o dos hacia mi objetivo. No van en la dirección correcta y siento un sollozo de desesperación alojarse en mi garganta. Justo cuando parece que voy a pasar otra noche con hambre, uno de ellos se separa del resto de su manada y corre hacia el agujero.

Un segundo después, desaparece con un balido.

Doy un suspiro de alivio y casi caigo de rodillas. Con náuseas y mareos por el esfuerzo, medio tropiezo, medio trotando hacia el costado del pozo. Se ven las puntas de las astas del animal mientras chilla e intenta saltar hacia la libertad, pero he cavado el hoyo demasiado profundo; se ha lastimado la pierna en la caída y no puede escapar. Con cautela, me acerco al borde del pozo, apunto con cuidado a la garganta del animal y levanto mi lanza tan fuerte como puedo.

El antílope vuelve a gritar y patea las paredes del pozo, provocando que una lluvia de polvo caiga encima y luego se queda quieto.

Por más cansado que esté, no puedo permitirme descansar. A medida que el animal sangra, su olor atraerá a otros depredadores, aquellos que son más grandes que yo. No tengo tiempo que perder. Salto al hoyo y con cuidado extraigo mi lanza del cuello del antílope. Me sorprende gratamente que el arma no esté rota y que incluso pueda volver a usarla. Lo lanzo hacia arriba y fuera del agujero y luego levanto el cadáver por encima de mi hombro. Mis rodillas intentan doblarse debajo de mí y me golpea otra oleada de mareos. Intento ignorarlo mientras empujo el cuerpo fuera del agujero y luego salgo yo mismo.

Una vez que estoy de nuevo en terreno plano, es más fácil agarrar las patas del animal y arrojarlo todo sobre mi espalda y hombros, y me alegro de que el duro invierno no haya agotado por completo mis fuerzas. Una vez que coloco el cadáver correctamente, empiezo de regreso hacia los acantilados y comienzo el descenso hacia el valle de abajo. Es difícil mantener el equilibrio sosteniendo al animal, pero el hambre me impulsa. Una vez que llego al fondo, sólo queda por superar el corto sendero hasta la abertura en la roca. Hago una pausa por un momento mientras mis muslos y brazos arden de dolor y luego sigo adelante. Cuando llego a la grieta entre las rocas, me doy cuenta de que no puedo entrar a la cueva cargando a la bestia. Primero tengo que empujar el antílope a través de la roca y luego seguirlo.

Justo dentro, las brasas de mi fuego arden intensamente aunque ya no hay llama. Rápidamente reconstruyo el fuego (debería mantener cualquier competencia alejada de mi presa) y me siento sobre mis talones por un momento para respirar. Mi descanso dura poco y rápidamente empiezo a trabajar en mi cena. Le doy la vuelta al cadáver, lo abro desde la garganta hasta el vientre con un trozo de pedernal y no pierdo el tiempo cortando unas cuantas tiras de carne para colocarlas en el asador sobre el fuego. Tengo que obligarme a no comerlo crudo aunque mi estómago me implora que lo haga. Si lo hago, sólo me sentiré mal; He estado en esta situación demasiadas veces como para no comprender los beneficios de la paciencia.

Después de que las primeras piezas están preparadas para cocinar, inmediatamente despellejo a la bestia y coloco la piel sobre dos rocas grandes a un lado de mi cueva. Lo limpiaré y curaré en otro momento cuando tenga más fuerzas. Necesito algo que me ayude a sostener el resto del cadáver del suelo y miro a mi alrededor buscando mi lanza, sabiendo que será la herramienta perfecta para la tarea. No lo veo y me doy cuenta de que lo he dejado junto a la trampa del foso.

Pongo mi cabeza entre mis manos y empujo mis ojos. Hay tanta presión en mi cabeza que hace que me palpiten las sienes. No puedo creer que haya sido tan descuidado como para dejar mi arma. Al mismo tiempo, estoy demasiado cansado para siquiera considerar volver a buscarlo. Me froto el pelo de la cara y el cuello y sacudo la cabeza ante mi estupidez.

Este es el tipo de error que casi me ha costado la vida muchas veces desde que estoy solo.

La humedad cae de mis pestañas mientras me inclino hacia atrás y envuelvo mis brazos alrededor de mis piernas. Miro fijamente el fuego y dejo caer las lágrimas, tratando de convencerme de que me sentiré mejor y pensaré con más claridad una vez que haya comido la carne que se cocina en el asador.

Los recuerdos inundan mi mente.

Es temprano en la mañana y estoy sentada envuelta en pieles y en el abrazo de mi madre mientras una de mis hermanas mayores muele grano contra una roca. Los brazos de mi madre son cálidos y reconfortantes, pero me alejo de ella, ansioso por unirme a los otros niños y hombres mientras practican con lanzas y martillos de piedra.

Levanto la mano para secarme las lágrimas. No tengo idea de cuánto tiempo ha pasado desde que sentí el consuelo de la presencia de otra persona, sólo que han pasado muchas estaciones frías desde entonces. Aunque ya me había convertido en un hombre antes de quedarme solo, los recuerdos de la mujer que me dio a luz y me cuidó son los más difíciles de mantener a raya.

Un estallido del fogón llama mi atención y voy a comprobar la carne cocida. Algunos de los trozos más finos parecen bastante calientes y los devoro rápidamente antes de agregar más tiras de carne al asador. Bebo de un frasco de agua hecho con el estómago de un antílope que maté el verano anterior y como unas cuantas tiras más de carne.

Con energía ligeramente renovada, me levanto y vuelvo por el camino hacia las estepas para recuperar mi lanza. Con la idea de que me espera más carne cocida, corro ligeramente hacia la trampa del pozo, pero me detengo abruptamente antes de llegar al borde.

Se oye un sonido extraño procedente del agujero: agudo y aterrador. Me congelo mientras trato de entenderlo. Al principio creo que es otro antílope, un rezagado que cayó después de que yo me fui, pero el ruido no es el de una bestia. No se parece a nada que haya escuchado antes. Me acerco un poco más y el sonido se vuelve más fuerte y algo aterrador. Doy un paso atrás para alejarme del agujero, con la intención de darme la vuelta y huir, cuando algo en el sonido desencadena otro recuerdo.

Las llamas nos rodean, el calor lame mi piel y el olor a pelo quemado en mi nariz. Hay una niña (la recuerdo de una tribu vecina) atrapada entre el muro de llamas y su aterrorizada madre. Antes de que la madre pueda intentar alcanzar al niño, las llamas los envuelven a ambos. El bosque está demasiado seco por la sequía y las llamas se están propagando demasiado rápido. La madre grita de miedo y desesperanza. Un momento después, sólo se oye el sonido del fuego crepitante que cubre los árboles.

Sacudo la cabeza para que las imágenes desaparezcan y escucho el sonido nuevamente. Estoy seguro de que no es un animal y mi corazón late más rápido mientras me acerco unos pasos para verificar mis sospechas. Hay movimiento dentro del agujero, un destello de piel pálida y lo que parecen ser dedos delgados que sobresalen del agujero y luego desaparecen nuevamente.

Miro por el costado y lo veo.

No es ella... ella.

La veo.

En el fondo del pozo, hay una mujer joven no muy lejos de mi edad, con un brillante cabello castaño que cae sobre sus hombros y baja por su espalda. Se sienta en el suelo y se recuesta sobre sus manos, mirando hacia arriba con los ojos muy abiertos que se abren aún más cuando se encuentran con los míos. Siento un apretón en mi ingle al verla, y mi lengua sale disparada sobre mis labios.

Aunque reconozco su feminidad de inmediato, las extrañas cubiertas de su cuerpo no muestran que sea mujer. De hecho, son las pieles más extrañas que he visto en mi vida. No puedo determinar qué tipo de cuero se pudo haber usado para hacerlos, y el color de la ropa alrededor de su torso es como el del sol poniente: morado oscuro y rosa brillante. En sus piernas hay cosas aún más extrañas: azul oscuro y envueltas tan estrechamente alrededor de ella que puedo ver los contornos de los músculos de sus muslos y pantorrillas. También usa cubiertas en los pies y hay cordones enrollados alrededor de agujeros en el material. Como el resto de sus coberturas, tampoco puedo entender qué es.

Mis ojos vuelven a los de ella e inclino la cabeza hacia un lado para verla mejor.

Ella abre la boca y grita.

Tengo que dar un paso atrás ante el sonido estridente. Me duelen los oídos. Entrecierro los ojos y gruño bruscamente, pero ella no se detiene. En todo caso, se vuelve aún más ruidosa. No puedo permitir que continúe, o atraerá la atención, posiblemente de animales depredadores. Decidiendo ignorar su extraña apariencia, me acerco al borde del pozo y salto hacia abajo.

Sus gritos se vuelven más penetrantes y el sonido empieza a dolerme la cabeza. Me acerco a ella y ella se impulsa hacia atrás sobre sus pies y manos hasta que golpea el lado de tierra, lanzando polvo sobre ella. Ella grita de nuevo, se levanta e intenta abrirse camino hasta la cima del agujero. Es demasiado pequeña para tener éxito y sus dedos apenas llegan al borde.

Sus hombros suben y bajan mientras sus manos se deslizan por las paredes de tierra. Sus sonidos se detienen y no se oye nada más que su respiración mientras se gira lentamente y sus ojos muy abiertos me recorren. Me acerco y la miro.

Siento que la comisura de mi boca se levanta. Aunque claramente es una adulta, no una niña, es una cosa diminuta. Su cabeza apenas llega a mi pecho. Sin embargo, es su cabello lo que me intriga: es muy liso y brilla con la luz del sol. Llevo mi mano hasta mi hombro y me agarro el cabello, que está áspero, enredado y lleno de polvo y hojas. Lo corté con un cuchillo de pedernal a finales del verano pasado, pero ahora estaba de nuevo cerca de mis hombros. Me acerco un paso más y extiendo la otra mano para tocar los suaves mechones alrededor de su cabeza para ver lo diferente que se siente.

De nuevo, ella comienza a llorar y yo me canso de los ruidos fuertes. Es peligroso hacer tanto ruido y realmente me duele la cabeza. Cierro la brecha entre nuestros cuerpos rápidamente y tapo su boca con mi mano para silenciarla.

Me sorprende cuando ella no accede, sino que comienza a luchar frenéticamente contra mí. Me agarra el brazo y sus uñas se clavan en mi carne mientras intenta apartar mi mano. Me da patadas y las extrañas cubiertas de sus pies raspan la piel de mi pierna. Ella todavía está gritando, pero el sonido se amortigua bajo mi mano.

Todavía no puedo sentir adecuadamente la textura de su cabello, así que la contengo aún más empujando mi cuerpo contra el de ella, sosteniéndola contra la pared. Con el mayor apalancamiento, ella no puede moverse tanto, y lentamente arrastro mi mano a lo largo de su cabello.

¡Es tan, tan suave!

Nunca he sentido nada igual. Corre desde su cabeza hasta su cintura en mechones largos y rectos que no se agrupan como los míos, sino que se encuentran uno al lado del otro en hermosas líneas. El color no es inusual, solo un marrón claro y brillante, pero la sensación en mi palma es gloriosa.

La miro a la cara y tiene los ojos cerrados con fuerza. Por extraño que parezca, sus párpados son azules y hay un color rosa y marrón que llega hasta sus cejas. También hay una línea azul oscuro, casi negra, alrededor de sus ojos, tanto arriba como abajo.

Muevo mi mano hacia arriba y toco suavemente su párpado con la punta de mi dedo. El color azul brillante sale de su piel y llega a la mía. Miro mi dedo un momento antes de intentar volver a aplicar el color en la piel entre la ceja y el párpado.

Ella me muerde la mano y salto hacia atrás, sorprendida por el dolor repentino y no complacida en lo más mínimo. Mis ojos se estrechan y empujo mi cuerpo con más fuerza contra el de ella, rugiendo en su cara mientras agarro su brazo para mostrar mi dominio. Sus ojos se encuentran con los míos y puedo ver y sentir el miedo en ella. Rápidamente me arrepiento, sin querer realmente asustarla, aunque no quiero que me muerda otra vez. Tomo su barbilla entre mis dedos y la agarro mientras gruño suavemente en señal de advertencia.

Ella se queda inmóvil y sé que la he conquistado. Giro su cabeza suavemente hacia un lado con un agarre firme en su mandíbula y uso la otra mano para tocar su cabello nuevamente. Me fascina su textura. Mientras lo toco, miro el resto de su cuerpo, todavía confundido por su extraña y colorida ropa. Mis dedos recorren la tela de su hombro y la oigo respirar bruscamente. Cuando la miro, tiene los ojos bajos y los labios apretados hacia la boca alrededor de los dientes. Tiro de la piel debajo de su labio para evitar que se lastime y un escalofrío recorre su cuerpo.

El calor de su cuerpo me calienta y pienso que ella es la única persona que he visto desde que estoy solo. Es pequeña pero parece estar sana. Tiene dientes fuertes, a juzgar por las marcas de mordiscos en mi mano. Aunque su ropa es extraña, podría hacer algo más adecuado para una mujer con las pieles que tengo en mi cueva, y decido que la traeré de regreso conmigo.

Mirando hacia la parte superior del agujero, sé que tendré que sacarla de él, aunque una parte de mí quiere mantenerla aquí, sabiendo que no puede alejarse de mí. La miro y siento que sonrío de nuevo. Incluso fuera de este espacio, ella no podrá escapar de mí. Es pequeña y obviamente débil. Aunque no soy tan fuerte como lo seré más adelante en el verano, cuando haya comido más, sigo siendo mucho más poderoso que ella.

Pensar en la carne cocinándose sobre el fuego hace que mi estómago se retuerza nuevamente, y decido que necesito llevarnos a ambos de regreso a mi cueva rápidamente. El día se hace tarde y el cielo pronto cambiará los colores de su extraña túnica.

Arrodillándome, envuelvo mis brazos alrededor de sus piernas. Ella deja escapar un chillido, pero afortunadamente sólo dura un momento. Me levanto y la arrojo fuera de la parte superior del agujero, y rápidamente la sigo levantándome con los brazos. Cuando lanzo una pierna por la borda, ella está de pie y mira en todas direcciones.

Hay poco que ver: la hierba seca de las estepas y los acantilados escarpados a un lado. A lo lejos se puede ver el borde de una hilera de árboles de hoja perenne, pero los otros árboles ahora no son más que troncos desnudos. Hay un pequeño arroyo y un lago más allá, pero están demasiado lejos para verlos desde aquí.

Tomo su muñeca y empiezo a caminar hacia las paredes del acantilado y mi casa. Como lo había hecho en el hoyo, comienza a luchar y a agarrar mi mano y mi brazo. Ella trata de alejarse de mí, con el brazo extendido mientras se gira y trata de escapar mediante el uso de la fuerza bruta.

Es lindo.

La acerco hacia mí y ella tropieza un poco antes de que su cuerpo choque contra el mío. Su boca se mueve y salen muchos más sonidos. Ya no grita y los extraños y variados tonos no se parecen a nada que haya escuchado antes. No me gustan, en absoluto. Son un poco más silenciosos que los gritos, pero aún son lo suficientemente fuertes como para llamar la atención. Vuelvo a colocar mi mano libre firmemente sobre su boca, pero sólo por un momento. No quiero que me muerdan.

Entrecierra los ojos y los siguientes sonidos casi se parecen al gruñido de un gran gato. Bueno, tal vez la cría de un gran gato. La idea me hace reír y ella se aleja de mí de nuevo, aunque no le suelto la muñeca.

Es tan hermosa: su cabello liso, sus ojos profundos y su piel pálida y cremosa. No me gustan los ruidos que hace, pero parece bastante capaz, aunque sea pequeña. Me pregunto brevemente si ella es fértil y si tendría un hijo que se parecería a mí.

Me gusta esta idea.

Mucho.

Finalmente, después de todo este tiempo a solas, tengo pareja.

CAPITULO 2

Me inclino para agarrar la lanza olvidada con la otra mano. Aunque la mujer debe entender que su resistencia no está funcionando, continúa tirando de mis dedos mientras la arrastro hacia los acantilados y la cueva. No sé por qué lo hace: no funciona y el sol está bajo en el cielo. Pronto oscurecerá y ella tiene que comprender lo peligroso que será para ella si la dejan a la intemperie por la noche. Muchos depredadores nocturnos se despertarían pronto y comenzarían sus rondas nocturnas. Necesitamos la seguridad de la cueva.

Aparentemente, a ella no le importa porque continúa chillando y haciendo esos ruidos horribles todo el camino de regreso a la roca. Suspiro y sigo adelante, esperando que una vez que esté dentro y sepa que está a salvo de los elementos, deje de hacer ruidos.

Afortunadamente, todavía hay algo de luz afuera cuando llegamos a la ligera pendiente hacia la abertura en la roca y mi cueva. Me detengo justo afuera y la empujo delante de mí, señalando hacia la grieta oscura en la roca. Ella lo mira y luego a mí, con los ojos entrecerrados. Deslizando mi mano hasta la parte superior de su brazo, la insté hacia adelante y más cerca de la grieta entre las grandes rocas con otro empujón. Ella se resiste y la empujo con más fuerza, mi paciencia se está acabando. Su mano vuela frente a ella mientras tropieza con sus propios pies, y me pregunto si las extrañas cubiertas de los pies están obstaculizando de alguna manera su movimiento.

Se las arregla para agarrarse al borde de la roca cerca de la abertura, pero no hace ningún movimiento para entrar. En lugar de eso, se vuelve hacia mí y su boca se abre de nuevo. Salen más sonidos, esta vez más fuertes. Ella suelta su brazo de mi agarre y sus manos se cierran en puños que me sacude mientras hace más sonidos. Con la cabeza inclinada hacia un lado, escucho por un momento, pero

14

es solo ruido y me canso rápidamente. Tengo hambre y la quiero adentro, donde estaremos a salvo antes de que se ponga el sol.

Le gruño en voz baja y doy un paso adelante, presionándola contra la roca al lado de la entrada de la cueva. Mi mano vuelve a cubrir su boca, pero esta vez mis dedos se deslizan alrededor de su mandíbula para mantenerla cerrada y que no pueda morder. Ella mira por encima de mi hombro, pero no se ve nada en kilómetros a nuestro alrededor. Captando su atención, la miro directamente a los ojos por un momento antes de dar un paso atrás y empujarla hacia la entrada de la cueva nuevamente.

Esta vez ella obedece y respiro profundamente. Al menos ella está recuperando el sentido y haciendo lo que quiero. No tiene que girarse hacia un lado para que sus hombros pasen por la abertura como lo hago yo, pero sus pasos siguen siendo lentos y cautelosos. Nuevamente considero su extraño calzado y pienso que podrían ser la causa de su vacilación.

La estrecha grieta en las rocas tiene solo unos pocos pies de largo y rápidamente se abre hacia el área pequeña y única que es mi casa. Cuando entramos, ambos hacemos una pausa mientras nuestros ojos se adaptan a la luz del fuego. Todavía hay algo de luz solar ya que la entrada de la cueva mira hacia la puesta del sol, pero es más oscura que al aire libre.

He estado aquí desde el otoño, después de que el incendio forestal destruyera mi hogar y mi tribu. Siempre pensé que era una cueva buena y cómoda, pero ahora que he traído a mi nueva compañera aquí, me pregunto qué pensará de ella. Tomo su mano y le muestro lo que tengo, lo que lleva muy poco tiempo. No es una cueva grande en absoluto, solo una habitación individual con una depresión en la parte trasera donde podía guardar contenedores de comida si tuviera alguno para guardar. En la parte trasera hay una pequeña repisa que sirve para mantener los objetos alejados del suelo. En el saliente se encuentran mis herramientas de pedernal y piedra, así como los estómagos de dos antílopes llenos de agua. Un poco avergonzada por la falta de comida, le muestro el fogón revestido de piedra en el frente de la cueva con la carne cocinándose en el asador. Señalo la posición del fuego, que permite que el humo salga por la entrada sin dificultar la respiración en el interior, incluso en invierno.

La miro, sintiéndome nerviosa cuando le suelto la mano. Junta las manos frente a ella y su cabeza se mueve lentamente de un lado a otro mientras examina su entorno.

¿Cree que es lo suficientemente bueno? ¿Qué pasa si ella piensa que es demasiado pequeño? Después de tanto tiempo a solas, no había considerado que podría encontrar pareja y no había recopilado las cosas que ella querría y necesitaría para comenzar su vida conmigo. Ahora que lo pienso, me doy cuenta de que tengo muy poco que ofrecerle a un compañero, ni siquiera mucho en cuanto a comida.

Con ese pensamiento, recuerdo mi comida y me arrodillo junto al asador del fuego, mi hambre repentina y voraz eclipsa mis pensamientos sobre la primera impresión que mi pareja tuvo de mi hogar. Arranco una tira de carne y mastico el extremo. Está caliente por el fuego y muy graso gracias a las provisiones invernales del animal. Lo muerdo hasta devorar el primer trozo, agarro otro y luego otro.

Cuando miro hacia arriba, veo que ella me mira. Mientras mastico, me pregunto si ella también tendrá hambre y me quejo. Aquí estoy esperando impresionar a mi nueva compañera con la cueva, ¡y ni siquiera le he dado de comer! Elijo lo que parece ser la mejor pieza y me levanto rápidamente. Ella se sobresalta y se aleja de mí cuando me acerco, ofreciéndole una tira de la tierna carne del antílope.

Sus ojos se abren de nuevo y sus manos tiemblan. Su cabeza se mueve de un lado a otro mientras continúa alejándose de mí. Le ofrezco la carne nuevamente, pero ella comienza a hacer esos sonidos justo antes de salir corriendo hacia un lado, regresando a la entrada de la cueva.

Instintivamente me lanzo tras ella, agarrándola por la cintura antes de que pueda sacar más de un brazo. Pronto oscurecerá; el sol ha desaparecido casi por completo en el horizonte. Ella nunca sobreviviría a la noche sola y al aire libre. La atraigo hacia mi pecho y la arrastro hacia el fuego.

Mis oídos empiezan a zumbar con los sonidos que salen de su boca. Ella alterna entre gritos que suenan como si estuviera en agonía y los sonidos extraños y más fluidos que provienen del fondo de su garganta. Son inusuales, rítmicos y todavía no me gustan.

Sus dedos arañan mis brazos mientras los envuelvo alrededor de su torso y me siento en una estera de hierba rota junto al fuego con mi pareja en mi regazo. La abrazo fuerte contra mí mientras miro alrededor de la cueva y me pregunto qué es lo que no le gusta. Obviamente está muy molesta por algo y continúa retorciéndose y girando entre mis manos mientras trato de determinar qué podría considerarse tan deficiente.

Se me ocurre que podría ser todo el lugar. Es pequeño, perfecto para mí, pero no lo suficientemente grande para ella y sus hijos. Solo tengo una estera de pasto y no está muy bien hecha, pero ella podría hacer más durante el invierno. Ciertamente se ha dado cuenta de que no me queda comida del invierno y probablemente le preocupa que no pueda proporcionarnos lo suficiente a ambos. Excepto por mi reciente muerte, no tengo nada de comida. Incluso podría pensar que no tengo suficiente madera para mantenernos calientes, pero tengo más en otra grieta en la roca encima de la cueva. Ahora está demasiado oscuro afuera para mostrárselo, pero podría tranquilizarla por la mañana.

La dejé luchar contra mí hasta que sus movimientos disminuyeron y finalmente se detuvieron. Me alegro de haber tenido razón acerca de mi fuerza en comparación con la de ella. Al menos sabría que yo era lo suficientemente fuerte como para protegerla.

Siento que sonrío de nuevo y me pregunto si ella comerá ahora.

Antes de que pueda ofrecerle la carne una vez más, el cuerpo de mi pareja se estremece desde la cabeza hasta los pies cuando comienza a temblar en mis brazos. Rápidamente le doy la vuelta para poder ver su rostro y noto las lágrimas que manchan sus mejillas mientras la humedad queda atrapada en la luz del fuego. La examino rápidamente, al menos todo lo que puedo ver. Con su ropa extraña, es difícil ver si sus piernas podrían estar lastimadas, pero no creo que haya resultado lastimada. Ella está llorando, pero no entiendo por qué. ¿Ya era un mal compañero para ella? ¿Era realmente mi cueva tan inadecuada? Le buscaría otro; tenía que haber más entre las rocas. Si no, podría buscar un lugar nuevo, uno que fuera más grande, mejor y perfecto para ella.

Yo proveeré para ella. La protegeré. Le daré todo lo que quiera.

Otro recuerdo ronda por mi cerebro, imágenes de cuando era joven, y mi padre abrazó a mi madre con fuerza después de que una de mis hermanitas muriera. Ella también había llorado así, y mi padre abrazó a mi madre contra él, haciéndole sonidos suaves al oído hasta que ella se detuvo.

Gimo suavemente y acerco a mi pareja a mi pecho, acunándola contra mí. Al principio, sus manos empujan mi cuerpo mientras intenta liberarse de mi alcance, pero ya está cansada de luchar conmigo antes y rápidamente se da por vencida. Su cabeza cae sobre mi hombro y levanto la mano para recorrer su cabello. La sensación de los mechones a través de mis dedos es tan intrigante como lo era antes, aunque no puedo disfrutarla como lo haría porque ella tiembla en mis brazos.

Mi pareja sigue sollozando.

La sostengo durante mucho tiempo, balanceándola hacia adelante y hacia atrás, mis brazos la rodean suavemente. No sé que más hacer. El extraño color pintado alrededor de sus ojos forma círculos oscuros hasta los pómulos. Se corre aún más por su rostro mientras se limpia los ojos.

Cuando intento ofrecerle más comida, empieza a sollozar de nuevo, así que supongo que no tiene hambre. El sol completa su descenso y la cueva se oscurece. Finalmente se queda quieta, pero las lágrimas aún corren por su rostro. Sólo la luz del fuego me muestra que los ojos de mi pareja todavía están abiertos y mirando fijamente hacia un lado. Siento mi propia fatiga mientras la noche cubre los pastizales afuera.

Tengo que moverme, tengo las piernas entumecidas por la inactividad y por tenerla sentada encima de mí. La levanto y la coloco en el suelo a mi lado y me estiro, tratando de ignorar cómo se ha sobresaltado otra vez. Me levanto, pero solo me tomo un minuto para que mis piernas vuelvan a funcionar antes de volver a encender el fuego, guardarlo para pasar la noche y volverme con mi pareja.

Ella me mira con los ojos rojos e hinchados. Tengo que tragar con dificultad por la extraña sensación en mi garganta cuando la miro. Se lleva las rodillas al pecho y apoya la barbilla sobre ellas, y sus ojos se mueven hacia las llamas parpadeantes. Me dejo caer sobre mis manos y rodillas y me acerco a ella de nuevo, moviéndome lentamente esta vez para que no se sobresalte. Su mirada es cautelosa a medida que me acerco, pero no intenta alejarse.

Extiendo la mano y paso las puntas de mis dedos sobre su pierna, sintiendo la textura extraña, casi áspera, del material. No tiene pelo, pero no se parece a ningún cuero que haya sentido alguna vez. Muevo mi otra mano a mi cintura, donde mi pelaje está atado a mi alrededor para tener alguna comparación. Mi ropa es mucho más suave que la que ella lleva puesta. Se encoge un poco y todos sus músculos se tensan cuando la toco. Me acerco un poco más, tratando de descubrir qué está pensando mientras miro sus brillantes ojos azules, pero no tengo idea.

Moviéndome a su lado, extiendo la mano y paso mi mano por su cabello nuevamente. Esta vez no intenta alejarme, aunque otro escalofrío recorre su cuerpo. Acaricio los suaves mechones unas cuantas veces antes de darme cuenta de que las lágrimas caen de sus ojos nuevamente.

La miro más de cerca, pero todavía no sé por qué llora. Respiro hondo y me doy cuenta de que estoy demasiado cansado para darme cuenta y decido irme a dormir. Primero me levanto sobre las puntas de los pies, luego coloco un brazo debajo de las rodillas de mi pareja y envuelvo el otro brazo detrás de su espalda mientras me paro. Ella deja escapar un pequeño grito cuando la levanto pero luego se queda en silencio. Me doy vuelta y la llevo al fondo de la cueva donde duermo.

Al menos mi cama es algo que ella puede apreciar. Cavé una zanja larga y poco profunda y la llené con hierba seca de las estepas. Cubriendo el pasto están varias de las pieles que he hecho durante las muchas temporadas que he estado aquí. La cama es profunda y blanda; Las pieles son cálidas y cómodas, y la abrazaré y la mantendré a salvo durante toda la noche. La comisura de mi boca se levanta mientras la llevo al lugar donde dormiremos y me arrodillo para recostarla sobre las pieles. Está muy oscuro aquí en el fondo de la cueva, y apenas puedo verla tratando de mirar a mi alrededor hacia donde todavía se puede ver la luz del fuego.

No hace ningún esfuerzo por quitarse la ropa extraña para dormir y no estoy seguro exactamente de cómo se la quita. Decido dejar que se los deje puestos si quiere, pero rápidamente quito el pelaje que envuelve mi cuerpo y lo tiro a un lado.

Los ojos de mi pareja se abren como platos y espero que pueda ver mi fuerza. Le sonrío lentamente y luego me arrodillo a su lado para ponerme las pieles. Coloco una mano cerca de su hombro y paso mi pierna por su cintura.

Los ojos de mi pareja se llenan de lágrimas nuevamente mientras grita y comienza su aluvión de ruidos indescifrables. Sus manos se cubren la cara mientras sacude la cabeza hacia adelante y hacia atrás cuando me agacho encima de ella. No entiendo qué es lo que la ha molestado tanto y rápidamente miro a mi alrededor para asegurarme de que la cama está como la dejé.

Parece estar bien, y sigo confundido mientras me arrastro el resto del camino sobre su cuerpo y coloco mi espalda cerca de la pared. Mientras extiendo la mano y la agarro, me encuentro con su resistencia y más gritos. Se da vuelta para darme la espalda e intenta salir de la cama. La abrazo fuerte mientras ella se retuerce contra mí, y mi agarre sobre su cuerpo no flaquea mientras ella continúa llorando y gritando.

Inspiro y dejo escapar un largo suspiro, preguntándome qué debería hacer para calmarla, pero estoy perdido. Sin saber qué más hacer, la atraigo con fuerza contra mi pecho y envuelvo mis brazos alrededor de su cintura. Desde la luz del fuego, puedo ver fácilmente la entrada a la cueva y protegerla aún más de cualquier cosa que pueda intentar hacerle daño durante la noche.

Recordando a los hienodontes de más temprano ese día, espero que se hayan alejado lo suficiente como para no escucharla. Si pueden oírla, espero que el olor del fuego los mantenga alejados de nosotros. Ella está peleando tanto conmigo que no puedo soltarla para taparle la boca. Sus dedos tiran de mis brazos, pero no la suelto. Ella lucha conmigo pero no gana. Estoy decidido en mi deseo de mantenerla a salvo incluso si ella parece decidida a hacer algo para lastimarse. No se requiere mucha fuerza para sostenerla, y creo que probablemente ya esté agotada por su diatriba anterior. Al poco tiempo, comienza a ralentizar sus movimientos y, poco después, cae sobre las pieles.

Me alegro de que finalmente haya decidido dejarme protegerla, relajo un poco mi agarre y saco mi brazo de debajo de ella. Coloco mi mano a un lado de mi cabeza para levantarme y miro a la mujer que ahora compartirá mi cama.

Incluso bajo el tenue resplandor de la luz del fuego, puedo ver lo increíblemente hermosa que es. Tal vez sea porque ha pasado mucho tiempo desde que vi a otra persona, pero no lo creo. Desearía poder ver más de su cuerpo, pero sus extrañas cubiertas oscurecen la mayor parte de su piel; sólo sus manos y su rostro son visibles.

Inspiro profundamente por la nariz y su aroma es único. Huele dulce, como a fruta demasiado madura, y me doy cuenta de que el olor proviene de su cabello, pero no de su piel. Me inclino un poco más y huelo la base de su cuello.

Todo en ella es inusual; su ropa, su cabello, el color alrededor de sus ojos, que ahora está casi borrado. Lo encuentro atractivo y emocionante.

Se da vuelta para mirarme y tiene los ojos enrojecidos por el llanto. Mi pecho se aprieta al saber que ha estado tan triste y nuevamente me pregunto qué puedo hacer para que se sienta segura. Ella me mira con aprensión y decido intentar consolarla de la misma manera que mi padre había consolado a mi madre en el pasado.

Con mi brazo todavía alrededor de su cintura, lentamente muevo mi mano hacia arriba y hacia abajo por su costado. Espero que la sensación del tacto la calme, pero en cambio su cuerpo se tensa. Se abraza a sí misma y creo que podría tener frío; su ropa no parece lo suficientemente gruesa como para mantenerla abrigada. Me agacho y le pongo una de las pieles a su alrededor, pero ella todavía no se relaja.

No tengo idea de lo que necesita y me pregunto qué le habrá pasado para entristecerla tanto.

De repente me doy cuenta de que ella debe haber perdido a su tribu al igual que yo. Aunque no sé cómo llegó donde está, sí sé que no hay nadie cerca de aquí excepto yo. No he visto a otra persona desde que el incendio me expulsó del bosque. Aunque había buscado durante muchos días entre los tocones ennegrecidos señales de otros supervivientes, no había encontrado nada más que los huesos de mi gente.

Ahora que lo comprendo, me duele el corazón por ella. Sé lo que es sentirse solo, aunque me he acostumbrado tanto a ello que trato de no pensar en ello ahora. Me pregunto si ha estado sola durante mucho tiempo y decido que no debe haber estado sola. Si lo hubiera hecho, habría sido más receptiva conmigo como su pareja. Ella me tiene miedo y, aunque he tratado de demostrarle que la mantendré a salvo y le proporcionaré un hogar, todavía tiene miedo.

Debe extrañar terriblemente a su familia y a su tribu. Tal vez incluso tuvo un compañero en su tribu y también lo extraña. No había mujeres de mi edad en mi pequeña tribu, y había estado esperando a que una de las niñas comenzara a ser mujer antes de tomarla. Yo había sido varias temporadas mayor que el más cercano a mí en edad, y no había otras tribus cercanas con las que intercambiar compañeros. Si la pareja de una mujer mayor hubiera muerto, yo podría haberme apareado con ella.

Pero todos murieron a la vez y yo no tenía a nadie.

Recordé lo asustado que había estado al principio. El fuego había destruido los arbustos de bayas del bosque y las casas de los conejos que me gustaba cazar. Yo era un hombre pero sólo había matado animales más grandes dos veces y luego con la ayuda de los otros hombres. Casi me muero de hambre antes de encontrar el lago de agua dulce entre los pinares y descubrir cómo pescar en la orilla del agua.

Mirando a mi pareja, mis dedos se estiran y apartan mechones de su hermoso cabello largo de su frente. La suavidad me distrae de su pena, y pellizco algunos de los mechones entre mis dedos para extenderlos y mirar más de cerca. La luz del fuego resalta los ligeros matices rojos en algunas de las hebras, pero es la textura la que más me intriga.

Cuando vuelvo a mirarla a la cara, puedo ver que todavía está asustada. Soltando su cabello, levanto la mano y dejo que las puntas de mis dedos toquen las manchas de lágrimas en sus mejillas. Tengo ganas de llorar por ella, perdida y sola en las estepas. Toco lentamente su mejilla y mandíbula antes de que mi mano encuentre su hombro y la túnica increíblemente suave que la cubre. Al igual que su cabello, lo encuentro fascinante. Nunca había sentido nada tan suave y terso. También es liviano, como si estuviera hecho de hilos de telaraña.

Vuelvo a acariciar su cabello para sentir la diferencia entre su suavidad y la textura de la ropa y me encuentro nuevamente fascinada por lo suave y hermoso que es. Sé que tengo mucha suerte de haber encontrado una pareja tan atractiva, aunque en realidad estoy encantada de tener otra persona conmigo. Mientras respiro profundamente, inhalo el aroma de su cabello, y la combinación de fruta dulce y posiblemente algún tipo de flor me confunde: todavía es demasiado temprano en la temporada para que florezcan los capullos. Acercándola a mí, paso la nariz desde la línea del cabello hasta la sien.

Definitivamente fruta.

Se pone tensa de nuevo y recuerdo que está triste y asustada por la pérdida de su pueblo. La miro a los ojos e inclino la cabeza hacia un lado, queriendo que sepa que lo entiendo. Vuelvo a tocar su sien con mi nariz, golpeando suavemente su piel en una muestra de compañerismo.

Su lengua se desliza sobre sus labios y vuelve a emitir sus sonidos rítmicos. Esta vez no hace tanto ruido, pero el ruido me resulta extraño y desconocido. Continúo observándola de cerca hasta que deja de hacer sonidos y deja escapar un largo suspiro. Ella resopla y se aleja de mí nuevamente, pero parece haberse calmado un poco.

Pongo mi cabeza junto a la de ella y fortalezco mi agarre alrededor de su cuerpo. Mantengo los ojos abiertos y observo la entrada a la cueva hasta que la escucho respirar lenta y regularmente mientras duerme. Sólo cuando estoy segura de que ella ya no está despierta me permito hacer lo mismo.

Me despierto durante la noche.

Al principio, me confunde la presencia del cuerpo a mi lado. Aunque en la tribu compartíamos áreas comunes para dormir, he dormido solo durante tanto tiempo que olvidé lo cálido y cómodo que es tener a alguien compartiendo un área para dormir. Sonrío para mis adentros y acaricio su cabello por un momento antes de recordar mi deber de protegerla.

Me levanto sobre mi codo y miro alrededor de la cueva. Observo las formas normales y oscuras en cada esquina y verifico que no hay nada fuera de lo común. El fuego se ha reducido a brasas pero sigue ardiendo intensamente sin peligro de apagarse. Dejé que mi fuego apagara mi primera temporada solo, y eso casi me causó la muerte. Ciertamente no dejaré que esto suceda ahora que soy responsable de una pareja.

La segunda vez que me despierto por la noche, mi pareja vuelve a llorar mientras duerme. Al principio creo que ella también se ha despertado, posiblemente desorientada al encontrarse en un hogar diferente y sin su tribu. Sin embargo, sus ojos están cerrados mientras su boca emite esos sonidos y sus músculos se tensan por la angustia. Una vez más, la abrazo hacia mí, con la esperanza de ofrecerle consuelo incluso si no puedo arreglar lo que le pasa. Después de un minuto se calma, se vuelve hacia mí y se acuesta en mis brazos.

Cuando empiezo a volver a quedarme dormido, se me ocurre que mi pareja va a necesitar muchos cuidados. Si quiero agradarle, tendré que demostrarle que puedo ocupar el lugar de su tribu. Estoy seguro de que puedo ser suficiente para ella si me aseguro de que tenga refugio, le proporciono suficiente carne para cocinar y, por supuesto, le pongo un bebé. Una lista de cosas para mostrarle comienza a formarse en mi mente y continúa en mis sueños.

La próxima vez que abro los ojos, veo una luz tenue que entra por la abertura de la cueva. Me levanto sobre un brazo y miro a mi compañera mientras ella continúa durmiendo, envuelta en mis pieles. Tiene los ojos cerrados y se ve tan tranquila mientras está ahí tumbada que no la despierto a pesar de que ya es tarde en la mañana, y hay muchas cosas que necesitaba señalarle.

Por un tiempo, también me quedo entre las pieles y simplemente la miro dormir, memorizando la forma de su mandíbula y el tono rosado que cubre sus labios. Mientras la luz del sol se cuela entre las rocas, su cabello brilla alrededor de su rostro y no puedo evitar tocarlo y deleitarme con su suavidad nuevamente. Primero, se lo quito de la frente y luego se lo paso por los hombros. Parece haberse enredado un poco durante la noche, pero sigue tan suave como antes. Se lo coloco suavemente detrás de las orejas y finalmente abre los ojos.

Mi pareja parpadea un par de veces mientras sus ojos se centran en mí. Sonrío sólo un poco, con cuidado de no mostrar los dientes, pero sus ojos aún se abren mucho mientras recorren la pequeña cueva. Puedo ver que las lágrimas empiezan a brotar de nuevo y sé que tendré que mostrarle todo lo más rápido posible. Obviamente ella no está impresionada con lo que tengo y no puedo culparla. Apenas me he mantenido a lo largo de las temporadas y ni siquiera he pensado en adquirir las cosas que necesitaría para mantener a una pareja.

Voy a cambiar eso ahora.

Gimo en voz baja y le cepillo el rabillo del ojo para secarle las lágrimas. Tan suavemente como puedo, me inclino hacia ella y toco mi nariz con la de ella. Se sobresalta un poco, pero al menos deja de llorar. Pongo mis piernas debajo de mí y salto sobre ella hasta el borde de las pieles para dormir y extiendo mi mano.

Ella sólo lo mira y sus ojos se abren de nuevo. Aparta la mirada de mí rápidamente, respira profundamente unas cuantas veces y luego vuelve a mirarme a los ojos. Me acerco y toco su mano con la mía. Cuando ella no retrocede, entrelazo nuestros dedos y tiro de ellos hasta que se sienta. No puedo evitar sentir cierta emoción cuando ella me responde. Todavía no ha gritado ni hecho ningún otro sonido extraño y no parece tan asustada como ayer. Tal vez ella acepte mi cueva después de todo.

Una vez que ella se levanta y se aleja un paso de las pieles, le suelto la mano y agarro mi piel para envolverme con ella. Mi pareja hace otro sonido mientras me visto y la miro por un momento. Ella vuelve a apartar la mirada y junta las manos delante de su estómago, y pienso en cómo se verá con un vientre grande y redondo. La idea me hace sonreír.

Cruzando el corto ancho de la cueva, me dirijo a buscar una de mis bolsas de agua. Se lo ofrezco, pero ella sólo lo mira con los ojos entrecerrados. Hace algunos ruidos con la boca, pero siguen siendo bastante silenciosos y esta vez no me duelen la cabeza.

Inclino la cabeza y le tiendo la bolsa de agua nuevamente, pero ella todavía no la toma. Lo miro para tratar de determinar si de alguna manera es poco apetecible, pero me parece bien. Es una simple bolsa de agua hecha con el estómago de un antílope que maté en primavera. Había sido un macho grande y logré hacer algunas cosas con su cuerpo. Entre esta y la otra bolsa de agua, normalmente tengo que hacer el viaje hasta el lago de agua dulce sólo cada pocos días.

Me pregunto si su gente transportaba el agua de otra manera, y tal vez ella no sabe cómo transportar el agua de la manera que a mí me enseñaron. Vuelvo a acercar la bolsa de agua a mi cuerpo, desenrollo el tendón que mantiene la parte superior cerrada y tomo un trago breve antes de ofrecérsela nuevamente.

Esta vez, aunque vacilante, se acerca y lo toma de mis manos. La miro expectante y lentamente se lo acerca a la nariz y lo huele. Su rostro se arruga por un momento mientras se da vuelta, pero luego vuelve a olfatear. Ella toma un pequeño sorbo antes de devolvérmelo rápidamente.

Estoy eufórico. Ella me quitó el agua, así que sabe que al menos puedo proporcionarle esa cantidad. Todo lo que tengo que hacer ahora es mostrarle qué más puedo ofrecerle como compañero y entonces le agradaré. Extendiendo la mano, la tomo de la mano y la llevo a la entrada de la cueva. Ella sale conmigo a la luz del sol del nuevo día y contempla las estepas cubiertas de hierba. El día ya es cálido y el sol brilla y centellea sobre el rocío. Es una vista hermosa. Miro a mi pareja con una sonrisa y ella rompe a llorar.

Cuando extiendo la mano para consolarla como lo hice anoche, ella coloca sus manos contra mi pecho y empuja. Mientras me empuja, emite un sonido chirriante y agudo.

Sorprendida por el ruido y su ataque físico, salto hacia atrás y me agacho a unos metros de mi pareja mientras ella se sienta con la espalda contra la pared exterior de la cueva y tiembla con sus gritos. Tiene las manos sobre la cara y el pelo le cae alrededor de la cabeza como una manta de piel. Quiero tocarlo de nuevo, intentar consolarla como sé que debería hacerlo, pero cuando intento acercarme a ella, ella grita y me gruñe.

No se que hacer.

Así que me quedo donde estoy, a veces extendiéndole la mano pero nunca tocándola del todo. No creo que se dé cuenta porque tiene los ojos cubiertos. Mientras el sol sube lentamente en el cielo, mi estómago gruñe como si mi cuerpo supiera que hay comida cerca. Mi pareja también debe tener hambre ya que anoche no comió nada. Quiero entrar y coger un poco de carne, pero no me atrevo a dejarla sola.

Estoy un poco confundido en cuanto a por qué tengo un deseo tan fuerte de mantenerla en mi punto de mira. Me temo que ella no estará aquí cuando regrese y tendré que localizarla para que no salga lastimada. También tengo miedo de que se asuste si se descubre los ojos y yo no estoy allí para protegerla, y quiero que sepa que no la abandonaré. No quiero que tenga más miedo del que ya tiene.

Mis piernas se cansan, así que me siento en el suelo a unos metros de ella y simplemente espero. Puedo pasar un tiempo más sin comer, aunque el olor a carne cocida tan cerca de mí sea muy tentador. Se me hace la boca agua, pero también sé que primero tengo que cuidar a mi pareja.

Los rayos del sol se acercan al borde inferior de las rocas y su calor pronto llegará a nosotros. Mi compañera finalmente toma un largo y tembloroso suspiro y vuelve a levantar la cabeza. Ella me mira con los ojos rojos y el labio inferior tembloroso. Su expresión me desgarra; Quiero ir con ella, pero no estoy seguro de si ella quiere que esté cerca.

Durante un largo momento, simplemente nos miramos. Cuando ya no vuelve a hacer ninguno de esos ruidos fuertes, avanzo lentamente, poco a poco, hasta que estoy lo suficientemente cerca como para tocarla. Lentamente extiendo mi mano y cuando ella no retrocede, le limpio algunas lágrimas de las mejillas. Mi compañera respira profundamente otra vez y cierra los ojos por un momento. Sus hombros se hunden y su cabeza cae hacia adelante, pero no empieza a llorar de nuevo. Me pregunto si se le habrán acabado las lágrimas.

Me acerco un poco más y me arrodillo frente a ella. No vuelvo a acercarme a ella porque todavía parece un poco indecisa. Me siento allí con las manos en los muslos, inmóvil mientras ella me mira. Finalmente, su boca se abre y vuelven a salir muchos sonidos, pero son los ruidos rítmicos más suaves que hacía antes de quedarse dormida, no los fuertes. Ella mira hacia las estepas mientras hace los ruidos, luego hace una pausa, me mira y hace más ruido.

Inclino la cabeza y observo cómo se mueven sus labios, preguntándome por qué hace tanto esto. Después de un tiempo, el tono de sus sonidos aumenta repentinamente y se vuelve más fuerte. Me estremezco ante el cambio abrupto y ella se queda en silencio mientras mira la tierra detrás de mí. Sus hombros suben y bajan con varias respiraciones profundas, y luego gira la cabeza y me mira fijamente a los ojos.

Ella hace otro ruido. No son los ruidos fuertes de antes, ni tampoco los largos ruidos rítmicos que acababa de soportar. Cuando hace este ruido, se golpea el pecho con el dedo. Ella guarda silencio por un momento mientras nos miramos y luego repite tanto el sonido como el movimiento.

"Elizabeth."

Siento mi sonrisa en mi cara cuando entiendo lo que está haciendo. Aunque es extraño, ella tiene un nombre que suena igual que yo, y me está diciendo cuál es. Intento hacer los mismos sonidos.

"Ehh..beh." Arrugo la frente. ¿Por qué el sonido de su nombre es tan difícil y tan largo?

Ella me frunce el ceño y lo dice de nuevo.

"Elizabeth".

"Beh-tah-babaa".

Suspira y su frente se arruga.

"Isabel. Eeee-lizzz-ahh-beth".

"Laahh...baaay."

Sacude la cabeza de un lado a otro y me pregunto si le pica. Repite los sonidos unas cuantas veces más, a veces combinándolos con muchos otros sonidos. Estoy empezando a tener dolor de cabeza nuevamente a medida que ella hace un poco más de ruido. Se golpea el pecho de nuevo.

"¡Beth!"

El sonido es más corto pero sigue siendo muy extraño.

"Beh-bet."

"Beth", repite.

He tenido suficiente. Extiendo la mano y toco su hombro.

"Bien."

"Beth".

La golpeo un poco más fuerte y gruño.

"Beh", repito. La toco de nuevo. "¡BAH!"

Sus ojos se abren un poco e inhala profundamente. Un momento después, sus hombros caen y suspira.

"Beh", dice en voz baja.

Sonrío mientras veo su mano extenderse y un dedo toca el centro de mi pecho. Más sonidos de su boca, pero sé lo que quiere. Quiere saber si yo también tengo un sonido de nombre.

"¡Eh!" digo con orgullo.

Después de tanto tiempo sola, tengo suerte de recordar incluso el sonido de mi nombre.

"¿Pacto?"

"¡Eh!"

"Ehd", dice mientras una pequeña sonrisa finalmente aparece en su rostro. Es una vista hermosa y mi cuerpo casi hormiguea de emoción. Ella me ha dado su nombre-sonido y me ha pedido el mío, lo que debe significar que me ha aceptado. Si no lo hubiera hecho, no me habría dado información tan valiosa. Ahora ella me aceptará voluntariamente como su pareja y formaremos una nueva tribu con nuestros hijos.

Salto y agarro su brazo para ayudarla a ponerse de pie. Se levanta y se quita el polvo de las mantas antes de que tome sus manos entre las mías. Por un momento, miro sus ojos, que todavía están rojos por la tristeza. Espero que ahora que ha aceptado que soy su pareja sea feliz. Me inclino hacia adelante lentamente y paso la punta de mi nariz sobre la de ella nuevamente, comenzando en la punta y subiendo hasta el lugar entre sus ojos. La miro de nuevo y, aunque todavía puedo ver su cautela en sus ojos, no se aleja de mí.

Luego empiezo a mostrarle a mi pareja su nuevo hogar.

Como ya estábamos fuera de la cueva, empiezo mostrándole mi impresionante colección de madera. Hay una gran grieta afuera de la entrada de mi cueva que no es lo suficientemente grande para que alguien viva en ella, pero mantiene la madera seca y agradable cuando llueve, y es muy fácil recuperar más madera cuando el suministro del interior se está agotando.

Beh mira la madera y luego vuelve a mirarme, pero no parece impresionada. Se lo muestro de nuevo, pero su reacción sigue siendo de desinterés. Ella mira hacia el campo lejos de la cueva y hacia el acantilado hasta las estepas, pero no hacia el bosque. Me decepciona que a ella no parezca gustarle porque realmente es lo mejor que tengo para mostrarle, pero sigo adelante, decidida a impresionarla de alguna manera.

El resto del día no va mejor.

No entiendo a mi compañero.

Le muestro a Beh todo lo que creo que la impresionará, pero ella no reacciona como creo que lo hará, en absoluto. Lo estoy intentando, pero ella es simplemente... rara. Después de que ella no mira ninguna de mis pieles ni las suaves rocas alrededor del pozo de fuego, se sienta cerca de la entrada de la cueva y llora la mitad del día. Luego comienza estos pequeños y extraños movimientos de girar y girar su cuerpo. Puedo decir que necesita hacer sus necesidades, ¡pero no lo hace! Ella sigue mirando alrededor del exterior de la cueva, luego a mí y luego otra vez. Finalmente me canso de que ella haga eso, la agarro de la muñeca y la arrastro hacia el lugar donde normalmente vacío mi vejiga y mis intestinos. Me desahogo para mostrarle el mejor lugar para ir y luego me quedo allí y espero un rato, ¡pero Beh no hace nada! ¡Ella empieza a hacer muchos ruidos otra vez! Finalmente, empuja mi brazo hasta que estoy parado al otro lado del cepillo y apartando la mirada de ella. Luego finalmente hace sus necesidades y deja de inquietarse.

¡Tan extraña!

Luego, volvemos a la cueva y Beh finalmente está dispuesto a comer algo. Le doy las mejores piezas del antílope, pero parece que no le gusta nada. Quiero mostrarle el último pelaje que hice – es el más suave y nos cubrió la noche anterior, y espero que lo use para hacerse ropa más adecuada – pero cuando trato de llevarla al fondo de la cueva, ella se aleja de mí. Una vez que me rindo, salimos y le muestro el borde del área boscosa donde hay mucha madera buena para rellenar el escondite cerca de la cueva, pero ella tampoco parece impresionada por eso.

En este punto, estoy frustrado, por decir lo menos.

No sé qué tan bien funcionará nuestro apareamiento cuando cada cosa que ella hace tiene menos sentido que la anterior, y todo lo que hago parece no dejarle ninguna impresión. Más temprano en la mañana, había pensado que agradarle sería bastante simple, pero ahora que le he mostrado todo lo que tengo, parece aburrida y no me siento como un muy buen compañero.

Beh obviamente está de acuerdo.

Como nada de lo que tengo alrededor de la cueva demuestra mi valía, decido mostrarle el lago cercano. No tarda mucho en llegar y tal vez le guste el agua y aprecie lo cerca que está. Creo que la zona es hermosa y espero que ella también la disfrute. Extiendo la mano y hago un gesto hacia el bosque siempre verde en el horizonte. El lago está justo al otro lado del grupo de árboles.

Por un momento, ella solo mira mi mano y puedo sentir el corazón hundirse en mi pecho. Hace un tiempo que no hace más ruidos ni llora desde esta mañana, pero sé que todavía algo anda mal. Simplemente no sé qué es.

"¿Bien?"

Sus ojos se mueven hacia los míos lentamente antes de mirar mis dedos extendidos. Ella silenciosamente pone su mano en la mía y se levanta. Sus ojos permanecen enfocados en el suelo, y extiendo la mano para tocar su barbilla con la punta de mi dedo, inclinando su cabeza hacia arriba para que me mire. Observo su garganta moverse mientras traga, y luego salen más sonidos de su boca, aunque son silenciosos. Escucho el sonido de mi nombre junto con los otros sonidos que ella hace.

Ojalá supiera lo que ella necesita de mí. Le he dado refugio, agua y comida. Tal vez intente darle un bebé esta noche y eso la hará feliz. No tengo idea de qué más puede necesitar de mí. Ha pasado tanto tiempo desde que vi a mis padres y a las otras parejas de mi tribu; No recuerdo si se supone que debo hacer algo más.

Los ojos de Beh se cierran por un momento y deja escapar un largo y profundo suspiro. Lo ha hecho muchas veces desde esta mañana y creo que debe ser para calmarse.

Incluso en el acto de consolarla, parece que me falta algo.

Algo en su mirada cambia cuando sus ojos se abren y sus dedos aprietan ligeramente los míos. Le devuelvo el agarre mientras la llevo fuera de la cueva y por el sendero. El aire entre nosotros se siente particularmente cargado para mí, y soy muy consciente de su presencia incluso cuando mis ojos están en el horizonte, atentos al peligro. Me giro y la miro cuando llegamos a los pastizales abiertos, y ella me mira con una pequeña sonrisa. Las nubes eligen entonces apartarse del camino, y cuando el sol me golpea, el calor penetra mi piel. Le devuelvo la sonrisa a Beh y paso el pulgar por el borde de su mano mientras caminamos juntas por las estepas.

Quizás la he entendido mal y ella aprecia las pocas cosas que tengo. Al menos ahora ella es receptiva conmigo y no ofrece resistencia mientras la guío por las tierras que he aprendido muy bien. Miro de izquierda a derecha muchas veces, sin permitirme perderme en pensamientos o recuerdos como podría haberlo hecho otro día. Ahora tengo una pareja que proteger y no me sorprenderán peligros ocultos.

Afortunadamente, el viaje transcurre sin incidentes. Beh mira alrededor del bosque mientras lo atravesamos y me alegro de ello. Espero que vea algunas plantas que pueda empezar a recolectar para las tiendas de alimentos. No sé qué plantas se pueden comer excepto las pocas que reconozco. Una vez encontré un arbusto con bayas que pensé que estaría bien comer, pero en cambio me enfermaron. Desde entonces, me había mantenido alejado de cualquier planta que no conocía, y eso me dejó sólo las pocas que conozco. A veces hay frambuesas y piñones, que recogí en el pasado, pero aún es demasiado pronto para la primavera. También sé que los granos que crecen en la parte superior de la hierba se pueden comer, ¡pero lleva una eternidad simplemente recolectar un puñado de ellos! Cuando los cocino, quedan masticables y nada sabrosos como los que me hacía mi madre cuando era joven.

Miro a Beh mientras ella observa de cerca todo lo que pasamos, y me alegro de tener una mujer que recoja comida para mí nuevamente. Quizás este invierno no tenga tanta hambre todo el tiempo. Le traeré carne y la protegeré, y ella podrá hacer las otras cosas que necesitamos, como recolectar comida y cocinar. También puede usar juncos tejidos para hacer el mismo tipo de platos que siempre hacía mi madre. Lo he intentado, pero parece que no puedo ajustarlos lo suficiente y siempre gotean.

Aunque estoy seguro de que mi compañero podrá hacerlo.

Aprieto su mano suavemente mientras subimos la ligera pendiente, a través de los juncos y bajamos la colina del otro lado. El lago aparece a la vista cuando rodeamos un grupo de árboles, y por la expresión de mi compañera puedo decir que está sorprendida.

Es un lago grande con muchos peces diferentes. Un arroyo al norte lo alimenta y he encontrado truchas nadando cerca de sus grandes rocas. La costa está cubierta de piedras redondas que conducen a los juncos cercanos al bosque.

Soltando su mano, camino hasta la orilla del agua, donde puedo pararme sobre las rocas y esperar a que los peces se acerquen lo suficiente para pescar. A veces los he apuñalado con una lanza, pero no es demasiado difícil atraparlos con la mano una vez que descubrí cómo hacerlo. Hay un pequeño grupo de peces cerca de la orilla y no pasa mucho tiempo antes de que capture uno.

Me giro y se lo sostengo a mi pareja, y siento que mi corazón comienza a latir más rápido en mi pecho cuando ella estalla en la primera sonrisa genuina que he visto en ella. No tengo más remedio que devolverle la sonrisa porque finalmente, finalmente hice algo bien, y su expresión lo confirma. Aunque me ha tomado la mayor parte del día encontrar alguna manera de impresionarla, la expresión de su rostro definitivamente vale cualquier esfuerzo que haga falta en el futuro para ver esa sonrisa con la mayor frecuencia posible.

Ella es tan, tan hermosa para mí, y ahora sé que Beh será feliz conmigo.

Cojo dos peces más para mi pareja y los coloco sobre las rocas para que los llevemos de regreso a la cueva. El sol calienta en el cielo y la luz brilla en el agua mientras me dirijo al borde para lavarme. Todavía tengo sangre de haber matado al antílope y no me gusta el olor.

Me quito las correas de cuero alrededor de mis hombros que sujetan mis dos odres de agua y las coloco encima de una roca junto con la piel que cubre mis hombros. También me quito la envoltura de piel de la cintura y la dejo encima de todo para mantenerlo seco.

Beh hace un sonido extraño y cuando la miro, ella se ha dado vuelta para mirarme. Miro a lo lejos para ver si hay algo ahí fuera que la haya alarmado, pero no veo nada. Me acerco un poco más a ella, pero ella no se da vuelta. Incluso mientras me muevo a su alrededor, ella sigue alejándose de mí. Ella no parece molesta, simplemente no me mira.

No la entiendo.

Sumerjo mis manos en el agua. El sol todavía no ha calentado mucho el agua a estas alturas de la primavera y hace mucho frío. No me gusta el frío, así que solo uso un poco de agua para limpiar un poco de sangre de mis brazos antes de sacudirlos para quitar las gotas de agua.

Al mirar a Beh, veo que todavía está sentada en las rocas y no me mira. Tiene el extremo de su túnica enrollado alrededor de uno de sus dedos y parece estar usándolo para frotarse los dientes, aunque no sé por qué haría eso.

"¡Bien!"

Ella me mira, se vuelve a poner la ropa hasta la cintura y rápidamente agacha la cabeza y vuelve a mirar hacia otro lado mientras me alejo del lago hacia ella. Cuando me acerco, ella me mira con los ojos muy abiertos, jadea y luego rápidamente esconde la cabeza entre las manos. Me acerco detrás de ella y extiendo la mano para tocar su hombro.

Salta de la roca y da unos pasos hacia adelante, con las manos todavía sobre los ojos. No entiendo lo que está haciendo en absoluto. ¿Por qué esconde su rostro y sus ojos? Vuelvo a mirar a mi alrededor, preguntándome si hay algo aterrador o peligroso que no había notado, pero no hay nada allí.

Veo que su brazo y sus manos también tienen sangre del lugar donde cayó en la trampa. Probablemente quiera quitárselo antes de que empiece a oler demasiado mal. Decidiendo que no hay manera de que pueda descubrir qué le pasa ahora, la agarro del brazo y la tiro hacia la línea de agua. Ella viene conmigo aunque sus manos permanecen sobre su cara, lo que hace que vuelva a tropezar con las extrañas cubiertas de sus pies. Cansado de que las cosas la lastimen, me agacho frente a ella y trato de descubrir cómo quitármelas.

Hay pequeños lazos atados a través de ellos, y cuando examino el nudo, me doy cuenta de que no es complicado y determino cómo desatarlo con bastante rapidez. Cualquiera que sea el material del que estén hechas las corbatas, son mucho más fáciles de desatar que el cuero o los tendones. Beh comienza a emitir sonidos nuevamente, pero no presto atención hasta que escucho el sonido de mi nombre.

"¡Eh!"

La miro y veo que al menos se ha descubierto la cara y me está mirando. Da un paso atrás y hace más sonidos con la boca mientras lo hace. Miro al cielo, sabiendo que se está haciendo tarde y que pronto tendremos que abandonar el lago. Sea lo que sea que le pasa, no tenemos tiempo para ello. Como su pareja, debo cuidarla, lo que incluye asegurarme de que no tenga sangre en la piel. También necesito mantenerla abrigada, así que tengo que quitarle la ropa extraña para que se mantenga seca. La próxima vez que vengamos al lago traeremos ropa extra para poder lavar la que llevamos puesta.

Examino la ropa inusual de mi pareja, tratando de encontrar los lazos que la mantienen unida, pero no puedo determinar cómo quitármela. Las mallas tienen lazos extraños alrededor de su cintura, pero no creo que le ayuden a quitarse la ropa. Los lazos serían útiles si les atara bolsas de transporte, y me pregunto si ese es su propósito. También hay una parte redonda en el centro, cerca de su estómago, justo encima de donde la tela se dobla sobre sí misma, pero no sé qué hacer con ella. Cuando presiono mi dedo contra ella, está fría y dura como una piedra, pero no se siente como ninguna piedra que haya encontrado antes.

Beh aparta mi mano, así que miro la otra prenda alrededor de la mitad superior de su cuerpo.

La túnica parece ser de una sola pieza y ni siquiera está envuelta alrededor de ella con una corbata. Mientras Beh hace más ruido, camino lentamente a su alrededor y trato de entender cómo quitárselo. Finalmente decido que sólo tiene que subir por encima de su cabeza, lo cual no me gusta en absoluto. Para quitárselo o ponérselo se le taparían los ojos, dejándola ciega por un segundo. Definitivamente eso no es seguro para mi pareja.

Tendrá que usar algunas de las pieles de la cueva para hacerse la ropa adecuada.

Extiendo la mano y envuelvo mis dedos alrededor del borde de la túnica en su cintura. Beh hace otro sonido y aparta mi mano. Espero a que ella misma se lo quite, pero cuando no lo hace, lo agarro de nuevo y nuevamente ella aparta mi mano y hace mucho más ruido. Le gruño y agarro la tela con más fuerza mientras intento pasarla por encima de su torso.

Ahora ella realmente está gritando y no sólo me empuja, sino que da unos pasos hacia atrás y me señala con el dedo. Más sonidos salen de su boca y no hay duda de que está enojada, pero yo también me estoy enojando. Una cosa que noto ahora con sus sonidos es la inclusión del sonido de mi nombre entre el ruido. Extiendo la mano, gruñendo, la agarro del brazo y la atraigo hacia mí. Ella grita y me golpea en el pecho.

Intento agarrarme de sus brazos, ¡pero está muy, muy nerviosa! Sólo quiero cuidarla, ayudarla a limpiar la sangre del antílope y demostrarle que puedo ser una buena pareja para ella, ¡pero ella no me deja!

Gruño de nuevo y logro atrapar sus muñecas entre mis manos. Los sostengo a sus costados hasta que deja de luchar y me mira. Su pecho sube y baja mientras relaja lentamente sus músculos. Cuando finalmente parece calmarse, la suelto y empiezo a tirar de su extraña ropa nuevamente, pero ella me grita.

"¡Eh, NO!" Beh levanta la mano y me golpea en la nariz.

Doy un paso atrás en estado de shock.

Finalmente, después de un momento de vacilación, me doy cuenta de lo equivocado que he estado con ella. Decidiendo no correr el más mínimo riesgo, salgo de debajo de las pieles, agrego dos trozos de leña al fuego y me asomo por la abertura de la cueva para hacer algo. seguro que todo es como debe ser. La luna es redonda y brillante en el fresco cielo nocturno, y los pastizales que rodean la cueva parecen tranquilos y pacíficos. Después de hacer mis necesidades sobre el borde de las rocas, tiemblo y vuelvo a las pieles.

Afortunadamente, mi compañera no se despierta mientras vuelvo a meterme entre las pieles a su lado. Sé que necesita descansar. Me tomo un momento para mirarla a la luz parpadeante del fuego. Tiene los ojos cerrados, pero los restos de su dolor todavía son evidentes en sus mejillas.

Quiero tocar su piel, pero no quiero despertarla. Incapaz de controlar el impulso por completo, toco la piel de su rostro con cuidado. Vuelvo a alcanzar su extraña ropa y mis dedos rozan su hombro, su pecho y su cintura mientras disfruto la sensación de la tela en comparación con la piel áspera de mi mano.

Ella se mueve ligeramente, así que detengo mis movimientos y decido contentarme con dejar un brazo alrededor de ella. Me estiro junto a ella y levanto las pieles para asegurarme de que esté lo suficientemente abrigada. Su boca se abre ligeramente y hace más ruidos extraños mientras duerme. Los sonidos son muy suaves y de tono profundo. Su cara se arruga un poco y su respiración se acelera. La acerco más a mí hasta que se relaja y duerme más profundamente.

Sé que debo tener razón y ella recientemente perdió a su gente. Me pregunto qué pasó con ellos y si alguna vez lo sabré con seguridad. De todos modos, ahora no importa: seré su pareja y la cuidaré de ahora en adelante. Sólo necesito encontrar una manera de evitar que ella me tenga miedo. También necesitaré muchas cosas de ella: necesitará recolectar comida para el invierno, cocinar la carne que le traigo y aceptarme en su cuerpo para poder darle hijos.

La idea de eso me trae otra sonrisa a la cara y una sensación de hormigueo entre mis piernas.

Sin embargo, ahora parece tener tanto miedo de mí que no creo que se coloque fácilmente sobre sus manos y rodillas para que pueda llenarla. Aún así, soy mucho más fuerte, y si quiero estar dentro de ella, puedo simplemente abrazarla mientras entro en su cuerpo. Unirme a ella de esa manera todavía se sentiría muy bien, me imagino, pero no me gusta cuando grita y llora, y creo que probablemente haría eso si tuviera que sujetarla para aparearme con ella.

Estos pensamientos hacen que mi pene se alargue y se ponga rígido. Considero acariciarme, pero tengo miedo de que eso la despierte. Suspiro mientras miro su rostro dormido y me pregunto cuánto tiempo pasará antes de que pueda aparearme adecuadamente con ella. Toco su mejilla suavemente otra vez y sé que cuando decida acostarme con ella, quiero que lo disfrute. Entonces, ¿cómo consigo que eso suceda?

Finalmente, después de pensarlo mucho tiempo, decido que necesito agradarle.

CAPÍTULO 3

La segunda vez que me despierto por la noche, mi pareja vuelve a llorar mientras duerme. Al principio creo que ella también se ha despertado, posiblemente desorientada al encontrarse en un hogar diferente y sin su tribu. Sin embargo, sus ojos están cerrados mientras su boca emite esos sonidos y sus músculos se tensan por la angustia. Una vez más, la abrazo hacia mí, con la esperanza de ofrecerle consuelo incluso si no puedo arreglar lo que le pasa. Después de un minuto se calma, se vuelve hacia mí y se acuesta en mis brazos.

Cuando empiezo a volver a quedarme dormido, se me ocurre que mi pareja va a necesitar muchos cuidados. Si quiero agradarle, tendré que demostrarle que puedo ocupar el lugar de su tribu. Estoy seguro de que puedo ser suficiente para ella si me aseguro de que tenga refugio, le proporciono suficiente carne para cocinar y, por supuesto, le pongo un bebé. Una lista de cosas para mostrarle comienza a formarse en mi mente y continúa en mis sueños.

La próxima vez que abro los ojos, veo una luz tenue que entra por la abertura de la cueva. Me levanto sobre un brazo y miro a mi compañera mientras ella continúa durmiendo, envuelta en mis pieles. Tiene los ojos cerrados y se ve tan tranquila mientras está ahí tumbada que no la despierto a pesar de que ya es tarde en la mañana, y hay muchas cosas que necesitaba señalarle.

Por un tiempo, también me quedo entre las pieles y simplemente la miro dormir, memorizando la forma de su mandíbula y el tono rosado que cubre sus labios. Mientras la luz del sol se cuela entre las rocas, su cabello brilla alrededor de su rostro y no puedo evitar tocarlo y deleitarme con su suavidad nuevamente. Primero, se lo quito de la frente y luego se lo paso por los hombros. Parece haberse enredado un poco durante la noche, pero sigue tan suave como antes. Se lo coloco suavemente detrás de las orejas y finalmente abre los ojos.

Mi pareja parpadea un par de veces mientras sus ojos se centran en mí. Sonrío sólo un poco, con cuidado de no mostrar los dientes, pero sus ojos aún se abren mucho mientras recorren la pequeña cueva. Puedo ver que las lágrimas empiezan a brotar de nuevo y sé que tendré que mostrarle todo lo más rápido posible. Obviamente ella no está impresionada con lo que tengo y no puedo culparla. Apenas me he mantenido a lo largo de las temporadas y ni siquiera he pensado en adquirir las cosas que necesitaría para mantener a una pareja.

Voy a cambiar eso ahora.

Gimo en voz baja y le cepillo el rabillo del ojo para secarle las lágrimas. Tan suavemente como puedo, me inclino hacia ella y toco mi nariz con la de ella. Se sobresalta un poco, pero al menos deja de llorar. Pongo mis piernas debajo de mí y salto sobre ella hasta el borde de las pieles para dormir y extiendo mi mano.

Ella sólo lo mira y sus ojos se abren de nuevo. Aparta la mirada de mí rápidamente, respira profundamente unas cuantas veces y luego vuelve a mirarme a los ojos. Me acerco y toco su mano con la mía. Cuando ella no retrocede, entrelazo nuestros dedos y tiro de ellos hasta que se sienta. No puedo evitar sentir cierta emoción cuando ella me responde. Todavía no ha gritado ni hecho ningún otro sonido extraño y no parece tan asustada como ayer. Tal vez ella acepte mi cueva después de todo.

Una vez que ella se levanta y se aleja un paso de las pieles, le suelto la mano y agarro mi piel para envolverme con ella. Mi pareja hace otro sonido mientras me visto y la miro por un momento. Ella vuelve a apartar la mirada y junta las manos delante de su estómago, y pienso en cómo se verá con un vientre grande y redondo. La idea me hace sonreír.

Cruzando el corto ancho de la cueva, me dirijo a buscar una de mis bolsas de agua. Se lo ofrezco, pero ella sólo lo mira con los ojos entrecerrados. Hace algunos ruidos con la boca, pero siguen siendo bastante silenciosos y esta vez no me duelen la cabeza.

Inclino la cabeza y le tiendo la bolsa de agua nuevamente, pero ella todavía no la toma. Lo miro para tratar de determinar si de alguna manera es poco apetecible, pero me parece bien. Es una simple bolsa de agua hecha con el estómago de un antílope que maté en primavera. Había sido un macho grande y logré hacer algunas cosas con su cuerpo. Entre esta y la otra bolsa de agua, normalmente tengo que hacer el viaje hasta el lago de agua dulce sólo cada pocos días.

Me pregunto si su gente transportaba el agua de otra manera, y tal vez ella no sabe cómo transportar el agua de la manera que a mí me enseñaron. Vuelvo a acercar la bolsa de agua a mi cuerpo, desenrollo el tendón que mantiene la parte superior cerrada y tomo un trago breve antes de ofrecérsela nuevamente.

Esta vez, aunque vacilante, se acerca y lo toma de mis manos. La miro expectante y lentamente se lo acerca a la nariz y lo huele. Su rostro se arruga por un momento mientras se da vuelta, pero luego vuelve a olfatear. Ella toma un pequeño sorbo antes de devolvérmelo rápidamente.

Estoy eufórico. Ella me quitó el agua, así que sabe que al menos puedo proporcionarle esa cantidad. Todo lo que tengo que hacer ahora es mostrarle qué más puedo ofrecerle como compañero y entonces le agradaré. Extendiendo la mano, la tomo de la mano y la llevo a la entrada de la cueva. Ella sale conmigo a la luz del sol del nuevo día y contempla las estepas cubiertas de hierba. El día ya es cálido y el sol brilla y centellea sobre el rocío. Es una vista hermosa.

Miro a mi pareja con una sonrisa y ella rompe a llorar.

Cuando extiendo la mano para consolarla como lo hice anoche, ella coloca sus manos contra mi pecho y empuja. Mientras me empuja, emite un sonido chirriante y agudo.

Sorprendida por el ruido y su ataque físico, salto hacia atrás y me agacho a unos metros de mi pareja mientras ella se sienta con la espalda contra la pared exterior de la cueva y tiembla con sus gritos. Tiene las manos sobre la cara y el pelo le cae alrededor de la cabeza como una manta de piel. Quiero tocarlo de nuevo, intentar consolarla como sé que debería hacerlo, pero cuando intento acercarme a ella, ella grita y me gruñe.

No se que hacer.

Así que me quedo donde estoy, a veces extendiéndole la mano pero nunca tocándola del todo. No creo que se dé cuenta porque tiene los ojos cubiertos. Mientras el sol sube lentamente en el cielo, mi estómago gruñe como si mi cuerpo supiera que hay comida cerca. Mi pareja también debe tener hambre ya que anoche no comió nada. Quiero entrar y coger un poco de carne, pero no me atrevo a dejarla sola.

Estoy un poco confundido en cuanto a por qué tengo un deseo tan fuerte de mantenerla en mi punto de mira. Me temo que ella no estará aquí cuando regrese y tendré que localizarla para que no salga lastimada. También tengo miedo de que se asuste si se descubre los ojos y yo no estoy allí para protegerla, y quiero que sepa que no la abandonaré. No quiero que tenga más miedo del que ya tiene.

Mis piernas se cansan, así que me siento en el suelo a unos metros de ella y simplemente espero. Puedo pasar un tiempo más sin comer, aunque el olor a carne cocida tan cerca de mí sea muy tentador. Se me hace la boca agua, pero también sé que primero tengo que cuidar a mi pareja.

Los rayos del sol se acercan al borde inferior de las rocas y su calor pronto llegará a nosotros. Mi compañera finalmente toma un largo y tembloroso suspiro y vuelve a levantar la cabeza. Ella me mira con los ojos rojos y el labio inferior tembloroso. Su expresión me desgarra; Quiero ir con ella, pero no estoy seguro de si ella quiere que esté cerca.

Durante un largo momento, simplemente nos miramos. Cuando ya no vuelve a hacer ninguno de esos ruidos fuertes, avanzo lentamente, poco a poco, hasta que estoy lo suficientemente cerca como para tocarla. Lentamente extiendo mi mano y cuando ella no retrocede, le limpio algunas lágrimas de las mejillas. Mi compañera respira profundamente otra vez y cierra los ojos por un momento. Sus hombros se hunden y su cabeza cae hacia adelante, pero no empieza a llorar de nuevo. Me pregunto si se le habrán acabado las lágrimas.

Me acerco un poco más y me arrodillo frente a ella. No vuelvo a acercarme a ella porque todavía parece un poco indecisa. Me siento allí con las manos en los muslos, inmóvil mientras ella me mira. Finalmente, su boca se abre y vuelven a salir muchos sonidos, pero son los ruidos rítmicos más suaves que hacía antes de quedarse dormida, no los fuertes. Ella mira hacia las estepas mientras hace los ruidos, luego hace una pausa, me mira y hace más ruido.

Inclino la cabeza y observo cómo se mueven sus labios, preguntándome por qué hace tanto esto. Después de un tiempo, el tono de sus sonidos aumenta repentinamente y se vuelve más fuerte. Me estremezco ante el cambio abrupto y ella se queda en silencio mientras mira la tierra detrás de mí. Sus hombros suben y bajan con varias respiraciones profundas, y luego gira la cabeza y me mira fijamente a los ojos.

Ella hace otro ruido. No son los ruidos fuertes de antes, ni tampoco los largos ruidos rítmicos que acababa de soportar. Cuando hace este ruido, se golpea el pecho con el dedo. Ella guarda silencio por un momento mientras nos miramos y luego repite tanto el sonido como el movimiento.

"Elizabeth."

Siento mi sonrisa en mi cara cuando entiendo lo que está haciendo. Aunque es extraño, ella tiene un nombre que suena igual que yo, y me está diciendo cuál es. Intento hacer los mismos sonidos.

"Ehh..beh." Arrugo la frente. ¿Por qué el sonido de su nombre es tan difícil y tan largo?

Ella me frunce el ceño y lo dice de nuevo.

"Elizabeth."

"Beh-tah-babaa".

Suspira y su frente se arruga.

"Isabel. Eeee-lizzz-ahh-beth".

"Laahh...baaay."

Sacude la cabeza de un lado a otro y me pregunto si le pica. Repite los sonidos unas cuantas veces más, a veces combinándolos con muchos otros sonidos. Estoy empezando a tener dolor de cabeza nuevamente a medida que ella hace un poco más de ruido. Se golpea el pecho de nuevo.

"¡Beth!"

El sonido es más corto pero sigue siendo muy extraño.

"Beh-bet."

"Beth", repite.

He tenido suficiente. Extiendo la mano y toco su hombro.

"Bien."

"Beth".

La golpeo un poco más fuerte y gruño.

"Beh", repito. La toco de nuevo. "¡BEH!"

Sus ojos se abren un poco e inhala profundamente. Un momento después, sus hombros caen y suspira.

"Beh", dice en voz baja.

Sonrío mientras veo su mano extenderse y un dedo toca el centro de mi pecho. Más sonidos de su boca, pero sé lo que quiere. Quiere saber si yo también tengo un sonido de nombre.

"¡Eh!" digo con orgullo.

Después de tanto tiempo sola, tengo suerte de recordar incluso el sonido de mi nombre.

"¿Pacto?"

"¡Eh!"

"Ehd", dice mientras una pequeña sonrisa finalmente aparece en su rostro. Es una vista hermosa y mi cuerpo casi hormiguea de emoción. Ella me ha dado su nombre-sonido y me ha pedido el mío, lo que debe significar que me ha aceptado. Si no lo hubiera hecho, no me habría dado información tan valiosa. Ahora ella me aceptará voluntariamente como su pareja y formaremos una nueva tribu con nuestros hijos.

Salto y agarro su brazo para ayudarla a ponerse de pie. Se levanta y se quita el polvo de las mantas antes de que tome sus manos entre las mías. Por un momento, miro sus ojos, que todavía están rojos por la tristeza. Espero que ahora que ha aceptado que soy su pareja sea feliz. Me inclino hacia adelante lentamente y paso la punta de mi nariz sobre la de ella nuevamente, comenzando en la punta y subiendo hasta el lugar entre sus ojos. La miro de nuevo y, aunque todavía puedo ver su cautela en sus ojos, no se aleja de mí.

Luego empiezo a mostrarle a mi pareja su nuevo hogar.

Como ya estábamos fuera de la cueva, empiezo mostrándole mi impresionante colección de madera. Hay una gran grieta afuera de la entrada de mi cueva que no es lo suficientemente grande para que alguien viva en ella, pero mantiene la madera seca y agradable cuando llueve, y es muy fácil recuperar más madera cuando el suministro del interior se está agotando.

Beh mira la madera y luego vuelve a mirarme, pero no parece impresionada. Se lo muestro de nuevo, pero su reacción sigue siendo de desinterés. Ella mira hacia el campo lejos de la cueva y hacia el acantilado hasta las estepas, pero no hacia el bosque. Me decepciona que a ella no parezca gustarle porque realmente es lo mejor que tengo para mostrarle, pero sigo adelante, decidida a impresionarla de alguna manera.

El resto del día no va mejor.

No entiendo a mi compañero.

Le muestro a Beh todo lo que creo que la impresionará, pero ella no reacciona como creo que lo hará, en absoluto. Lo estoy intentando, pero ella es simplemente... rara. Después de que ella no mira ninguna de mis pieles ni las suaves rocas alrededor del pozo de fuego, se sienta cerca de la entrada de la cueva y llora la mitad del día. Luego comienza estos pequeños y extraños movimientos de girar y girar su cuerpo. Puedo decir que necesita hacer sus necesidades, ¡pero no lo hace! Ella sigue mirando alrededor del exterior de la cueva, luego a mí y luego otra vez. Finalmente me canso de que ella haga eso, la agarro de la muñeca y la arrastro hacia el lugar donde normalmente vacío mi vejiga y mis intestinos. Me desahogo para mostrarle el mejor lugar para ir y luego me quedo allí y espero un rato, ¡pero Beh no hace nada! ¡Ella empieza a hacer muchos ruidos otra vez! Finalmente, empuja mi brazo hasta que estoy parado al otro lado del cepillo y apartando la mirada de ella. Luego finalmente hace sus necesidades y deja de inquietarse.

¡Tan extraña!

Luego, volvemos a la cueva y Beh finalmente está dispuesto a comer algo. Le doy las mejores piezas del antílope, pero parece que no le gusta nada. Quiero mostrarle el último pelaje que hice; es el más suave y nos cubrió la noche anterior, y espero que lo use para hacerse ropa más adecuada, pero cuando trato de llevarla al fondo de la cueva, ella se aleja de mí. Una vez que me rindo, salimos y le muestro el borde del área boscosa donde hay mucha madera buena para rellenar el escondite cerca de la cueva, pero ella tampoco parece impresionada por eso.

En este punto, estoy frustrado, por decir lo menos.

No sé qué tan bien funcionará nuestro apareamiento cuando cada cosa que ella hace tiene menos sentido que la anterior, y todo lo que hago parece no dejarle ninguna impresión. Más temprano en la mañana, había pensado que agradarle sería bastante simple, pero ahora que le he mostrado todo lo que tengo, parece aburrida y no me siento como un muy buen compañero.

Beh obviamente está de acuerdo.

Como nada de lo que tengo alrededor de la cueva demuestra mi valía, decido mostrarle el lago cercano. No tarda mucho en llegar y tal vez le guste el agua y aprecie lo cerca que está. Creo que la zona es hermosa y espero que ella también la disfrute. Extiendo la mano y hago un gesto hacia el bosque siempre verde en el horizonte. El lago está justo al otro lado del grupo de árboles.

Por un momento, ella solo mira mi mano y puedo sentir el corazón hundirse en mi pecho. Hace un tiempo que no hace más ruidos ni llora desde esta mañana, pero sé que todavía algo anda mal. Simplemente no sé qué es.

"¿Bien?"

Sus ojos se mueven hacia los míos lentamente antes de mirar mis dedos extendidos. Ella silenciosamente pone su mano en la mía y se levanta. Sus ojos permanecen enfocados en el suelo, y extiendo la mano para tocar su barbilla con la punta de mi dedo, inclinando su cabeza hacia arriba para que me mire. Observo su garganta moverse mientras traga, y luego salen más sonidos de su boca, aunque son silenciosos. Escucho el sonido de mi nombre junto con los otros sonidos que ella hace.

Ojalá supiera lo que ella necesita de mí. Le he dado refugio, agua y comida. Tal vez intente darle un bebé esta noche y eso la hará feliz. No tengo idea de qué más puede necesitar de mí. Ha pasado tanto tiempo desde que vi a mis padres y a las otras parejas de mi tribu; No recuerdo si se supone que debo hacer algo más.

Los ojos de Beh se cierran por un momento y deja escapar un largo y profundo suspiro. Lo ha hecho muchas veces desde esta mañana y creo que debe ser para calmarse.

Incluso en el acto de consolarla, parece que me falta algo.

Algo en su mirada cambia cuando sus ojos se abren y sus dedos aprietan ligeramente los míos. Le devuelvo el agarre mientras la llevo fuera de la cueva y por el sendero. El aire entre nosotros se siente particularmente cargado para mí, y soy muy consciente de su presencia incluso cuando mis ojos están en el horizonte, atentos al peligro. Me giro y la miro cuando llegamos a los pastizales abiertos, y ella me mira con una pequeña sonrisa. Las nubes eligen entonces apartarse del camino, y cuando el sol me golpea, el calor penetra mi piel. Le devuelvo la sonrisa a Beh y paso el pulgar por el borde de su mano mientras caminamos juntas por las estepas.

Quizás la he entendido mal y ella aprecia las pocas cosas que tengo. Al menos ahora ella es receptiva conmigo y no ofrece resistencia mientras la guío por las tierras que he aprendido muy bien. Miro de izquierda a derecha muchas veces, sin permitirme perderme en pensamientos o recuerdos como podría haberlo hecho otro día. Ahora tengo una pareja que proteger y no me sorprenderán peligros ocultos.

Afortunadamente, el viaje transcurre sin incidentes. Beh mira alrededor del bosque mientras lo atravesamos y me alegro de ello. Espero que vea algunas plantas que pueda empezar a recolectar para las tiendas de alimentos. No sé qué plantas se pueden comer excepto las pocas que reconozco. Una vez encontré un arbusto con bayas que pensé que estaría bien comer, pero en cambio me enfermaron. Desde entonces, me había mantenido alejado de cualquier planta que no conocía, y eso me dejó sólo las pocas que conozco. A veces hay frambuesas y piñones, que recogí en el pasado, pero aún es demasiado pronto para la primavera. También sé que los granos que crecen en la parte superior de la hierba se pueden comer, ¡pero lleva una eternidad simplemente recolectar un puñado de ellos! Cuando los cocino, quedan masticables y nada sabrosos como los que me hacía mi madre cuando era joven.

Miro a Beh mientras ella observa de cerca todo lo que pasamos, y me alegro de tener una mujer que recoja comida para mí nuevamente. Quizás este invierno no tenga tanta hambre todo el tiempo. Le traeré carne y la protegeré, y ella podrá hacer las otras cosas que necesitamos, como recolectar comida y cocinar. También puede usar juncos tejidos para hacer el mismo tipo de platos que siempre hacía mi madre. Lo he intentado, pero parece que no puedo ajustarlos lo suficiente y siempre gotean.

Aunque estoy seguro de que mi compañero podrá hacerlo.

Aprieto su mano suavemente mientras subimos la ligera pendiente, a través de los juncos y bajamos la colina del otro lado. El lago aparece a la vista cuando rodeamos un grupo de árboles, y por la expresión de mi compañera puedo decir que está sorprendida.

Es un lago grande con muchos peces diferentes. Un arroyo al norte lo alimenta y he encontrado truchas nadando cerca de sus grandes rocas. La costa está cubierta de piedras redondas que conducen a los juncos cercanos al bosque.

Soltando su mano, camino hasta la orilla del agua, donde puedo pararme sobre las rocas y esperar a que los peces se acerquen lo suficiente para pescar. A veces los he apuñalado con una lanza, pero no es demasiado difícil atraparlos con la mano una vez que descubrí cómo hacerlo. Hay un pequeño grupo de peces cerca de la orilla y no pasa mucho tiempo antes de que capture uno.

Me giro y se lo sostengo a mi pareja, y siento que mi corazón comienza a latir más rápido en mi pecho cuando ella estalla en la primera sonrisa genuina que he visto en ella. No tengo más remedio que devolverle la sonrisa porque finalmente, finalmente hice algo bien, y su expresión lo confirma. Aunque me ha tomado la mayor parte del día encontrar alguna manera de impresionarla, la expresión de su rostro definitivamente vale cualquier esfuerzo que haga falta en el futuro para ver esa sonrisa con la mayor frecuencia posible.

Ella es tan, tan hermosa para mí, y ahora sé que Beh será feliz conmigo.

Cojo dos peces más para mi pareja y los coloco sobre las rocas para que los llevemos de regreso a la cueva. El sol calienta en el cielo y la luz brilla en el agua mientras me dirijo al borde para lavarme. Todavía tengo sangre de haber matado al antílope y no me gusta el olor.

Me quito las correas de cuero alrededor de mis hombros que sujetan mis dos odres de agua y las coloco encima de una roca junto con la piel que cubre mis hombros. También me quito la envoltura de piel de la cintura y la dejo encima de todo para mantenerlo seco.

Beh hace un sonido extraño y cuando la miro, ella se ha dado vuelta para mirarme. Miro a lo lejos para ver si hay algo ahí fuera que la haya alarmado, pero no veo nada. Me acerco un poco más a ella, pero ella no se da vuelta. Incluso mientras me muevo a su alrededor, ella sigue alejándose de mí. Ella no parece molesta, simplemente no me mira.

No la entiendo.

Sumerjo mis manos en el agua. El sol todavía no ha calentado mucho el agua a estas alturas de la primavera y hace mucho frío. No me gusta el frío, así que solo uso un poco de agua para limpiar un poco de sangre de mis brazos antes de sacudirlos para quitar las gotas de agua.

Al mirar a Beh, veo que todavía está sentada en las rocas y no me mira. Tiene el extremo de su túnica enrollado alrededor de uno de sus dedos y parece estar usándolo para frotarse los dientes, aunque no sé por qué haría eso.

"¡Bien!"

Ella me mira, se vuelve a poner la ropa hasta la cintura y rápidamente agacha la cabeza y vuelve a mirar hacia otro lado mientras me alejo del lago hacia ella. Cuando me acerco, ella me mira con los ojos muy abiertos, jadea y luego rápidamente esconde la cabeza entre las manos. Me acerco detrás de ella y extiendo la mano para tocar su hombro.

Salta de la roca y da unos pasos hacia adelante, con las manos todavía sobre los ojos. No entiendo lo que está haciendo en absoluto. ¿Por qué esconde su rostro y sus ojos? Vuelvo a mirar a mi alrededor, preguntándome si hay algo aterrador o peligroso que no había notado, pero no hay nada allí.

Veo que su brazo y sus manos también tienen sangre del lugar donde cayó en la trampa. Probablemente quiera quitárselo antes de que empiece a oler demasiado mal. Decidiendo que no hay manera de que pueda descubrir qué le pasa ahora, la agarro del brazo y la tiro hacia la línea de agua. Ella viene conmigo aunque sus manos permanecen sobre su cara, lo que hace que vuelva a tropezar con las extrañas cubiertas de sus pies. Cansado de que las cosas la lastimen, me agacho frente a ella y trato de descubrir cómo quitármelas.

Hay pequeños lazos atados a través de ellos, y cuando examino el nudo, me doy cuenta de que no es complicado y determino cómo desatarlo con bastante rapidez. Cualquiera que sea el material del que estén hechas las corbatas, son mucho más fáciles de desatar que el cuero o los tendones. Beh comienza a emitir sonidos nuevamente, pero no presto atención hasta que escucho el sonido de mi nombre.

"¡Eh!"

La miro y veo que al menos se ha descubierto la cara y me está mirando. Da un paso atrás y hace más sonidos con la boca mientras lo hace. Miro al cielo, sabiendo que se está haciendo tarde y que pronto tendremos que abandonar el lago. Sea lo que sea que le pasa, no tenemos tiempo para ello. Como su pareja, debo cuidarla, lo que incluye asegurarme de que no tenga sangre en la piel. También necesito mantenerla abrigada, así que tengo que quitarle la ropa extraña para que se mantenga seca. La próxima vez que vengamos al lago traeremos ropa extra para poder lavar la que llevamos puesta.

Examino la ropa inusual de mi pareja, tratando de encontrar los lazos que la mantienen unida, pero no puedo determinar cómo quitármela. Las mallas tienen lazos extraños alrededor de su cintura, pero no creo que le ayuden a quitarse la ropa. Los lazos serían útiles si les atara bolsas de transporte, y me pregunto si ese es su propósito. También hay una parte redonda en el centro, cerca de su estómago, justo encima de donde la tela se dobla sobre sí misma, pero no sé qué hacer con ella. Cuando presiono mi dedo contra ella, está fría y dura como una piedra, pero no se siente como ninguna piedra que haya encontrado antes.

Beh aparta mi mano, así que miro la otra prenda alrededor de la mitad superior de su cuerpo.

La túnica parece ser de una sola pieza y ni siquiera está envuelta alrededor de ella con una corbata. Mientras Beh hace más ruido, camino lentamente a su alrededor y trato de entender cómo quitárselo. Finalmente decido que sólo tiene que subir por encima de su cabeza, lo cual no me gusta en absoluto. Para quitárselo o ponérselo se le taparían los ojos, dejándola ciega por un segundo. Definitivamente eso no es seguro para mi pareja.

Tendrá que usar algunas de las pieles de la cueva para hacerse la ropa adecuada.

Extiendo la mano y envuelvo mis dedos alrededor del borde de la túnica en su cintura. Beh hace otro sonido y aparta mi mano. Espero a que ella misma se lo quite, pero cuando no lo hace, lo agarro de nuevo y nuevamente ella aparta mi mano y hace mucho más ruido. Le gruño y agarro la tela con más fuerza mientras intento pasarla por encima de su torso.

Ahora ella realmente está gritando y no sólo me empuja, sino que da unos pasos hacia atrás y me señala con el dedo. Más sonidos salen de su boca y no hay duda de que está enojada, pero yo también me estoy enojando. Una cosa que noto ahora con sus sonidos es la inclusión del sonido de mi nombre entre el ruido. Extiendo la mano, gruñendo, la agarro del brazo y la atraigo hacia mí. Ella grita y me golpea en el pecho.

Intento agarrarme de sus brazos, ¡pero está muy, muy nerviosa! Sólo quiero cuidarla, ayudarla a limpiar la sangre del antílope y demostrarle que puedo ser una buena pareja para ella, ¡pero ella no me deja!

Gruño de nuevo y logro atrapar sus muñecas entre mis manos. Los sostengo a sus costados hasta que deja de luchar y me mira. Su pecho sube y baja mientras relaja lentamente sus músculos. Cuando finalmente parece calmarse, la suelto y empiezo a tirar de su extraña ropa nuevamente, pero ella me grita.

"¡Eh, NO!" Beh levanta la mano y me golpea en la nariz.

Doy un paso atrás en estado de shock.

Finalmente, después de un momento de vacilación, me doy cuenta de lo equivocado que he estado con ella.

CAPÍTULO 4

Me duele la nariz.

Parpadeo un par de veces mientras trato de descubrir qué acaba de pasar. En un momento iba a ayudar a mi compañera a entrar al lago para limpiarse, y lo siguiente que sé es que ella está gritando y... y...

¿Ella simplemente... simplemente... me golpeó?

¿En la nariz?

Cien pensamientos y emociones diferentes pasan por mi cabeza al mismo tiempo. Al principio, estoy enojado y quiero arremeter contra ella, incluso devolverle el golpe. Entonces recuerdo que ella es mi compañera y se supone que debo protegerla. ¿Cómo podría mantenerla a salvo si la golpeo? Soy mucho más grande que ella y podría lastimarla si la golpeara con ira. Ella también me tendrá miedo si la lastimo, y no quiero eso. Luego me siento frustrado porque no tengo idea de por qué me golpearía la nariz cuando solo intento cuidarla.

Lentamente empiezo a comprender y el dolor me atraviesa el pecho.

Pienso en su reacción la primera vez que toqué su cabello brillante, en la forma en que no quería tomar carne de mi mano y en cómo lloró cuando la llevé a mis pieles. Recuerdo que ella no quería hacer sus necesidades cerca de mi cueva ni venir conmigo al lago. Una vez que llegamos aquí, ella ni siquiera quería mirarme.

A ella no le agrado.

Cuando me dio su nombre, pensé que me tomaría como su compañero, pero me golpeó en la nariz, así que debí haberme equivocado. Ella no me quiere, en absoluto.

Beh no me quiere como compañero.

Doy un pequeño paso atrás y mis ojos se posan en la orilla pedregosa del lago. Siento como si todo mi cuerpo estuviera tratando de fundirse en las rocas debajo de mis pies. Cerrando los ojos por un momento, recuerdo las primeras horas después de darme cuenta de que mi tribu había desaparecido y que yo era el único superviviente. Después de buscar más personas durante casi un ciclo completo de temporadas, recuerdo haber encontrado la cueva en la que vivo ahora y me resigné a estar solo.

Todavía estaré solo.

No estoy preparado para darle lo que necesita y ella no quiere compartir mi cueva. No tengo suficiente para ofrecerle y ella me golpea en la nariz para hacerme saber que no me encuentra aceptable.

"¿Pacto?"

Doy un rápido paso atrás y me doy cuenta de que he estado allí de pie mirando al suelo durante mucho tiempo. Miro a Beh a la cara por un momento, pero sabiendo ahora que ella no me quiere, no quiero mirarla y ver lo hermosa que es. No quiero ver lo que no puedo tener.

Mis ojos se posan en el pez que pesqué antes y siento un dolor en el centro de mi pecho. Por un momento, por despecho, quiero arrojarlos al centro del lago, pero no pienso seriamente en desperdiciar comida. Los cogí para Beh y todavía son suyos.

Camino lentamente hacia donde el pescado se está secando en una roca cerca de mi ropa. Agarro el primero de mis abrigos de piel y lo ato alrededor de mi cintura. Tenía la intención de atar el pez a la correa de cuero que sujeta mis odres de agua para llevarlos de regreso a la cueva, pero ahora no creo que eso vaya a suceder. En cambio, tomo mi pelaje exterior y coloco el pescado en el centro, envolviendo los bordes para que no se caigan. Me levanto y camino de regreso hacia ella, me dejo caer al suelo frente a ella y le ofrezco el pescado envuelto.

Al menos tendrá algo que comer esta noche.

"Ehd-"

No levanto la vista a pesar de que reconozco el sonido de mi nombre en los sonidos que ella hace. Desearía que me dejara cuidarla, pero también lo entiendo. ¿Por qué me querría como pareja? No tengo nada que ofrecerle, ni siquiera una estera decente para sentarme en la cueva.

Si lo hubiera sabido, si me hubiera dado cuenta de que ella vendría, lo habría hecho todo diferente. Tal como están las cosas, haría cualquier cosa por tener otra oportunidad de conquistarla. Ojalá hubiera algo tan simple como otro macho que luchara por ella. Al menos entonces sabría exactamente por qué perdí.

Ella da un paso adelante y cierro los ojos para esperar a que me quite el pescado envuelto de las manos. No quiero verla darse la vuelta y alejarse de mí. Quizás me había equivocado todo este tiempo y ella tiene una tribu cerca. Tal vez simplemente se había alejado demasiado y había caído en mi trampa. No lo sé, y aunque la idea de una tribu de personas cercanas a mí me habría emocionado hace unos días, ahora la idea me revuelve el estómago. Si ella es de una tribu cercana a mí, probablemente ya tenga pareja. No me gustaría estar en un lugar donde tuviera que ver a Beh estar con otro compañero.

Siento que el pez envuelto en piel sale de mis manos y un ruidito se escapa de mi garganta. Sin embargo, no abriré los ojos; me niego a verla irse. Contengo la respiración y espero a que sus pasos estén fuera de mi alcance de audición, pero no escucho ningún paso.

Hay un toque suave y ligero de las yemas de los dedos en el borde de mi mandíbula.

"Ehd", susurra. Su dedo pasa por la punta de mi nariz y todo mi cuerpo se estremece cuando finalmente la miro. Ella hace sonidos más suaves mientras se agacha frente a mí y se balancea sobre las puntas de sus pies. Todavía siento que me estoy derritiendo, pero esta vez me estoy derritiendo en ella, en su cara, sus ojos, su tacto. Nos miramos en silencio por un momento antes de que ella suelte un largo suspiro. Sus dedos recorren mi mejilla y mi mandíbula nuevamente, y más ruidos suaves salen de su boca.

Todavía no me gusta mucho el ruido, pero al menos los sonidos no son fuertes. Aunque estoy más confundido ahora que antes. ¿Por qué no se va? Ella obviamente no me quiere, entonces ¿por qué no se ha ido? Debe tener otras personas cerca porque sería demasiado peligroso para ella estar sola.

Solo.

Gimo mientras ella hace más sonidos y sigue tocando mi cara. No quiero que ella se detenga nunca. La sensación de sus dedos moviéndose a través de los pelos cortos de mi barba es indescriptible pero también me hace preguntarme: ¿Cree que no tengo edad suficiente para ser su pareja? Mi barba no es espesa como sería la de un hombre mayor.

Su pulgar pasa nuevamente por mi nariz y su labio inferior desaparece detrás de sus dientes. Ella emite sonidos más bajos y el sonido de mi nombre vuelve a estar entre ellos. Sus ojos son tan suaves como los sonidos que hace y empiezo a dudar.

Dudo de todo. Todo lo que he pensado desde que la vi por primera vez en el fondo del pozo que cavé para cazar antílopes ahora es incierto y tengo que intentar resolverlo.

¿No lo dijo en serio cuando me golpeó la nariz?

¿Seguirá siendo mi compañera?

¿No tengo que estar solo?

"¿Bien?"

Tengo que estar seguro. ¿Me acepta como su pareja o no? ¿Reaccionó demasiado rápido por lo que sea que hice para molestarla pero en realidad no quiso decir lo que hizo? ¿Es eso lo que me está diciendo ahora?

Tengo que saberlo.

Su mano no deja el costado de mi cara mientras me pongo de rodillas y extiendo la mano para tocar su cara también. Me sorprende un poco cuando ella no se aleja de mí y, con dedos temblorosos, coloco mi otra mano al otro lado de su cara. Me inclino hacia adelante lentamente hasta que la punta de mi nariz toca la de ella. Cierra los ojos y puedo sentir la rigidez en sus brazos, su nerviosismo en su postura y la tensión muscular, pero no se aleja.

Muy, muy lentamente, paso la punta de mi nariz hasta su frente y luego de regreso. Puedo sentir el calor de su aliento contra mi boca cuando me detengo y retrocedo un poco, mirando sus ojos azul claro y esperando contra toda esperanza que esto signifique que ella me aceptará después de todo.

No voy a adivinar lo que podría estar pensando... ya no. No me arriesgaré a cometer otro error y enojarla. La quiero; Sé lo que hago. Es mucho más que no querer estar más solo. La quiero a ella... sólo a ella.

Haré cualquier cosa para que Beh sea mío.

Respiro profundamente y exhalo de nuevo. Beh me sonríe mientras me suelta la cara y coloca sus manos sobre las mías. Ella me aleja de ella y lentamente nos quedamos juntos con sus manos sosteniendo las mías. Ella mira hacia el lago y suspira profundamente.

Me acerco y me inclino para poder tocar su nariz con la mía nuevamente. Los ojos de Beh se cierran mientras lo hago y puedo ver las comisuras de su boca levantarse un poco al mismo tiempo. Vuelvo a levantar la mano y coloco mi mano en el costado de su cara antes de pasar mi nariz por un lado de la suya y luego por el otro.

Esta vez, cuando mi piel se encuentra con la de ella, sus hombros están más relajados y no parece tan nerviosa. Apoyo mi cabeza en su hombro, inclinando mi cara hacia su cuello para poder pasar mi nariz por su garganta también. Inspiro lentamente, asimilando su aroma. Es diferente a lo que fue el día anterior; el aroma de la fruta ahora está apagado, casi desaparecido. Cuando me giro hacia la línea del cabello, la fragancia es más perceptible pero aún mucho más débil que antes.

Siento su mano en la parte posterior de mi cabeza, pero solo por un momento antes de que ella dé un paso atrás y lleve sus manos a mi muñeca para soltarme. Observo atentamente cómo Beh toma mi mano, me gira para que quede de cara a la línea de árboles lejos del lago y luego emite más sonidos. Su dedo señala hacia los árboles, pero no veo nada allí cuando miro. Vuelvo la cabeza hacia ella, pero ella me toma la cabeza entre las manos y la vuelve a girar hacia el bosque.

Hace esto de nuevo antes de que me dé cuenta de que no quiere que la mire.

¿Qué cree ella que veré?

Ella no tiene ningún sentido.

Miro sus ojos y puedo ver la frustración en ellos. Es la misma mirada que me dio esta mañana cuando necesitaba hacer sus necesidades, y no lo hizo hasta que le di la espalda. ¿No quiere que vea su cuerpo? ¿Por qué no? ¿Hay algo malo en ello y ella se siente avergonzada?

Recuerdo a una niña de mi tribu a la que le faltaba parte de su brazo. Ella no había sido atacada por ningún animal sino que simplemente había nacido sin una parte de él allí. Había pequeñas protuberancias que parecían dedos, pero estaban justo al final de su codo. Ella siempre lo mantuvo tapado para que nadie pudiera ver que era diferente.

¿Beh también tenía algún tipo de deformidad? ¿Es por eso que usa ropa tan extraña sobre sus piernas, para ocultar un defecto? Tal vez tenga miedo de que no la quiera si sé que algo anda mal con ella. La chica de mi tribu solía estar sola; nadie quería estar con alguien que se veía diferente. Tal vez Beh haya sido rechazada por su tribu porque tiene algo mal y por eso está sola.

La piel alrededor de mi cuello se siente caliente al considerar que podrían haberla maltratado. ¡No me importa si le pasa algo! Si sus piernas se ven extrañas o si hay algo más mal en su cuerpo, ¡no me importa! Ella es mi compañera y voy a cuidar de ella. Ella nunca más tendrá que estar sola.

Extiendo mi mano y toco la parte superior de su pierna mientras la miro.

"Beh", digo suavemente mientras mis dedos suben por su pierna. Me pregunto si lo que está mal es algo que puedo sentir desde el exterior de su ropa.

Su mano baja y agarra la mía, alejándola de ella y sosteniéndola junto a mi costado antes de soltarla y señalar hacia los árboles nuevamente. Quiero que ella sepa que no importa; lo que sea que le pase a ella, a mí no me importa y aun así la cuidaré. Intento tocarla de nuevo, pero ella toma mi mano y la aleja, haciendo más sonidos y finalmente cubriéndome los ojos con sus manos por un momento. Parece que va a empezar a llorar de nuevo, así que me rindo por ahora, me dejo caer, me siento en una de las rocas más grandes cercanas y le doy la espalda al lago.

Tan pronto como ella sale de mi campo de visión, no me gusta, en absoluto.

Beh parece complacida con lo que he hecho, pero ahora está detrás de mí donde no puedo verla. ¿Cómo se supone que debo protegerla? ¿Qué pasa si algo en el lago intenta lastimarla? Escucho atentamente los sonidos detrás de mí, cierro los ojos y me concentro mucho. Puedo escuchar el sonido de sus pies sobre las rocas y luego el ligero chapoteo del agua.

Mi respiración aumenta con mi nerviosismo por la seguridad de mi pareja. Me alegro de poder oír el agua moverse, pero no poder verla me pone ansiosa. Mi mente sigue volviendo a la noche del incendio y a cómo no había estado lo suficientemente cerca para verlo comenzar o para alejar a alguien del área antes de que todo se incendiara.

Finalmente, no puedo soportarlo más y miro rápidamente por encima del hombro para asegurarme de que está bien.

Beh está de pie en el lago con el agua hasta las rodillas. Ella está inclinada y se enjuaga los brazos en el agua fría con su largo cabello en mechones sobre su espalda. Una parte cae sobre sus hombros y las puntas tocan el agua.

Trago fuerte y no tengo idea de por qué ella no quería que la viera antes. A ella no le pasa nada, nada de nada. De hecho, todo está bien con ella. Sus piernas son largas y puedo ver claramente la firmeza de los músculos de sus muslos. Por encima de ellos, sus caderas se curvan sensualmente antes de que su cintura atraiga mis ojos nuevamente. Su columna es recta y es absoluta y positivamente gloriosa.

Cuando la vi por primera vez, pensé que nunca había visto una mujer más hermosa, y fue entonces cuando vestía esa ropa extraña. Ahora que ella está parada allí, de espaldas a mí, inclinándose...

Tengo que tragar de nuevo. De repente estoy muy duro y tengo muchas ganas de intentar poner un bebé dentro de mi pareja. Es mucho más intenso que el sentimiento físico que sé que tendré cuando esté dentro de ella. Quiero ver su estómago moverse y saber que el niño que lleva dentro es uno que puse allí. Quiero que dé a luz a un bebé que se parezca a ella y a mí.

No sólo lo quiero. Lo necesito.

Por mucho que necesito agua, comida y refugio, necesito estar dentro de ella; necesito darle un bebé. Mis manos tiemblan con solo pensarlo, y mis piernas se enrollan debajo de mí, listas para levantarme e ir hacia ella, para tomarla ahora mismo.

Luego se da vuelta y nuestras miradas se encuentran.

Sé inmediatamente que ella no está feliz.

De ninguna manera.

Me doy la vuelta rápidamente, me cubro la cara con las manos y cierro los ojos con fuerza al mismo tiempo. Puedo escuchar sus fuertes sonidos detrás de mí, aunque no suena tan enojada como antes. Escucho más salpicaduras, más sonidos de su boca (incluido el sonido de mi nombre) y el susurro de su extraña ropa, pero no me vuelvo para mirar.

Tendré que guardar mis otros pensamientos e ideas para más adelante, cuando estemos en nuestras pieles. Por una razón, mi erección desapareció por completo cuando ella me miró así; Por otro lado, no creo que ella sea muy receptiva en este momento de todos modos.

Beh está enojada y no quiero que ella se enoje conmigo.

Escucho el crujido de sus pies sobre las rocas, seguido de su mano en mi hombro.

"¿Pacto?"

La miro tentativamente y me alegro de verla mirándome sin enojo. En realidad, parece haber sólo un atisbo de sonrisa en sus labios. Le devuelvo la sonrisa, sólo un poco, y lentamente me pongo de pie. Beh sacude la cabeza lentamente hacia adelante y hacia atrás mientras emite más sonidos.

Extiendo una mano y ella no hace ningún movimiento para detenerme mientras la coloco contra su mejilla. Su cabello está mojado ahora y gotas de agua fría caen en cascada por mi brazo. Me acerco a ella y sus ojos bajan al suelo mientras le paso suavemente la nariz por la mejilla. Sin embargo, no quiero tentar mi suerte, ya que no hice lo que ella quería y sé que todavía no está contenta conmigo, así que dejo caer la mano y doy un paso atrás.

Beh se sienta al borde del agua mientras yo recojo los peces cubiertos de piel, los desenvuelvo y los ato con tendones, atados a las correas de cuero que sujetan mis odres de agua. Enjuago rápidamente mi abrigo de piel en el lago. El clima no es demasiado frío y no quiero volver a usar la piel ahora que está mojada, así que me la ato a la cadera. Con un pez colgando de una cadera y mi pelaje en la otra, miro el cielo para ver qué tan tarde es y me dirijo a Beh.

Está sentada en una roca con un pequeño palo en la mano, quitándose lentamente los mechones del pelo. Ella está mirando hacia el lago y ni siquiera estoy seguro de que se dé cuenta de que estoy listo para irme ahora. Me acerco a ella con la intención de llevarla de regreso a la cueva, pero el movimiento de sus dedos, el palo y su cabello me cautivan.

Nunca había visto a nadie usar un palo de esa manera, e instantáneamente toco mi propio cabello espeso y enmarañado. Recuerdo que las mujeres de mi tribu a veces usaban los dedos para sacar nudos, pero nunca un palo.

Beh levanta la mano hasta la parte superior de la cabeza e inserta el palo entre dos mechones. Ella tira hacia abajo lentamente, deteniéndose un par de veces mientras la pequeña rama se atasca. La miro fijamente, hipnotizado por el movimiento de sus brazos, dedos y los mechones de su cabello. Repite el acto una y otra vez y el ritmo es extrañamente relajante.

Extraño, como todo en ella.

Mi compañero.

Mi Beh.

Ella gira la cabeza hacia mí y veo una sonrisa en sus labios mientras se abren y salen más sonidos. Doy los últimos pasos que me llevarán a su lado y me agacharé junto a ella, observando sus movimientos de cerca. Cuando su cabello se seca, vuelve a estar suave y libre de enredos. Levanto la mano y toco los extremos lentamente y luego los paso con los dedos, observando su rostro para asegurarme de que no le importa que la toque.

"¿Eh?" Beh inclina la cabeza hacia un hombro y emite más sonidos. Ella extiende la mano y toca el costado de mi cabeza. Hace un gesto con los dedos y luego pone su mano en mi brazo, atrayéndome hacia ella y girándome ligeramente.

Luego coloca el palito entre los mechones de mi cabello y lo mueve hacia abajo.

"¡Ah!"

Salto y me agarro la cabeza.

¡Eso duele!

Beh se tapa la boca con la mano, pero puedo ver humor en sus ojos. La miro fijamente y ella se muerde el labio mientras deja caer la mano. Me hace un gesto para que regrese hacia ella, pero doy un paso atrás. Más ruidos salen de su boca y todavía no me gustan.

Beh suspira y luego toma la punta de su cabello y se la extiende. Observo cómo pasa la mano por él y casi puedo sentir que mis propios dedos comienzan a tensarse hacia los mechones, queriendo tocarlos yo mismo. Ella vuelve a recogerse el pelo y me hace señas.

Dudo sólo un momento.

Ella sigue moviéndose y yo lentamente vuelvo a su lado. Una vez que estoy lo suficientemente cerca, extiendo la mano y toco su cabello, deleitándome con él. Dejé que me llevara de nuevo a una posición sentada donde pudiera alcanzar su cabello y ella el mío. Ella avanza lentamente, y ahora que estoy un poco más preparado para la sensación, en realidad no duele tanto, sólo una sensación de tirón y un tirón ocasional y más agudo.

Cuando eso sucede, grito de nuevo y Beh usa su mano para frotar el lugar. La acción lo hace sentir mejor, pero también me gusta que mi pareja me toque. Todo el tiempo que pasa el palo por mis enredos, me deja acariciarle el pelo.

Después de que Beh usa el palo para desenredar mi cabello, me lleva de regreso a la orilla del agua y me convence para que incline mi cabeza hacia el agua fría. Me enjuaga el cabello y luego vuelve a peinarlo. Una vez que termina, deja el palo sobre la roca, me mira y sonríe. No puedo evitar devolverle la sonrisa; solo la expresión de su rostro me calienta más que el sol.

Cuando termina de peinarme, mira alrededor de mi cara por unos momentos. Se pone de rodillas y toma mi cara entre sus manos. Mi corazón late un poco más rápido cuando siento el calor de su cuerpo cerca del mío, pero pronto me confundo cuando toma su pulgar y empuja la comisura de mi boca.

Abro lentamente la boca para ella y ella mira dentro. Esto lo entiendo: ella está comprobando cuántos dientes tengo. Al menos con esto, estoy más impresionante. Soy joven y todavía tengo todos mis dientes. Sus ojos se estrechan un poco y su nariz se arruga mientras me mira, y me siento un poco nervioso mientras ella continúa examinándome.

Sus ojos se posan en los míos por un momento, y luego se agacha y toma de mi cadera el pelaje que lavé antes. Lo gira para que se vea la parte de cuero más suave y luego lo envuelve alrededor de uno de sus dedos como lo había hecho antes con su propia ropa.

Luego mete la mano en la boca y frota el borde de mi diente frontal.

Me inclino hacia atrás para romper el contacto, confundida, pero Beh insiste y finalmente tiene sus dedos en mi boca nuevamente, frotando cada uno de mis dientes con el borde del cuero. Cuando termina, me entrega uno de los odres de agua, así que tomo un trago.

Paso la lengua por la boca y siento los dientes bastante extraños. Parecen más suaves que antes. Mientras considero la diferencia, Beh moja otra esquina de mi envoltura con el odre de agua y la usa para frotar un poco mi frente y mejilla. Sumerge el borde en el agua y frota un poco más, esta vez en mi barbilla, cuello y mandíbula. Intento quedarme quieta mientras ella me limpia y no puedo evitar recordar nuevamente cómo mi madre hacía lo mismo en el arroyo cerca de nuestra casa en el bosque, comenzando primero con mi padre y luego con los niños, desde el mayor hasta el menor.

Nunca me gustó, y todavía no me gusta, pero la dejé hacerlo.

Beh termina y luego se inclina un poco hacia atrás, enfocándose en mí desde un ángulo diferente. Sus ojos se abren por un momento, sus pestañas se agitan y tose un poco antes de apartar la mirada. Sus mejillas se vuelven rosadas mientras enjuaga el pelaje y me lo devuelve rápidamente.

Extiendo la mano y toco su mejilla, pero ella se aleja de mí y se levanta abrazándose a sí misma. Yo también estoy confundido, pero no tengo mucho tiempo para pensar en ello. Hemos estado en el lago demasiado tiempo y necesito llevar a mi pareja a la cueva antes de que oscurezca. Hoy no tendremos tiempo de recolectar nada en el bosque, pero de todos modos no tengo cestas para cargar esas cosas.

Afortunadamente, ahora tengo un compañero para hacer esas cosas.

Mientras conduzco a Beh desde la orilla del lago a través de los juncos, agarro varias de las plantas largas y delgadas y se las entrego. Beh se acerca y me mira con curiosidad mientras toma las cañas en sus manos. Selecciono más, esperando que haya suficientes para hacer una canasta. Solo tengo tiempo para recolectar algunos, pero siempre podemos conseguir más más adelante.

Me alegra ver a Beh buscando comida en el suelo del bosque, especialmente cuando se detiene y hace un sonido fuerte con la boca. Miro la planta que ha encontrado y me resulta familiar, aunque no recuerdo qué es hasta que coloca un pedacito primero en su boca y luego en la mía.

Menta. Tiene un olor fuerte y un sabor fresco y penetrante que deja una sensación de frescor en la lengua. Es una planta que mi tribu a veces frotaba sobre la carne para que supiera mejor cuando ya no estaba tan fresca.

Mastico la hojita mientras Beh recoge varias más. Cuando termina, extiendo mi mano y siento calor cuando Beh acepta mi agarre. Ella me permite llevarla de regreso a través del bosque, a través de las estepas y hasta las rocas donde está mi cueva.

Nuestra cueva.

Me sorprende que el sol casi se esté poniendo cuando nos acercamos a la grieta en la roca. Aunque ciertamente no me gustan algunas de las cosas que sucedieron en el lago, este día es el mejor día que he tenido en mucho, mucho tiempo. ¡Se pasa tan rápido!

Ahora tengo a mi pareja y estar con ella es mucho mejor que estar solo. Sintiéndome agradecido por su presencia, le cocino el pescado en las rocas cerca del fuego dentro de la cueva.

Beh guarda silencio mientras se sienta en la única estera y toma el hueso pélvico plano de un cerdo salvaje que le sirve de plato pero que solo muerde la comida. Estoy hambriento después de un día tan rápido y ajetreado y devoro dos pescados directamente de la roca caliente junto al fuego donde se cocinan.

Después de llenarme, le llevo el odre de agua a Beh y se lo ofrezco. Lo acepta de mis manos con menos vacilación que esta mañana y toma un trago. Apago mi propia sed y luego me siento junto a Beh y el fuego. Mientras ella continúa picoteando la carne del pescado, levanto la mano, me rasco la parte superior de la cabeza y hago una pausa.

Mi cabello es... ¡es suave!

¡Como el de ella!

Todos los enredos se han ido y cuelga mucho más allá de mis hombros en mechones bastante rectos. Lo paso con los dedos, lo alejo de mi cabeza y trato de girarme de tal manera que pueda ver. Los mechones se escapan de mis dedos, así que los agarro de nuevo, inclinando la cabeza hacia arriba y mirando por el rabillo del ojo para tratar de tener una mejor vista.

Beh se ríe y toda mi atención se centra en ella.

No he escuchado ese sonido desde hace mucho tiempo; Casi he olvidado cómo suena.

La luz del fuego brilla en sus ojos mientras se arrugan en las esquinas, y ella echa la cabeza hacia atrás cuando los sonidos salen de su boca. Se rodea el estómago con los brazos y todo su cuerpo tiembla con la risa.

Le doy una gran sonrisa, tratando de contener lo que sea que esté burbujeando en mi pecho. Mientras le sonrío, ella deja de reír y el tinte rosado cubre sus mejillas nuevamente. Esta vez, cuando extiendo la mano para tocar el punto cálido de su mejilla, ella no se aleja de mí. Paso mi pulgar por su pómulo y el color se intensifica.

Beh hace sonidos suaves mientras sus ojos permanecen fijos en los míos. Inclinándome hacia ella, miro atentamente para ver si se aleja de mí. Cuando no lo hace, toco su mejilla con la punta de mi nariz y la paso a lo largo del hueso. Inspiro lentamente, memorizando y saboreando el aroma de mi pareja.

Su mano cubre la mía donde todavía se encuentra en su otra mejilla. Se lo quita de la piel y trato de no sentirme demasiado decepcionado mientras me empuja suavemente con la palma de su mano sobre mi pecho. Ella todavía sostiene mi mano entre las suyas, colocándola en su regazo mientras entrelaza sus dedos con los míos.

Mi pareja tiene miedo. Estoy bastante seguro de que no es a mí a quien teme, pero aun así, tiene miedo de algo.

Me acerco a ella, moviéndome hacia un lado para que nuestros muslos se toquen y ambos estemos frente al fuego. Un brazo está cruzado sobre mi cuerpo, mi mano todavía agarrada entre las de ella. Paso mi otro brazo alrededor de sus hombros y la acerco a mí. Beh deja escapar un largo y estremecido suspiro mientras apoya su cabeza en mi hombro.

Voy a tener que ser muy gentil con ella.

Beh apoya su cabeza en mi hombro mientras el fuego se convierte lentamente en brasas. Tengo un poco de frío sin el abrigo sobre mis hombros y me doy cuenta de que mi pareja también puede estar pasando frío. Me giro para mirarla y noto que tiene los ojos cerrados. Se ha quedado dormida sentada, apoyada en mí.

Saco mi mano de su agarre e intento moverme lentamente mientras me giro hacia ella, deslizo mi brazo debajo de sus rodillas y la levanto. La llevo al fondo de la cueva y la acuesto en medio de las pieles. Una vez que verifico que está durmiendo profundamente, reconstruyo el fuego y reviso el exterior para detectar cualquier peligro antes de unirme a ella.

Tan pronto como me acuesto, ella rueda hacia un lado y apoya la cabeza contra mi pecho. Empiezo a sonreír, pero veo una lágrima en su mejilla mientras la rodeo con mi brazo y mi sonrisa desaparece. Pongo el pelaje alrededor de nosotros dos, asegurándome de que esté bien ajustado alrededor de ella antes de recostar la cabeza y cerrar los ojos.

Cuando los abro de nuevo, me encuentro con la mirada de mi pareja. Aunque estoy desorientada por un momento, la calidez de su cuerpo envuelto en pieles resulta acogedora en el aire fresco de la mañana. Uno de mis brazos todavía está alrededor de su cintura y la acerco un poco más a mí mientras toco la parte superior de su hombro con mi nariz. Ella sonríe y mi mañana es perfecta.

Beh solo come una pequeña cantidad de carne seca de antílope y bebe un sorbo de agua en el desayuno. Me preocupa que no coma suficiente comida para tener fuerzas y me pregunto si ya le preocupa que no tengamos suficiente para el invierno. Decido que debe empezar a recolectar comida, así que le llevo las cañas para que pueda empezar a hacer cestas de recolección. Cuando me acerco a ella, ella inclina la cabeza hacia un lado y mira de mí a los juncos.

Ella no empieza a tejer. En lugar de eso, toma algunas de las hojas de menta que recogió el día anterior y las frota contra sus dientes, como lo hizo con la punta de su ropa en el lago. Cuando termina, mastica otra hoja y luego sale de la cueva para enjuagarse la boca con agua del odre.

La sigo para mantenerla a salvo.

Cuando termina, me entrega algunas hojas de menta. A diferencia de Beh, comí lo suficiente en el desayuno y ya no tengo hambre. Cuando no hago nada con las hojas, Beh suspira y me las quita. Luego me hace abrir la boca y me frota los dientes como lo hizo con los suyos. Después, mi boca tiene un sabor fresco y mis dientes vuelven a estar suaves.

Miro a mi pareja y parpadeo un par de veces, lamiendo mis dientes y labios con mi lengua. Beh se ríe y levanta la mano para limpiarme un poco de menta de la boca. Ella me entrega el odre de agua y me enjuago la boca con agua como lo hizo ella antes de regresar a la cueva.

Beh se acerca al borde del fuego y grita mi nombre. Me siento a su lado y miro las cañas que recogí. Espero que esté lista para empezar a tejer, pero no lo está. En lugar de eso, mete el dedo en la tierra y lo hace girar. Ella usa el sonido de mi nombre, señala los remolinos en la tierra y luego señala otras cosas. Teniendo en cuenta lo insistente que era en cuanto a bañarse, me sorprende que quiera jugar en la tierra.

Después de un tiempo, me canso de todo. No tengo idea de lo que está haciendo y no veo ninguna razón para ello. Tratando de dirigirla hacia algo útil, recojo las cañas nuevamente y se las presento a Beh mientras ella se sienta en el suelo. Ella no hace nada, así que extiendo la mano y le empujo las cañas un poco más. Beh continúa mirándome confundida y desearía tener una canasta para mostrársela para que supiera que lo que necesitamos son cestas, no esteras u otra cosa. Ni siquiera estoy seguro de qué más se podría hacer con juncos, pero Beh debería saberlo.

A pesar de mis indicaciones, Beh no teje cestas. De hecho, una vez que me siento y trato de unir algunas de ellas, solo para mostrarle lo que quiero, ella comienza a entrelazar las hojas, pero no hace cestas. Ella simplemente los ata en nudos, que yo le quito y los desato. Intento sostener las cañas de tal manera que parezcan una canasta, pero cuando Beh lo intenta, ¡no es mejor que yo!

De hecho, ¡ella es peor!

Frustrada, tiro las cañas al suelo de la cueva y salgo pisando fuerte por la grieta. Resoplo por la nariz y trato de descubrir qué debo hacer a continuación. Ya hemos perdido mucho tiempo que deberíamos aprovechar para recolectar alimentos y todavía no tenemos cestas. Beh necesita hacer cestas y yo cazar. Asi es como funciona.

Al parecer, Beh no lo sabe.

No se que hacer. El sol brillante me recuerda que la primavera nos proporcionará gran parte de los alimentos que necesitaremos para sobrevivir el invierno. Aunque el frío nunca es demasiado fuerte dentro de la cueva, necesitaremos comida para que ambos sobrevivamos. La carne seguirá estando disponible, aunque no en abundancia. Me doy cuenta de que Beh también necesitará pieles para vestirse, o no estará lo suficientemente abrigada. Tendré que cazar más y matar animales más grandes para darle lo que necesita.

Aunque el verano aún no ha llegado, mi mente evoca imágenes de lo que podría pasarle a Beh si no tiene suficiente calor o no tiene suficiente comida durante el invierno. Es tan pequeña que no le irá bien.

Debo mantenerla caliente.

Tengo que asegurarme de que ella también tenga suficiente comida. Beh es mi compañera y tengo que mantenerla, incluso si ella no hace una canasta para recolectar comida.

Vuelvo a la cueva, la tomo de la mano y salgo a las estepas. Beh observa mientras sigo la línea de árboles del otro lado hasta un campo cubierto de hierba donde los granos se alzan sobre largos tallos verdes. Se agitan con la brisa fresca mientras camino hacia el centro de ellos, miro a mi alrededor y suspiro. No tengo nada más para llevarlos, así que usaré mi piel.

Me quito el chal que me cubre los hombros y lo dejo en el suelo, temblando un poco con el viento. Agarro el primer tallo e intento arrancar los granos de arriba uno por uno. Después de recoger algunos en mi mano, me frustro y trato de lograrlos todos a la vez. Los granos se esparcen en la tierra húmeda.

Este suele ser el momento en el que vuelvo a la cueva, saco mi lanza y empiezo a cazar, pero no puedo hacerlo ahora. Necesito comida para Beh. Si ella no hace cestas y las recoge para nosotros, tendré que hacerlo yo.

Respiro e intento relajarme un poco. Cuando empiezo a recoger los granos caídos, Beh se arrodilla a mi lado y empieza a recogerlos también. Los coloca en el centro de mi pelaje y luego pasa a uno de los otros tallos de grano. En cuestión de minutos, ella se está reuniendo mucho más rápido que yo, pero no me detengo. En realidad, trato de alcanzarla. Rápidamente se convierte en un juego: quién puede sacar los granos de los tallos más rápido sin derramarlos al suelo.

Beh incluso se ríe cuando dejo caer un puñado y el sonido es encantador.

Estamos en ello todo el día y recogemos gran parte del grano en el campo.

Con el pelaje atado en un fardo para evitar que el grano se caiga, me tiro el saco al hombro y tomo la mano de Beh mientras regresamos. Una vez que volvemos a entrar, recojo una de las pieles de la ropa de cama y la coloco sobre la plataforma de roca baja a un lado de la cueva. Luego Beh me ayuda a verter los granos de un pelaje al otro para que pueda calentarme.

Hace bastante frío cuando el sol comienza a ponerse y estoy temblando cuando terminamos. Beh vuelve a hacer muchos ruidos con la boca. En realidad no había hecho eso en todo el día excepto cuando se reía, y era algo agradable. Agarra otra piel de la cama y me envuelve con ella mientras prácticamente me empuja al fuego. Ella hace más sonidos, más fuertes, mientras respiro profundamente y la miro fijamente. Suspira cuando sus ojos se encuentran con los míos y, aunque todavía hace esos sonidos, ahora está mucho más tranquila. Coloca un poco de carne de antílope sobre la piedra para cocinar cerca del fuego y se sienta mientras se calienta. Después de unos minutos, saca el palito que había usado antes y comienza a trabajar en su cabello.

Me caliento lentamente mientras la miro atentamente. Esta vez, cuando me mira, sonríe y se acerca. Ella levanta la mano y comienza a pasar el palo por mi cabello nuevamente. Los movimientos lentos y constantes me adormecen mientras veo arder el fuego. Cuando siento que se me caen los ojos, me muevo y apoyo la cabeza en su regazo. Abandonando el palo, siento sus dedos tomar su lugar en mi cuero cabelludo mientras el calor del fuego, el pelaje y su toque empapan mi piel.

Finalmente, después de tanto tiempo desesperado, conozco la satisfacción.

CAPÍTULO 5

Beh todavía duerme, aunque he estado despierto desde antes de que la luz comenzara a brillar a través de la grieta en la entrada de la cueva. Ya me he levantado para avivar el fuego y calentar el pequeño recinto. Mientras me acuesto junto a ella, no puedo dejar de tocarme el pelo de la cabeza.

Nunca antes se había sentido así.

No se siente tan bien como el de Beh, pero aún así se siente bien.

Toco el suyo también por un rato, pero pronto ella se gira ligeramente mientras duerme y se aleja de mí. Todavía hace frío esta mañana y Beh parece darse cuenta de ello aunque no se despierta. Ella empuja su espalda contra mi pecho, su cuerpo busca el calor que estoy muy feliz de brindarle.

Dejo mi mano de mi cabello y la envuelvo alrededor de su cintura, acercándola mientras tiro del pelaje hasta sus hombros. Ella suspira y se acomoda de nuevo contra el pelaje que se ha metido debajo de la cabeza. No sé por qué le gusta así, pero enrolla unos cuantos trozos de pelo en una pequeña bola y la coloca debajo de su cabeza cuando duerme.

Mi pareja es extraña.

Pero ella es mía y puede ponerse una piel debajo de la cabeza si quiere. Mantendré los otros encima de ella para que se mantenga caliente.

Miro su cara. Ella está tranquila y silenciosa mientras duerme. Mientras la miro, tengo una sensación en el estómago que no entiendo. No pasa mucho tiempo antes de que la extraña sensación descienda y me dé cuenta de lo que es. Mi lengua pasa rápidamente por mis labios mientras mi mente comienza a pensar en cómo será aparearme con Beh.

Ella es mi compañera. Puedo aparearme con ella cuando quiera. Al menos debería poder...

Siento que los dedos de mi mano se mueven automáticamente sobre su estómago. Rozo el suave y liso material de su ropa mientras muevo mi mano hacia abajo hasta llegar al borde. Puedo sentir una fina franja de piel entre la parte superior de su ropa y la extraña y áspera tela de la parte inferior.

Mi corazón comienza a latir un poco más rápido y mi cuello y mi cara se calientan con el flujo de sangre. Trago una vez y mi mirada se desplaza a lo largo de su cuerpo. Con la boca abierta, inhalo su aroma y siento que me endurezco. Instintivamente, muevo ligeramente mis cadcras contra su espalda.

Se siente realmente bien.

Empujo contra ella un poco más fuerte, inclinándome hacia abajo a lo largo de su cuerpo. Meto la mano dentro de su ropa y presiono la palma de mi mano sobre su estómago desnudo. La atraigo hacia mí al mismo tiempo que mis caderas empujan en dirección opuesta.

Ha habido ocasiones en las que envolví mi mano alrededor de mi eje y lo moví hacia arriba y hacia abajo hasta que mi semilla hizo erupción. Siempre me sentí bien al usar mi mano, pero no así; así es mucho mejor.

Me froto contra ella de nuevo.

"¿Pacto?"

No la oí despertarse, pero me alegro de que lo haya hecho. Toco mi nariz contra el costado de su mejilla y me balanceo contra ella nuevamente.

"Beh", suspiro en su cabello. Todavía huele bien aunque el olor a fruta parece haber desaparecido.

"¡Eh!" Beh me agarra la mano, la aleja de su piel y sale corriendo del montón de pieles, alejándose de mí. Tira del pelaje superior hacia ella y lo envuelve rápidamente alrededor de la parte superior de su cuerpo. De su boca salen muchos sonidos: fuertes, rápidos y ásperos.

La miro, confundido. No entiendo lo que está haciendo.

Beh se da vuelta y mira hacia el fuego, todavía haciendo muchos sonidos. Ella está enojada. Eso es obvio, pero lo que hice mal es un misterio. Empiezo a acercarme a ella, pero ella grita, se pone de pie y se aprieta más el pelaje alrededor de los hombros. Más sonidos fuertes salen de su boca mientras se aleja de mí y se dirige a la entrada de la cueva.

Yo también me levanto y la sigo afuera. Está llorando y no quiero que esté triste. Ayer estaba feliz; Sé que lo era. Tuvimos que trabajar duro, pero ella estaba feliz. Ahora está enfadada conmigo y no sé por qué.

Cuando me acerco a Beh, ella se gira y me mira entrecerrando los ojos. Me detengo en seco cuando ella extiende su mano y me señala con su dedo.

"¡Eh, no!"

Cada músculo de mi cuerpo se detiene.

Recuerdo el sonido de antes, cuando intenté ayudarla a desvestirse en el lago. Doy un rápido paso atrás, encogiéndome un poco. ¿Me volverá a golpear la nariz? Llomo y la miro de cerca mientras ella lleva su mano hacia su pecho. Ella se encuentra en la tenue luz de la mañana y me mira fijamente por un momento. Puedo ver dolor en sus ojos.

Quiero acercarme a ella, abrazarla hasta que se sienta mejor, pero estoy seguro de que no lo permitirá.

"¿Beh?" digo suavemente.

Beh gime mientras levanta las manos y se cubre la cara. Se frota los ojos con los dedos con tanta fuerza que temo que se lastime, pero cuando los retira, su expresión es más suave. Ella mira de mí al suelo y de nuevo a mí antes de hacer más sonidos con su boca.

Pero vuelven a ser ruidos suaves, así que los escucho con atención. No quiero que vuelva a decir eso sin sonido. No lo hace y, al cabo de un rato, suspira y da un paso hacia mí. Me estremezco un poco y ella me tiende la mano lentamente.

Tentativamente, extiendo mi propia mano. Cuando nuestros dedos se tocan, Beh se acerca y toma mi mano entre las suyas. Ella susurra más sonidos mientras su pulgar pasa por el dorso de mi mano. Sus ojos se encuentran con los míos y están expectantes. Ella mira hacia las estepas, hace más sonidos y vuelve a mirarme. Sus ojos son interrogativos, pero no sé qué necesita.

Nunca sé lo que ella necesita de mí.

Inesperadamente, Beh da un paso adelante y coloca su boca a un lado de mi cara.

Sus labios son cálidos y suaves, y no tengo idea de por qué haría tal cosa. La miro por el rabillo del ojo mientras doy un ligero paso hacia atrás. Levanto mi mano hacia mi mejilla y toco el lugar, frotándolo un poco.

Los labios de Beh se juntan y parece contener la risa. No entiendo por qué, pero me alegro de que ahora no parezca estar triste. Tal vez todo lo que hice mal se solucionó cuando ella puso su boca en mi cara. no me sorprenderia.

Mi pareja es realmente bastante extraña.

Y hermoso.

Girando mis dedos alrededor de los de ella, llevo a Beh de regreso a nuestra cueva, le traigo un trago y como un poco de carne seca de antílope. Cuando terminamos de comer, Beh usa más hojas de menta para frotarse los dientes y los míos antes de salir a buscar más comida para guardar para el invierno. Aunque hace tiempo que no lo intento, decido hacer unas trampas en el pinar para ver si puedo atrapar conejos. Las extrañas cubiertas para los pies de Beh no parecen mantenerla abrigada en absoluto, y la piel de conejo sería buena para sus manos y pies si hace demasiado frío en los meses de invierno.

Pienso en la primavera anterior y me pregunto cómo logré siquiera mantenerme con vida. Antes de tener a Beh, no pensaba en el invierno hasta que la temperatura volvía a cambiar de caliente a fría. Ahora tengo que pensar en todo mucho antes, incluso antes de que haga calor. Me alegro de estar viva, me alegro de no haberme rendido, porque ahora puedo cuidar de Beh. Si no hubiera sobrevivido, ella no tendría a nadie que la cuidara ahora.

Coloqué tres trampas antes de regresar al campo y recolectar más grano. Esta vez, pienso traer una piel extra para no tener que usar la que llevo puesta. Trabajamos rápido, pero cuando un trueno cruza el cielo, debemos regresar a la cueva con todo lo que hemos reunido.

Apenas hemos atravesado la grieta y entramos en la cueva cuando la lluvia comienza a caer. Me alegra haber traído más leña del espacio oculto encima de la cueva a la sala de estar el día anterior, para no tener que salir a la humedad para conseguir más. Enciendo un fuego rugiente y arrastro una de las pieles más viejas desde la parte inferior del área de dormir para que Beh se siente. Parece mejor que la estera de pasto que intenté tejer el año pasado y que ya se está cayendo a pedazos.

Tomo a mi pareja de la mano y la llevo hacia el pelaje para que se siente. Me dejo caer sobre el tapete y tiro de los bordes para tratar de arreglarlo un poco, pero es inútil, así que me rindo. Decido terminar de trabajar la piel de antílope, con la esperanza de que sirva como ropa adecuada para mi pareja.

Beh pasa un momento mirando fijamente el tapete que hice y luego mira el montón de juncos que trajimos el día anterior. Mientras la lluvia continúa cayendo afuera, Beh se acerca y acerca un montón de juncos a ella. Coge dos hilos y los retuerce tan inútilmente como lo había hecho antes. Ella vuelve a mirar mi estera y coloca algunas cañas una al lado de la otra.

Después de unos minutos de mirar las cañas y la estera, hace un sonido breve con la boca, recoge las cañas y comienza a tejerlas dentro y fuera. La observo atentamente mientras trabajo y durante un rato mientras ella teje muchas cañas. A menudo los hace nudos, se gruñe a sí misma, lo destroza todo y luego empieza de nuevo.

La segunda vez no le va mucho mejor.

Cuando finalmente amainó la tormenta, logró tejer una estera de tamaño decente con los juncos. Las hebras están tejidas apretadamente y parecen mantenerse unidas bastante bien. Inclino mi cabeza hacia un lado mientras ella sonríe ampliamente y deja la cosa en el suelo.

Luego se sienta encima.

Entrecierro los ojos y observo su rostro.

No pasa mucho tiempo antes de que se retuerza, se queje y luego se vuelva a levantar. Toma el tapete en sus manos y lo examina, palpando la superficie y luego mirándose los dedos. Finalmente me mira, sacude la cosa y emite más gruñidos.

Supongo que pensó que sería cómodo.

Obviamente, Beh no está contento con los resultados, pero creo que se ve bastante bien, aunque no es algo sobre lo que te gustaría sentarte. Por eso mi colchoneta está hecha de hierba. Me muevo y se lo sostengo, pero ella me frunce el ceño. Me acerco un poco más y extiendo la mano para quitarle la estera de caña. Lo miro, lo doblo por el centro y uso dos trozos de tendón para unir los bordes, haciéndolo un bucle en la parte inferior. Ato un par de piezas más por el costado hasta que parece que al menos aguantará la carne seca o las bayas. El grano se caería, pero ciertamente podría usarse para algo.

Lo levanto y le sonrío a Beh.

Ella me devuelve la sonrisa, respira profundamente y se acerca a mí. Le doy la estera de hierba para que se siente mientras vuelvo al escondite del antílope. Mientras raspo y trabajo en la piel, Beh comienza a intentar hacer algo más con las cañas restantes mientras la lluvia comienza a caer con fuerza nuevamente.

Recuerdo otros días de lluvia bajo el espeso dosel de los árboles donde trabajé junto a otros de esa manera. Se siente bien volver a trabajar al lado de alguien, especialmente cuando ese alguien es Beh.

Puede que sea extraña; Puede que no sepa hacer cestas y que sea muy ruidosa, pero es mi compañera y estoy encantado de que esté aquí.

Me concentro en la piel, esperando que sea perfecta para ella. No sé cuánto tiempo trabajamos en silencio uno al lado del otro, pero de repente Beh deja escapar un grito y yo la miro.

Su rostro se ilumina con su sonrisa y sostiene en alto un objeto algo redondeado hecho de juncos. Es muy posible que pueda contener algo si fuera absolutamente necesario. Beh se ríe y le da la vuelta, obviamente orgullosa de su logro.

Mi corazón late más rápido y mi cuerpo hormiguea en su presencia.

Pieles cálidas y suaves y el aroma del pelo de mi pareja.

Así es como me despierto, tal como lo he hecho durante las últimas mañanas. Mientras duermo, mi mente crea imágenes de Beh sobre sus manos y rodillas en nuestras pieles mientras entro en su cuerpo, y ahora que estoy despierta, mi cuerpo quiere continuar por el mismo camino.

No entiendo por qué, pero a Beh no le gusta esto. Cuando me froto contra ella, no utiliza ese sonido y, a veces, también se enoja. Sin embargo, a ella no le importa cuando la toco con mi nariz, así que acerco su cuerpo al mío y paso mi nariz por su cuello, inhalando su aroma mientras avanzo. Intento no empujar mis caderas hacia su espalda al mismo tiempo, aunque sigue siendo muy, muy tentador.

Espero que si tengo paciencia, pronto me dejará poner un bebé dentro de ella.

Un destello en la entrada de la cueva significa otro día de tormentas eléctricas. Tendré que salir hoy y revisar las trampas que puse, llueva o no. Al menos no tengo que ir hasta el lago en busca de más agua dulce. La lluvia ha llenado mis odres de agua desde un chorrito justo afuera de la cueva.

Beh se despierta lentamente con mis suaves toques en su cuello, hombro y oreja. Por un momento, se da vuelta y mete la cabeza en mi pecho. Se levanta el pelaje alrededor de la cabeza y se esconde debajo.

A mi pareja no le gusta despertarse por la mañana y me hace sonreír cuando lo hace. Realmente no pienso mucho en cómo pasaba mis mañanas antes de Beh, pero ahora que ella está aquí, no puedo imaginarme despertarme de otra manera.

Aunque sé que a veces está triste y asustada, y creo que todavía extraña a su tribu, dondequiera que estén, no puedo evitar sentirme feliz de que esté aquí. Es extremadamente confusa y parece que nunca sé qué hará a continuación, pero aun así me alegro de que esté aquí conmigo.

No entendí lo sola que me había sentido hasta que la tuve.

Es muy extraña en lo que respecta a su cuerpo y no entiendo por qué. Ella no parece darse cuenta de que salir sola a hacer sus necesidades no es seguro y se enoja conmigo cuando la sigo, especialmente si tiene que hacer sus necesidades. No miro, sino que me quedo y miro para otro lado. Incluso eso me preocupa un poco y temo darme la vuelta y descubrir que se ha ido.

Cuando los ojos de Beh se abren por completo, la lluvia ha amainado un poco. Guardo el fuego durante el día y ambos nos dirigimos hacia el bosque de pinos. He atrapado dos conejos jóvenes en mis trampas, pero cuando los levanto para que Beh los vea, ella se cubre los ojos y niega con la cabeza.

Extraño.

Los ato a mi cintura y decido ir al lago después de todo. La lluvia se ha reducido a una neblina y las nubes están empezando a diluirse y a desaparecer. Voy al otro extremo del agua, donde hay un pequeño montón de pedernal, pensando que sería útil para Beh tener su propio cuchillo. No soy bueno tallando pedernal, pero debería poder hacerle algo útil.

Beh se sienta a mi lado mientras yo recojo el pedernal y una bonita piedra redonda para romper pedazos. Después de un rato, se levanta y camina unos metros cerca del pequeño arroyo que alimenta el lago. Todavía puedo verla por el rabillo del ojo, así que no me preocupo. Continúo trabajando el pedernal hasta que tengo un cuchillo que debería ser adecuado para que Beh lo use en la piel de antílope para hacer ropa nueva.

Me limpio los pedernales de las piernas mientras me levanto y miro a mi pareja. Ella me da la espalda y está inclinada. No puedo decir qué está haciendo con sus manos hasta que me acerco. Me acerco detrás de ella y miro por encima de su hombro.

Mi pareja es muy, muy rara.

También está completamente cubierta de arcilla blanda y marrón.

Ella se ríe y levanta un bulto grande para mostrármelo. Mueve la boca y hace suficiente ruido como para ahuyentar a un grupo de pájaros cerca de la orilla.

Ella es tan, tan extraña.

La miro por el rabillo del ojo y me pregunto si realmente le pasa algo. Continúa haciendo mucho ruido mientras comienza a golpear la arcilla con las manos al costado del banco. Ella trae dos puñados más y me los muestra. Sigo mirándola, preguntándome por qué está jugando en el barro.

Ella sacude la cabeza y emite más sonidos, gesticulando salvajemente y sin sentido en el proceso. Me agacho y trato de levantarla por el codo, pero ella rechaza mi mano. Gruño en voz baja y miro el cielo. No parece que vaya a empezar a llover de nuevo y aún es temprano. Supongo que si ella realmente quiere husmear en la arcilla, la dejaré.

Me siento en la roca junto a ella y observo cómo aprieta y alisa la arcilla hasta formar una bola áspera y luego comienza a meter los pulgares en el centro, haciendo un agujero. Ella continuamente emite sonidos mientras toca y pincha las cosas. La mayor parte del tiempo la ignoro y prefiero trabajar con otro cuchillo de pedernal. Me siento cerca de ella y de vez en cuando la miro por el rabillo del ojo mientras trabajo. Parece estar muy concentrada en lo que sea que esté haciendo con la arcilla pegajosa.

En un momento, comienza a extraer más arcilla del costado de la ensenada con los dedos y una roca pequeña y redonda. Miro por un momento y luego miro alrededor de la orilla en busca de una roca mejor y más plana para excavar. Encuentro una que es perfecta y vuelvo a su lado.

No tengo idea de qué está haciendo ni por qué, pero la ayudo de todos modos. Con la roca plana, paso sobre el banco de arcilla y le acerco una gran porción. Beh aplaude y hace más ruido. Ella está sonriendo, así que creo que deben ser buenos ruidos. Parece complacida, así que la veo volver a lo que sea que esté haciendo con la arcilla mientras yo termino mi cuchillo. Al final del día, tengo dos buenos junto con varios chips que también serán útiles durante el invierno.

Es hora de regresar, y cuando me acerco para tocar a Beh, veo que ha dado formas a la arcilla. Hay dos copas redondas ahuecadas y dos formas planas y redondas. Todavía sonríe y parece orgullosa de sí misma, como lo estaba de la canasta que hizo y que ahora contiene la carne seca de antílope.

Después de ir al agua y lavarse toda la arcilla de los brazos y las manos, Beh me da las tazas y recoge los trozos más planos. Resoplando y llevo los vasitos blandos. Son demasiado flexibles para ser útiles para nada, pero Beh parece muy entusiasmado con ellos y obviamente quiere llevárselos con nosotros. No tengo idea de qué planea hacer con ellos (beber arcilla haría que el agua supiera a barro), pero me gusta lo feliz que parece con ellos.

Cuando llegamos de regreso a la cueva, el sol comienza a ponerse. Pongo el pescado sobre el asador que se está secando y Beh juguetea con los objetos de arcilla que hizo. Los pone cerca del fuego y se recuesta con otra gran sonrisa. Ella me mira, hace algunos sonidos más y luego me ayuda a colocar el pescado sobre las piedras para cocinar.

Cuando el pescado está cocido y hemos comido, la cueva queda a oscuras y llega la hora de dormir. Beh continúa haciendo ruidos suaves con la boca mientras nos acostamos sobre las pieles. Los sonidos son casi constantes y me pregunto cómo podré quedarme dormido si ella sigue así. Observo cómo mueve su boca por un momento y luego la miro a los ojos. Brillan a la luz del fuego.

Ella se acuesta de lado mientras continúa con sus sonidos. Una de sus manos se mueve hacia adelante y hacia atrás al ritmo de los ruidos que hace. Después de un rato, no puedo soportarlo más y me acerco para taparle la boca con la mano. Ella se calla inmediatamente y estoy agradecido. Acerco su cuerpo al mío y nos envuelvo con las pieles para calentarnos. Una vez que estamos instalados, miro hacia el fuego para asegurarme de que esté encendido y también le doy una rápida mirada a la cueva para asegurarme de que todo esté bien.

Parece ser. La cueva es segura y mi pareja está segura y feliz, así que debe haber sido un buen día.

Beh abre la boca y comienza a hacer más ruido, pero rápidamente vuelvo a taparle la boca con la mano. La miro y me inclino hacia ella. Paso la punta de mi nariz sobre su pómulo y bajo por su mandíbula. Beh suspira y se hunde en las pieles. Levanto mi mano para tocar su cabello y enredo mis dedos en él para sentir la suavidad.

Beh levanta la mano y me roza un lado de la cara. Ella sonríe levemente mientras sus dedos recorren mi mejilla y bajan hasta mi hombro. Sus dedos trazan la línea de los músculos de mi brazo. Ella susurra algo y sus mejillas se tiñen con la sangre que corre debajo de la piel. Su dedo sigue trazando mi bíceps.

Me flexiono, mostrándole mi fuerza.

Los ojos de mi pareja bailan hacia los míos y luego de regreso a mi brazo. Se le escapan más susurros mientras sonríe más ampliamente. Aprieto mis músculos nuevamente, flexionando mi brazo, hombro y pecho también, y ella parece complacida. Debe darse cuenta de que soy lo suficientemente fuerte como para poder protegerla si lo necesita y también puedo cazar para ella y sus hijos.

Quiero darle esos niños.

Siento de nuevo la tensión en mi ingle, esa misma sensación que tengo a menudo cuando la miro. Sus dedos se deslizan sobre mi brazo y bajan hasta mi muñeca, dejando mi piel con una sensación de cosquilleo y hormigueo. Muevo mi mano desde su lugar habitual en su cadera hasta su estómago y luego hasta su hombro. Mis dedos rozan su pecho mientras suben y Beh se pone rígida.

Veo cómo su labio inferior desaparece en su boca y me pregunto si volverá a tener hambre. Le acaricio el costado del cuello con los dedos y Beh se estremece a la luz del fuego. Me inclino hacia ella de nuevo, pasando mi nariz por la de ella. Me detengo en el espacio entre sus ojos e inhalo su aroma.

Las imágenes de mis sueños nocturnos pasan por mi cabeza y siento que mi cuerpo reacciona a mis pensamientos y a la cercanía del cuerpo de mi pareja. Observo sus ojos mientras miran los míos, su expresión suave pero incierta. No quiero que ella se preocupe por nada. Quiero cuidarla en todas y cada una de las formas que pueda.

Y quiero que ella también me cuide.

No me importa si alguna vez hace una canasta que pueda contener grano, pero quiero que esté aquí conmigo. Quiero que esté cerca de mí mientras trabajo o pesco, y quiero que se acueste a mi lado entre las pieles por la noche. En mi mente, ella está conmigo siempre y para siempre.

Finalmente, tengo claro que la quiero para algo más que hijos.

CAPÍTULO 6

Al día siguiente, Beh toma mi mano tan pronto como terminamos de comer y me saca de la cueva. Señala al otro lado del campo, hacia el bosque de pinos y el lago. No estoy seguro de por qué quiere volver allí, pero estoy dispuesto a hacer todo lo posible para complacerla.

Beh recoge más hojas de menta en el camino, lo que me hace detenerme el tiempo suficiente para usar una de las hojas para limpiarme los dientes. Beh parece pensar que es algo que ambos deberíamos hacer por la mañana y, a veces, incluso por la noche, antes de dormir.

Una vez que llegamos al lago, Beh va inmediatamente a la arcilla cerca del arroyo y comienza a hurgar en ella nuevamente. Observo la orilla del lago el tiempo suficiente para atrapar un pez para comer y luego regreso al pedernal cerca de donde ella está sentada. Hace algunos objetos más con la arcilla blanda y los coloca sobre las rocas antes de acercarse al lago para lavarse las manos.

"¡Eh!"

Levanto la vista de mi pedernal y veo a Beh de pie cerca del agua. Ella hace más ruido y me levanto para acercarme a ella. Sonrío cuando ella toma mi mano entre las suyas, pero luego frunzo el ceño mientras me empuja hacia el agua.

Ya pesqué y hace demasiado frío para entrar al lago, así que me detengo y retiro mi mano de su agarre. Beh me mira con la cabeza ladeada, hace más ruidos y señala el agua.

Doy un paso atrás.

Los sonidos de Beh se vuelven más fuertes cuando coloca sus manos en sus caderas y levanta una ceja para mirarme. Entrecierro los ojos y la miro, sin saber exactamente qué quiere, pero bastante segura de que no me gusta. Con un ruido agudo y una exhalación igualmente brusca, Beh se inclina y llena sus manos ahuecadas con agua. Las gotas vuelan de su piel mientras camina hacia mí y arroja el agua en mi brazo.

Mi cabeza se llena de recuerdos de mi madre llevándome a un arroyo en verano y obligándome a permanecer en el agua mientras me lavaba. Gruño y doy un paso atrás, empujando el agua de mi piel. Hace demasiado frío para lavarme y mis pieles podrían mojarse si me vuelve a echar agua encima.

Se hace evidente que lavar es exactamente lo que Beh quiere que haga mientras intenta acercarme a la orilla del lago. Puede que a mi pareja le guste lavarse y limpiarse los dientes todo el tiempo, pero a mí no me gusta el frío y no voy a meterme en agua helada.

Aparto mi brazo de ella con un gruñido y le doy la espalda. No sé por qué parece pensar que meterse en el agua es una buena idea, pero recuerdo que perdí el equilibrio mientras pescaba a principios de una primavera y estuve helado el resto del día.

Cuando Beh intenta tomar mi brazo nuevamente, lo arranco, recojo el pez que pesqué y me dirijo hacia el borde del bosque. Me vuelvo para mirar a Beh y ella me está mirando. Me quedo quieta hasta que ella recoge los objetos de arcilla que ha hecho y me sigue en silencio a casa. No quiero que mi pareja se enoje conmigo, pero no hay manera de que me meta en esa agua fría.

Cocino el pescado en el fuego de la cueva y, antes de que terminemos de comerlo, Beh vuelve a hacer ruidos continuos. Intento ignorar los sonidos, pero no es fácil cuando ella rara vez se detiene. La hago callar colocándole la mano en la boca y funciona durante un rato. En lugar de hacer más ruido, me trae hojas de menta.

Como me negué a meterme en el agua fría, creo que probablemente debería frotarme los dientes con menta. A Beh le gusta cuando hago eso y espero que eso la apacigüe. Ella hace lo mismo con su propia ramita de menta y pronto nos arrastramos hasta el fondo de la cueva y al calor de las pieles.

Yo me pongo las pieles primero y Beh se sube después. Ella se acuesta boca arriba y me mira mientras yo me apoyo sobre mi codo y la observo de cerca.

Puedo oler la menta en su aliento y me lamo los dientes para sentir lo suaves que están. Me pregunto si sus dientes también son lisos, y creo que probablemente lo sean. Mientras reflexiono, la lengua de Beh se desliza sobre sus labios y capta mi atención.

La curva de su boca mientras me sonríe es tentadora, y puedo sentir mi deseo de darle un bebé creciendo mientras la miro. Las mejillas de Beh se oscurecen e inclino la cabeza hacia abajo para pasar la nariz por su pómulo mientras mi brazo la rodea.

"Beh", le susurro el sonido de su nombre contra su oído. Mi cuerpo se está apretando dentro de mí y, a cambio, me aprieto alrededor de mi pareja. Estamos lo suficientemente cerca como para estar seguro de que ella siente mi deseo contra su pierna. Intento no presionarla, pero es difícil.

Todo dentro de mí grita para darle la vuelta, levantar sus caderas para encontrar las mías y tomarla.

Ella es mi compañera.

Veo su garganta moverse mientras traga, y su palma presiona ligeramente contra mi pecho. Sus dedos trazan la línea de músculo sobre mi corazón palpitante. Ella hace algunos sonidos suaves mientras sus ojos se mueven entre los míos y sus dedos acarician suavemente mi piel. Se siente tan bien y quiero más.

Llevo mi nariz a un lado de su cara y acaricio su piel suavemente antes de bajar por su mandíbula hasta su barbilla. Tomo su rostro con mi mano mientras la miro a los ojos nuevamente, toco la punta de su nariz con la mía y espero que entienda que solo quiero darle un bebé. No quiero que ella tenga más miedo. Quiero que sepa que la cuidaré siempre. Si le doy un bebé, sabrá que los buscaré y los protegeré con mi vida.

Paso las puntas de mis dedos por la parte superior de la inusual túnica que lleva. El material es muy suave, pero no tanto como su piel justo encima. Subo mis dedos por el costado de su cuello hasta que descansan en su mejilla. Toco el borde de su boca con el pulgar y las comisuras se contraen en una sonrisa.

Sus ojos se encuentran con los míos, oscuros y ardientes con el reflejo de la luz del fuego. Siento que mi pecho sube y baja con mi respiración mientras su mano imita los movimientos míos. Me hace un poco de cosquillas cuando pasa las puntas de sus uñas por el pelo desaliñado de mi cara. La siento respirar profundamente antes de cerrar los ojos. Su mano vuelve a caer hasta mi pecho, y luego Beh levanta la barbilla y sus labios tocan los míos.

Antes de que tenga la oportunidad de preguntarme qué está haciendo, el suave y suave toque de sus labios se presionó contra los míos y se fue rápidamente. Parpadeo un par de veces, mirando desde sus labios hasta sus ojos y considerándolo.

¿Considerando qué?

No estoy muy seguro.

Los ojos de Beh bajan de mi cara a su mano, que descansa contra mi pecho. Su labio inferior es nuevamente atacado por sus dientes. Coloco mi pulgar contra su barbilla y tiro de la piel hasta que su labio queda libre y ella me mira. Paso mi dedo por su barbilla y luego lo paso lentamente por sus labios, de un lado a otro. Cuando libero su barbilla por completo, su lengua humedece sus labios.

¿Le gusta que le toquen los labios?

¿Le gusta que su boca toque la mía?

¿Yo?

Sí.

Sí.

Gruño suavemente y toco sus labios con mi dedo, mis ojos le imploran que me muestre cómo hacerlo de nuevo. La primera vez me tomó por sorpresa, pero ahora quiero que lo haga más. Coloco mi mano a un lado de su cara y meto mis dedos debajo de su mandíbula. Con una suave presión, acerco su rostro un poco más al mío.

Beh se inclina hacia mi mano mientras se acerca y nuestros labios se tocan de nuevo. Su brazo rodea y acuna la parte posterior de mi cabeza mientras sus dedos se entrelazan dentro y alrededor de mi cabello. Se siente bien, como cuando se desenreda. Nuestros labios permanecen apretados mientras su otra mano se mueve desde mi pecho hasta mi hombro.

Ella se retira, separando sus labios de los míos para recuperar el aliento entrecortado. Puedo sentir mi palpitante necesidad de ella intensamente mientras su mano recorre mi brazo. No quiero que deje de tocarme. En realidad, quiero que me toque más.

"Beh", murmuro suavemente contra su mejilla. Los ojos de Beh permanecen en los míos mientras me agacho y agarro la corbata que sujeta el chal alrededor de mi cintura. Se sale del nudo fácilmente y lo alejo de mis caderas, exponiéndole mi duro órgano, esperando que quede impresionada. Mientras su mano recorre mi brazo nuevamente, lo capturo con mis dedos y lo bajo, presionando su palma contra mi longitud mientras inclino mis caderas hacia ella.

Tan pronto como toca mi carne, la oigo jadear y rápidamente retira su mano de mí.

"Eh... no."

Inmediatamente detengo mis movimientos y la miro con recelo, pero ella no parece enojada. Ella se agacha y envuelve su mano alrededor del borde de mi abrigo de piel y me cubre. Ella hace más sonidos y pasa su mano por la línea de mi mandíbula. Mueve la cabeza y vuelve a tocar su boca con la mía.

Con el toque de sus labios sobre los míos, quedo una vez más cautivado. Aunque mi necesidad por ella sigue siendo evidente para mí, incluso si ella lo ha cubierto, esta es una alternativa agradable y que me distrae. Mis dedos vagan sobre sus labios. Beh sonríe y coloca su mano sobre la mía. Ella hace más sonidos y termina con un sonido que me recuerda a una serpiente.

Ella vuelve a hacer el mismo ruido.

"Beso." Se acerca y hace que nuestras bocas se junten, luego repite el sonido. "Beso."

Inclino mi cabeza hacia un lado y paso mi mano por su boca. Observo sus labios y lengua mientras vuelve a hacer el extraño silbido. Lamo mis propios labios y casi puedo saborearla en ellos.

"Beso."

Hay una sensación de cosquilleo cn la parte posterior de mi cabeza, algo en mi mente que se siente extraño. Entrecierro un poco los ojos y siento como si estuviera parado al borde de un acantilado, mirando por encima del borde y sintiendo el viento en mi cara.

"Beso, Ehd."

"Beh." Hago que su nombre suene reflexivamente cuando escucho el mío, y la sensación en la parte posterior de mi cabeza aumenta. Me concentro en su boca mientras nos une de nuevo. Esta vez cierro los ojos, tal como lo hace ella, y siento que sus labios se abren ligeramente cuando su lengua toca los míos.

Mi pareja es definitivamente extraña.

Y me gusta.

Abro la boca, la pruebo y siento su lengua contra la mía y confirmo que sus dientes son realmente suaves como los míos. Es una acción extrañamente automática. Nunca hubiera considerado hacer algo así, pero ahora que siento sus labios contra los míos y su lengua metiéndose en mi boca, parece tan natural como respirar. Estoy cautivada por la sensación: calidez y humedad, suavidad y presión, todo al mismo tiempo. Siento que mi cuerpo tiembla contra el de ella y mi necesidad por ella se vuelve más urgente.

Gimo en su boca.

Beh retrocede, jadea y tiene la cara sonrojada. La observo atentamente mientras sus manos se mueven hacia mis hombros y ella inclina su barbilla hacia abajo, todavía respirando con dificultad. Mantengo mi mano contra su cara y paso mi pulgar por su pómulo primero y luego por sus labios.

Definitivamente me gusta: labios, bocas y lenguas juntas. Cuando mi lengua pasa por mis propios labios, puedo saborearla allí y es como si ella me hubiera reclamado. Siento que sonrío y Beh me devuelve el gesto a pesar de su sonrojo. Ella hace sonidos más suaves y esta vez le tapo la boca con los labios en lugar de con la mano, lo cual es muy efectivo.

Definitivamente me gusta esto.

Cuando ella vuelve a separarse de mí, mis labios se sienten cansados por el esfuerzo anormal. Aprieto a mi pareja con fuerza contra mi pecho y trato de ignorar el continuo palpitar debajo de mi abrigo de piel y lo que significa cuando ella no me toca allí.

Ella realmente no me quiere como compañero, no del todo. Ella está dispuesta a quedarse conmigo y trabajar a mi lado, pero no quiere aparearse. Ella no quiere que le ponga un bebé.

Coloco mi frente en su hombro y dejo escapar un largo suspiro, tratando de ocultar mi tristeza.

La lluvia ligera cesa por completo durante la noche y el sol brilla intensamente cuando mi pareja abre los ojos. La he estado observando desde hace algún tiempo y he llegado a la conclusión de que debo hacer más si quiero conquistarla. Aunque ella está aquí conmigo y obviamente ahora es mi compañera, quiero que ella también lo desee. Quiero que ella se abra a mí... que se entregue a mí. Después de la noche anterior, sintiendo lo maravilloso que se sentía su boca sobre la mía, me han invadido pensamientos de lo bien que se sentiría tener mi pene dentro de ella.

Así que ahora voy a hacer todo lo que pueda para hacerla feliz y convencerla de que se aparee conmigo.

Empiezo con el desayuno.

Tan pronto como abre los ojos, me arrodillo a su lado con trozos frescos de carne de conejo en la mano. Los cociné muy lentamente sobre las brasas y los soplé para enfriarlos un poco porque quiero que la temperatura sea la adecuada para ella, ni demasiado fría ni demasiado caliente. La miro a los ojos mientras ella se da vuelta y se levanta las pieles debajo de los brazos. Se apoya sobre un codo y me sonríe con los ojos borrosos.

Su boca emite sonidos y la silencio con un trozo de carne. Lo muerde lentamente y parece gustarle mientras traga y acepta otro de mis dedos. Le doy un trago de agua, con cuidado de no derramar nada sobre ella, y luego le ofrezco más carne tierna.

Una vez que ha comido hasta saciarse, le tomo la mano y la llevo fuera de la cueva para que haga sus necesidades. Tan pronto como llegamos al área, suelto su mano, me giro y me cubro los ojos con los dedos para que sepa que no la estoy mirando. Cuando pone su mano en mi brazo, sé que ha terminado y le sonrío. Ella me devuelve una media sonrisa, pero tiene el ceño fruncido.

Me pregunto si he hecho algo mal.

Decidida, la llevo de regreso a la cueva para recoger lo que necesitamos para otra caminata hasta el lago. Quiero revisar las trampas para conejos que reinicié y darle a Beh la oportunidad de lavarlas, lo cual parece que le gusta hacer. Cada vez que vamos allí, dedica un rato a lavarse en el agua, que empieza a calentarse agradablemente ahora que se acerca el verano. Cuando ella entra al agua, trato de no mirar su cuerpo, pero es difícil.

Me sobresalto cuando Beh hace un chirrido cuando entramos a la cueva. Corro alrededor de ella, extendiendo mi brazo para protegerla de lo que sea que la haya asustado, pero no hay nada allí. Cuando la miro a la cara, ella sonríe y señala hacia el fuego. Sigo su dedo hasta las pequeñas tazas y platos que hizo con arcilla y luego la miro, confundida.

Beh hace más sonidos, se arrodilla junto al fuego y levanta la tacita marrón. ¡Lo tomo en mi mano y me sorprende lo difícil que es! Ya no es blando ni blando, sino que se siente más como una roca. Los bordes son ásperos y me rayan las puntas de los dedos. Le doy la vuelta una y otra vez en mi mano. Incluso el interior está seco y rígido. Vuelvo a mirar a Beh, asombrada por lo que me ha entregado.

También levanta uno de los platos, que también está seco e inflexible. Le devuelvo la taza y examino el plato un poco más de cerca. Intento doblarlo con los dedos, pero no se dobla en absoluto. Ya ni siquiera se siente como arcilla y me pregunto qué tan fuerte será.

Lo golpeo contra una de las piedras para cocinar y se rompe con un sonido horrendo. El ruido es fuerte y resuena por toda la cueva. Salto y retrocedo, llevándome a Beh conmigo. Ahora está gritando y la rodeo con mis brazos para protegerla de esa cosa.

Después de un momento, me doy cuenta de que está ahí sentado en pedazos, y dejo libre a mi compañero que lucha. Ella mira fijamente el plato, ahora partido en tres pedazos, y sus ojos se abren como platos. Beh cae de rodillas y alcanza los fragmentos mientras un grito ahogado sale de su boca. Se cubre los labios con la mano, pero todavía puedo oírla repitiendo el mismo conjunto de sonidos una y otra vez mientras yo estoy detrás de ella, inseguro y avergonzado.

"Oh Dios mío... oh Dios mío..."

Sé de inmediato que no solo destruí el plato de arcilla que ella hizo, sino que también arruiné cualquier posibilidad que tuviera de hacer que quisiera que le pusiera un bebé dentro de ella. No sabía que el plato se rompería: ¡parecía tan resistente en mis manos! Aunque se siente como una piedra dura, aparentemente se parece más al pedernal que uso como herramientas, que se rompe fácilmente si no se maneja correctamente.

"Oh, Dios mío... oh Dios mío..." Beh se balancea hacia adelante y hacia atrás sobre sus talones, y quiero ir hacia ella y sostenerla contra mi pecho, pero tengo miedo. Ella está muy enfadada y yo soy el motivo. Definitivamente he hecho un gran desastre con esto, y observo impotente cómo ella recoge un par de piezas y las sostiene en sus manos.

Escucho que sus murmullos se convierten en sollozos, sostiene las piezas contra su pecho y no puedo soportarlo más. Me acerco detrás de ella, extendiendo la mano y tocando su hombro con la mano. Se da vuelta rápidamente y me grita sonidos horribles. Los pedazos caen de sus manos mientras se levanta y continúa gritando. Mientras lo hace, sus manos alcanzan las extrañas vendas que cubren sus piernas. En el centro, justo debajo de su ombligo, hay una pequeña cosa redonda. Lo agarra, sacudiendo el pequeño objeto mientras grita, y yo me encojo ante el sonido.

Con otro sollozo, Beh vuelve a caer al suelo y agarra entre sus manos los trozos del plato que he roto. Cuando mi pareja gira la cabeza para mirarme, no puedo mirarla a los ojos. Me agacho y bajo la cabeza. Mi cabello cae sobre mi frente, ocultándome efectivamente de ella. Desearía que no pudiera verme en absoluto, pero todavía puedo sentir sus ojos sobre mí.

Aunque todavía siento la necesidad de esconderme, tengo que seguirla cuando Beh sale corriendo de la cueva con los trozos de arcilla en sus manos. Incluso si ella no me quiere en absoluto, tengo que mantenerla a salvo. La sigo a distancia mientras ella corre por los pastizales con los trozos de arcilla todavía agarrados entre sus dedos. Tengo que trotar a buen ritmo para seguirle el ritmo y correr más rápido a medida que se acerca al bosque de pinos y a la cubierta de árboles. Beh corre hasta el lago, se acerca a un lado y arroja los pedazos rotos al agua.

Me detengo rápidamente sobre las rocas detrás de ella y me tenso, esperando a ver qué hará a continuación. Un momento después, Beh cae de rodillas y deja escapar un largo gemido. Arriesgándome a enojarme más, me acerco a ella y la rodeo con mis brazos por detrás.

No entiendo. Nunca lo entiendo, pero la abrazo tan fuerte como puedo hasta que sus luchas disminuyen y ella se gira hacia mí. Sus brazos suben y rodean mi cuello, y apoya su cabeza contra mi pecho. Mi pareja alterna entre llorar, gritar y golpearme el pecho o el hombro con la palma de la mano mientras hace ruidos extraños. Todo lo que puedo hacer es abrazarla y esperar hasta que se desplome exhausta y cierre los ojos. La siento relajarse contra mí mientras su respiración se vuelve pausada y tranquila.

Miro su rostro dormido y manchado de lágrimas y suspiro. Poniendo mis piernas debajo de mí, deslizo un brazo debajo de sus piernas y el otro detrás de sus hombros. Apoyo mis piernas debajo de mí y me levanto con ella en mis brazos. Agradezco que sea pequeña y no demasiado pesada para levantarla de esta manera. Su cabeza cae contra mi pecho cuando me alejo del agua y la llevo por la orilla, a través del bosque, a través de las estepas y hasta nuestra cueva.

Mirando alrededor de la cueva, decido no acostarla sobre nuestras pieles. En cambio, me bajo lentamente frente al fuego y sigo abrazándola cerca de mí. Utilizo una mano para agregar más madera de la pila pero logro dejarla dormir al mismo tiempo.

Ya es tarde cuando se despierta y sus ojos inyectados en sangre me miran. Siento el escalofrío recorrer su cuerpo mientras me mira fijamente, mira alrededor de la cueva y luego vuelve a cerrar los ojos por un momento. Cuando los abre de nuevo, se levanta de mi regazo y se dirige al pequeño saliente de roca donde se encuentran los odres de agua. Ella toma uno de ellos y nos lo trae.

Observo a través de mi cabello con cautela mientras ella toma una de las pequeñas tazas redondas que hizo y vierte agua en ella. Me tiende la taza y luego sirve una segunda taza cuando le tomo la primera de la mano. Miro el agua por un momento y luego la bebo rápidamente. Paso la lengua por el borde de la taza y siento un sabor a barro en la boca. No es como las tazas que mi madre creó con hojas anchas entrelazadas, pero ciertamente aún retiene el líquido de forma segura. Aunque los lados de la taza tienen un sabor fangoso en mi lengua, eso no hace que el agua sepa a tierra.

Beh me mira mientras bebe de su propia taza y trato de sonreírle con la cabeza gacha, todavía escondida. Ella mira al suelo, pero ahora hay un atisbo de sonrisa en sus labios. Se acerca al fuego y puedo escuchar un leve sonido de raspado. Miro a través de mi cabello y la veo recogiendo pequeños fragmentos rotos que aún están en el suelo. Sé que probablemente debería hacerlo yo mismo (es culpa mía que el plato esté roto), pero tengo miedo de moverme. Hoy sólo quiero hacer cosas que la hagan feliz y estoy fracasando estrepitosamente.

Beh se queda con los pedazos rotos en las manos y se dirige hacia la entrada de la cueva. Me arrastro detrás de ella, todavía sin querer dejarla salir sola pero tampoco queriendo mostrar mi vergüenza. Una vez que ambos estamos afuera, ella toma los pedazos rotos restantes y los arroja por el acantilado a un barranco poco profundo antes de volverse hacia mí. Estoy parada justo al lado de la entrada de la cueva, empujándome contra la pared de roca, esperando que no vuelva a gritarme ese no sonido.

Beh se acerca a mí y se para muy cerca. Dejo que mis ojos se encuentren con los de ella y ella respira larga y profundamente. Levanta las manos de los costados y toma mis dedos. Con un pequeño tirón, se acerca a mi pecho y apoya su frente en mi hombro. Mis brazos la rodean y siento que se relaja contra mí.

"¿Bien?"

Gira la cabeza para mirarme y sonríe, pero sus ojos permanecen apagados. Mi pulgar acaricia su mejilla suavemente mientras ella hace sonidos apagados con su boca. Quiero poner mis labios sobre los de ella para hacerla callar otra vez, pero no estoy seguro de qué tan bien sería recibido en este momento. Todavía me siento perdida y confundida. Sin saber qué más hacer, la levanto y la llevo de regreso a la cueva mientras comienza a llover nuevamente. Ella hace un pequeño chirrido cuando la levanto en mis brazos, pero no protesta cuando la acuesto sobre las pieles y le llevo el resto de la carne de conejo de antes.

Le doy un pedacito a la vez con mis dedos, seguido de sorbos de agua de las tazas que ella hizo. Mi pareja está tranquila mientras come, y yo alterno entre alimentarla y acariciar lentamente su brazo con mis dedos.

Cuando se acaba la carne, los ojos de Beh se encuentran con los míos. Me observa atentamente mientras levanta la mano y pasa la mano por mi mejilla. Con las yemas de los dedos, lentamente empuja el cabello de mi frente. Me apoyo en el calor de su palma y, cuando esta vez sonríe, la luz del fuego golpea sus ojos y los hace brillar. Se inclina hacia adelante y sus labios rozan suavemente los míos.

Finalmente, soy perdonado.

CAPÍTULO 7

Las lluvias de primavera finalmente han terminado. Aunque el sol está alto en el cielo, Beh todavía no se ha movido de nuestra cama. Finalmente, vuelvo a ponerme las pieles con ella y le acaricio el cuello con la nariz hasta que se despierta. Todavía parece cansada, y cuando la llevo afuera para hacer sus necesidades, jadea lo suficientemente fuerte como para que me dé la vuelta para asegurarme de que no le haga daño. No hay nada a su alrededor que represente una amenaza, pero está agachada cerca del barranco y mirando su mano. Hay sangre en él, pero por su expresión no creo que esté herida, sólo preocupada.

Sus ojos se abren y me mira mientras me acerco para descubrir qué pasa. Sus extrañas mallas están alrededor de sus tobillos y comienza a levantarse para subírselas por las piernas (todavía no quiere que vea su cuerpo), pero luego se detiene y mira su mano nuevamente.

Ella está sangrando. Se le llenan los ojos de lágrimas y al principio creo que podría estar herida. Tan pronto como estoy lo suficientemente cerca, sé por el olor de la sangre que es diferente a una herida, y sé por qué. Es su momento de sangrar. Lo que no entiendo es por qué eso la hace llorar. Ella es demasiado mayor para que esta sea la primera vez que le llega la sangre.

Me agacho y la levanto con las mallas todavía bajadas alrededor de la parte inferior de sus piernas. Aunque ella me empuja, se retuerce y hace sonidos fuertes, no me detengo ni la bajo. Recuerdo a las otras mujeres de mi tribu, especialmente a mi madre y a mis hermanas, y lo que hicieron durante su época de sangría. Llevo a Beh de regreso a nuestra cueva y la mantengo quieta hasta que puedo sacar una de las pieles más viejas del fondo de la depresión donde dormimos. Lo extiendo en el suelo y siento a Beh encima.

Sé que a ella no le gusta que las cosas estén desordenadas.

Ella rompe a llorar de nuevo mientras se tira las mallas, pero se detiene antes de ponérselas del todo.

No tengo ninguna de las cosas que mi madre solía darles a mis hermanas cuando sangraban, pero creo que puedo encontrar algo. Rápidamente corté tiras de piel de antílope: una para atarla alrededor de su cintura y dos para colocarla entre sus piernas y recoger la sangre. No tengo lana ni nada que pueda poner entre ellos para ayudar a absorber, pero sé que se puede usar un poco de pasto seco hasta que encontremos algo mejor y doblar un poco entre las dos tiras de cuero.

Empiezo con la correa de cuero alrededor de su cintura y la levanto para que quede parada. Ella me empuja, pero le agarro la mano. Como está usando la otra mano para sostener la prenda inferior hasta la mitad de sus piernas, ya no puede empujarme. Le doy una patada en el tobillo hasta que abre las piernas y me deja maniobrar las otras piezas entre sus muslos. Luego envuelvo los extremos alrededor de la correa alrededor de su cintura. Parece encajar razonablemente bien una vez que le pongo todo el artilugio. Beh alterna entre reír y llorar mientras se mueve, ajusta las correas y luego me abraza.

Mi compañero es raro.

También está muy cansada y sigue llorando de vez en cuando durante el resto del día. Pensando que tal vez quiera desenredarse el cabello, le llevo un palo de uno de los árboles afuera y ella vuelve a llorar. Le llevo un trago de agua y vuelve a llorar. Le traigo un poco de carne del fuego y vuelve a llorar.

Me rindo y me dejo caer a unos metros de ella.

Ella me mira, su barbilla comienza a temblar y comienza a llorar de nuevo.

Me acerco y ella me rodea con sus brazos. Nos quedamos dentro de la cueva donde mantengo el fuego encendido y le doy de comer trozos de carne seca mientras ella se recuesta sobre el pelaje viejo y se frota el estómago. Cuando el trozo de correa de cuero y hierba se llenan de sangre, Beh lo reemplaza por otro. Voy al barranco a tirar la hierba seca y a lavar el cuero, aunque el agua de allí tiene mal olor y no sirve para limpiar ni para beber. Tendré que ir al lago para eso, pero no quiero alejarme demasiado de Beh.

Coloco el cuero algo lavado en lo alto de un árbol con la esperanza de que ningún depredador se sienta atraído por el olor y lo robe. Le hago varios más con una piel vieja y llora cuando se los doy.

Afortunadamente, Beh se siente mejor el segundo día y me sigue hasta el lago para lavar las piezas de cuero en agua limpia. Después de unos días, Beh deja de sangrar y de llorar, y mi cabeza deja de dolerme.

No hay nada, nada en toda mi existencia, que se compare con despertar con mi pareja acurrucada contra mi pecho. Aunque no me di cuenta en ese momento, la soledad me había pesado mucho durante mi tiempo de aislamiento, y ahora empiezo a preguntarme si habría sobrevivido mucho más tiempo solo. Podía cazar y protegerme, pero la falta de compañía había ido destruyendo lentamente mi voluntad de vivir.

Antes de Beh, no había pensado de esa manera en la soledad. Tal vez simplemente ignoré cómo me sentía cuando me quedaba despierto y miraba la oscuridad de mi cueva, sin escuchar nada excepto el crepitar del fuego y el viento afuera. Sólo recuerdo sentirme vacío por dentro.

Ahora que Beh está a mi lado, como lo ha estado durante la primera parte de la temporada de primavera, me siento cálida y plena.

Tenso mis músculos, la acerco más a mí y acaricio mi nariz contra la parte superior de su cabeza. Beh suspira en sueños pero no se mueve mientras la abrazo, observo las brasas ardiendo y me quedo dormida de nuevo con el cuerpo de mi pareja presionado contra el mío.

Al día siguiente nos dirigimos nuevamente hacia el lago. Llevo la piel de antílope para poder lavarla y terminarla para Beh. En el camino, recojo tres conejos, lo que significa que Beh también tendrá buen pelaje para hacer guantes y cubrirse los pies durante el invierno. Me doy cuenta de que todavía no parece impresionada por los conejos y, como la última vez, ni siquiera los mira cuando intento mostrárselos.

Una vez que llegamos al lago, Beh va inmediatamente al lugar donde antes encontró la arcilla. Trago con dificultad y me pregunto si todavía está enojada conmigo, pero no parece estar enojada. Parece emocionada de encontrar la arcilla nuevamente. Antes de comenzar con el pelaje, la sigo hasta el pequeño arroyo y encuentro una bonita y plana roca para excavar. Hago un montón de arcilla y luego la observo formar bolas suaves con un poco de ella. Le hago un par y ella me sonríe con ojos brillantes mientras trabajo. Cuando termino, Beh sonríe y coloca sus labios contra mi mejilla. Mi corazón comienza a latir un poco más rápido mientras espero y espero que ella también lleve sus labios a mi boca.

No lo hace, y después de un momento, frunzo el ceño y gruño para llamar su atención. Beh me mira con ojos inquisitivos, extiendo la mano y coloco mis dedos en sus labios. Después de un momento, los quito y los presiono sobre mi boca.

Los labios de Beh se presionan mientras reprime una sonrisa. Me inclino un poco hacia adelante, todavía esperanzada, y ella reduce la distancia entre nosotros hasta que su boca está sobre la mía. Cierro los ojos y me deleito con el calor del sol, sus labios y su presencia. Sus dedos suben alrededor de mi cuello y se hunden en la parte posterior de mi cabeza, acercándome más mientras su boca se abre a la mía y nuestras lenguas se tocan.

Si no estuviera ya de rodillas, habría caído ante ellos.

Paso mis brazos alrededor de sus hombros y acerco su cuerpo a mí. Hay una piedra clavándose en mi rodilla y no me importa. Puedo sentir que me estoy poniendo duro y eso tampoco me importa. Sólo esto, sólo sus labios contra los míos, es algo maravilloso para mí.

Beh se aleja de mí, respirando con dificultad y apoyando su frente contra la mía. La miro a los ojos, suplicando en silencio por más cuando Beh vuelve a hacer ese sonido, el que suena como una serpiente.

"Beso."

Inclino la cabeza mirando primero su boca y luego nuevamente sus ojos.

"Beso, Ehd."

"Beh..." Mis dedos acarician su brazo hacia arriba y hacia abajo mientras mis ojos se centran cn su boca.

Ella avanza y presiona sus labios firmemente contra los míos, luego retrocede nuevamente.

"Beso."

Desearía que dejara de hacer ruidos y simplemente mantuviera la boca junta, pero sigue haciendo lo mismo una y otra vez. Ella toca mi boca con la suya, hace ese sonido de serpiente y luego lo vuelve a hacer. No entiendo lo que está haciendo y es frustrante.

Gruño en voz baja y clavo mis dedos en sus caderas. La acerco más a mí y coloco mis labios con fuerza en su boca para silenciarla. Meto la lengua en su boca y ella gime contra mí. Todos los demás pensamientos dentro de mi cabeza desaparecen hasta que no queda nada más que su aroma y su sabor.

Cuando finalmente nos detenemos, las mejillas de Beh se ponen rojas y mira las huellas de manos embarradas que dejé en su ropa. Sus ojos vuelven a los míos y me levanta una ceja. La observo atentamente, preguntándome si el desastre la ha enfadado y qué podría hacer si así fuera. Sin embargo, ella no parece molesta y usa su propia mano cubierta de arcilla para quitar un poco de ella. Esto lo empeora, y ella se ríe y sacude la cabeza de un lado a otro.

Decido que a ella no debe importarle mucho si la ropa extraña se ensucia. Ella debe saber que estoy preparando el pelaje nuevo para que ella reemplace las cosas extrañas que ahora envuelven su cuerpo.

Se ven tan incómodos.

Hacia el final del día, Beh tiene una pila de platos de barro sobre las rocas al sol y está en el lago lavándose. Encontré un pequeño grupo de cebollas silvestres, que saqué del suelo blando cerca del borde del bosque de pinos y las lavé en el lago. Me pregunto si Beh sabe cocinarlos. Las he comido a menudo porque son una de las pocas plantas que sé que puedo comer sin sentirme mal del estómago, pero cuando intento cocinarlas, se queman en el fuego. Sé que mi madre solía cocinarlos, pero no recuerdo cómo.

Cuando Beh sale del agua, escondo mis ojos. Se viste rápidamente y se acerca a mí, haciendo sonidos con la boca a través de su sonrisa. La veo acercarse y me emociono cuando se inclina y cubre mi boca con sus labios nuevamente. Ella se deja caer a mi lado y levanto las cebollas.

Beh toma un montón de ellos en su mano y les da vueltas y vueltas. Quita un poco de suciedad que se me ha escapado de una bombilla y hace más ruido. Estoy a punto de extender la mano y taparle la boca cuando ella salta y grita. Inmediatamente estoy a su lado, rodeándola con mi brazo y sosteniéndola contra mí, mirando a mi alrededor en busca de lo que la alertó.

Mi compañera se ríe y se tapa la boca con la mano hasta contenerse. Entrecierro los ojos y ella pasa sus dedos por el borde de mi mandíbula antes de lanzarse nuevamente hacia el borde del lago. Cerca del agua hay varias plantas altas con copas largas y marrones (totoras) que reconozco. Beh continúa con sus ruidos mientras llega al fondo de la planta y arranca una, con raíz y todo.

Tan pronto como lo saca, lo reconozco. Esta es una raíz que mi madre cocinaba para nosotros, pero no tenía idea de que provenía del fondo de una espadaña. Sólo recuerdo haber usado los largos tallos para entretener a mis hermanos. Les gustaba separarlas y enviar las semillas al viento.

Trabajamos juntos para desenterrar más raíces y pronto tendremos demasiadas cosas que llevar en un solo viaje. Beh parlotea todo el tiempo y estoy empezando a sentir otro dolor de cabeza a causa de ello. Dejando atrás sus cuencos y platos de barro, recogemos las cebollas, las raíces de espadaña y los conejos de mi pelaje antes de regresar a la cueva. Beh quiere usar el pelaje nuevo que hice para envolver la comida, pero se lo quito de las manos y se lo envuelvo alrededor de los hombros. No quiero que se ensucie porque es para ella.

Regresamos a nuestra casa después de un maravilloso día de trabajo. Beh parece tan confundido como yo acerca de cocinar las raíces de espadaña y las cebollas, y finalmente las dejamos reposar cerca del fuego hasta que al menos estén lo suficientemente calientes para comer. Luego, nos sentamos y miramos las brasas, y paso mi brazo alrededor de los hombros de Beh. Ella se inclina contra mí e inhalo el aroma fresco de su cabello.

Beh y yo caemos en una rutina durante el verano.

No puedo evitar pensar en mi tribu cuando Beh y yo trabajamos codo a codo, recolectando granos en los campos y plantas en el bosque. Ella conoce otras plantas que podemos comer además de las espadañas, y guardamos las que no comemos en las vasijas de barro que Beh ha hecho. Incluso ha diseñado cubiertas para algunas de las macetas para mantenerlas alejadas de la humedad. A medida que la parte trasera de la cueva se llena de esas cosas, mi preocupación por mantener sana a mi pareja durante el invierno disminuye.

Beh deja secar la mayoría de los platos de barro al sol durante un día antes de dejarlos cerca del fuego durante un largo tiempo. Sólo cuando ella indica que están listos, nos deja poner algo dentro de ellos. Con una olla en particular que hace, pasa aún más tiempo manteniéndola cerca del fuego. Nunca parece completamente contenta con él por la mañana y lo deja reposar nuevamente.

Finalmente, toma uno de los platos de arcilla, lo coloca dentro de las brasas y luego coloca la olla encima.

No tengo idea de lo que está tratando de hacer, pero como he pensado muchas veces antes, mi pareja es extraña y no me importa que lo sea.

Cuando la miro, mi pecho se siente más grande. A veces mi corazón late con fuerza y, a menudo, mi pene se vuelve duro y grueso, deseando tener un bebé en ella. Por la noche, coloca sus labios sobre los míos y deja que mis manos le toquen la cara, los brazos, la espalda y las piernas, pero nunca sus senos ni el punto cálido entre sus piernas. Pasará sus manos por mi pecho y mis brazos, pero nunca por debajo de mi cintura.

Me está volviendo loco de deseo.

También hay un misterio a su alrededor, un misterio muy, muy extraño. Específicamente, está alrededor de la mitad superior de su cuerpo. Es otra prenda que se envuelve alrededor de su espalda, sus hombros y sus senos. Puedo sentirlo cuando pongo mi mano en su espalda, aunque cuando trato de sentirlo en el frente, Beh aparta mi mano. No tengo idea de qué es, sólo que es rosa pálido, como el comienzo de un atardecer en las nubes, y que solo se lo quita cuando se está bañando.

Mientras hago mis necesidades en el barranco, el aire de la mañana es decididamente más fresco que en los últimos días. Me pregunto cuánto tiempo pasará antes de que las hojas de los árboles comiencen a caer y haya nieve en el suelo. Debería intentar cazar otro animal grande antes de esa fecha. Tenemos una cantidad decente de carne y pescado secos en los recipientes de arcilla de Beh, pero los inviernos pueden ser impredecibles. Tener más sería mejor. También proporcionaría un trozo de cuero más grande para transportar los últimos granos del campo o las plantas de arrurruz de regreso a la cueva.

Las vasijas de Beh son buenas para guardarlas dentro de la cueva, pero son demasiado pesadas para transportarlas. Dado que el antílope es para las pieles de invierno de Beh, no le quité la piel para hacer un cuero más flexible que pudiera usarse como bolsa de transporte, y las cestas de Beh no son mucho mejores que al principio. Beh no se ha hecho ninguna ropa con la piel, aunque se envuelve con ella cuando tiene frío.

Tal vez salga a las estepas y busque una manada de antílopes o caballos cerca. Tomará mucho tiempo cavar otra trampa, pero aun así será útil. Beh puede recolectar más granos del campo mientras yo cavo.

Regreso a la cueva con este pensamiento en la cabeza y encuentro a Beh flotando sobre la olla que ha estado calentando en el fuego durante muchos días. Lo llenó de agua y lo colocó cerca del fuego. Mete el dedo en el agua cada pocos minutos y me pregunto si el agua se está calentando en la vasija de barro. Al final parece satisfecha y le añade un poco de arrurruz y cebollas silvestres, así como un poco de carne de faisán del ave que pesqué y asé ayer.

Un recuerdo repentino y olvidado hace mucho tiempo viene a mi cabeza. Es la imagen de mi madre flotando sobre macetas de hojas tupidamente tejidas. Colocaba piedras en el fuego hasta que estaban calientes y luego las colocaba en la canasta tejida para calentar el agua del interior. El camino de Beh parece llevar menos tiempo.

Observo en silencio y, cuando Beh termina, el guiso que ha preparado está bastante sabroso. Sin duda es lo mejor que he comido en mucho, mucho tiempo. Mientras inclino un cuenco de arcilla y me vierto el contenido en la boca, gimo de agradecimiento y luego atraigo a Beh hacia mi regazo para abrazarla contra mi pecho.

Ella se ríe y envuelve sus brazos alrededor de mi cuello. Cuando levanta la cabeza, capturo sus labios con los míos. Estoy muy feliz de esperar a que ella inicie la acción como suelo hacer. Beh tararea contra mis labios y la abrazo con fuerza contra mi pecho.

Cuando nos separamos, Beh entrecierra un poco los ojos mientras me mira. Es una expresión que he visto en su rostro antes, generalmente justo antes de que intente hacer algo que nunca antes la había visto intentar. Es una mirada de resolución y determinación.

"Beh", dice mientras señala su pecho. Luego coloca su mano sobre mi hombro. "Ehd".

Inclino mi cabeza hacia un lado y la abrazo suavemente.

"Beh", repito.

Ella sonríe, se inclina más cerca y coloca sus labios contra los míos brevemente.

"Beso."

Arrugo la frente. Espero que no empiece a hacer ese ruido de serpiente una y otra vez. Alzando la mano, toca mis labios con las puntas de dos dedos y luego los suyos antes de repetir el sonido nuevamente. Veo sus ojos bailar alrededor de mi cara. Ella suspira y luego se señala a sí misma y luego a mí, diciendo nuestros nombres nuevamente.

Extraño compañero. Le sonrío para que sepa que acepto sus rarezas.

Beh suspira, esta vez con frustración.

"Bessssss", dice de nuevo, tocando nuestros labios con sus dedos antes de inclinarse y darle un rápido beso a mi boca. "¡Beso!"

Inclino la cabeza hacia el otro lado para poder ver a su alrededor y preguntarme si queda más guiso para comer.

"¡Beso!" Beh me rodea el cuello con sus brazos y se acerca mucho. Puedo sentir sus pechos tocando mi pecho. Ella toca sus labios con los míos... "Beso"... otra vez... "Beso"... y otra vez... "Beso".

Ella se inclina hacia atrás y yo lloro, tratando de acercarme a su cara para poder repetir el movimiento. Quiero probarla para ver si ahora sabe al guiso que desayunamos, pero coloca su mano sobre mi pecho y me empuja hacia atrás. Frunzo el ceño de nuevo.

Beh se lleva los dedos a los labios, emite ese sonido y luego vuelve a tocar mi boca. Me inclino un poco, esperando que ella ponga su boca sobre la mía. Esta vez voy a ser lo suficientemente rápido para probarla.

Pero ella no lo hace.

En lugar de eso, toma mi mano y coloca mis dedos sobre sus labios, luego vuelve a emitir el sonido.

"Beso."

Luego coloca mis dedos sobre mi propia boca. Mis ojos se estrechan. No entiendo este juego al que está jugando.

"Beso", susurra suavemente. Con la palma de mi mano en su boca, ella hace el sonido una y otra vez. Se toca el pecho, dice el sonido de su nombre, hace lo mismo conmigo y luego vuelve al sonido de la serpiente.

Miro sus labios mientras hace el sonido y noto cómo sus labios se abren, sus dientes casi se juntan y puedo ver su lengua tocando la parte posterior de sus dientes a través del pequeño espacio entre ellos. Mi compañero tiene dientes muy bonitos y rectos. Paso mi propia lengua por la parte posterior de mis dientes y silbo como una serpiente.

"Ssss..."

Los ojos de Beh se abren y sonríe ampliamente. Luego grita, sobresaltándome. Ella envuelve sus brazos alrededor de mi cabeza y ataca mi boca con la suya. Su lengua recorre la mía con más gentileza de lo que implicaría su movimiento original, y me alegra saber que sabe a guiso.

Ella se separa y nos sonreímos el uno al otro. Mis músculos se tensan anticipando que ella lo haga de nuevo, pero ella se sienta inmóvil, simplemente mirándome. Cuando me inclino hacia adelante, ella se inclina hacia atrás y emite el sonido.

"Beso."

Nuevamente, estoy un poco distraído por su lengua en la parte posterior de sus dientes y la forma en que suena como una serpiente. Bueno, casi, pero no del todo. El primer sonido es más áspero y su lengua mueve la parte superior de su boca cuando esa parte del sonido sale. Intento mover la boca y la lengua de la misma manera.

"Kzzh".

Beh grita de alegría y vuelve a plantar su boca en la mía. Cuando ella se separa, el brillo en sus ojos es hermoso. Hace muchos más sonidos pero aún termina con el mismo ruido.

"Beso."

"Kzzzzz".

Soy recompensada con sus labios, su lengua y sus manos envolviéndose en mi cabello.

"¡Khzz!"

El calor de la boca de mi pareja cubre la mía y envía un hormigueo de sensación por el resto de mi cuerpo mientras su lengua recorre mi labio inferior. El juego que me molestaba al principio ahora es mi actividad favorita. Cada vez que hago el sonido, ella toca sus labios con los míos y hago ese sonido tan a menudo como puedo.

Por la noche lo hago una y otra vez.

Beh me empuja ligeramente los hombros con los dedos mientras se separa de mí riendo. Ella hace más sonidos, pero ninguno de ellos es un silbido, así que suspiro y vuelvo a mi trabajo. La lanza que usé para matar al antílope todavía está en buen estado, pero la estoy arreglando de todos modos. Utilizo una astilla larga de pedernal para afeitar lentamente las escamas de madera y afilar la punta.

Beh se sienta a mi lado en una roca cerca del agua y se pasa un palo por el pelo mojado. El agua del lago está casi demasiado fría para bañarse, pero Beh lo hace de todos modos. Ahora se alisa el cabello y, por mucho que me gustaría distraerla juntando nuestras bocas, me encanta cómo se siente su cabello cuando termina. También espero que ella haga lo mismo con el mío. Antes, metí la cabeza bajo el agua y me sacudí el pelo, pero hacía demasiado frío para entrar.

Durante todo el verano, Beh continúa empujándome al lago para lavarme, pero no es tan malo cuando el agua está tibia. Ella usa jaboncillo para ayudarme a quitarme la suciedad del cuerpo y del cabello, aunque todavía nunca me deja ayudarla. No quiere que la vea sin su extraña ropa, incluso cuando el sol pega fuerte y hace calor en la cueva.

Ahora el tiempo empieza a refrescar de nuevo y el verano se aleja rápidamente.

Miro a Beh mientras ella continúa deshaciéndose de los enredos de su cabello y trabajo el pedernal contra la madera. Sus brazos están levantados por encima de su cabeza, me gusta su curva y pienso en tocarlos. Pensar en sus brazos lleva mis ojos a mirar sus hombros y espalda y finalmente a la curva de su trasero.

Trago fuerte cuando se le cae el bastón y tiene que inclinarse hacia adelante para recuperarlo. Mi corazón late más rápido y mi lengua sale para humedecer mis labios.

Me duele la mano y me doy cuenta de que casi me he abierto con el pedernal. Por suerte no lo he hecho, sólo está rayado. Sin embargo, logré cavar un corte en la parte superior de la lanza. Se puede arreglar, pero parece extraño. El pequeño trozo que se desprendió tiene una forma extraña: casi como dos dedos diminutos uno al lado del otro, pero ligeramente separados.

Mirando a Beh, la veo pasarse los dedos por el cabello y me pregunto si el pedacito de madera fuera más grande, ¿podría usarlo para desenredar su cabello?

"¿Khzz?" Sé que estoy tentando mi suerte: ella acaba de poner su boca sobre la mía cuando empezó a peinarse y ni siquiera ha terminado todavía. Ella me mira de reojo y entrecierra los ojos antes de inclinarse y presionar sus labios rápidamente a un lado de mi boca. Arrugo la frente. Es bonito pero no es lo que quiero.

Beh se ríe y hace más sonidos con la boca.

Una vez que termina con su propio cabello, descarto la lanza y el pedernal y me arrodillo cerca de ella. Inclino mi cabeza hacia ella y ella usa el palo para alisar mi propio cabello, que ahora apenas me toca los hombros. Una vez que termina, recogemos sus piezas de arcilla más recientes (un cuenco bastante grande y una tapa para colocarlo encima) y regresamos a casa.

Beh sostiene su cuenco en sus brazos mientras cruzamos el campo y yo camino a su lado. A medida que nos acercamos al borde del bosque, me detengo y arranco un macizo de nuez amarilla que noté en nuestro camino hacia el lago. Beh termina un poco delante de mí y la observo desde atrás mientras camina.

Me gusta la forma en que se mueven sus caderas y mi mente divaga pensando en cómo se verían desnudas. Más importante aún, ¿cómo se vería si ella estuviera desnuda con mis manos alrededor de sus caderas, acercándola hacia mí?

¿Me dejará hacer eso pronto?

Tratando de sacar el pensamiento de mi mente, suspiro y me muevo para alcanzarlo. Cuando me acerco, noto que hay un pequeño agujero en su ropa hasta el hombro. Puedo ver la pequeña tira rosa debajo. Sin pensar realmente en ello, extiendo la mano para tocarlo.

Beh me mira por encima del hombro y le doy una pequeña sonrisa. Ella le devuelve la sonrisa y vuelve la vista hacia el camino serpenteante. Vuelvo a tocar el pequeño agujero; mi dedo encaja justo dentro de él y Beh mira lo suficientemente rápido como para ver mi dedo dentro del pequeño agujero en su hombro.

Su rostro inmediatamente se contrae en una expresión de tristeza y deja escapar un largo gemido seguido de muchos más sonidos. El cuenco todavía está en ambas manos, pero parece estar tratando de sostenerlo en alto y tocar el agujero que encontré. Se detiene abruptamente y se gira, empujando el cuenco a mis brazos mientras continúa haciendo ruido y examinando de cerca la pequeña lágrima.

Mi compañera está molesta, pero espero que ahora haga algo con la piel de antílope que le regalé. Incluso le daría mi propio abrigo de piel si lo quisiera, pero no le quedaría muy bien. Probablemente se le caería de encima.

Esa idea no sonaba tan mala.

Finalmente, mirándola a la cara, veo sus lágrimas.

CAPÍTULO 8

Esa noche, abrazo a Beh con más fuerza de lo habitual y me aseguro de que esté profundamente dormida antes de quedarme dormido. No lloró tan fuerte como antes, pero hubo muchos momentos durante la noche en que tenía lágrimas en los ojos. Sé lo frustrante que es tener que hacer ropa nueva, pero no entiendo por qué le molesta tanto.

No me gusta cuando mi pareja está triste y no sé qué se supone que debo hacer para volver a hacerla feliz. Considero mi plan anterior de hacer todo lo que pueda por ella durante todo el día siguiente, pero también recuerdo cómo resultó la primera vez que lo hice. Necesito algo mejor.

Un regalo.

Cuando las personas de mi tribu se apareaban, se hacían regalos unos a otros. Los hombres traían sus mejores pieles y las mujeres traían sus mejores cestas de recolección para demostrar que podrían ayudarse a sustentarse unos a otros. Le había dado a Beh todas las pieles que había hecho recientemente (la piel de antílope grande, los trozos más pequeños de piel de conejo) e incluso había intentado darle mi propia piel, pero ella no la había usado ni había hecho nada con ella. las otras pieles. Le mostré todos los cuchillos de pedernal que tengo y que podrían haberse usado para darle forma al pelaje, pero ella nunca los usó.

Beh debe saber que se acerca el invierno y necesitará ropa abrigada. A menudo le pongo la piel de antílope sobre los hombros cuando tiembla por el aire frío. La extraña ropa que lleva no es lo suficientemente gruesa, ni siquiera el material especialmente extraño de sus mallas. Aunque se siente grueso y resistente, no tiene pelo y no parece cálido.

Me muevo un poco en nuestra cama y coloco la cabeza de Beh en una posición diferente sobre mi hombro. Ella suspira en sueños y se acurruca contra mí. Su mano descansa sobre mi pecho cerca de mi hombro y sus dedos se mueven contra mi piel.

¿Qué podría darle a Beh?

Me duermo con este pensamiento en la cabeza y, mientras duermo, mi mente sigue considerándolo. Sueño con Beh.

Ella está sentada a la orilla del lago y desenredándose el cabello. Mientras se sienta, la parte de la ropa que cubre su brazo de repente se rasga y cae al suelo. Se seca los ojos y continúa con su cabello. Ella mira hacia el agua y huele. Sé que todavía está triste, pero está tratando de olvidar su ropa rota mientras se le pone la piel de gallina en su brazo ahora desnudo. Un momento después, el otro brazo pierde su cobertura. Se levanta, deja caer el palo que había estado usando, y las mallas que usa también se hacen trizas y caen al suelo a sus pies, que de repente quedan desnudos.

Beh se cubre la cara con las manos y deja escapar un sollozo. Quiero ir con ella, pero no soy lo que ella quiere y lo sé. Con dedos temblorosos, se inclina para recuperar el palo, se sienta en la roca y continúa pasándose el palo por el cabello.

Abro los ojos y reviso la cueva oscura. El fuego está bajo, así que me escapo del abrazo de Beh y le agrego leña. Miro afuera y la noche es clara, tranquila y fría. Todavía queda algo de tiempo antes del amanecer. Antes de regresar al calor de las pieles y de mi pareja, agrego varios leños más al fuego para que tengamos buenas brasas para cocinar cuando despertemos.

Paso la nariz por la sien de Beh y uso mi mano para quitarle los pelos de la frente. Pienso en mi sueño y me pregunto si Beh está triste porque su ropa se está cayendo a pedazos y eso le recuerda su vida antes de que la encontrara. Ninguna ropa dura para siempre y la de ella parece particularmente endeble.

La acerco más y desearía saber qué hacer. Podemos intentar buscar su antiguo hogar, pero no sé ni por dónde empezar. Sin embargo, si eso la hiciera feliz, intentaría buscárselo. También sé que si lo encontramos, es posible que su tribu no me acepte. Recuerdo la única vez que me encontré con otras personas desde que mi tribu fue arrasada por el incendio.

Eran muchos y todos caminaban en fila a través de las estepas. Acababa de encontrar mi cueva la temporada anterior y estaba cazando con mi lanza. Trabajando solo, nunca pude acercarme lo suficiente a los animales para usar el arma. Cuando la gente apareció a la vista, me acerqué a ellos con cautela, pero tan pronto como me vieron, cuatro de los hombres que iban delante corrieron hacia mí. Gritaron y agitaron sus lanzas, así que huí.

¿Qué haría si encontráramos a la tribu de Beh y me ahuyentaran pero se quedaran con Beh? Miro su rostro, que brilla rojo a la luz del fuego. ¿Y si tuviera que volver aquí otra vez, solo?

Un gemido silencioso se escapa de mi garganta ante el pensamiento. No quiero perder a Beh. La quiero conmigo. ¡No hay manera de que la deje ir a buscar a su tribu si existe la posibilidad de que no me acepten con ella!

Recuerdo mi sueño nuevamente y la expresión triste de su rostro. Me duele el pecho y el estómago al pensar en ello. No quiero que se vaya y regrese a su propia tribu y me deje en paz otra vez. Ya ni siquiera se trata de estar sola; sé que no quiero estar sin Beh. Tenerla aquí para calentar las pieles conmigo por la noche y recoger comida durante el día es lo más importante del mundo.

Para mí.

Un escalofrío me recorre cuando me doy cuenta de que hay algo más importante. Quiero que Beh sea feliz. Si volviera a ser feliz con su propia gente, tendría que dejarla volver con ellos, incluso si no me permitieran unirme a ella.

No hay nada más importante que Beh, y si hacerla feliz significa mi propio dolor, tendré que aceptarlo.

No duermo el resto de la noche.

El sol de la tarde calienta aunque el aire es cada día más frío. Las noches son más largas y no pasarán muchos días hasta que haga suficiente frío como para que nieve. Sin embargo, las estepas son bastante secas y normalmente no llueve demasiado durante el invierno, pero las noches de invierno pueden ser muy frías, incluso sin nieve.

En mi mano tengo un objeto de madera hecho con un nudo de árbol. Cierro un ojo mientras lo miro de cerca. He estado trabajando en la forma durante muchos, muchos días, desde el día que pensé en ello mientras veía a Beh pasarse los dedos por el cabello. Mi otra mano sostiene el borde de una hoja de pedernal contra la madera y corto otro pequeño trozo.

Solía temer la llegada del invierno por muchas razones. Nunca estuve muy preparado para ello y rara vez tenía suficiente comida almacenada para mantenerme saludable. Me dolían los huesos alrededor de las articulaciones y un año, al final del invierno, aparecieron manchas extrañas en mis piernas y estaba tan cansado que apenas podía moverme. Una vez que llegó la primavera y encontré otras cosas para comer, las manchas desaparecieron y me sentí mejor.

También temía las largas noches de invierno en las que me quedaba solo, frío y vacío por dentro, esperando a que saliera el sol otra vez. Mi mente pasaba por los inviernos cuando era niño, y todos los miembros de la tribu se reunían en la casa comunal. Era el refugio común de la tribu, hecho con grandes huesos de animales, cubierto de pieles, barro y paja. Había un agujero en el centro de la parte superior, por donde escaparía el humo de un gran incendio. Cuando estábamos todos juntos, el fuego central y el calor de nuestro cuerpo nos mantenían calientes.

Sin embargo, este invierno será diferente. Sonrío para mis adentros al pensar en Beh vestida con nuestras pieles para dormir anoche, pegando su fría nariz contra mi pecho desnudo debajo de la manta de piel. Me hizo temblar, y no sólo por el frío.

Casi espero con ansias las largas noches de este invierno porque Beh estará aquí para protegerme y cuidarme a medida que los días se acorten. También espero que para entonces me deje aparearme con ella porque pasar el invierno tratando de darle un bebé es algo que realmente quiero hacer.

"¿Pacto?"

Me doy la vuelta rápidamente, metiendo mis manos debajo del trozo extra de piel que traje conmigo en caso de que ella intente ver lo que estoy haciendo.

Beh hace más sonidos con la boca y coloca las manos en las caderas. La miro pero mantengo mis manos ocultas y mi cuerpo tenso, sin estar seguro de lo que va a hacer. Mueve la cabeza de un lado a otro mientras me mira por un momento, pero luego suspira y sonríe. Ella intenta caminar hacia el frente donde me siento, pero giro mi cuerpo, mis manos y el pelaje para que todavía no pueda ver debajo de las pieles en mi regazo. Intenta sentarse a mi lado para ver qué tengo en las manos, pero no la dejo.

"¿Beso?"

Mis ojos vuelan hacia los de ella y sé exactamente lo que está tratando de hacer. Es probable que también funcione si lo pienso durante demasiado tiempo. En lugar de ceder, saco una mano de debajo del pelaje, envuelvo los dedos de la otra mano con fuerza alrededor del objeto escondido debajo y gruño con fuerza. Mi brazo se enrolla alrededor del exterior del pelaje y me inclino sobre todo el bulto con los ojos cerrados. Si no puedo verla, no cedo a sus sugerencias ni le mostraré lo que tengo.

Ella hace más sonidos, seguidos de su mano agarrando el pelaje y tratando de tirarlo hacia atrás. Lo agarro con fuerza y se lo arranco, gruñendo en voz baja. No quiero que ella lo vea; ¡Aún no está terminado! Beh hace más ruidos, sus sonidos son agudos y concisos, y luego se endereza y se aleja un paso de mí.

Suspiro profundamente mientras ella resopla por la nariz y camina de regreso hacia la entrada de la cueva. Tan pronto como ella se desliza por la grieta de la roca, me vuelvo hacia el pelaje y lentamente retiro el pequeño objeto, sosteniéndolo nuevamente a la luz del sol. Llevo muchos días trabajando en ello, intentando que quede bien.

Se parece un poco a una mano pero con sólo tres dedos. Hay una parte redonda hecha del nudo de un árbol caído que encontré cerca del borde del bosque, que será la parte a la que podrá agarrarse. Del nudo sobresalen tres extensiones con forma de dedos talladas en madera, y se las estoy haciendo para que Beh la ayude a desenredar su cabello.

Será mi regalo para ella.

Al observar más de cerca los bordes, llego a la conclusión de que ya casi he terminado con lo que se puede lograr con mi cuchillo de trinchar de pedernal. Sólo necesito encontrar el tipo de roca adecuado para suavizarlo. Una vez que esté suave, Beh podrá usarlo para quitarse los nudos del cabello después de lavarlo. Su cabello estará brillante y suave, y cuando pase mis manos por los mechones, se sentirá muy bien entre mis dedos. Creo que también ayudará a que su cabello se mantenga suave cuando no pueda ir al lago a lavarse.

Suspirando un poco para mis adentros, espero que ella también lo use en mi cabello.

Decido que es lo mejor que puedo hacer con el pedernal. Envolviendo la pequeña garra de madera en la piel, me levanto para quitarme la viruta de madera de las piernas. Justo cuando el polvo y las astillas de pedernal caen de mis pieles, escucho el grito de Beh.

Durante los últimos meses, he escuchado a Beh gritar cuando está enojada y molesta. He oído sus gritos que vienen con lágrimas. El sonido que viene desde lejos, al costado de la cueva, justo en la línea de árboles donde Beh suele ir a hacer sus necesidades, es definitivamente Beh, pero no es un sonido que haya escuchado de ella antes. Hace que todo mi cuerpo se enfríe.

Sé que Beh está en problemas.

Dejo caer el regalo de Beh y sostengo con fuerza la astilla de pedernal en mi mano mientras corro hacia el sonido. Ella todavía está gritando, y esta vez también puedo distinguir el sonido de mi nombre entre los otros sonidos.

"¡Eh! ¡EHD!".

"¡Beh!" Grito de vuelta. Muevo la cabeza de un lado a otro con fluidez, centrándome en la dirección en la que se originan los sonidos y a qué distancia. Con la boca abierta, inhalo profundamente para tratar de encontrar el olor de mi pareja y cualquier cosa que pueda estar amenazándola. Giro y giro a través de la pequeña arboleda que bordea el barranco, y cuando rodeo un gran cedro, me encuentro con una vista aterradora.

Beh está de espaldas al fondo de un acantilado. Tiene la boca abierta y de ella emana una serie continua de sonidos mientras apoya las palmas de las manos contra el escarpado acantilado y patea con sus delgadas piernas. A un lado de ella está el pequeño barranco con un hilo de agua sucia corriendo muy por debajo, y frente a ella hay un enorme jabalí de grandes colmillos.

Es uno de los más grandes que he visto en mi vida, con un pelo negro y áspero que sobresale de su cuerpo. Sus cascos son afilados y cubiertos de barro. Puedo ver un agujero a un lado donde obviamente ha estado cavando, justo cerca de donde Beh suele hacer sus necesidades. La criatura agacha la cabeza hasta el suelo y grita una advertencia antes de comenzar a cargar.

Estoy demasiado lejos. No puedo llegar a ella a tiempo.

Mis ojos nunca abandonan la escena mientras corro con los pies golpeando el suelo y el corazón latiendo con fuerza en el pecho, sabiendo que no hay manera de llegar lo suficientemente rápido como para detener lo que está sucediendo. Beh intenta patear a la bestia, pero ella no hace contacto con él. Él se dirige hacia su pie y su colmillo se engancha en la parte inferior de las largas y extrañas calzas cerca de donde encierran sus pantorrillas.

Con un sonido terrible, el material se rasga desde el costado de su pierna hasta su cadera. Beh comienza a gritar de nuevo cuando el jabalí da un paso atrás, sacude la cabeza para liberarse de un trozo de tela atrapado en su colmillo y patea el suelo cuando finalmente me acerco lo suficiente para distraer a la bestia.

Sin pensar en lo peligroso que es, corro hacia adelante, gritándole tan fuerte como puedo a la criatura, y lanzo mi cuerpo hacia el suyo. Tan pronto como mi pecho golpea su cuerpo duro y musculoso, me quedo sin aire y quedo momentáneamente aturdido. Tengo que tomarme un segundo para volver a introducir aire en mis pulmones. Aunque el jabalí tiene patas cortas, su cuerpo enorme y grueso es largo.

El gran jabalí chilla y se mueve, tratando de desalojarme, pero agarro uno de sus colmillos y lo agarro fuerte, sabiendo que si me arroja lejos, irá tras Beh de nuevo. Paso una de mis piernas sobre su espalda y me aprieto a su alrededor. Tengo que asegurarme de que mis muslos estén lo más anclados posible a sus costados. Él se resiste de nuevo, pero logro colocar un brazo debajo de su hocico sin soltar el enorme colmillo e intento tirar su cabeza hacia un lado.

Mi otra mano todavía sostiene el delgado trozo de pedernal que había estado usando para hacer el regalo de Beh. No es nada parecido a lo que normalmente usaría para atacar y matar a una bestia tan grande. Ni siquiera es lo suficientemente fuerte como para atravesar su gruesa piel si estuviera muerto, pero es todo lo que tengo. Con la parte roma del pedernal contra mi palma, empujo la punta tan fuerte como puedo en la gruesa piel de su cuello.

El jabalí chilla y se pavonea. Puedo sentir sangre caliente mientras cubre mi mano y mi muñeca, pero no es mucha: apenas he cortado su piel. Tengo que encontrar el vaso grueso en su garganta si tengo alguna esperanza de matarlo.

Tengo que salvar a Beh.

El jabalí gira y gira la cabeza, intentando perforarme con sus largos y afilados colmillos. Alterna entre intentar apuñalarme y patear sus pies detrás de él, tratando de desalojarme de su espalda. Mis piernas se aprietan alrededor de sus flancos y mis talones se clavan en sus costados. Mientras me acomodo para aguantar, él gira su cabeza y siento un pinchazo agudo en mi antebrazo cuando uno de sus colmillos se conecta con mi piel.

El dolor es terrible, pero un destello de la criatura persiguiendo a Beh pasa por mi mente y me niego a dejarlo ir a pesar de que puedo sentir la sangre corriendo por mi brazo. Beh está gritando, pero no puedo mirarla y sujetarla al mismo tiempo.

Vuelvo a clavar el pedernal en el cuello del animal, haciendo varios cortes pequeños y, en general, enfureciendo al jabalí, pero sin causarle ningún daño real. No puedo hacer un corte lo suficientemente profundo en su garganta donde lo necesito mientras él continúa girando y girando su cabeza, tratando de cortarme con sus dientes demasiado grandes.

Por el rabillo del ojo, veo a mi pareja moviéndose hacia nosotros, llorando por mí. En su mano tiene una rama larga, pero muy delgada, de un árbol. Hago un sonido que está entre un gruñido y un gemido. Una rama de ese tamaño no sólo no logrará desviar al jabalí, sino que probablemente dirigirá su atención hacia otro objetivo.

Él irá tras ella nuevamente.

Tengo que hacer algo antes de que se acerque demasiado.

Con un rugido, levanto mi brazo alrededor del cuello de la criatura donde estoy tratando de cortarlo, aprieto mi mano en un puño y golpeo mis nudillos contra la frente de la criatura, justo entre sus ojos.

Momentáneamente aturdido, detiene el movimiento de su cabeza el tiempo suficiente para que yo pueda colocar el pedernal en la posición correcta para abrir su arteria carótida. Puedo sentir la diferencia inmediatamente cuando la sangre cálida brota en lugar de gotear sobre mi mano y mi brazo, y el jabalí se tambalea hacia un lado. Sólo tengo que sujetarlo por un momento antes de que sus piernas se doblen y se desplome. Estoy aturdido, yaciendo parcialmente debajo de la bestia, pero finalmente está muerto.

Mi respiración se vuelve jadeante mientras empujo el cadáver, me levanto y me tambalco hacia atrás. Con ojos salvajes y puños cerrados, miro fijamente el cuerpo, desafiándolo a levantarse de nuevo y amenazar a mi pareja. La pequeña astilla de pedernal sobresale del cuello del jabalí, cubierta de un líquido espeso y rojo.

Siento la pequeña mano de Beh contra mi brazo y me giro rápidamente hacia ella. Doy un solo paso para tenerla a mi alcance, me doblo ligeramente por la cintura, la agarro con fuerza alrededor de sus caderas y la tiro sobre mi hombro.

Nunca más la perderé de vista.

Beh hace ese chirrido mientras la coloco contra un hombro, luego me inclino con cuidado para agarrar la pata trasera del jabalí y poder arrastrarla detrás de mí mientras mantengo a Beh a salvo. Levantándola con más firmeza en mi agarre, me muevo lo más rápido que puedo sin correr el riesgo de dejarla caer.

Está inquieta, no tanto como el jabalí, pero ahora mismo no me importa. Siento que se me revuelve el estómago y estoy desesperado por llevarla de vuelta a la cueva y a salvo conmigo. Ella está haciendo muchos sonidos fuertes, y no escucho ningún sonido varias veces mientras sus manos golpean mi espalda sin dolor. En respuesta, le golpeé el trasero un par de veces con la mano que la sostiene, sólo para calmarla un poco. Si el jabalí tiene pareja, no quiero que ella venga tras nosotros. Incluso en mi estado frenético, tengo cuidado de no golpear fuerte; Nunca lastimaría a mi Beh.

Cuando llego al camino justo fuera de la cueva, ella ha dejado de moverse y está quieta. Dejo ir al jabalí fuera de la grieta, sabiendo que no puedo dejarlo allí por mucho tiempo o atraerá a otros animales. Rápidamente nos pongo de lado para que Beh y yo pasemos por la entrada de la cueva. Antes de que pueda protestar, saco a Beh de mi hombro y la arrojo sobre las pieles al fondo de la pequeña caverna. Caigo tras ella, cubriéndola completamente con mi cuerpo, envolviéndola en mis brazos y tratando de detener mi corazón de latir tan fuerte.

En mi mente, veo al jabalí atacándola una y otra vez.

Mis brazos se aprietan alrededor de mi pareja. Noto sus manos envolviendo mi cabeza y sosteniéndome mientras yo la sostengo, y me calmo un poco. Respiro con jadeos cortos y agudos contra su hombro y cierro los ojos con fuerza para tratar de detener el ardor detrás de ellos.

Ella es mi compañera.

Casi llegué demasiado tarde.

Ella podría haber muerto.

Grito y entierro mi rostro en su cuello mientras los horribles pensamientos e imágenes de lo que podría haber sido me abruman. Intento detener los pensamientos, pero siguen llegando. Incluso cuando la abrazo tan fuerte como puedo, todo lo que me viene a la mente son pensamientos de que está herida. ¿Qué pasa si está herida y no la he visto? Pudo haber sucedido antes de que yo llegara. Tragando fuerte, me inclino hacia atrás y miro su rostro sorprendido y manchado de lágrimas. El corte en mi brazo palpita y rápidamente miro a Beh para ver si tiene alguna herida.

Debería haberlo hecho antes y estoy enojado conmigo mismo por no haberlo considerado antes. Recuerdo que el jabalí fue tras su pierna y provocó el desgarro en sus extrañas calzas. ¿Qué pasa si le cortan la pierna? Mi mano se agacha y examina rápidamente la piel de su pierna, ahora claramente visible con el extraño material de su extraña ropa rasgada por un lado. Cuelga hecho jirones de su cadera.

Todavía no puedo ver a su alrededor y, a diferencia de una envoltura de piel, es imposible determinar cómo abrir y cerrar las extrañas mallas, pero tengo que saber si está herida o no. Frustrada y con los músculos aún tensos por el miedo, agarro el borde de la prenda y la arranco por completo. Toda la parte superior de la ropa se rasga y se aleja en mi mano, dejando una sección todavía envuelta alrededor de su otra pierna. La pequeña, dura y redonda pieza cerca de su estómago se desprende y vuela por el aire antes de caer al suelo y rodar hacia el borde del fogón.

Inmediatamente me distrae algo extraordinario.

Debajo de sus calzas hay otra prenda que nunca antes había visto. Está envuelto justo alrededor de sus caderas, cruzando hasta la cintura, bajando entre sus piernas y presumiblemente cubriendo sus nalgas. Paso mis dedos por el borde para sentir el material extremadamente delgado. Es áspero y lleno de baches, se siente un poco como la parte inferior de una hoja con venas gruesas. También tiene líneas y patrones, y es del mismo rosa pálido que el misterioso envoltorio alrededor de sus pechos y espalda.

Al principio, creo que podría ser su momento de sangrar, pero no hay lana ni cuero absorbente entre sus piernas, solo esta pequeña cobertura. Es tan delgado que puedo ver los pelos cortos debajo.

El trozo de tela es tan... tan pequeño.

Y rosa.

El gemido de Beh devuelve mi atención a su rostro, a los surcos de lágrimas sobre sus mejillas y a sus dientes casi incrustados en su labio inferior. Siento que mi pecho se aprieta y la presión detrás de mis ojos comienza de nuevo mientras rápidamente miro el resto de ella. No veo ninguna herida en ella, pero ¿y si el jabalí le hubiera metido la pierna en lugar de la tela? Podría haberla perdido y ni siquiera le he dado un bebé todavía. Cuando me doy cuenta de esto, una sensación de pánico me paraliza.

Mi mente está completamente consumida por el pensamiento.

¿Qué pasa si hay otro jabalí en la zona? ¿Qué pasa si se cae, se lastima y muere? ¿Qué pasa si no hay suficiente comida para sostenernos a los dos hasta la primavera? ¿Qué pasa si me enfermo y todavía no le he dado un bebé? ¿Qué pasa si un hienodonte encuentra nuestra cueva en la noche y no puedo defenderme?

Tenemos que aparearnos ahora antes de que sea demasiado tarde.

Tengo que ponerle un bebé.

Cada fibra de mi ser me grita: tengo que poner un bebé dentro de ella antes de que algo nos pase a alguno de nosotros. Cuanto más espere, más probable será que ocurra un evento trágico. No hay nada más importante para mí que darle un bebé a mi pareja. Tengo que darle uno rápidamente antes de que pueda pasar cualquier otra cosa.

Desesperadamente, me alejo de Beh, la agarro por la cintura y rápidamente la volteo boca abajo. Puedo oír los sonidos de su boca, pero no puedo concentrarme en ellos; ya estoy demasiado concentrado en lo que sé que debo hacer. Respiro más rápido mientras pienso en cómo nos uniremos. Agarro sus caderas con ambas manos para ponerla en posición con mis piernas entre las de ella. Me arrodillo detrás de ella, y aunque el pequeño trozo de material era interesante antes, ahora necesito que lo quite de mi camino. Lo bajo por sus piernas hasta las rodillas, pero impide mantener sus muslos separados. Con un gruñido frustrado, levanto sus piernas del suelo y le llevo la tela hasta los tobillos. Encuentro más resistencia por parte de sus protectores de pies, pero logro cubrirlos con el trozo de tela. Vuelvo mi mirada a su cuerpo y ella queda completamente expuesta a mí por primera vez.

El olor de su sexo es embriagador.

Dejando caer sus piernas sobre las pieles, las separo con las rodillas. Me inclino hacia adelante y paso una mano por la espalda de Beh mientras la otra quita el pelaje de mi cintura. Respiro profundamente y envuelvo mis dedos alrededor de mi eje duro. Su calor y aroma abarcan mis sentidos mientras coloco la punta de mi carne dura contra su abertura, cediendo por completo a los instintos que impulsan mi ser.

Finalmente, mis oídos captan el sonido de su palabra.

CAPÍTULO 9

Ella no grita el sonido. De hecho, es apenas más que un susurro, pero la intensa emoción y el miedo detrás de él son suficientes para detener mis movimientos por completo. Tengo que mantener mis músculos quietos, obligarme a no moverme, a no empujarla. Puedo sentirme allí mismo, justo en su apertura, más cerca que nunca de una mujer.

El impulso es casi insoportable.

Cerca de.

El suave grito de no de Beh, sin embargo, es insoportable.

Desenrosco mis dedos de mi carne rígida y mis brazos rodean su cuerpo. Nos acerco a los dos y la sostengo contra mi pecho mientras trato de calmarme. Puedo sentir mi propio corazón latiendo contra su espalda mientras un escalofrío recorre su cuerpo y las vibraciones de sus temblores recorren mis brazos.

Cambia de posición y su mano se agacha para agarrar el pequeño trozo de tela de las pieles que tiene a su lado y lo sube por sus piernas para deslizarlo de nuevo a su lugar. Puedo oírla llorar y, de nuevo, no sé qué hacer, así que no hago nada. Simplemente mantengo mis brazos alrededor de su cuerpo y la sostengo con fuerza contra mi pecho hasta que sus llantos disminuyen lentamente.

¿Ella nunca quiere que me relacione con ella?

Si no lo hace, ¿por qué se aferraría a mí?

¿Qué hice mal?

Ella comienza a moverse de nuevo y tengo miedo de que intente alejarse de mí, así que la agarro un poco más fuerte. En lugar de intentar escapar de mí, Beh simplemente se da vuelta entre mis manos hasta que queda frente a mí. Envuelve sus brazos alrededor de mi cuello y mete su cabeza en mi pecho como suele hacer por la noche. Le acaricio el pelo y escucho sus suaves sonidos mientras lucha por contener las lágrimas.

Beh inclina la cabeza hacia atrás para mirarme y su mano acaricia mi mejilla. Sus dedos recorren mi barba mientras hace más sonidos, sacude la cabeza de un lado a otro y me mira a los ojos como si estuviera buscando algo.

Mi pecho se aprieta de nuevo mientras la miro a la cara y le seco las lágrimas. Mientras lo hago, ella envuelve sus dedos alrededor de mi muñeca y me tenso de nuevo, esperando a ver si me aleja. Ella no lo hace, sino que me gira la mano y deja al descubierto el largo corte que tengo en el brazo donde me cortó el jabalí. No es profundo y ya no sangra, pero es de color rojo oscuro y tiene un aspecto enojado. Beh toca ligeramente el exterior de la herida y yo me estremezco un poco.

Al instante, ella me mira, con los ojos llenos de tristeza mientras las lágrimas brotan de ellos nuevamente. Su mano cubre mi mejilla y mandíbula nuevamente mientras hace más sonidos suaves antes de acercarse y colocar su boca contra mis labios. Los siento cálidos y suaves contra mí, y gimo mientras la acerco a mi piel. Puedo sentir sus piernas desnudas contra las mías, lo cual es diferente a lo que estoy acostumbrado a sentir. Se sienten muy suaves, casi tan suaves como sus labios. Casi quiero romper nuestro abrazo para verlos mejor.

Casi.

Agarro su cadera mientras sus dedos tiran del pelo de mi nuca. Parece que debería doler, pero no es así: se siente maravilloso. Preguntándome si a ella también le gustaría, enrollo su largo cabello alrededor de mi muñeca y lo retiro.

Cuando tiro, su boca se separa de la mía y jadea mientras su cuello se inclina hacia atrás. Sin querer terminar la actividad, sigo su cabeza con la mía. Trabajo mis labios contra los de ella, y esta vez ella me gime y acerco sus caderas hacia las mías.

Mi pene todavía está duro y cuando lo atraigo hacia mí, roza su hueso púbico. Intento contener el gemido que quiere escapar de mi boca ante la sensación y tengo que contenerme para no empujarlo con más fuerza contra ella.

Se siente tan bien allí.

Muy bien.

Realmente quiero ponerlo dentro de ella.

¿Por qué ella no me quiere?

Su boca se abre y siento su lengua tocar la mía.

Parece que ella me quiere cuando me deja hacer esto con ella. Cuando sus dedos pasan por mi cabello, o cuando toma mi mano mientras caminamos hacia el lago, siento como si quisiera ser mi compañera, pero no quiere que le dé un bebé, y no lo entiendo. por qué no.

¿Hay algo mal conmigo? ¿Ve algo en mí que cree que será malo para sus hijos? ¿Es por eso que ella no se aparea conmigo? Me pregunto si es porque estoy solo. ¿Podría creer que mi antigua tribu me abandonó porque algo anda mal en mí?

No hay forma de que ella sepa lo que realmente pasó ya que ella no estaba allí, así que esto podría ser lo que piensa de mí. Ella podría pensar que no soy lo suficientemente bueno para ser parte de una tribu, y ahora solo está aquí conmigo porque no hay otra tribu para ella. Eso explicaría por qué se queda conmigo, porque no tiene a nadie más. También explica por qué no quiere que le dé un bebé: porque cree que algo anda mal en mí.

Quizás por eso volvió a llorar al ver mi brazo. ¿Cree que no seré tan fuerte ahora?

Me separo de ella y me pongo de rodillas, decidida a demostrarle que todavía puedo cuidar de ella y de sus hijos. Sus ojos se abren mucho cuando me agacho y la saco de las pieles, la levanto y luego la llevo de regreso a la luz del sol. Beh se protege los ojos del brillo mientras la dejo suavemente y solté su mano el tiempo suficiente para agarrar al jabalí y levantar su cuerpo sobre mi cabeza.

Hace que me duelan los músculos de los brazos y los hombros, y también hace un poco de frío afuera sin que me cubra ninguna piel, pero no me importa.

Beh me mira con una ceja levantada y luego rápidamente mira hacia otro lado con las mejillas carmesí. Ella no parece impresionada, sólo confundida. Dejo el jabalí y vuelvo corriendo a la cueva. Selecciono mi cuchillo de pedernal más afilado y lo llevo afuera. Le quito rápida y eficientemente la piel al jabalí para mostrarle lo bien que puedo proporcionarle pieles de animales. Meto los bordes de la piel en las rocas sobre la cueva para que se seque, y rápidamente saco los mejores trozos de carne del jabalí para asarlos al fuego. Tomando su mano nuevamente, la llevo de regreso a la cueva y al lado del fuego. Rápidamente coloco la carne en el asador y la coloco sobre las brasas.

Al mirarla a los ojos, veo que brillan de... ¿diversión? Entrecierro los ojos y Beh se muerde el labio mientras me ofrece una sonrisa. Me encuentro concentrándome en su boca de nuevo y preguntándome si también podría morderle un poco el labio.

¿A ella le gustaría eso?

"¿Khhzz?" Yo susurro.

Beh vuelve a sonreír y un tinte rojo brillante cubre sus mejillas. Tomo la respuesta como afirmativa y doy un paso de rodillas para acercarme a ella.

Un dolor agudo en mi rodilla izquierda me detiene, y cuando me agacho para ver qué ha causado el dolor, encuentro una pequeña cosa redonda.... Cuando lo levanto, siento frío en mi mano y me doy cuenta de que es lo poco que salió volando de las mallas de Beh. Lo sostengo cerca de la luz del fuego para intentar verlo mejor. Me lo meto en la boca y lo muerdo, pero solo me duelen los dientes.

Beh se ríe y extiende la mano, quitándome la cosita redonda. Lo sostiene en la palma de su mano y lo mira, de repente se queda en silencio. Hace más sonidos, suaves y apagados, mientras le da la vuelta al objeto. En el lado opuesto, hay formas elevadas en el círculo. Beh pasa la punta de su dedo alrededor y suspira suavemente.

Sus ojos me miran y luego vuelven a la cosa que tiene en la mano. Una sola lágrima intenta bajar por su mejilla, pero la captura con el dorso de la mano antes de que tenga la oportunidad de llegar lejos. Beh cierra su mano sobre la pequeña cosa redonda y la captura en su puño. Aprieta con fuerza, luego gira la mano con la palma hacia abajo y la suelta de nuevo en el suelo.

Beh avanza rápidamente y yo soy empujada un poco hacia atrás mientras ella me rodea el cuello con los brazos y planta firmemente sus labios en mi boca. Ella aprieta su agarre sobre mi cabeza mientras sus piernas desnudas se extienden a horcajadas sobre mi cintura desnuda. Me acerco y agarro su trasero, sosteniendo su cuerpo mientras ella mete su lengua en mi boca.

Cuando nuestras bocas se mueven juntas, me doy cuenta de que Beh quiere estar conmigo, pero no quiere tener a mi bebé dentro de ella. Se supone que las mujeres deberían querer tener un bebé, ¿no es así? Pero mi pareja no. ¿Existe alguna razón para tener una pareja que no quiere tener un bebé?

Sí hay.

La quiero aquí conmigo. No me importa si mi pareja es inusual y no quiere que le dé un bebé. Todavía voy a conservarla.

Con las manos de Beh en mi cabello y su boca firmemente pegada a la mía, me pregunto qué acaba de cambiar. Obviamente, ella ha tomado algún tipo de decisión en su cabeza, aunque no hay forma de que yo sepa por qué ha cambiado de opinión. Puedo sentir mi cuerpo relajarse mientras siento que ella se relaja, y su boca es suave contra mis labios mientras presiona su cuerpo con fuerza contra mí.

La sostengo con un brazo mientras el otro se desliza por su espalda y sobre la fina tela de su ajustada túnica. Mis dedos rozan la inusual correa que cruza su espalda y recuerdo el pequeño trozo de ropa que separa mi carne masculina endurecida de su sexo, y gimo en su boca.

Beh se separa de mí por un momento y me mira a los ojos. Por un momento, simplemente nos miramos, y luego ella suelta la parte posterior de mi cabeza y pasa sus manos por mis mejillas. Se inclina hacia adelante y toca con sus labios el costado de mi boca antes de que sus manos suelten mi rostro por completo.

La pongo de nuevo en pie y Beh me mira durante un largo momento. De repente, llega al dobladillo de su túnica y rápidamente se la levanta y se la pasa por la cabeza, dándome mi primera mirada a esa cosa extraña que envuelve sus pechos.

Cuando tenía una tribu, había visto muchos senos de mujeres, desde mi madre y mis hermanas hasta los de otras mujeres de mi tribu. Los veranos pueden ser calurosos y la mayoría de la gente usa muy poca ropa durante los meses cálidos. Realmente nunca pensé demasiado en ellos. Cuando me convertí en hombre, pensaba más en el trasero de una hembra porque eso es lo que pensaba sostener cuando me apareaba con ella. Los senos eran demasiado... comunes.

Pero ese pequeño trozo de tela triangular, y la forma en que sostiene, levanta y oculta sus curvas femeninas de mis ojos, de repente ha hecho que sus senos sean mucho más interesantes de lo que nunca antes habían sido. Mis ojos bailan con los de Beh y hay un atisbo de sonrisa en su rostro. Vuelvo a mirar la carne redonda y oculta y me encuentro inclinándome un poco más cerca, mis ojos captan lentamente lo que se puede ver y me pregunto exactamente cómo se ven debajo. Me pregunto si Beh elegirá mostrármelos.

Realmente me gustaría verlos.

Agarro sus caderas mientras vuelvo a mirarla a los ojos y me inclino para pasar mi nariz por su mandíbula. Llego a su oído, inhalo y suspiro contra su piel. Ella tiembla y espero que no tenga demasiado frío. Vuelvo a mirarla a los ojos, pero no parece estar incómoda. Su respiración se acelera y aprieta con más fuerza mis hombros.

Mi nariz recorre el costado de su cuello hasta su hombro. Cuando llego a la fina tira de tela que hay allí, la huelo, con curiosidad por saber su propósito. Sigo el borde hasta su clavícula, luego cambio mi curso y paso mi nariz por la parte superior de su pecho. Cuando llego a la correa del otro lado, vuelvo a su hombro, subo por su cuello y su barbilla. Mis labios rozan los de ella suavemente antes de tocar la punta de su nariz con la mía, y ambos nos miramos fijamente.

La mano de Beh cae de mi hombro y cubre mis dedos en su cintura. Mi pecho se aprieta cuando ella retira mi mano de su piel; Me temo que ha vuelto a cambiar de opinión y no me deja tocarla allí. En cambio, levanta mi mano por su costado, hacia el frente, y cubre su seno derecho con ella.

"¡Hoh!" Me escucho a mí mismo hacer un extraño jadeo, gruñido y entrecortado. No es un sonido que recuerdo haber hecho antes, pero parece encajar tanto con mi estado de shock como de asombro. Beh sonríe mientras mi pulgar traza el borde superior de la forma triangular y el resto de mis dedos se flexionan y agarran suavemente.

Miro a mi pareja y ella me sonríe con humor. Le devuelvo la sonrisa, incapaz de evitarlo. Con cautela, levanto la otra mano para cubrir su otro seno, todavía por encima de la divertida tela. Beh no parece oponerse, y mis manos imitan los movimientos de cada una mientras exploran la suavidad de su piel donde puedo tocarla y la sensación pesada de sus senos en mis manos mientras los levanto.

Ella me deja tocarla de esta manera por un tiempo antes de tomar mi rostro nuevamente entre sus manos, colocar sus labios contra los míos suavemente y luego alejarse de mí nuevamente. Por un momento, estoy confundida y herida. ¿Hice algo mal otra vez? ¿Por qué se va? Pero mi preocupación no dura mucho y veo a Beh extender su brazo y tomar mi mano entre las suyas. Estamos juntos y ella comienza a alejarme del fuego.

Con mi mano en la suya, Beh me lleva a la plataforma rocosa a un lado de la pequeña cueva. Levanta ambos odres de agua y los vacía rápidamente en una de las ollas más grandes que ha hecho antes de entregarme los odres. Da unos pasos hacia la grieta hacia el exterior, luego se detiene y mira sus piernas desnudas y luego mi cuerpo desnudo. Ella sacude la cabeza lentamente y luego regresa a las pieles.

Ella toma mi bata y me la entrega mientras sus mejillas se vuelven rojas nuevamente. Rápidamente lo envuelvo alrededor de mi cintura y luego miro mientras ella toma una de las pieles para dormir e intenta hacer lo mismo. Esto no va a funcionar. No está cortado bien para usarlo, pero mi pareja no parece saberlo.

¡Me pregunto cómo su tribu puede hacer ropa tan extraña y complicada pero ni siquiera sabe cómo usar una simple bata! Le quito la piel para dormir y la dejo de nuevo en la pila antes de conseguir la piel de antílope que le había preparado hace días. Todavía no está hecho para su forma, pero servirá. Lo toma en sus manos e intenta ponérselo, pero no está nada bien. Finalmente, lo retiro y lo rodeo yo mismo.

Ella es mi compañera y si no sabe vestirse, yo lo haré por ella.

Corté dos tiras largas de cuero de una piel vieja y las até alrededor de su cintura para mantener el chal unido. Cuando termino, doy un paso atrás para verla mejor.

Ella es hermosa.

Bueno, salvo esas cosas raras que todavía tiene en pie, pero el resto es encantador.

Ella toma los odres de agua y toma mi mano nuevamente, esta vez llevándome afuera y por el sendero hacia el bosque de pinos y el lago. Cuando llegamos allí, me lleva a la orilla del agua y la señala. Miro al agua para ver si hay algún pez que ella quiera que pesque, pero no veo ninguno. Mis ojos vuelven a los de ella, confundidos.

Beh suspira profundamente, mete la mano en el agua y saca un puñado, que luego arroja en mi brazo. Salto hacia atrás; ¡el agua está fría! Beh empieza a hacer más sonidos y a señalar un poco más el agua, y eso no me gusta. Gruño un poco y retrocedo.

Se acerca a mí y toma mi mano nuevamente, dándole la vuelta para que la parte inferior apunte hacia arriba. Su dedo recorre el borde del corte del colmillo del jabalí, cerca pero sin tocarlo. Hace muchos más ruidos y vuelve a señalar el agua.

Mi pareja es extraña.

Intenta llevarme de regreso al lago, pero no voy. Normalmente quiero seguirla a cualquier parte, ¡pero eso no incluye meterme en agua fría! Luchamos un poco antes de que ella lance la mano al aire y regrese sola a la orilla del agua. Observo atentamente mientras ella llena los odres de agua y me los trae. Cuando intenta echarme el agua de los odres, retrocedo de nuevo.

Vuelve a llenar las pieles y luego las deja caer a su lado mientras se quita la piel que lleva puesta y comienza a desenredar los pequeños y extraños lazos que sujetan las cubiertas de sus pies. Ella me mira y yo rápidamente aparto la mirada. A ella no le gusta cuando miro, así que siempre finjo que no lo hago. En lugar de eso, miro hacia la línea de árboles por un momento y luego miro rápidamente a mi pareja, solo para asegurarme de que está bien. Tiene el pelaje enrollado sobre los hombros y puedo ver las graciosas cositas rosadas en sus manos mientras las frota en el agua con un montón de plantas de jaboncillo trituradas.

Me doy cuenta de que si los lava, no los usa.

Mi corazón comienza a latir un poco más rápido y me inclino hacia un lado para ver si puedo verlo mejor. Beh gira la cabeza y casi me atrapa, pero soy lo suficientemente rápido como para apartar la mirada antes de encontrarla a los ojos. Cuando miro hacia atrás de nuevo, sus hombros tiemblan un poco y me pregunto si estará triste o tendrá frío. Me acerco un poco más sólo para asegurarme de que no me necesita y sus ojos se encuentran con los míos.

Brillan.

Ella es hermosa.

Se pone de pie y se envuelve un poco más con el pelaje, inclina la cabeza hacia un lado y me mira.

"¿Beso?"

Siento que mi cuerpo se tensa y me muevo hacia ella automáticamente antes de que pueda detenerme. Ella me mira, sonríe tímidamente y deja secar los pequeños trozos rosados de tela sobre una gran roca. Se inclina un poco hacia adelante y el borde del pelaje cae de su hombro. Antes de que pueda volver a ponérselo, puedo ver sólo una pizca del rosa ligeramente más oscuro de uno de sus pezones.

Es del mismo color que los pedacitos de tela.

Doy un paso adelante y Beh se lame los labios mientras se ajusta la envoltura y se sienta de nuevo en la orilla del agua. Me acerco lentamente a su lado, todavía cauteloso, y me siento a su lado. Se cubre completamente con el pelaje mientras se inclina hacia adelante y roza sus labios contra los míos, pero sólo por un breve momento. Ella retrocede inmediatamente después, señala el agua nuevamente y hace mucho más ruido.

Entrecierro los ojos, entendiendo ahora lo que está tratando de hacer. Quiere que me bañe en el agua y no parece importarle que esté demasiado fría. Gruño en voz baja, alejándome un poco de ella, pero no mucho.

Beh cambia de posición, se inclina hacia mí y extiende la mano. Mientras lo hace, el borde del pelaje vuelve a caer de su hombro y puedo vislumbrar rápidamente uno de sus senos desnudos debajo. El calor cubre mi ingle mientras mis ojos se abren y Beh toma mi mano entre las suyas para empujarme hacia adelante. Siento que mi respiración aumenta junto con los latidos de mi corazón mientras ella acerca mis dedos aún más a su pecho. Justo cuando mis dedos se mueven anticipando sentir su suave piel, Beh aparta mi mano de su cuerpo y la sumerge en el agua helada.

Mi compañero se toma muy en serio esto del baño.

No me gusta.

De nada.

Pero la dejo lavarme el brazo porque en cada paso del camino coloca su boca sobre la mía y eso me gusta. Ella presta mucha atención al rasguño en mi brazo mientras limpia toda la suciedad y la sangre de mi piel. Cuando queda claro que está tratando de que me sumerja completamente en el agua, retrocedo, pero ella lentamente me convence para que avance, me quita la bata y tiemblo y tiemblo mientras me lava la espalda en el agua fría.

No me importó mucho en verano.

Beh agarra mi mano y la sostiene contra mi muslo. Ella me frota de un lado a otro, instándome a lavarme las piernas mientras ella me limpia la espalda, y yo obedezco de mala gana. Mirándola por encima del hombro, veo su mirada severa y vuelvo a lavarme. No entiendo por qué estoy haciendo esto en el frío glacial, pero aparentemente haré cualquier cosa para hacer feliz a mi pareja, incluso seguirla al agua fría.

Una vez que ella decide que mi cuerpo está lo suficientemente limpio, salgo del agua y me siento en una roca con los brazos alrededor de las rodillas. La siento acercarse detrás de mí, coloca la piel de antílope sobre mis hombros y toca mi mejilla con sus labios. Mis ojos bailan sobre su cuerpo, ahora vestido con nada más que pequeños trozos de tela rosa. Ojalá pudiera reaccionar, pero tengo demasiado frío. En cambio, la miro, tratando de entender si está enojada conmigo o no.

Giro la cabeza y huelo el pelaje que me rodea los hombros. Ya huele un poco a Beh, aunque todavía no lo ha usado por mucho tiempo. Me gusta. Huele como el lado de las pieles donde duerme.

Cuando ella regresa del lado del lago, me levanto para que podamos regresar al calor de la cueva. Ojalá pudiera traer algo de fuego para poder mantenernos calientes cerca del agua, pero no tengo nada que pueda contener brasas.

Envuelvo a Beh con la piel de antílope y ella me observa atentamente mientras lo hago. Entrecierra un poco los ojos mientras le ato la correa de cuero alrededor de la cintura, pero me mira con una sonrisa cuando termino. Toco un lado de su cara y siento lo fría que tiene, igual que yo. Necesito llevar a mi pareja a nuestra cueva para calentarla.

Coloco mi brazo sobre su hombro y la acerco a mí mientras comenzamos a caminar de regreso, y noto inmediatamente que el olor de Beh es diferente. Vuelvo la cabeza hacia su cuello y huelo. Ahora huele más a lago que a ella misma.

Ella se ríe mientras mi nariz le hace cosquillas en un lado de la cara y le sonrío. Ella hace ruidos con la boca, así que la silencio con mis labios. Me gusta su sabor y mi estómago gruñe. Beh se ríe a carcajadas esta vez y regresamos a la cueva.

La carne de jabalí está casi cocida cuando regresamos, y Beh toma la olla de agua y la pone sobre las brasas. Se calienta rápidamente y ella le agrega cebollas silvestres y nuez mientras yo salgo de la cueva para terminar con la piel y la carne del jabalí.

Me siento justo frente a la salida de la cueva sólo para asegurarme de que Beh no se vaya sin que yo me dé cuenta.

La piel del jabalí es perfecta para Beh: es suave y flexible mientras trabajo con ella y, una vez terminada, podrá hacer ropa con ella. Entrecierro un poco los ojos y considero que como ella no sabía cómo usar ropa, tampoco debe saber cómo hacerla. La piel del jabalí tendrá que secarse primero y Beh realmente necesita algo ahora.

Entro a la cueva y recojo la piel de antílope que ya he preparado. Decido seguir adelante y cortar ropa para Beh yo mismo; necesitará algo debajo de las pieles para mantenerse abrigada ya que los meses de invierno están cerca. No toma mucho tiempo cortar piezas para la parte superior e inferior, y uso una tira de cuero para unirlo todo en un lado.

Una vez hecha la ropa y el resto de la carne de jabalí lista, la llevo dentro para colgarla cerca del fuego. El jabalí era grande y nos dará mucha buena carne. También miro a mi alrededor lo que hemos reunido durante los últimos días y sé que estaremos bien.

Beh me hace muchos sonidos mientras inclino la cabeza y la miro, arrodillada junto al fuego y removiendo con un trozo de madera lisa lo que haya puesto en el estofado. Le muestro la ropa que le he hecho y, después de algunos intentos, logra descubrir cómo ponérsela toda. También deja puestas las cositas rosadas, pero está bien. Quizás sean un poco extraños, pero me gustan.

Comemos con ganas y todavía queda suficiente para más tarde. Recuerdo cuántas veces estuve sin comer durante días y me doy cuenta de que no era tanto porque no había comida disponible; Simplemente no tenía una razón suficiente para buscarlo.

Ahora lo hago.

Extiendo un dedo y lo paso lentamente por la piel del antebrazo de Beh. Cubre la olla con una tapa de barro y se gira para mirarme. Sus ojos son intensos y me hacen sentir extraño. Miro hacia el suave suelo de roca de la cueva y trato de dejar de respirar con tanta dificultad. Cuando vuelvo a mirar, los ojos de Beh están fijos en el fuego, y rápidamente me muevo para estar un poco más cerca de ella antes de que pueda mirar hacia atrás y darse cuenta.

Beh se pasa la mano por el pelo y se muerde el labio mientras me mira. Puedo ver el color de sus mejillas y cuello intensificarse mientras mira sus manos.

Me acerco un poco más.

Mirándola de reojo, extiendo la mano y toco su brazo con la mano nuevamente.

"¿Khiss?" El sonido que hago es suave... suplicante.

La comisura de la boca de Beh se levanta mientras junta los labios. Ella se inclina y me lamo los labios con anticipación. Un momento después, su cálida boca está sobre la mía y siento su mano deslizarse por mi brazo, sobre mi hombro y hasta mi cabello. Suspiro ante la sensación y siento la lengua de Beh cuando entra en mi boca.

Puedo saborear el guiso, la carne de jabalí y ella, todo en mi lengua a la vez. Es extraño y maravilloso, y todo mi cuerpo parece zumbar cuando ella se pone de rodillas y rodea mi cabeza con ambos brazos. Desde esa posición, ella está ligeramente inclinada por encima de mí y, mientras nos separamos, la miro a la cara.

Muy bonita.

Levanto la mano y paso mis dedos por el borde de su pómulo y bajo por su mandíbula. Mi mano toca el borde de la piel de jabalí en su hombro y me siento muy satisfecho conmigo mismo. No sólo le proporcioné carne para su cena y ropa para su cuerpo, sino que también le hice algo que sé cómo quitarme.

Tiro de la correa de cuero y se cae de su hombro. Puedo ver los pequeños tirantes rosas alrededor de sus hombros y rozo el borde de uno de ellos con la nariz. Ahora huelen diferente, igual que Beh y yo. El aroma del lago de agua dulce y la raíz de jabón son los aromas más predominantes de nuestra piel y su ropa. Recuerdo el aroma de su cabello cuando la encontré por primera vez y me pregunto si habría frotado frutas en los mechones antes de conocerla.

Mientras vuelvo a mirarla a la cara, las yemas de los dedos de Beh imitan las mías. Pasa sus manos por mis mejillas, mi mandíbula y mi frente, incluso sobre mis párpados cuando los cierro. Cuando los abro de nuevo, su respiración ha cambiado y puedo ver su pecho subir y bajar tan rápidamente como el mío.

Me suelta el tiempo suficiente para sacar el resto de la piel del jabalí de su cuerpo. Cuando vuelve a montarse a horcajadas sobre mí, sólo lleva puestos los pequeños trozos de tela rosa alrededor de sus senos y su sexo. Agarro su cintura y su suave piel se siente cálida a pesar de que tiembla ante mi toque. De su boca salen sonidos, y escucho tanto el sonido de mi nombre como el silbido, que trato de repetir.

"Beh... khz..."

Su boca se convierte en una sonrisa, pero eso no hace que sus ojos brillen como suelen hacerlo.

Algo la ha hecho sentir triste, pero no sé qué es.

Ni siquiera sé si es algo que pueda arreglar.

Sé que haré todo lo que esté a mi alcance para hacerla feliz.

Finalmente, después de mirarla a los ojos durante mucho tiempo, la llevo a nuestras pieles.

CAPÍTULO 10

Me arrodillo lentamente y coloco a Beh en el centro de las pieles. Me quedo de rodillas a su lado, mirándola mientras ella yace cómodamente en medio de la depresión forrada de piel. El aire entre nosotros es diferente, cargado. Puedo sentirlo en mi piel y escucharlo en su respiración. Algo es diferente y, por alguna razón, me asusta.

Puedo sentir el calor en mi ingle y la dureza de mi carne bajo mis pieles, y sé que mi cuerpo se esfuerza por poner un bebé dentro de ella lo antes posible. En poco tiempo, el clima será frío y Beh tendrá que tener un bebé pronto para que sea lo suficientemente grande como para sobrevivir el próximo invierno.

Yo también simplemente... quiero.

Quiero sentir su cuerpo debajo del mío. Quiero saber qué se siente estar dentro de ella. Sólo sé lo que se siente al tocarme con mi propia mano; nunca antes había tenido alguien con quien aparearme. Cuando me invadió la necesidad de aparearme con ella antes, fue más instintivo que racional, pero ahora estoy pensando en ello; Estoy pensando en ello con gran detalle.

Quiero darle un bebé a Beh, pero hay más.

También quiero verla, tocarla y sentirme dentro de su cuerpo. Quiero inhalar el aroma de su espalda mientras la tomo y quiero observar los movimientos rítmicos de sus hombros mientras nos movemos juntos.

Quiero que sonría contra las pieles mientras nos juntamos.

Quiero ver sus ojos iluminarse.

"¿Pacto?"

Me doy cuenta de que llevo bastante tiempo arrodillado en el mismo lugar.

Los dedos de Beh tocan tentativamente el borde de mi pierna. Sus dientes capturan su labio inferior mientras me mira y luego baja hacia sus dedos mientras recorren el pelaje de mi chal donde se encuentra sobre mi muslo.

En la forma.

Dudo, preguntándome si debería quitarlo ahora o esperar un rato. Estoy confundido, sé lo que quiero hacer pero no estoy completamente seguro de cómo me recibirán. La última vez que estuvimos juntos en este lugar, estaba muy preocupada; No sabía qué más hacer. Todavía estoy preocupada, pero la preocupación es de otro tipo. Todavía quiero que tenga a mi bebé dentro de ella, pero ella no reacciona como espero que reaccione una mujer. Es muy extraña y no parece querer tener un bebé en absoluto.

O tal vez simplemente no uno que se parezca a mí.

Mi pecho se aprieta mientras me arrastro sobre ella hasta mi lugar al otro lado de las pieles para dormir, preguntándome si no debería simplemente abrazarla y mantenerla a salvo mientras duerme. Sé cómo hacerlo y a ella no parece importarle cuando lo hago. Ella rueda hacia mí como lo hace normalmente y no estoy seguro de cómo acercarme a ella. Ella nunca se arrodilla ni me da la espalda como recuerdo que hizo mi madre con mi padre.

La complejidad de lo que me atraviesa sigue siendo abrumadora y mi mente recorre todos los escenarios posibles. Quiero extender la mano y tocarla, pasar mis manos por su piel, inhalar su aroma, agarrarme de sus caderas mientras entro y salgo de ella, pero también estoy asustada y no entiendo por qué.

Su mano toca el costado de mi cara y siento que me derrito en la sensación. Mis ojos se cierran y mi cuerpo se relaja. Cuando los abro de nuevo, puedo ver su leve sonrisa en la tenue luz del fuego, aunque su rostro está algo ensombrecido por la cueva oscura. Extiendo mi dedo y trazo el borde de la sombra alrededor de su mejilla.

Lamo mis labios y mis ojos se dirigen a su boca. Antes de que pueda pronunciar el sonido del "beso", los labios de Beh están contra los míos.

Su cálida boca es suave, envuelvo un brazo alrededor de su cintura y la atraigo contra mi cuerpo mientras su lengua toca mis labios. Sus dedos se enrollan en mi cabello, apretándome contra su boca mientras su lengua masajea la mía. Siento que me endurezco aún más y no puedo evitar empujar un poco su pierna. Se siente tan bien cuando lo hago, especialmente cuando tiro de su cadera al mismo tiempo.

Beh me agarra del hombro y luego pasa su mano por mi brazo. Sus dedos se entrelazan con los míos en su cadera, y mueve mi mano hacia arriba hasta que cubre su pecho a través de la tela fina y áspera. Gimo en su boca mientras aprieto la suave carne. Puedo sentir su pezón bajo mi palma mientras se endurece y me empuja. Me aparto de su boca para mirar mi mano, pero en lugar de eso, termino mirando la de ella.

Beh suelta mi mano y sube lentamente por mi antebrazo. Cuando llega a mi codo, deja caer su mano hasta mi cintura y luego hasta mi estómago. Sus dedos me hacen cosquillas en los pelitos que forman una línea justo debajo de mi ombligo. Con un dedo, sigue la línea hacia abajo hasta llegar a la parte superior del abrigo de piel que rodea mis caderas.

Agarra el nudo, lo suelta y aparta la envoltura.

Me pongo rígido y gimo audiblemente cuando siento que sus dedos entran en contacto con mi pene, y luego otro gemido silencioso se escapa del fondo de mi garganta mientras ella continúa. Sus ojos se encuentran con los míos por un momento, y son amplios y claros; sus pupilas son grandes a la luz del fuego. La miro fijamente por un momento antes de que ambos volvamos a mirar hacia abajo. Ella acaricia lentamente desde la base hasta la punta, luego me rodea con su manita y corre hacia abajo y luego hacia arriba.

Mi estómago se contrae, mi respiración se entrecorta en mi garganta y mi corazón late con nuevo vigor. Involuntariamente, mis caderas se empujaron hacia adelante, empujándome hacia su mano mientras ella se movía arriba y abajo nuevamente. Sólo un momento después, mis caderas encuentran un ritmo que no puedo controlar y empujo la palma de su mano.

La acumulación de presión es rápida y poderosa.

Ni siquiera se me ocurre intentar contenerme.

Todo mi cuerpo se estremece a pesar de que la sensación se concentra mucho más cerca de su mano. Grito mientras me libero, sintiendo mi semen brotar contra su mano y mi estómago. Los dedos de Beh se agarran suavemente y me acarician varias veces más antes de soltar mi eje.

La miro con asombro.

Nunca me sentí así cuando usé mi propia mano. Ni siquiera cerca. Los ojos de Beh brillan con su propia emoción mientras me devuelve la sonrisa. Intento respirar profundamente para calmar mi corazón mientras la miro a los ojos. Hay una gran cantidad de emociones que me atraviesan y la combinación es algo que nunca antes había sentido.

Ni siquiera sé qué pensar de la mayor parte.

Así que no lo hago.

Una cosa que reconozco es que hay un sentimiento de satisfacción que no he sentido desde que estoy con mi tribu. Parece que no puedo hacer nada más que recostarme sobre las pieles y mirar a mi pareja con total asombro mientras los latidos de mi corazón disminuyen y mi respiración vuelve a su ritmo normal.

Beh está aquí conmigo y me ha hecho sentir completa. La miro con una sonrisa libre antes de cerrar los ojos y meter la cabeza en el lugar entre su cuello y su hombro. Inhalo el aroma de mi pareja...

...y quedarme dormido.

Por primera vez que puedo recordar, duermo lo suficiente como para que la luz del sol sea más brillante que la luz del fuego cuando me despierto. Cuando abro los ojos, inmediatamente noto la ausencia de Beh de nuestras pieles y me invade el pánico. Me levanto de un salto y llamo.

"¡Bien!"

Desde el otro lado del fuego, escucho sus suaves ruidos, junto con el sonido de mi nombre. Mi corazón sigue acelerado, pero se desacelera a medida que mi cuerpo se relaja. Me froto los ojos y miro hacia donde ella está sentada. Ahí está la olla de estofado que preparó anoche, y puedo ver que también ha puesto más carne de jabalí en el asador para cocinar.

Mi compañero me preparó el desayuno.

No puedo dejar de sonreír mientras me quito las pieles y pienso en la noche anterior. Todo mi cuerpo hormiguea con el recuerdo, y salgo de la depresión en el fondo de la cueva hacia mi pareja. Ella se sienta junto al fuego y yo me arrodillo a su lado para mirar su hermoso rostro.

Beh se vuelve hacia mí y sus mejillas se ponen rojas. Es tan bonita, vibrante y de aspecto saludable, cuando eso sucede. Ella mira hacia el suelo y sus labios se juntan. Ella parece contener una sonrisa. Me inclino un poco más y paso la punta de mi nariz por su pómulo. Beh hace sonidos suaves mientras me mira, pero esta vez no los encuentro nada molestos. Mi nariz sigue la línea de su cabello hasta su sien, donde inhalo profundamente ante su olor antes de saltar y salir corriendo de la cueva para hacer mis necesidades.

Es un día hermoso, soleado y brillante, aunque la brisa es fría sobre mi carne desnuda. No me importa; Me siento demasiado bien para preocuparme por el frío. Observo mi chorro de agua formando un arco hacia el barranco y pienso en la mano de Beh enrollándose alrededor de mi pene.

Me pregunto si volverá a hacer eso.

Quiero decir, si ella me tocó allí, entonces seguramente me dejará ponerle un bebé ahora, ¿verdad?

Sólo hacen falta tres pasos para volver a la entrada de la cueva y siento que no peso nada. Yo también sigo sonriendo; Parece que no puedo parar. Mis ojos se posan en el pequeño montón de restos de jabalí, que casualmente está al lado del pequeño trozo de piel de antílope que quedó de la confección de la ropa de Beh. Camino hacia allí, mirando por encima del hombro para asegurarme de que Beh no esté asomándose fuera de la cueva, y recojo el pequeño bulto. En el medio está el trozo de madera que he estado tallando para Beh.

Vuelvo a mirar hacia la cueva antes de envolver la madera en la piel y colocarla bajo mi brazo. Tendré que esconderlo hasta que vayamos al lago nuevamente, donde puedo usar pequeñas piedras o arena para alisarlo todo antes de dárselo.

Mirando a mi alrededor, decido esconderlo con la madera extra. Tomo varios trozos de madera, que usaré para reponer la pila dentro de la cueva, y meto el pequeño bulto dentro. Lo miro de cerca y arrugo la cara, no me gusta lo solo que se ve. Decido que no quiero dejarlo ahí y volver a sacarlo.

Tendré que meterlo dentro y guardarlo en una de las bolsitas dobladas dentro de mi abrigo de piel. De esa manera estará conmigo todo el tiempo y sabré que está a salvo donde Beh no lo encontrará. Tal vez hoy vayamos al lago y pueda terminar el regalo mientras Beh hace vasijas o recoge espadañas. Definitivamente necesitamos recolectar un poco más para asegurarnos de que haya suficiente comida para los meses más fríos. He tenido mucha hambre los últimos dos inviernos y no puedo permitir que eso le pase a Beh, especialmente si va a tener un bebé.

Uno que se parece a mí.

Sonrío de nuevo, salto sobre las puntas de los pies y vuelvo al interior de la cueva.

Beh no levanta la vista cuando vuelvo a entrar y la miro. Rápidamente corro hacia las pieles para dormir y guardo el regalo de Beh dentro para que no se pueda ver. Cuando miro hacia atrás,

Beh está inclinada y parece muy concentrada en lo que sea que esté haciendo. No quiero interrumpir su trabajo, así que me acerco a ella en silencio y me agacho, observándola.

Tiene uno de mis cuchillos de pedernal y está cortando el material grueso y azul oscuro que solía usar sobre sus piernas. Ha cortado muchos trozos en cuadrados del tamaño de mis dos manos y la observo apilarlos cuidadosamente junto al fuego. Extiendo la mano para tocar uno, pero ella dice que no y me estremezco.

La miro con recelo mientras ella mueve la pila fuera de mi alcance y luego hace muchos más sonidos. Escucho atentamente, pero no escucho el sonido de no o el sonido del beso, así que me siento y espero. Una vez que ha cortado todo el material en pedazos, usa dos de ellos para levantar una de sus ollas de las brasas y la sienta frente a mí. Luego levanta la tapa y la deja a un lado.

Miro dentro y la olla parece estar llena solo de agua. Beh sumerge uno de los pequeños cuadrados en el agua, lo escurre y luego extiende su mano hacia mí.

Miro su palma y luego vuelvo a su cara. Beh hace algo de ruido y considero hacerle sonar el beso o tal vez simplemente poner mi boca sobre la de ella. Mientras considero eso, mi mente vuelve a la noche anterior y miro su mano de una manera diferente, recordando cómo se sintió cuando envolvió sus dedos alrededor de mi pene y se movió hacia adelante y hacia atrás.

Me estoy poniendo duro, y cuando ella vuelve a acercarse, me doy cuenta de que debe querer hacerlo de nuevo. Mi corazón late con fuerza en mi pecho mientras me pongo de rodillas y me acerco a ella, tomo su rostro entre mis manos y cubro su boca con la mía. Siento su mano en mi pecho, pero no la vuelve a bajar. En cambio, ella me está empujando un poco.

Nuestros labios se separan rápidamente y ella me empuja hacia atrás sobre mis talones otra vez. Entrecierro los ojos confundida mientras ella toma mi mano y la gira con la palma hacia arriba. Saca el paño de nuevo y lo pasa por el rasguño de mi brazo.

"¡Ah!"

Salto y grito, alejándome rápidamente de ella y del paño caliente en su mano. Beh hace más ruidos y vuelve a alcanzarme. Sus ruidos se hacen más fuertes cuando me da la mano y señala mi brazo. Ella comienza a moverse hacia mí y yo retrocedo un poco antes de que se agarre a mi brazo.

"Ehd..."

Sus sonidos se vuelven más suaves y me esfuerzo por escucharlos. Mientras me inclino para escuchar, Beh vuelve a golpearme el brazo con el paño. Me estremezco, pero esta vez estoy más preparada para ello. El calor del agua realmente se siente... agradable. Me relajo y me acerco a ella mientras ella limpia mi brazo suavemente, enjuaga el paño en la olla y luego lo pasa por mi cara.

Se siente bien cuando lo espero.

Definitivamente mejor que el agua fría del lago.

Extiendo la mano y toco el muslo de Beh con la punta de mi dedo, y ella toma mi mano y la envuelve con la suya. Nuestros ojos se encuentran y ella me da una pequeña sonrisa. Se lo devuelvo ampliamente, y aunque sé que no debería intentar ponerle un bebé ahora (tenemos que salir a recolectar comida y necesito encontrar algo de arena en el lago para terminar el tallado de Beh), estoy seguro de que ella Querremos cuando volvamos al calor de nuestras pieles cuando se ponga el sol.

Entonces será cuando le daré mi regalo.

Beh termina de lavarnos a ella y a mí en el agua tibia de la olla y recogemos lo que necesitaremos para el trabajo del día. El sol ha hecho que el día sea bastante cálido y avanzamos a buen ritmo, recogiendo el resto del grano del campo y la hierba de nuez del borde del bosque. Mientras caminamos por el bosque de pinos hacia el lago, hay muchas piñas llenas de piñones que están listas para ser recolectadas. Beh coloca varios de ellos en la canasta de caña con forma divertida que hizo cuando se convirtió en mi pareja por primera vez. Agregué una correa de cuero en la parte superior de la canasta para que pueda usarla alrededor del cuello para llevar cosas.

Las piñas verdes todavía están en los árboles y Beh se acerca a las ramas para recogerlas. Observo cómo intenta saltar y agarrar algunos que están fuera de su alcance, pero no puede alcanzarlos. Me acerco detrás de ella, encantada con su chillido juguetón mientras agarro su cintura y la levanto para recoger el resto.

Cuando ha recogido lo suficiente para llenar su canasta, lentamente la bajo nuevamente al suelo. Se vuelve hacia mí, pero mantengo mis manos en sus caderas. Ella nos sonríe y a mí, y miro sus brillantes ojos azules, preguntándome qué los hace brillar a pesar de que estamos en la sombra profunda del bosque donde el sol no llega. Paso mi nariz por su sien, subo por su cabello y luego bajo por el puente de su nariz.

Beh cierra los ojos y suspira mientras aprieta mis hombros y apoya su cabeza contra mi pecho. Estamos lo suficientemente cerca como para poder sentir su corazón latiendo a través de mis pieles. Pongo mi cabeza encima de la de ella y la sostengo por un momento.

Una vez más, me envuelve la sensación de satisfacción y plenitud.

Ella envuelve su mano alrededor de la mía mientras continuamos nuestro camino hacia el lago. Cuando llegamos allí, desentierra más raíces de espadaña y juncos. Todavía no puede tejer nada que parezca una canasta, pero sigue intentándolo. De todos modos todavía podemos comernos las raíces y la punta de los tallos de la espadaña.

Mientras ella hace eso, me acerco sigilosamente a una parte arenosa de la orilla del lago y le doy la espalda. Saco el pequeño trozo de piel que contiene la talla de madera con las tres puntas que espero que Beh pueda usar para desenredar su cabello. Tomo un puñado de arena y lo froto contra el borde de la madera con las yemas de los dedos. Miro a Beh con frecuencia, no quiero que esté fuera de mi vista por mucho tiempo, pero sigo trabajando diligentemente en mi tarea.

Quiero que esté hecho para poder dárselo lo antes posible. Nunca le di un regalo de apareamiento y quiero darle esto hoy para poder darle un bebé esta noche.

Sólo pensar en ello es suficiente para ponerme duro y dejarme con ganas de darle un bebé a Beh incluso cuando no la estoy mirando mientras ella se arrodilla junto a la orilla para arrancar raíces. Cuando la miro y veo su trasero levantado en el aire mientras extiende la mano para arrancar otro puñado de juncos, necesito todo el control que tengo para evitar correr hacia ella y tomarla ahora.

Estoy bastante seguro de que a ella no le gustaría eso.

La idea me hace un nudo en la garganta y me deja suave.

Froto vigorosamente el tallado, complacido por lo suave que se está volviendo. La parte redondeada donde Beh puede sostenerla es agradable y suave al tacto, y las partes largas ya no tienen puntos ásperos alrededor que se enganchen en su cabello.

Miro hacia atrás por encima del hombro para ver cómo está y ella está de pie, sacudiéndose el polvo del abrigo de piel que cubre sus piernas. Se ve muy hermosa con ropa normal y me encanta la forma en que cuelga de sus caderas. Ella todavía tiene esas extrañas cubiertas para los pies, pero no me importan tanto. Mis ojos suben desde el pelaje alrededor de su cintura hasta la piel de antílope alrededor de sus hombros. Su cabello largo y oscuro cae sobre su espalda en contraste con la piel de color canela claro.

Siento los latidos de mi corazón en mi pecho y espero que le guste su regalo. Lo miro de nuevo, dándole vueltas y vueltas en mis manos mientras reviso si hay puntos ásperos adicionales. No encuentro ninguno, así que decido que es lo mejor que hay. Lo guardo dentro del pliegue de mi bata y me acerco a donde se sienta Beh. El día se está haciendo tarde y deberíamos regresar a nuestra cueva.

Nuestra cueva.

Sonrío para mis adentros y me pregunto cómo sobreviví sin ella.

Entre espadañas, juncos, piñas y cereales, tenemos una gran carga que llevar con nosotros, así que no puedo tomarle la mano mientras avanzamos. Sin embargo, ha sido un día muy exitoso para la reunión y Beh hace ruidos con la boca durante todo el camino de regreso a la cueva, ocasionalmente me mira y sonríe.

Ojalá no fuera tan ruidosa, pero estoy dispuesto a soportar el ruido para tenerla conmigo.

Cuando regresamos, la mayor parte de lo que hemos recolectado va al fondo de la cueva, donde está más seco. Beh selecciona parte de la comida y la agrega a una olla con agua cerca del fuego. La sigo de cerca, me siento lo más cerca que puedo a su lado y me inclino hacia adelante para poder mirarla a la cara mientras se inclina sobre la olla.

Beh me mira de reojo y junta los labios para frenar su sonrisa. No estoy seguro de por qué intenta detenerlo, pero se ve bonita cuando lo hace y quiero poner mi boca sobre la de ella otra vez. En lugar de eso, meto la mano dentro de mi bata y agarro la talla de madera. Respiro larga y profundamente y miro a Beh a los ojos.

Finalmente, con un ligero escalofrío, le doy a Beh su regalo de apareamiento.

CAPÍTULO 11

Observando el rostro de Beh, saco lentamente la talla de madera, la desenvuelvo del trozo de piel y luego la coloco con cuidado frente a ella antes de retroceder un poco para sentarme lejos de ella. Puedo sentir la tensión en mis músculos mientras espero a ver cómo reacciona.

Beh se sienta detrás de la vasija de barro sobre las brasas y mira el pequeño objeto que tiene delante mientras mi corazón late con fuerza. Sus elegantes dedos lo cubren y lo acercan a sus ojos, y su ceño se arruga mientras lo gira entre sus manos. Su boca se mueve y salen sonidos mientras inclina la cabeza para mirarme. Mis ojos van de su rostro a la talla, tratando de descubrir si le gusta o no. Ella parece simplemente estar confundida.

Entonces me doy cuenta de que tal vez ella no sepa su propósito, así que extiendo la mano tentativamente y coloco mi palma contra la mano que sostiene la talla. Maniobro suavemente su mano hacia un lado de su cara, me aseguro de que su palma envuelva la talla en el lugar correcto y empujo las puntas entre los mechones de su cabello. Tiro ligeramente hacia abajo, justo hasta que las puntas del cabello tallado entran en contacto con un gruñido.

Me siento de nuevo y miro la cara de Beh. Su expresión es ilegible mientras tira del cabello tallando el resto del cabello. Vuelve a colocar la mano delante de ella para mirar más de cerca el regalo. Sus ojos se abren mientras mira de la talla, a mí y viceversa.

Mis manos empiezan a sudar y las froto contra mis piernas.

Beh levanta la otra mano y sostiene el cabello tallado por un momento, girándolo nuevamente y pasando los dedos por todo. De nuevo, sus ojos se mueven hacia los míos. Su ceño está fruncido mientras hace sonidos bajos, terminando con su tono aumentando ligeramente mientras su respiración parece quedarse atrapada en su garganta.

A la luz del fuego, puedo ver una lágrima en el rabillo del ojo.

A ella no le gusta.

Mi cuerpo se siente como si estuviera colapsando dentro de sí mismo y bajo mis ojos al suelo de la cueva. ¿Cómo estuvo mal? ¿Tiró demasiado fuerte y la lastimó?

La hice llorar.

Sólo quiero que ella sonría y sea feliz y no tenga que buscar un nuevo palo que tenga la fuerza adecuada para alisar su cabello. No quiero hacerla llorar. Quiero que le guste. ¿Por qué no le gusta?

¿Ella simplemente no quiere un regalo de mi parte?

Vuelvo a mirar rápidamente a Beh y noto que sus ojos están otra vez en el cabello tallado. Ella hace más sonidos y escucho el sonido de mi nombre al final justo cuando ella mira hacia arriba. Ahora puedo ver lágrimas en sus dos ojos y mi corazón cae aún más en mi pecho. Aparto la mirada, preguntándome de nuevo si ella realmente no quiere ser mi pareja, y de repente siento una fuerza terrible contra mi pecho.

Los brazos de Beh se aprietan alrededor de mi cuello, haciéndome casi imposible respirar y casi derribándome en el proceso. Sus piernas rodean mi cintura, se agarra fuerte y murmura los mismos ruidos una y otra vez. Cuando se retira, está en mi regazo y mirándome, con los ojos todavía húmedos por las lágrimas, pero brillando junto con su brillante sonrisa también. Su mano descansa contra mi mejilla áspera mientras me mira a los ojos por un momento, su sonrisa nunca falla, luego se inclina cerca de mí y toca la punta de su nariz con la mía.

Mi pecho se relaja y puedo respirar de nuevo.

Ella nunca me había hecho eso antes. Ella aceptó mis toques en la nariz, pero nunca me devolvió el toque, no así. Ella pondrá su boca sobre la mía, incluso si no hago sonar el beso, pero nunca antes había tocado mi nariz con la suya.

Sus dedos raspan suavemente mi barba, rascando mi mejilla en el proceso. Se siente bien, pero me distrae la sensación de su nariz subiendo por el centro de la mía, deteniéndose entre mis ojos. Sus labios reemplazan la punta de su nariz y los presiona contra el lugar en el centro de mi frente por un momento antes de volver a mirarme a los ojos.

"Ehd..." Ella susurra el sonido de mi nombre antes de colocar sus labios en los míos brevemente. Más sonidos, pero apenas los noto. Me cautivan sus ojos mientras me mira. Levanto el dedo y limpio la humedad que aún queda en la esquina, y las mejillas de Beh se tiñen de su rubor mientras cierra los ojos por un momento.

Ella es tan bella.

Un silbido agudo desvía nuestra atención del otro y la lleva de vuelta a la olla en el fuego. El agua sale a borbotones del borde de la olla y cae sobre las brasas. Beh se ríe suavemente mientras se suelta de mis brazos y recoge los trozos de tela para retirar la olla caliente del fuego. Tan pronto como lo ha movido, vuelve a coger su cabello tallado, lo gira entre sus manos y luego lo prueba.

Se mueve fácilmente por su cabello y puedo decir de inmediato que funciona mejor que los palos dentados que ha usado. Ella hace un trabajo muy rápido con los enredos, mucho más rápido de lo habitual, y luego extiende la mano para agarrar mi mano. Ella me lleva a su lado y me gira para que quede de espaldas a ella. Ella se pone de rodillas y comienza a tirar del cabello que me talla también.

No puedo creer lo bien que se siente.

Mientras me quita los nudos del cabello, su mano libre rodea mi hombro, masajeando los músculos allí y alrededor de la parte delantera de mi pecho. Me relajo contra ella, inclinándome un poco hacia atrás y mirándola a la cara por encima del hombro. Hace una pausa en sus acciones por un momento para mover su mano hasta mi barbilla y colocar su boca sobre la mía.

Cuando termina conmigo, trae uno de sus cuencos lleno de agua tibia y lava el rasguño de mi brazo y también de nuestras dos manos. Usando una de las tazas de barro, coloca el estofado en un tazón y luego se coloca con cuidado a horcajadas sobre mi regazo con el tazón todavía en su mano. Ella levanta un poco las cejas mientras me mira con sus labios en un atisbo de sonrisa. Sopla suavemente el estofado para enfriarlo y luego levanta un trozo plano de madera flotante del tamaño de dos dedos largos. Lo usa para recoger comida del cuenco, me mira a la cara y me acerca la madera a la boca.

El olor de la comida cocinada es delicioso; el toque de nuez y granos mezclados con la carne de jabalí me hace la boca agua. Mi boca se abre automáticamente y Beh coloca la madera flotante entre mis labios. Cuando mi boca se cierra alrededor de la comida, ella vuelve a sacar la madera flotante, dejando el guiso en mi boca.

Mastico y le sonrío, luego miro con los ojos muy abiertos mientras ella toma otra cucharada del guiso y se lo lleva a la boca. Sus labios lo envuelven lentamente y gira el pequeño trozo de madera. Puedo verla lamer el borde mientras la comida cubre su lengua. El extraño gruñido vuelve a escapar de mi boca.

"¡Hoh!"

No tengo idea de por qué, pero solo verla colocar la comida en la madera flotante y luego en su boca hizo que mi pene se pusiera rígido debajo de ella. Mientras continúa alternando de un lado a otro, primero ofreciéndome un bocado y luego tomando uno ella misma, me encuentro más excitado que nunca.

Comemos toda la comida de esta manera: Beh me sirve primero y luego ella misma, un bocado a la vez.

Cuando el cuenco está vacío, apenas puedo moverme. Mis músculos y mi mente parecen bloqueados y esperando lo que Beh hará a continuación. Tengo la sensación de que si me muevo, sólo podré hacer una cosa: arrastrarla hasta nuestras pieles y llevármela.

Coloca el cuenco a su lado y pasa las yemas de los dedos por mis brazos. Queriendo sentir sus manos sobre mi piel, rápidamente me quito el cálido pelaje alrededor de mis hombros y lo dejo caer detrás de mí. Solo hay un poco de luz del sol que todavía brilla a través de la grieta en la roca, pero es suficiente para ver sus mejillas oscurecerse mientras mira mi pecho. Sus manos descienden y me pregunto por qué su toque me hace temblar incluso cuando sus manos están calientes.

Las yemas de sus dedos rozan mis pezones planos y me hacen contener el aliento. Miro su rostro y veo su labio inferior atrapado entre sus dientes. Observa atentamente sus manos mientras fluyen uniformemente sobre la piel de mi pecho y estómago. Los lleva lentamente de vuelta a mis hombros y un escalofrío recorre todo mi cuerpo. Envuelvo mis dedos alrededor de sus caderas y la atraigo hacia mí mientras me deleito con el calor de su cuerpo contra mi carne dura.

Su boca está sobre la mía otra vez y ni siquiera estoy segura de quién inicia el acto. Es como si ambos nos moviéramos juntos esta vez. El toque de sus labios contra los míos y el sabor de su lengua en mi boca es casi suficiente para hacerme ignorar el ardor entre mis piernas y el deseo abrumador de darle la vuelta.

Ella se aleja, rompiendo el contacto con nuestros labios pero continúa mirándome a los ojos. Todavía tengo mis manos aunque no es fácil. Quiero atraerla hacia mí. Quiero empujar contra ella. Quiero enterrar mi longitud en el canal cálido que sé que está a solo un pedacito de tela de distancia.

Sus dedos pasan por el pelo de mi cara mientras hace más sonidos. Observo sus ojos con atención: son tan intensos mientras continúa. Beh sacude la cabeza de un lado a otro, emite más sonidos y luego deja escapar un largo suspiro. Ella se inclina y apoya su frente contra la mía.

No puedo evitarlo; Me empujo contra ella.

La fricción se siente tan bien.

Los ojos de Beh se cierran y sus manos caen sobre mis hombros. Cuando los abre de nuevo, parece triste.

"Oh, Ehd..."

"Beh... ¿khhhz?"

Sus labios rozan los míos antes de salir de mi regazo, pero no está lo suficientemente cerca. Se da vuelta y por un momento mi corazón comienza a latir con fuerza mientras ella se inclina un poco. Me pongo de rodillas, pero justo cuando creo que ella quiere que le dé un bebé ahora, se mueve para ajustar la posición de la olla cerca del fuego y se levanta.

Se gira para mirar hacia la entrada de la cueva con las manos recorriendo su cabello y tirando un poco de las raíces. Ella está frustrada (lo sé), pero yo también lo estoy. Sabía que quería aparearme con ella el primer día que la vi y la traje de regreso, pero Beh no parece saber si quiere un bebé o no. A veces parece que sí, pero otras veces no sé qué pensar.

Yo también me levanto y Beh me mira por encima del hombro. Veo sus ojos pasar de mi cara a mis pies y viceversa. Rápidamente me quito el vendaje alrededor de mi cintura y lo dejo caer, dejándome desnudo ante ella. Sus ojos se abren y me mira de nuevo.

"Beh." Doy un paso más hacia ella. Ella no se aleja, pero tampoco se acerca a mí. Mis ojos están fijos en los de ella y doy otro paso. Mi corazón late con fuerza y estoy jadeando como si acabara de correr desde el lago, pero lo único que puedo ver es a Beh. En mi mente, todo lo que puedo sentir son sus labios contra los míos y el calor de su piel desnuda mientras sus manos recorren mí.

Puedo oler su aroma, mezclado con el humo del fuego. Es su cabello y su piel combinados con mi propio olor en ella, pero cuando inhalo profundamente, tratando de calmarme, puedo oler más. Mi nariz hormiguea con el aroma de su sexo.

"Bien."

Otro paso y ella se vuelve hacia mí. Sus pies se arrastran hacia atrás, pero sólo ligeramente.

"Ehd..." Sus sonidos son tan suaves que apenas puedo escucharlos. No importa de todos modos.

La quiero.

Extiendo la mano y la agarro por la muñeca, acercándola a mi costado antes de que los dedos de mi otra mano se enreden en su cabello. Acerco su rostro a mí y miro sus ojos muy abiertos y expresivos.

Aceptó el regalo de apareamiento que le di y le gusta. Sé que lo hace. Si aceptó el regalo, me permite mantenerla. Ella se reúne conmigo, cocina mi comida y vive en esta cueva conmigo. Ella es mi compañera.

Si ella es mi compañera, le voy a dar un bebé.

Es lo que se supone que debo hacer.

Decido que no voy a esperar más y presiono mis labios firmemente contra los de ella mientras acerco nuestros cuerpos. Puedo sentir mi longitud presionada contra su vientre y le paso la mano por la espalda para abrazarla con fuerza contra mí. Las manos de Beh se mueven hacia mi pecho, pero no me aleja. Usando mi cuerpo como palanca, la acerco a nuestras pieles.

Mi mano cae hasta el borde del pelaje alrededor de su cintura, la saco de su cuerpo y la dejo caer al suelo. Sé que el pequeño trozo de material todavía cubre donde quiero estar, pero no estará allí por mucho tiempo. Beh gime en mi boca y sus manos empujan mi pecho justo cuando el borde de mi pie golpea el borde de las pieles.

Me arrodillo, arrastrándola conmigo, sin separarme de sus labios. Mi mano permanece firmemente contra la parte posterior de su cabeza mientras la empujo hacia atrás, recostándola contra las pieles y cubriéndola con mi cuerpo. Contra la carne de mi pierna, siento el borde del pie de Beh cubriéndolo. Siento una presión adicional en mi pecho mientras ella presiona sus palmas contra mi piel y gira su cabeza hacia un lado, rompiendo nuestra conexión.

"Ehd..." Sus ojos se fijan en los míos mientras gira la cabeza hacia atrás. Su respiración es dificultosa, igual que la mía. Puedo ver miedo en sus ojos, pero al mismo tiempo, levanta la mano y acaricia mi mejilla con sus dedos. No sé qué la asusta.

Me vienen a la mente imágenes: las parejas de mi tribu recién casadas. Vivir dentro de una comunidad cercana no permitía mucha privacidad, y recuerdo cómo las hembras a veces gritaban si su nueva pareja no era amable con ellas.

Después de que el jabalí la atacó, temí que no sobreviviría. La necesidad de darle un bebé me había abrumado y había sido duro con ella. Me doy cuenta de que probablemente la asusté antes y por eso ahora me tiene miedo.

Mirando a mi pareja, paso lentamente la punta de mi nariz por la de ella. Apenas toco su piel mientras mi nariz recorre su frente y baja por su mandíbula. Cuando mis labios se cruzan con los de ella, presiono ligeramente su calidez.

Quiero que sepa que seré amable con ella.

No la lastimaré.

Nunca, jamás lastimaré a mi Beh.

Tocando su nariz con la mía una vez más, uso mis dedos para recorrer su mejilla y cuello, hasta su hombro y sobre la suave tela de su extraña túnica. Paso mis dedos lentamente a lo largo de su brazo hasta el borde de la manga, y tiro de él mientras la miro a los ojos.

Sonidos suaves salen de su boca, su aliento susurrado cubre mis labios. Ella levanta la cabeza y siento su lengua tocar la mía. Por un momento vuelvo a perderme en su gusto. Pasa sus manos por mis hombros y brazos mientras su cuello arquea su cabeza hacia atrás hacia las pieles. El pie que ha puesto contra mi pantorrilla se mueve, raspando mi piel con la áspera parte inferior de su pie.

Me duele un poco, pero no me importa.

Levantándome sobre una mano, miro a Beh por un momento antes de pasar la otra mano desde su hombro, a través de su pecho y hasta su cintura. Me muevo hacia atrás y me arrodillo mientras envuelvo mi brazo alrededor de la espalda de Beh y la levanto conmigo. Aprieto el material de su cintura y empiezo a levantarlo, pero Beh cubre mi mano con la suya y me detiene.

Mi ceño se frunce cuando vuelvo a mirarla, pero respiro aliviado cuando ella llega al dobladillo y se pasa todo por encima de la cabeza. El hermoso rosa de su extraño envoltorio se ve bonito contra su piel, y me encuentro mirando por encima para ver más.

La idea hace que los músculos de mi estómago y muslos se flexionen involuntariamente, y la cabeza de mi pene endurecido golpea la pierna de Beh. Sus ojos bajan y se ponen vidriosos. Puedo ver su garganta moverse mientras respira profundamente y pasa ambas manos alrededor de su espalda al mismo tiempo. Un momento después, sucede lo más sorprendente.

¡El extraño material que siempre ha envuelto alrededor de los pechos de Beh de repente sale de ella!

"¡Hoh!" Mis ojos se abren cuando el aliento se escapa de mi garganta. Los labios de Beh se juntan y sus ojos brillan mientras me ve mirarla. Mis ojos saltan de su rostro a los círculos perfectamente redondos de color rosa oscuro en el centro de sus pechos perfectamente redondos y de color rosa más claro.

Muevo mis manos lentamente, extendiéndolas.

Dejo de tocarlos con mis dedos casi, pero no del todo.

Beh envuelve sus dedos alrededor del dorso de mis manos y tira hacia adelante hasta que los toco a ambos.

¡Son tan suaves!

Mi pecho sube y baja a medida que mi respiración se acelera y mis manos empujan lentamente la carne flexible. Toco suavemente sus centros con mis pulgares y Beh deja escapar un grito ahogado. Sus manos agarran mis brazos y cuando la miro, puedo ver que sus ojos están enfocados en mis manos, y las partes coloridas de ellas están protegidas por sus centros negros dilatados. Una de sus manos libera la mía y recorre mi pecho, dejando un rastro de cosquillas que hace que mi abdomen se contraiga.

Luego envuelve su mano firmemente alrededor de mi erección.

Lentamente, la mano de Beh me acaricia y siento que voy a perder el equilibrio y volver a caer entre las pieles. Es bueno que me aferre a sus senos, o tal vez lo haga. Los ojos de Beh permanecen bajos mientras me toca. La combinación de mirar su rostro, tener sus senos en mis manos y su mano en mi pene, todo al mismo tiempo, es más que suficiente para provocar la tensión en mi estómago que generalmente es seguida por la liberación de semen.

Mis ojos se cierran y mi cabeza se inclina hacia arriba mientras mis músculos se aprietan. Intento contenerme, porque todavía no estoy lista. Primero necesito estar dentro de ella o no podré darle un bebé. Pero se siente tan bien...

Gimo y dejo caer mi cabeza sobre su hombro. La otra mano de Beh sube por mi espalda y me mete el pelo, y luego tira de mí hacia ella y nuestros labios se encuentran de nuevo. Se siente tan cálida, y cuando mis pulgares vuelven a recorrer sus pezones, se endurecen y Beh gime en mi boca.

Su mano me acaricia de nuevo y las puntas de sus dedos giran alrededor de mi cabeza. Ella se separa de mi boca y mira hacia abajo de nuevo, y yo sigo su mirada. Utiliza sus dedos para trazar la piel alrededor de la punta, y cuando su mano recorre hacia la base, se revela la cabeza.

Beh hace otro sonido suave, pero apenas lo oigo. Ver su mano sobre mí es demasiado, y la presión se acumula en mis rodillas y abdomen antes de llegar a mi ingle. La parte inferior de mi cuerpo se tensa y grito con su siguiente golpe hacia adelante, derramando mi semen sobre las pieles debajo de nosotros.

Mientras trato de controlar mi jadeo, Beh pasa sus dedos sobre mi miembro suavizado. Cuando nuestras miradas se encuentran, las de ella todavía bailan con la luz del fuego y hay una leve sonrisa en sus labios. Estoy desgarrado, porque los sentimientos que ella ha inducido no tienen comparación, pero estoy decepcionado de no haber estado dentro de su cuerpo cuando los sentimientos me invadieron.

Yo también estoy agotado.

Me dejo caer sobre las pieles, tratando de arrastrar a Beh conmigo al mismo tiempo. Ella hace un montón de sonidos, algunos de ellos un poco fuertes, luego agarra el pelaje superior sucio del resto de la ropa de cama y lo arroja hacia el fondo de la cueva antes de unirse a mí. Mis brazos la rodean y me acurruco contra su hombro por un momento antes de escuchar ese sonido de nuevo y me estremezco.

La miro rápidamente a los ojos, alejándome de ella y preguntándome qué he hecho mal. Ella había estado sonriendo, pero ¿está enojada porque todavía no le he dado un bebé? Cuando me concentro en ella, me confundo aún más. Ella hizo ese sonido, pero no parece estar molesta. Sus labios están fruncidos como lo hace cuando intenta no reírse a carcajadas.

Su cabeza se mueve lentamente de un lado a otro y extiende su mano para tomar la mía de su cintura. Se lo lleva de nuevo al pecho y nuevamente me enamora la suave sensación de su carne allí. Examinando su pezón un poco más de cerca, observo que la piel que lo rodea se tensa aún más, paso el dedo por la protuberancia dura en el centro y Beh tararea.

La miro a la cara y ahora está sonriendo, con los ojos entrecerrados. ¿A ella le gusta esto? Lo hago de nuevo y su espalda se arquea un poco, empujando su pecho con más fuerza contra mi palma. Intento hacer lo mismo con su otro seno y Beh gira los hombros para colocarse boca arriba, lo que me da un mejor acceso a ambos senos a la vez. El otro pezón también se endurece cuando lo toco y Beh gime.

Observo su rostro mientras sus dientes muerden su labio y sus ojos entrecerrados se cierran por un momento antes de volver a mirarme. Su mano se desliza por mi brazo, sobre la parte superior de la mano que cubre su pecho y luego baja por su propio estómago.

Mis ojos se abren cuando sus dedos desaparecen dentro de la pequeña tela rosa que cubre su sexo. Cuando vuelvo a mirarla a la cara, hay una sonrisa en sus labios y me hace más sonidos. Vuelvo a mirar su mano y puedo ver sus dedos debajo de la tela mientras se mueven formando un pequeño círculo.

Beh gime suavemente y cuando vuelvo a mirarla a la cara, tiene los ojos cerrados y los labios ligeramente entreabiertos. Respira profundamente, pero también rápidamente; Puedo escuchar los jadeos entre sus gemidos. Mis ojos pasan rápidamente de su rostro a su mano mientras observo, fascinada, hasta que la mano de Beh se retira mientras un suave suspiro sale de su boca.

"Ehd..." susurra mientras su mano toca la mía. Tiene los dedos mojados. Puedo verlos brillar a la luz del fuego. Envuelven mi mano y la guían hacia abajo sobre su suave estómago y hasta el borde de la cosita rosa en su cintura.

Trago con fuerza cuando la comprensión me invade.

Ella se había estado tocando y no puedo evitar pensar en las ocasiones en que acaricié mi pene con mi propia mano como lo hizo ella con su mano alrededor de mí. Aunque no tenía una pareja a quien darle un bebé cuando me toqué, lo hice solo por la sensación que me producía.

¿Beh también tiene ese sentimiento?

¿Quiere que la haga sentir así, de la misma manera que lo hizo conmigo cuando tocó mi pene y provocó el clímax de sentimientos que hicieron que mi cuerpo se estremeciera?

¿Puedo hacerla sentir así?

Si la toco de la misma manera que ella se tocaba a sí misma, ¿haría el mismo ruido? ¿Su rostro se contraería de placer como acaba de hacerlo, y sería por algo que le hice?

Si es posible, definitivamente quiero intentarlo.

La mano de Beh empuja la tela rosa por sus piernas mientras guía mis dedos hacia su sexo. Mis dedos tocan el pelo corto y áspero a lo largo de su recorrido, lo que me hace jadear. Beh tararea de nuevo y luego mueve las piernas, usando los dedos de los pies para quitarse las cubiertas de los pies y los pequeños tubos de tela que rodean sus pies debajo de las cubiertas más gruesas. El trozo rosa también cae a un lado.

Los ojos de Beh se encuentran con los míos y me ofrece una rápida sonrisa mientras empuja mi mano hacia abajo. Con sus dedos sobre los míos, los desliza a través de sus pliegues exteriores y luego retrocede antes de ubicarse en un lugar justo en la parte superior.

Mientras hace girar las puntas de mis dos primeros dedos en círculo, puedo sentir un pequeño bulto escondido justo debajo de la línea del cabello. Este es el lugar donde Beh parece enfocar mi toque, y guía mi mano y mis dedos con los suyos encima de ellos. Con un poco más de presión sobre mis nudillos, ella me lleva más abajo y siento la punta de mi dedo tocar su abertura.

"Mmm... Eh..."

"¡Hoh!"

Su gemido, combinado con el sonido de mi nombre, crea una agitación que comienza en mi estómago pero se extiende rápidamente. Calienta mi piel y hace que mi corazón lata más rápido. Aunque su mano me había quitado mi esencia hace sólo unos minutos, puedo sentir que mi pene comienza a endurecerse nuevamente.

Me levanto sobre una mano para poder ver nuestras manos mejor y observo cómo ella lleva mis dedos a la parte superior de sus pliegues, los rodea y luego los lleva de regreso a la abertura justo debajo, aunque ella no empuja. Mi dedo estaba más dentro de ella que solo el primer nudillo.

Mientras establece un ritmo constante para que yo lo siga, deja de presionar mi mano y finalmente la suelta, permitiéndome tocarla sin ayuda. Rodeo la protuberancia escondida en la parte superior, me muevo hacia abajo para tocar su abertura, luego vuelvo a subir varias veces mientras Beh se mueve y gime contra las pieles.

Ella es gloriosa.

Con su mano, extiende su mano y la envuelve alrededor de mi cuello, y acerca mis labios a los suyos. Beh dobla la rodilla, acerca el pie a las nalgas y levanta las caderas para empujar mi mano. Continúo el mismo ritmo hasta que ella vuelve a poner su mano sobre la mía y empuja la palma de mi mano contra la parte superior de su montículo para agregar más presión.

Ella arquea un poco la espalda y gruñe de nuevo el sonido de mi nombre.

Aprieto los dedos y los muevo contra ella más rápido mientras ella sostiene mi mano contra su carne e inclina sus caderas. Su cara y sus pechos están sonrojados y son hermosos, y sus ojos, casi cerrados, miran nuestras manos unidas. Empujé las puntas de dos de mis dedos justo dentro de ella, un poco más lejos que antes, y entran y salen de ella.

Nuevamente arquea la espalda, pero esta vez también levanta las caderas para presionar mi mano con más fuerza contra su sensible carne. No desacelero mis movimientos, pero vuelvo a mirar su rostro y veo sus ojos cerrados y su cabeza inclinada hacia atrás dentro de sus pieles. Sus caderas se sacuden una vez más y veo cómo se abre la boca mientras grita.

Los sonidos que hace son fluidos (como los que hace a menudo) y guturales. Reconozco el sonido de mi nombre entre ellos y me hace sonreír cuando ella se desploma sobre las cálidas pieles de nuestra cama. Su mano cubre el centro de su pecho mientras su respiración jadeante comienza a disminuir, y reconozco que ha experimentado la misma sensación que yo tengo cuando tiene su mano sobre mí.

La hice sentir así.

A mí.

Bueno, ella me ayudó un poco, pero todavía mis dedos estaban sobre ella.

Cuando sus ojos se abren parcialmente y me mira, me vuelvo muy consciente de mi propio deseo por ella entre mis piernas. Mis dedos la acarician una vez más antes de traerlos de regreso. Mientras lo hago, inhalo y su aroma me cubre.

Un gemido se escapa de mis labios cuando el aroma entra por mis fosas nasales y llena mi cerebro. Miro mi mano y veo la humedad de su sexo, brillando a la luz de las llamas de nuestro fuego. Acerco mis dedos a mi nariz, inhalo profundamente y luego extiendo la lengua para probar sus fluidos.

Otro gemido bajo surge desde lo más profundo de mi pecho. Es casi un gruñido. Estoy palpitando por la necesidad de ella, y mientras los músculos de mi ingle se tensan y tiemblan, cada instinto dentro de mi cabeza me dice que es el momento.

Debo darle un bebé.

Ahora.

Paso una pierna sobre sus muslos y agarro firmemente sus caderas. Escucho el sonido de mi nombre y miro su rostro sonrojado y sus ojos muy abiertos. Puedo ver su vacilación en el azul profundo de sus iris, pero todo dentro de mí me dice que está lista, que esto debe hacerse sin dudarlo.

Levanto sus caderas y la doy la vuelta en un movimiento rápido, manteniendo sus caderas más altas que el resto de ella. Los hombros y el pecho de Beh descansan contra las suaves pieles, y sus codos se doblan para colocar sus manos justo al lado de su cabeza. Envuelvo mi mano alrededor de la base de mi eje mientras cierro la distancia entre mis caderas y las de ella. Con mis rodillas, le separo más los muslos y la oigo jadear.

La cabeza de mi pene se desliza entre sus pliegues, cubriéndome instantáneamente con la misma humedad que cubre mis dedos. Mi aliento sale de mis pulmones ante la sensación completamente indescriptible. Cuando la toqué aquí así antes, había calor, pero no humedad. Muevo mis caderas ligeramente, lo suficiente para pasar la cabeza por ese pequeño punto en la parte superior de su sexo, y escucho a Beh gemir debajo de mí.

Sus manos agarran el borde del pelaje debajo de ella.

La vista de ella debajo de mí: la curva de su trasero mientras fluye y desciende hasta su cintura, el arco de su columna cuando mis dedos recorren el borde y su cabello suave y suelto que cuelga alrededor de su cuello y hombros. —Es mucho más de lo que puedo resistir.

Deslizo mi mano hacia arriba y tiro hacia atrás del prepucio, exponiendo la gruesa cabeza al final de mi eje. Brilla a la luz del fuego con la humedad de su cuerpo combinada con mi propia preeyaculación. Me deslizo a través de sus pliegues una vez más mientras los hombros de Beh se mueven con su rápida respiración. Sus caderas se mueven ligeramente, lo suficiente como para empujarme hacia atrás.

Es entonces cuando me coloco en su abertura y empiezo a empujar lentamente.

CAPITULO 12

Tan, tan cálido.

Y mojado.

Incluso justo en la entrada del cuerpo de mi pareja.

Cuando mis caderas se inclinan hacia adelante por primera vez, no pasa nada. La punta de mi miembro no cabe dentro de su estrecha abertura y un nudo se forma en mi garganta mientras un pensamiento terrible entra en mi cabeza.

¿Qué pasa si no encajo dentro de ella?

Después de todo este tiempo esperando a que ella me quisiera, ¿qué haré si no puedo aparearme con Beh?

Respiro para calmarme y me aseguro de que encajaré dentro de ella. Se supone que las mujeres deben estirarse allí para que los bebés puedan entrar y salir cuando estén listos. Si algo del tamaño de un bebé puede salir, seguramente mi pene pueda entrar.

¡Es grande, pero no tanto!

Decidiendo que sólo necesito intentarlo de nuevo, me agarro un poco más fuerte con los dedos más cerca de la punta y empujo de nuevo. Siento una ligera presión alrededor de la cabeza de mi pene mientras estira su abertura antes de que su cuerpo ceda repentinamente y me deslice parcialmente dentro de ella. Escucho el grito ahogado de Beh contra las pieles y hago una pausa.

Paso mi mano por el centro de su espalda hasta llegar a su cuello. Puedo sentir el sudor acumulándose allí, y el movimiento de su respiración apresurada es más evidente bajo mi palma. Ella emite susurros a través de su respiración entrecortada y me estremezco mientras espero que no escuche ningún sonido.

Ella no hace ese ruido horrible, y cuando siento que los músculos tensos de su espalda y hombros comienzan a relajarse a mi alrededor, también siento que empuja hacia atrás con sus caderas nuevamente.

Con los ojos fijos en el lugar donde estamos unidos, me hundo más en ella con un gemido.

Siento que se me llenan los ojos de lágrimas cuando me doy cuenta de que por fin estoy allí, por fin dentro de ella, aunque sólo sea a medias. Estamos unidos como si ahora fuéramos una persona en lugar de dos, y nada de lo que he sentido alguna vez se compara con estar conectado con ella.

Levantándome más sobre mis rodillas, paso mis manos por la cálida piel de su espalda, costados y cintura. La agarro firmemente y uso sus caderas como palanca mientras retrocedo y empujo hacia adelante. Un largo gemido brota de mi pecho cuando siento que me empujo totalmente dentro de ella, y mi longitud queda completamente abarcada por el estrecho canal de mi pareja.

Por un momento, no puedo moverme. Estoy demasiado abrumado por la sensación física de estar dentro de ella. Nunca antes había sentido algo así, y no se parece en nada a lo que había sentido ni con mi propia mano ni con la de ella.

Cálido.

Húmedo.

Ajustado.

Aunque tensa, la sensación es extrañamente cómoda y la necesidad de moverse no es tan poderosa como antes. Podría quedarme donde estoy sin moverme durante días y días, posiblemente estaciones. La sensación es breve y, un momento después, las ganas de empujar regresan con más fervor y no puedo evitar moverme. El instinto de penetrarla es demasiado dominante para ignorarlo. Me alejo de su calor y luego nos empujo de nuevo lentamente. Lo hago de nuevo, saliendo no más de la mitad antes de deslizarme de regreso a casa, con mi pene profundamente dentro de su cuerpo.

Beh grita cada vez que empujo hacia adelante, y el sonido me distrae un poco de la sensación de sus músculos apretándose

alrededor de mi pene mientras empujo dentro de ella, me retraigo
y empujo de nuevo. Una de sus manos se aprieta en un puño,
capturando parte del pelaje debajo de ella, y la otra se agita a su lado
mientras se acerca hacia donde estamos conectados.

Recordando lo que hizo antes, paso mi mano desde su cadera y
cubro sus dedos mientras ella toca el lugar justo encima de donde mi
cuerpo entra al de ella. No trato de guiar sus movimientos como ella
hizo los míos, sino que simplemente coloco mis dos primeros dedos
sobre los de ella. Cuando sus dedos se flexionan, los míos se mueven
al mismo tiempo, aumentando la presión contra su punto sensible y
tratando de memorizar exactamente lo que hace.

Quiero hacérselo de nuevo más tarde.

Mientras ella marca su propio ritmo, lo combino con suaves
embestidas dentro de ella, lentamente retrocediendo y empujando
hacia adelante hasta que mi cuerpo esté al mismo nivel que el de ella.
Ella se balancea sobre sus rodillas, respondiendo a mis movimientos
mientras nos movemos lentamente juntos.

La vista de mi largo y duro eje envuelto por su cuerpo es
magnífica. Sólo verlo entrar y salir de ella hace que todo mi cuerpo
se tense con la anticipación de entrar en ella. Que su mano provocara
mi clímax fue increíble, pero nada como la sensación de entrar y salir
de ella.

Comenzando con un gemido bajo, la respiración de Beh se
acelera junto con sus dedos. Tratando de igualar su deseo, la empujé
más profundamente, más fuerte y más rápido. El aumento de la
fricción del movimiento más rápido, junto con el grito de Beh al
oír mi nombre, me llevan al borde del poco control que tengo sobre
la respuesta de mi cuerpo hacia ella. Mis ojos se cierran cuando la
tensión comienza a acumularse en mi abdomen y muslos, y mi mano
abandona la de ella para agarrar nuevamente su cadera. Con ambas
manos, la atraigo hacia mí mientras empujo hacia adelante, gruñendo
con el esfuerzo de cada golpe.

Los gritos de mi compañera disminuyen cuando casi se desploma sobre las pieles, y la abrazo con más fuerza para evitar que se aleje de mí mientras mi ritmo aumenta nuevamente. Puedo sentir sus resbaladizas paredes internas apretando mi eje mientras abre aún más su cuerpo para recibir la semilla que le daré.

La semilla para hacer crecer un niño dentro de ella.

Mientras los recuerdos de tormentas violentas pasan por mi cabeza, casi puedo escuchar el estrépito del trueno y sentir la carga del relámpago mientras las sensaciones de la boca del estómago y la ingle convergen, se unen y explotan hacia afuera. El sonido de mi garganta es nada menos que un grito de triunfo cuando mi cabeza se inclina hacia el techo de la cueva y mi semen sale corriendo de mi cuerpo hacia el útero de mi pareja: el potencial para una nueva vida hecho realidad.

Las respiraciones cortas y jadeantes de mi boca y el crepitar del fuego se unen a los ecos de mi grito y reverberan por toda la cueva. Con mis fluidos cubriendo su interior, me deslizo fácilmente hacia adelante y hacia atrás unas cuantas veces más antes de empujar profundamente nuevamente. Mientras me inclino hacia adelante para acercar mi pecho a su espalda, siento que los pocos latidos restantes de mi eje la inyectan por completo; asegurándome de que todo lo que le he dado encuentre su lugar dentro de su cuerpo.

Sosteniéndome dentro de ella tan profundamente como puedo, mis brazos la rodean y la aprietan con fuerza contra mi pecho. Respiro pesadamente por la nariz mientras presiono mi frente contra su hombro. También puedo oír a Beh respirar con dificultad y siento sus piernas temblar contra las mías.

Me alejo un poco y nos hago rodar a ambos hacia los costados, todavía sosteniendo su cuerpo contra el mío. Intento mantener el ángulo correcto para permanecer dentro de ella, pero mi pene blando se sale de todos modos. Mi cálido aliento cubre su hombro desnudo mientras apoyo un lado de mi cara en la parte posterior de su cuello.

Intento respirar profundamente, pero me lleva algún tiempo poder calmarme.

Su aroma es ligeramente diferente ahora que antes de aparearme con ella. Es más almizclado, más oscuro y más fuerte que antes. Me marea un poco inhalar el olor y desearía no estar tan agotado. El olor me hace quererla de nuevo, pero apenas puedo moverme.

Me invade una sensación de extrema satisfacción, tanto física como mental. Terminé de aparearme con Beh y ahora le daré un bebé.

Las manos de Beh agarran mi antebrazo por su cintura y empuja su espalda más cerca de mi pecho. Un brazo se levanta y se envuelve alrededor de mi cuello mientras ella gira su cabeza hacia mí. Su mejilla está enrojecida, y creo que puede deberse a las pieles que le rozan la cara mientras la empujo. Toco suavemente el punto rojo con el pulgar y Beh cierra los ojos. Apoyo mi frente contra su hombro y cierro los ojos también. Con una respiración profunda, siento que mi cuerpo se relaja con el de ella.

"¿Pacto?"

Mis ojos se abren sólo un momento después para encontrar a Beh mirándome por encima del hombro. Hay una extraña sonrisa en su rostro mientras su mano acaricia mi mandíbula. Sus sonidos son silenciosos mientras los pronuncia, sus ojos fijos en los míos mientras lo hace. Repite los mismos sonidos y, aunque vuelve a sentir humedad en las comisuras de los ojos, no parece molesta.

"¿Khzz, Beh?"

Su sonrisa se amplía y se inclina para presionar sus labios contra los míos. Es solo un toque suave y breve, pero sus ojos permanecen en los míos mientras nos separamos, y los mismos sonidos salen de su boca nuevamente, e inclino mi cabeza hacia un lado, escuchando los tres sonidos cortos que ella pronuncia seguidos. Ella alcanza el espacio entre mis ojos y frota el espacio entre mis cejas. Mis ojos se cierran un poco mientras ella pasa la yema del dedo por mi sien y por mi mandíbula.

Mi pareja comienza a moverse, y al principio clavo mis dedos en su cadera para mantenerla en su lugar, pero Beh se retuerce y rueda en mis brazos hasta que está frente a mí. Aflojo mi agarre el tiempo suficiente para permitirle reposicionarse antes de volver a sostenerla contra mi pecho.

La mano de Beh baja desde mi mejilla hasta mi pecho y puedo sentir mi pulso contra sus delgados dedos. Presiona la palma de su mano directamente sobre mi corazón y me mira a los ojos. En la oscuridad de la cueva, hay una luz dentro de sus ojos que hace que mi corazón lata más rápido. Sé que las emociones que veo allí también se reflejan en mi propia mirada, aunque nunca antes me había sentido así. Beh repite suavemente los mismos tres sonidos, seguidos del sonido de mi nombre.

"Beh..." La acerco y paso la punta de mi nariz sobre la de ella. Beh respira larga y profundamente antes de colocar su cabeza justo al lado de donde su mano está extendida sobre mi pecho y cierra los ojos.

Sé que el corazón que late debajo de la palma de Beh le pertenece a ella.

No puedo dejar de sonreír.

Los ojos de Beh están cerrados, pero sus dedos trazan suaves círculos sobre el escaso vello de mi pecho. Nuestra respiración finalmente ha vuelto a un nivel normal y, aunque todavía puedo sentir mi corazón latiendo bajo su toque, no es tan frenético como antes. Mis músculos están relajados y me siento eufórico.

Paso mi mano por el cabello de Beh, que ahora está sudoroso y enredado, pero la hace parecer aún más hermosa porque fui yo quien hizo que su cabello sudara y se enredara. Me pregunto si debería llevarle la talla de madera para que pueda desenredar los enredos nuevamente.

A Beh le gusta tener el cabello liso antes de irse a dormir, aunque por la mañana ya está todo desordenado. Toco su sien con mi nariz y decido comprársela. Girándonos a ambos hacia un lado, acuesto a Beh suavemente contra el pelaje y toco su mejilla con el dorso de mis nudillos.

Quiero que sepa que la cuidaré.

Siempre.

Sólo para dejar claro el punto, me quito las pieles, tiritando un poco por el aire frío, y me ocupo de algunas de las cosas que debería haber hecho antes de llevarme a mi pareja. Reconstruyo y avivo el fuego, me aseguro de que toda la carne seca esté volteada y reviso el exterior de la cueva para verificar que no haya nada que pueda ser peligroso para ella.

El viento frío viene del norte y paso las manos arriba y abajo por los brazos mientras hago mis necesidades rápidamente en el barranco. Hay una media luna brillante y muchas estrellas titilantes que me muestran el camino en la fría noche, y puedo ver el brillo de la luz en mi piel. Cuando termino, veo una mancha oscura de sangre seca en mi pene.

No hay dolor y sé que no estoy herido. Me siento fantástico, excepto por la repentina sensación de hundimiento en mi estómago cuando me doy cuenta de que la sangre definitivamente no es mía y que sólo hay otro lugar donde podría haberse originado.

No hay mucha sangre, pero sé de inmediato que debo haber lastimado a Beh cuando puse mi pene dentro de ella. Recuerdo cuando ella gritó al principio, pero no me dijo que parara. Pensé que ella había sentido lo mismo que yo y había gritado por la intensidad de nuestra unión. Nunca se me ocurrió que ella podría haber sentido dolor.

Fui cuidadoso y gentil. No debería haberla lastimado.

Claramente así fue.

Presa del pánico, vuelvo corriendo a la cueva, llamándola a gritos. Beh se sienta erguida sobre las pieles y me mira con los ojos muy abiertos. Ella hace muchos sonidos, que se vuelven más fuertes cuando alcanzo sus piernas y las separo. Al principio intenta apartar mis manos, pero necesito saber qué tan gravemente está herida. A la tenue luz del fuego, no puedo ver sangre en ella.

Con un grito, Beh me quita las manos de las rodillas. Cuando miro su cara, ella me mira fijamente con el ceño fruncido y hace más ruido. Ella no parece estar herida en absoluto. Los ruidos de su boca son suaves y no incluyen el sonido de no, y su rostro no parece enojado.

Si la lastimo, ¿no se enojaría?

Agarrando mi pene con la mano, señalo la sangre que tiene. Beh suspira mientras mueve la cabeza hacia adelante y hacia atrás. Ella toma mi mano y me lleva al fuego y a la olla grande que mantiene cerca. Sumerge uno de los cuadrados que hizo con sus calzas en el agua y lo usa para limpiarnos a los dos. Su comportamiento tranquilo se filtra en mí y, cuando me toca, siento que mis músculos se rinden a su paz.

En realidad no tengo mucha sangre, sólo una pequeña mancha. Observo a Beh limpiarse y veo que hay un poco más, pero nada significativo, y Beh parece estar bien cuando la examino nuevamente para estar seguro. Ella no parece sentir dolor ni siquiera molestias. Ella sonríe y toca mi brazo suavemente mientras termina de lavarse y me lleva de regreso a nuestra cama. Recoge el pelaje sobre el que estábamos acostados y lo arroja a la pila con el que derramé semen antes.

A Beh no debe gustarle la idea de dormir sobre las pieles cuando se mojan así, y me pregunto por qué. A ella le gusta tener todo de cierta manera, eso es seguro, y supongo que esto es sólo una cosa más que quiere mantener limpia.

Continúa haciendo sonidos mientras rellena las pieles restantes y se vuelve a sentar en el centro de ellas. Me arrastro sobre ella para acostarme, ella apoya la cabeza en mi hombro y me rodea la cintura con el brazo. Después de cubrirnos con un pelaje limpio, la sostengo cerca de mí y miro la entrada a la cueva para asegurarme de que mi pareja esté a salvo.

Beh rápidamente se queda dormido, pero yo no. Aunque estoy físicamente agotado, mi mente parece no poder relajarse lo suficiente como para quedarme dormido. Pienso en Beh y los bebés y en si habrá suficiente comida para nosotros tres en el invierno. Me pregunto cuándo Beh dará a luz a un bebé si uno recién comienza a crecer dentro de ella.

Termino pasando gran parte de la noche simplemente viendo dormir a mi pareja.

Mi compañero.

No hay más preguntas en mi mente; ella realmente es mi compañera ahora.

Cuando la miro, me pregunto si habrá un bebé creciendo dentro de su vientre y si se parecerá a mí, y siento que sonrío ante la idea. Sé que tendré que hacerlo mejor, esforzarme más, si quiero cuidar adecuadamente de ella y de sus hijos, pero no me importa la idea en absoluto.

También sé que a veces hay que intentar poner un bebé en tu pareja muchas veces antes de que empiece a crecer. No estoy seguro de cuántas veces, pero tengo la intención de intentar ponerle un bebé con la mayor frecuencia posible hasta que esté seguro de que hay uno creciendo dentro de ella. Además, se siente tan bien ponerle un bebé. Sólo de pensarlo me dan ganas de hacerlo de nuevo, pero Beh está dormida y no quiero despertarla. Definitivamente intentaré volver a darle un bebé por la mañana.

Respiro larga y profundamente e inclino la cabeza hacia atrás entre las pieles. Mientras mis ojos se cierran, me pregunto si puedo poner más de un bebé a la vez en ella, o si ya tiene un bebé dentro, si puedo poner otro allí. Creo que uno a la vez probablemente sea suficiente ya que no tenemos una tribu que nos ayude con el bebé. Pienso en las otras parejas de mi tribu y recuerdo claramente cómo se unían incluso cuando el vientre de la mujer estaba lleno de un niño. No recuerdo un momento en el que nacieran dos bebés a la vez.

Siento la respiración constante de Beh mientras se mueve un poco mientras duerme y murmura algunos sonidos suaves. Se parecen al sonido que hizo antes, pero la mayoría de sus ruidos suenan bastante similares. Sólo el beso y ningún sonido son lo suficientemente diferentes como para notarlo. La mayoría de los ruidos que hace sólo me duelen la cabeza, pero no me importa mucho. Ella es mi compañera, es inusual y es mía.

Finalmente, después de revivir cada momento de apareamiento con Beh, me quedo dormido con mi pareja en mis brazos.

CAPITULO 13

Tumbada boca abajo, miro por debajo de mis pestañas y observo a mi pareja mientras hurga en los platos cerca del fuego. Agrega algunos de los granos que hemos recolectado junto con nueces molidas y carne de antílope. Una vez que todos los ingredientes son de su agrado, los revuelve con una de las costillas planas del antílope.

Todavía estoy sonriendo.

No he parado desde anoche.

Bueno, y esta mañana temprano.

Tan pronto como los ojos de Beh se abrieron, la giré y encontré mi camino dentro de ella nuevamente. Ella había hecho una pequeña mueca cuando entré por primera vez. Todavía preocupado por haberla lastimado la primera vez, me retiré inmediatamente y traté de descubrir qué estaba mal. Beh usó nuestras manos para mostrarme lo que había olvidado.

Usando sus dedos para guiar los míos, Beh frotó su punto sensible y abrió de nuevo, y noté que no estaba tan mojada y resbaladiza como la noche anterior. Mi pulgar frotó el lugar sobre sus pliegues mientras mis dedos preparaban su abertura para mí. Cuando sentí que se mojaba por dentro, reemplacé mis dedos con la cabeza de mi pene al principio, y luego el resto lo siguió suavemente. Se había sentido tan bien que la llené de semen rápidamente. Luego tomó mi mano y la sostuvo contra ella. Ella movió sus caderas contra él mientras gemía y gritaba por mí otra vez.

Realmente me gusta mucho cuando ella hace ese sonido, ese en el que gruñe el sonido de mi nombre y me tararea. De ahora en adelante, me aseguraré de que haga ese ruido antes de darle un bebé. Cuando pongo mi pene dentro de ella, se siente demasiado bien como para disminuir la velocidad. Además, una vez que termino, estoy muy cansada y lo único que quiero es acostarme. Si me aseguro de que ella se sienta bien primero, es posible que después me deje dormir.

Aunque sé que hay muchas cosas que ambos deberíamos hacer hoy para continuar preparándonos para el invierno, me resulta difícil no verla moverse por la cueva. Ha pasado mucho tiempo desde que había alguien más conmigo, y solo ver movimiento en mi cueva todavía me parece extraño. Cuando tenía una tribu, siempre había movimiento. Durante el tiempo que estuve solo, ver algo moverse era más bien un motivo de preocupación que no. Es extraño acostumbrarse a ver algo moverse por el rabillo del ojo sin preocuparme de qué podría ser.

Girando mis caderas de lado a lado, quito el pelaje de mi mitad inferior y me empujo sobre mis manos y rodillas. Salto de las pieles, bostezo, me estiro y me rasco el estómago. Con pasos ligeros, me acerco al fuego y capturo a Beh en mis brazos. Paso mi nariz por su cuello y luego coloco mis labios sobre los de ella. Beh chilla y se ríe mientras mis dedos le hacen cosquillas en los costados, pero luego me empuja mientras trato de meter los dedos en lo que sea que esté cocinando.

Sólo quiero probar.

Espero pacientemente hasta que esté preparado el desayuno y, después de comer, Beh junta las pieles de la cama en un montón, junto con el envoltorio extra que le corté de la piel del jabalí, y lo apila todo junto a la entrada de la cueva. Se echa la cesta de transporte al hombro y se envuelve los pies con las graciosas fundas para pies. Al darme cuenta de que está lista para trabajar ese día, agarro mi lanza con la esperanza de encontrar un animal grande que tal vez sea lo suficientemente dócil o esté lo suficientemente herido como para matarlo. Debería cavar otra trampa de hoyo, pero creo que recolectar los alimentos más fáciles podría ser mejor para mi pareja a largo plazo que pasar días tratando de atrapar un animal grande.

Nos vendría bien el pelo extra, pero también tenemos suficiente para pasar el invierno. Parte de él deberá ser reemplazado por un resorte o al menos trasladado al fondo de la pila en el área para dormir. Entre los alimentos que ya hemos recogido, la carne de jabalí y de antílope además del pescado, deberíamos tener suficiente carne seca para el invierno. Tendré que complementarlo con algunos conejos durante los meses más fríos.

Mientras pesco en el lago, Beh lava las pieles en agua fría. Mientras espero pacientemente a que un pez se acerque lo suficiente para poder arponearlo, recuerdo anoche. Pienso en lo que se sintió al unirme a mi pareja. Cuando miro a Beh, la veo arrodillada al borde del agua.

Mi boca se seca un poco y mi pene inmediatamente se pone firme. Olvidados mi lanza y el pez, me siento atraído por mi pareja. Me aflojo y me quito la envoltura mientras me acerco a ella, dejándola caer al suelo mientras sigo adelante. Beh escucha mi acercamiento y mira por encima del hombro, y su sonrisa rápidamente cambia a ojos muy abiertos y fijos que se enfocan debajo de mi cintura.

Ella hace algunos ruidos, pero no lo dudo. Me arrodillo detrás de ella y le pongo las pieles a un lado. Afortunadamente, el pequeño trozo de tela rosa está ausente, y apenas noto el mismo color por el rabillo del ojo en una pila de cosas que Beh ha estado lavando, tiradas a un lado.

Tratando de ignorar el deseo palpitante entre mis propias piernas, recuerdo mi lección de esta mañana y encuentro que ella se abre con mis dedos primero. Froto el lugar que tanto le gusta hasta que jadea y puedo sentir la humedad en mis dedos. Deslizo uno dentro de ella, lo muevo hacia adentro y hacia afuera, y luego agrego otro. Cuando se siente lista, tomo mi pene en mi mano y me coloco.

Escucho el jadeo de Beh mientras empujo lentamente dentro de ella por segunda vez hoy. Ella se balancea hacia atrás cuando entro en ella, facilitando mi viaje hacia el interior. Cierro los ojos y puedo sentir la textura aterciopelada de su canal mientras me cubre y me envuelve. Sostengo sus caderas firmemente mientras empiezo a moverme hacia adentro y hacia afuera, tratando de no ceder al deseo de moverme rápidamente. Moverse demasiado rápido seguramente hará que la llene rápidamente, y quiero que esto dure un poco de tiempo.

Recuerdo la promesa que me hice a mí misma esta mañana, y me inclino sobre ella con mi pecho hacia su espalda, alcanzo la mano y encuentro el pequeño bulto hinchado justo encima de donde la entré. Beh grita tan pronto como paso el dedo por encima y siento sus músculos internos apretarse alrededor de mi pene.

No me espero eso.

"¡Eh! ¡Eh! Grito mientras mis caderas se rebelan contra mis pensamientos y la empujo con más fuerza. Un momento después, me vacío profundamente dentro de su cuerpo.

Con mi frente apoyada entre sus omóplatos, me muevo lentamente con movimientos superficiales mientras sigo tocando su lugar. Con mi semen lubricándola por dentro, no es difícil seguir empujando dentro de ella, aunque mi pene ya no está muy rígido. Beh gime mientras se echa hacia atrás para agarrar la muñeca de la mano que todavía agarra su cadera. Lo levanta hasta su pecho y lo empuja firmemente contra su pecho cubierto.

No estoy seguro de qué quiere que haga, así que agarro y froto su pecho con el mismo ritmo que mis dedos cerca de su entrada. Pronto siento que su pezón se endurece a través del cuero y trato de tirar de él. La mano de Beh cubre la mía entre sus piernas y la empuja firmemente mientras jadea el sonido de mi nombre un par de veces antes de tararear y jadear.

Sus piernas tiemblan mientras grita una vez más, y le suelto el pecho para poder rodear su cintura con mi brazo y evitar que caiga al suelo. Realmente quiero hacer lo mismo, pero la arena rugosa

cerca del lago no es el lugar más cómodo para tomar una siesta.
Además, aunque he dormido al aire libre en el pasado, ahora tengo
que proteger a Beh. Ningún compañero mío dormirá jamás fuera de
nuestra cueva. No es seguro.

La ayudo a ponerse de pie sobre sus piernas temblorosas y la
sostengo con fuerza contra mí mientras ella apoya su cabeza en mi
hombro. Mis manos recorren su espalda mientras su respiración se
hace más lenta. Una vez que se ha relajado nuevamente, la ayudo a
recoger las pieles mojadas, recojo mi lanza y regresamos a nuestra
cueva.

Mientras caminamos por el campo, todavía recogiendo los
granos de los pastos altos y agregándolos a la canasta de Beh a medida
que avanzamos, noto que Beh parece no caminar del todo bien.
Camina más lento de lo normal y parece que le duele cuando da un
paso.

La detengo en medio del campo y la miro a los ojos. Ella no llora
y no parece molesta en absoluto. Dejo caer las pieles que llevo y me
arrodillo frente a ella para levantar cada uno de sus pies. No puedo
decir si están heridos o no con las cubiertas para los pies sobre ellos,
pero los toco de todos modos y observo su reacción. Ella no grita ni
actúa como si tuviera dolor, aunque se pone las manos en las caderas
y comienza a hacerme muchos sonidos con la boca.

Sus pies no parecen molestarla, así que subo por sus piernas y las
examino de cerca, pero no encuentro ninguna lesión. Cuando llego a
su punto máximo, los ruidos de Beh se vuelven un poco más fuertes
y ella aparta mi mano. La miro a los ojos y su cabeza se mueve de un
lado a otro.

"No", dice ella.

Me alejo rápidamente.

Beh suspira y da un paso adelante, extendiendo su mano.
Tentativamente, coloco el mío en el de ella y ella me acerca a ella. Con
el lado de su cara colocado contra mi pecho, hace sonidos suaves y me

abraza contra ella. No lo entiendo, pero decido observarla de cerca mientras la sigo de regreso a la cueva. Cuelgo las pieles afuera para que el viento las seque y luego lleno uno de los vasos de Beh con agua para que tenga algo de beber.

Todavía estoy preocupado por ella.

Beh intenta añadir un poco de leña al fuego, pero se la quito y la empujo un poco hacia atrás. Señalo la estera de pasto y la hago sentar en ella mientras le preparo la comida.

Me aseguro de que descanse por el resto del día. Esa noche, quiero volver a darle un bebé, pero Beh aparta mis manos de ella. Al principio creo que está enojada y trato de descubrir qué hice para molestarla, pero ella pasa sus manos por mi barba y me deja abrazarla mientras se queda dormida.

Ella no debe estar muy enojada conmigo, pero todavía estoy confundido.

Y duro.

Considero usar mi mano para hacer que mi pene se sienta mejor, pero recuerdo que Beh quería que me limpiaran las pieles cuando derramé sobre ellas antes, y no quiero molestarla ni con pieles desordenadas ni despertándola. Así que cierro los ojos y trato de no inhalar por la nariz porque huele muy bien. Al final me quedo dormido a su lado.

Al día siguiente, comienza el tiempo de sangrado de Beh. Estoy bastante seguro de que eso significa que todavía no hay un bebé dentro de ella, ya que recuerdo que las mujeres de mi tribu no tenían sus períodos de sangrado cuando sus estómagos se agrandaban con un bebé. Estoy decepcionado y quiero volver a intentarlo, pero Beh no me deja. Tan pronto como me quito las pieles y me acerco a ella, ella me empuja hacia atrás y no hace ningún sonido.

Ella tampoco me deja aparearme con ella por la noche cuando nos vamos a la cama.

O al día siguiente.

De hecho, no me deja intentar ponerle un bebé nuevamente hasta que deja de sangrar varios días después. Para entonces, me siento tan tenso que sólo logro empujar dentro de ella unas cuantas veces antes de que mi semilla se vacíe en ella.

Me alegro de haberme asegurado de que se sintiera bien de antemano. Tan pronto como termino, me quedo dormido.

Beh está de buen humor al día siguiente y tira de mi mano cuando nos acercamos al lago. Intento mantenerme alejada de la orilla del agua porque tengo la sensación de que no está pensando simplemente en bañarse y el día es definitivamente frío. Todo lo que realmente quiero hacer es llevar a Beh de regreso a la cueva e intentar ponerle un bebé nuevamente (quiero que dure más esta vez), pero ella tiene la intención de hacer mucho ruido con la boca y lavar cada pieza. de ropa y pieles que ha tocado en los últimos días. Cuando termina con eso, deja las piezas para que se sequen y me quita la bata de los hombros.

Lo agarro con fuerza por un momento, pero luego me doy cuenta de que mientras ella tenga mi envoltura en el agua fría, no está tratando de lavarme.

Debería saberlo mejor.

Me atrae con la boca y las manos hacia el agua y, aunque sé lo que está haciendo, no puedo evitarlo. Intento ponerme detrás de ella, pero ella se da vuelta y me lleva al agua. Mientras le suplico a mis ojos, ella me hace sumergirme, tal como lo hizo ella. Me estremezco y me pregunto qué exigirá cuando haya una capa de hielo cerca de la orilla. ¿Todavía querrá que me meta en el agua?

De ninguna manera.

Ni siquiera por la oportunidad de poner un...

Bien...

Tal vez.

Me envuelve los hombros con un trozo de piel limpio y recoge el resto de la ropa de cama que trajo con nosotros. Mi pareja lava minuciosamente y me doy cuenta de que está planeando lavar todo lo que hemos estado usando o durmiendo, sin importar el frío del día. Con un gemido, me acuesto de costado y me tapo con un pelaje seco para descansar.

Beh hace constantes ruidos con la boca mientras regresamos a la cueva.

Estoy exhausto por el frío y la humedad. No sé por qué, pero descansar cerca del agua me ha dejado más cansado que antes. Beh, sin embargo, parece estar lleno de energía. Intento bloquear sus sonidos, pero ella no se detiene.

Las pieles todavía están húmedas, están frías y me pesan en el hombro. Beh lleva todo el grano que recolectamos, así como algunas raíces de espadaña, nuez y hongos. Ella también tiene un puñado de juncos y me pregunto si intentará hacer otra canasta con ellos.

Ella hace más sonidos. El ruido es constante. Incluso mueve un poco las manos cuando hace todo ese ruido.

Respiro profundamente por la boca y la miro de reojo. Ella me mira con una pequeña sonrisa y continúa con el ruido. No entiendo por qué tiene que hacer eso todo el tiempo. Es molesto, y aunque haría cualquier cosa para proteger y mantener a mi pareja, no puedo soportar más el ruido.

Finalmente detengo mi paso, dejo caer las pieles al suelo y agarro a Beh por el brazo. Ella se detiene en seco mientras la acerco a mi lado. Tomo mi mano y la coloco firmemente sobre su boca mientras ella me mira con los ojos muy abiertos. Gruño en lo bajo de mi pecho mientras la miro directamente a los ojos. Cuando la suelto, sus ojos se estrechan hacia mí y resopla por la nariz mientras se da vuelta y comienza a bajar por el camino hacia la cueva. Afortunadamente permanece en silencio el resto del viaje.

Cuando llegamos a la cueva, coloco todas las pieles que todavía están un poco húmedas donde puedan secarse antes de atender el fuego. Una vez que el fuego arde intensamente, me siento frente a él para calentarme y como un poco del brebaje de granos y nueces que Beh preparó para el desayuno junto con un poco de carne seca de antílope. Le ofrezco un poco de carne a Beh, pero ella no me la quita ni mira mi mano.

En realidad, se aleja un poco de mí, apretando el pelaje que le rodea los hombros.

"Bien."

Ella no me mira. De hecho, ella se aleja un poco más. La llamo de nuevo, pero ella no responde en absoluto. Me arrastro hacia ella y sostengo la carne justo frente a su cara, y ella se mueve hacia un lado nuevamente, casi dándole la espalda al fuego... y a mí.

Quizás simplemente no tenga hambre.

Le llevo agua, pero obtengo la misma reacción de ella. Le traigo la talla de madera para su cabello y ella se aleja de mí. Confundido, vuelvo al suelo de tierra de la cueva y me alejo de ella. Vuelvo a mirar hacia arriba y Beh abre la boca brevemente, pero luego la cierra de golpe antes de volverme a dar la espalda sin hacer ningún sonido.

Me siento sobre mis talones y trato de descubrir qué está mal, pero no se me ocurre nada. Extiendo un dedo y toco su brazo, y sus ojos finalmente se encuentran con los míos. Están ardiendo de ira. Rápidamente miro hacia abajo y me siento en el suelo de tierra. Levanto las rodillas hasta el pecho, las rodeo con los brazos y agacho la cabeza un poco detrás de las piernas.

Observo a mi pareja, pero ella no se mueve durante mucho tiempo.

"¿Bien?"

Nada.

Mis piernas suben y bajan un poco y trato de mantenerlas quietas, pero en realidad no funciona. ¿Por qué ella no me reconoce? No entiendo qué he hecho mal. Me metí en el agua fría y me lavé como ella quería, y llevé las pieles mojadas a la cueva.

No cacé hoy. ¿Estaba molesta porque todo lo que teníamos era carne seca para comer? No había cazado ni pescado desde antes de su sangría. Quizás estaba cansada de la carne seca. Le traigo algunos de los granos; No contiene nada de carne, sólo un poco de grasa de jabalí.

Ella todavía no me mira, así que me siento y abrazo mis piernas nuevamente.

¿Está molesta porque todavía no le he dado un bebé? Tal vez si ella pone su boca sobre la mía, puedo frotarla con mis dedos y comenzará a mojarse. Una vez que esté mojada, puedo hacerla sentir bien con mis manos antes de intentar poner un bebé dentro de ella nuevamente.

"¿Beh, khhisz?" La miro mientras su cabeza gira y me encuentro con otra mirada gélida.

Sin embargo, esta se desvanece rápidamente cuando ella me mira. Sus hombros se mueven hacia arriba y hacia abajo mientras respira profundamente y deja caer su rostro entre sus manos. Sonidos suaves salen de su boca mientras se frota los ojos con las palmas de las manos. Sin levantar la vista, extiende una mano hacia mí.

Lo miro y luego vuelvo a ella, pero su rostro todavía está cubierto con la otra mano. Tentativamente, extiendo la mano y toco las puntas de sus dedos con los míos. Cuando ella no retrocede, me acerco un poco más y tomo su mano. Ella tira de él y me lleva a su lado antes de rodear mi cabeza con su brazo.

Suspiro de alivio mientras apoyo mi frente en su hombro, me alegro de que lo que sea que la molestó haya pasado y espero que ahora me deje llevarla a nuestras pieles y sostener sus caderas mientras mi pene está dentro de ella. Todavía siento la tensión de no aparearme con ella durante tantos días, pero Beh ha dejado claro que no quiere que la toquen allí durante su tiempo de sangrado.

Por un tiempo, me quedo cerca de ella, tratando de evaluar qué hará a continuación, pero terminamos sentados allí. Pensar en meter un bebé dentro de ella me ha puesto el pene duro. Con cautela, paso la nariz por el borde de su hombro, sin saber cómo reaccionará. La miro rápidamente a los ojos, asegurándome de que aún haya superado su enojo, y veo su expresión suavizada. Su mano se desliza sobre mi mejilla y suaves sonidos salen de su boca.

"¿Khiz?"

"Beso." Ella sonríe y se inclina hacia mí, nuestras bocas se unen y nuestras lenguas la siguen rápidamente. Ella pasa sus dedos por mis brazos y me pongo de rodillas para tener un mejor ángulo para saborear su boca. Tomo su cara con mis manos y sus palmas se mueven hacia mi pecho y hombros, alejando la envoltura de piel de mí para poder tocar mi piel desnuda. Hace que todo mi cuerpo tiemble, pero ya no tengo frío.

No puedo esperar más.

Agarro la muñeca de Beh y la llevo conmigo al fondo de la cueva, donde las pieles que recubren la depresión serán suaves y cómodas cuando la tome. La convenzo para que se ponga las pieles conmigo y coloco mi mano en su cintura. Mi pene palpita y quiero tanto estar dentro de ella que en realidad empieza a doler un poco. Beh me sonríe y su rostro luce sonrojado a la luz del fuego. Ella se arrodilla a mi lado y vuelve a colocar su boca sobre la mía.

Las pieles restantes que llevamos se desechan rápidamente junto con los pequeños trozos rosados que usa Beh. Sus brazos me rodean, sosteniéndome contra su cuerpo con mi eje duro presionando su estómago. Aprieto mis caderas contra ella y se siente maravilloso.

Sólo han pasado unos días desde la primera vez que estuve dentro de ella, y ahora siento que tengo que estar dentro de ella lo antes posible, o algo horrible va a pasar. No sé qué, pero sé que lo quiero, lo necesito, ahora mismo. La idea de esperar un minuto más no es bienvenida.

Beh parece tener ideas diferentes.

Ella guía mis manos sobre su cuerpo, comenzando por sus caderas y subiendo por sus costados. Alterno entre mirarla a los ojos, que me devuelven la mirada fijamente mientras su boca hace ruidos suaves, y ver mis manos tocar sus costados, su estómago y sus senos. Observo y siento cómo ella cambia la presión de tentativa a más definida, especialmente alrededor de sus senos. Siempre se mueve lentamente y, por lo general, con solo una pequeña presión, ni demasiado ligera ni demasiado fuerte.

Ella sostiene mis manos contra sus dos senos a la vez y paso mis pulgares sobre los pezones. Las areolas oscuras se contraen y los pequeños brotes del centro sobresalen. Mis pulgares los rodean lentamente y Beh me recompensa con un largo gemido.

Ella cubre mi boca con la suya, soltando mis manos para hacer lo que desean al mismo tiempo. Envuelve sus brazos alrededor de mis hombros, agarrándome con fuerza y acercándome a ella. Dejé escapar mi propio gemido cuando mis caderas volvieron a empujar su estómago, creando más fricción a lo largo de mi eje.

Necesito más.

La boca de Beh, ahora liberada de la mía, se mueve rápidamente sobre mi barbilla y cuello, distrayéndome de todos los demás pensamientos, incluso sobre mi pene. Su lengua recorre mi carne y luego su boca cubre el mismo lugar, succionando ligeramente y aportando calor rápidamente a mi piel.

"¡Hoh!"

Los ojos de Beh se encuentran con los míos mientras la miro. Ella retrocede, coloca su boca en mi hombro y se mueve de un lado a otro a lo largo de mi garganta mientras me arrodillo frente a ella, inmovilizada por la sensación. Ella retrocede, coloca sus labios cerrados en el centro de mi pecho y luego regresa a mi boca.

Incapaz de soportarlo más, la rodeo con ambos brazos y la empujo contra las pieles, cubriendo su cuerpo con el mío en el proceso. Nuestras lenguas se encuentran mientras mi mano recorre lentamente su costado, tratando de recordar cuánta presión había usado antes. Mis dedos recorren su estómago, rodean su ombligo y luego bajan. Viajan a través de su cabello y bajan entre sus piernas, encontrando su abertura y ese otro pequeño punto que la hace jadear y gritar mi nombre.

Usando toques suaves y gentiles, mis dedos exploran sus pliegues mientras su lengua saborea mis labios y sus uñas raspan ligeramente mi espalda. Se siente bien cuando hace eso y me recuerda que todavía no he logrado entrar en ella. Mis dedos giran alrededor de su abertura, capturando la humedad allí y usándola para ayudar a penetrar en su cuerpo. Las caderas de Beh se mueven, empujando mis dedos más profundamente hacia adentro mientras ella se agacha y sostiene la palma de mi mano contra su hueso púbico.

"Oh...Ehd...Ehd..."

"¡Bien!"

Sus caderas se mueven de nuevo, balanceándose al ritmo de mi mano mientras pronuncio sus gritos de deseo. Siento su cuerpo apretarse sobre mis dedos y recuerdo cómo se sintió cuando sus músculos se contrajeron mientras estaba dentro de ella. Me pregunto si puedo hacer que eso vuelva a suceder.

Ella gime el sonido de mi nombre una vez más mientras cae sobre las pieles. Aparto mis dedos de ella y paso mi nariz por el interior de su brazo, luego sobre su hombro y a lo largo de su cuello. Cuando llego a su oreja, tomo el lóbulo en mi boca y lo chupo suavemente, tal como lo había hecho ella en mi hombro.

Beh tararea y sus dedos agarran mi espalda mientras me levanto y la miro. Ella es tan, tan hermosa, especialmente cuando jadea y tiene la cara sonrojada. Ella es la más hermosa cuando tiene el cabello enredado porque la hago sentir como ella me hace sentir a mí cuando estoy dentro de ella.

Levanta la mano y toca un lado de mi cara nuevamente, luego pasa su mano por mi pecho y por mi estómago. El calor de sus dedos rodea el eje de mi pene y, por un momento, mis ojos se cierran mientras me deleito con la sensación que me traen sus dedos.

Aunque esto no es lo que quiero.

Quiero estar dentro de ella.

Gimiendo por el esfuerzo, me alejo de ella y agarro sus costados con firmeza. Empiezo a ponerla sobre manos y rodillas, pero ella hace ruidos y se da vuelta antes de que pueda meterme entre sus piernas. La miro, temerosa de que esté enojada conmigo otra vez, pero ella sonríe mientras mueve la cabeza de un lado a otro. Ella se acerca a mí, toma mi mano con la suya y me tira hacia atrás sobre ella.

Frotarse contra su estómago de nuevo se siente maravilloso cuando nuestras bocas se encuentran y, por el momento, me pierdo nuevamente en su sabor. Sin embargo, rápidamente recuerdo dónde quiero estar realmente y trato de darle la vuelta a Beh nuevamente con suavidad.

Ella no me deja y no entiendo por qué no.

Me pregunto si no está tan mojada como quiere, así que mi mano encuentra su camino entre sus piernas y toco sus cálidos pliegues. Están tan resbaladizos que mis dedos se deslizan dentro de ella y ella arquea su cuerpo para encontrar mi mano. Me encanta el ruido que hace cuando hago eso, así que nuevamente me distraigo cuando empiezo a masajear su lugar con mi pulgar y ella gime junto con mis movimientos.

La mano de Beh recorre mi costado y mi trasero antes de acercarse para tocarme. Sus dedos recorren lentamente desde mi escroto hasta la cabeza de mi pene y jadeo. Por un momento, ni siquiera puedo inhalar suficiente aire y mi cuerpo se queda quieto. Los dedos de Beh me acarician y luego me envuelven de nuevo. Su otra mano acerca mi boca a la suya y su lengua recorre mis labios. Muevo mis manos hacia su cintura, sabiendo que si no me meto dentro de ella pronto, se enojará por el desorden de las pieles. No puedo aguantar mucho más.

Su pierna se enrolla alrededor de mi muslo y aprieta sus músculos, acercándome mientras su talón empuja contra mi trasero. Su mano todavía está envuelta alrededor del eje de mi pene y lo acaricia de arriba a abajo una vez, haciéndome gemir. Mi mano agarra su cadera nuevamente, tirando de ella para ponerla boca abajo. Una vez más, ella se resiste y, en cambio, empuja hacia arriba con las caderas mientras tira de mí con el talón y siento que mi cabeza roza su abertura. Las caderas de Beh se mueven de nuevo y su mano me acaricia hacia adelante.

Mis ojos muy abiertos miran a mi pareja mientras trato de descubrir qué está tratando de hacer. Sus ojos brillan mientras me sonríe y lentamente pasa su mano por mi cara. Ella hace susurros mientras mueve sus caderas nuevamente y la respuesta de mi cuerpo es automática. Cuando la punta de mi pene siente el calor de su cuerpo tan cerca, empujo.

Finalmente, aunque no estoy en la posición correcta, estoy enterrado dentro de ella.

CAPITULO 14

"¡Hoh!" Grito cuando estoy nuevamente rodeado por su cuerpo. El calor de ella envolviéndome es increíble, tal como lo ha sido antes, pero también se siente muy diferente. El ángulo de su cuerpo ha permitido una penetración profunda más fácilmente, y no sólo me encuentro completamente rodeado por ella, sino que el glande al final de mi eje ha golpeado una barrera en lo profundo de su canal. Estoy tan dentro de ella como puedo.

El cuello de Beh se arquea y su cabeza se inclina hacia atrás mientras se empuja contra mí y jadea. Mirando hacia donde estamos conectados, casi termino con solo verla debajo de mí.

Puedo ver claramente dónde se conectan nuestros cuerpos y, cuando retrocedo y empujo hacia adelante, la imagen de mi penetración es hermosa, pero hay más. Con las rodillas dobladas y las piernas bien abiertas, puedo verla por completo, no solo por donde entro. Puedo ver dónde comienza y termina el cabello corto y los labios exteriores suaves e hinchados que rodean su cuerpo íntimo. Los labios internos se envuelven cómodamente alrededor de mi eje mientras me muevo, cubriéndolo con su resbaladiza humedad con cada embestida.

Desde este ángulo, puedo ver sus caderas levantarse de las pieles mientras responde a mis movimientos, acercándonos con cada zambullida. Mientras mis ojos suben un poco por su cuerpo, me encuentro con otra visión maravillosa: cada vez que entro en ella, sus pechos se mueven.

Se sacuden, se tambalean y se sacuden, y es fantástico.

Me inclino un poco hacia adelante, pensando que tal vez me sostendré sobre un codo e intentaré agarrar uno de sus senos con la otra mano, pero mientras me muevo contra ella, mi hueso púbico roza la parte superior del montículo de Beh y ella gime. el sonido de mi nombre.

Hago una pausa y la miro a la cara. Está bellamente sonrojada de nuevo y sus manos recorren mis hombros y espalda, y luego bajan hasta mi cintura. Cuando Beh está arrodillada, no puede tocarme mientras estoy dentro de ella, y empiezo a notar las ventajas de llevarla en esta posición. Mientras empujo de nuevo, sus gritos se intensifican y sus dedos agarran mi trasero, sosteniéndome profundamente dentro de ella mientras empuja contra mí frenéticamente.

Miro hacia abajo y me doy cuenta de que ahora estoy firmemente presionada contra el lugar en la parte superior de sus pliegues, donde normalmente me froto los dedos. Desde esta posición, no necesito usar mis manos.

Manteniéndome dentro de ella, giro mis caderas una vez y el cuerpo de Beh se estremece debajo de mí. Sus dedos se hunden aún más en mi trasero. Me retiro, presiono contra ella y vuelvo a girar, intentando que mi hueso púbico utilice los mismos movimientos que hacían mis dedos antes. Esta vez Beh llora más fuerte. Un par de veces más y puedo sentirla agarrando mi eje mientras arquea la espalda y el cuello al mismo tiempo.

Es glorioso.

Sus brazos caen a los costados y luego se elevan mientras los apoya sobre su cabeza. Abre los ojos y me mira con una sonrisa maravillosa en el rostro. Le devuelvo la sonrisa y luego paso mis manos por sus costados y sus pechos mientras me inclino sobre su cuerpo por completo, acercando mi pecho al de ella. El dorso de mis dedos recorre sus brazos hasta su cabeza y agarro sus manos mientras empiezo a moverme de nuevo.

Al principio me muevo lentamente, sintiendo las sensaciones en todo el frente de mi cuerpo mientras se frota contra el de ella. Siento sus pechos contra mi pecho y su cálido aliento en mi cuello. Nuestras manos se entrelazan, los dedos se entrelazan mientras la presiono contra las pieles y aumento mi ritmo.

Beh gime de nuevo y siento que sus piernas rodean mi cintura, envolviéndome en su calidez mientras empujo más fuerte y más profundamente que antes. Apoyo mi frente contra su hombro mientras las sensaciones hormiguean por todo mi cuerpo antes de converger en mi ingle para explotar y ahogarme en la sensación de liberarme profundamente en ella.

Mis músculos temblorosos me hacen colapsar encima de ella, completamente agotado. Las manos de Beh recorren mis brazos y rodean mis hombros, y yo coloco mis brazos debajo de su espalda para mantenerla cerca de mi pecho. Ambos todavía respiramos con dificultad y puedo sentir su corazón latiendo con fuerza en su pecho contra mi piel.

Pensando que podría estar aplastándola, nos hago rodar a ambos hacia los costados, todavía abrazándola. Por la forma en que sus piernas todavía están alrededor de mí, logro permanecer dentro de ella mientras nos movemos juntos. La mano de Beh se levanta para apartar el cabello húmedo de mi frente antes de inclinarse para presionar sus labios ligeramente contra los míos. Habla en voz baja (los mismos sonidos, una y otra vez) mientras sus dedos exploran mi cara.

Sus ojos se entrecierran ligeramente y sus cejas se juntan. Meto mis dedos en el lugar entre sus ojos y trato de arreglar el punto arrugado allí, lo que la hace reír. Cuando se ríe, su cuerpo tiembla y mi pene se cae de ella. Empujo hacia atrás contra su cuerpo, pero ahora soy demasiado suave para volver a entrar dentro de ella.

Aunque tal vez pronto.

Beh junta los labios mientras intenta dejar de reír y luego coloca su boca contra mi sien. Sus labios son cálidos y suaves sobre mi piel, y me inclino hacia ella para colocar mis labios en su mejilla y luego en su frente.

Su palma cubre mi mandíbula y sus ojos miran fijamente los míos mientras vuelve a emitir la misma colección de sonidos. Coloco mi boca encima de la de ella, esperando que no haga ruidos en toda la noche. Apoyo mi cabeza sobre las pieles y sostengo su cuerpo cerca del mío. Mi mano recorre su piel, buscando su pecho y recordando cómo se mueve cuando empujo contra él.

Empiezo a preguntarme de qué otras maneras podría intentar poner un bebé dentro de ella.

El viento helado de esta mañana es mucho más frío que el de los días anteriores. Envuelvo mi pelaje exterior con más fuerza alrededor de mis hombros mientras reviso el paisaje en busca de signos de peligro. El pelaje es largo y cuelga por mi espalda para protegerme del viento. Al no ver nada preocupante, pero pensando en el frío inminente, recojo un poco de madera del hueco entre las rocas sobre la entrada de la cueva y la llevo adentro. Las tiendas se están agotando.

Beh vuelve a dormir, pero no me sorprende. El cielo está nublado y la cueva todavía está a oscuras. También la desperté dos veces durante la noche para ponerle un bebé dentro. Intenté moverme muy despacio la última vez, esperando que no se despertara, pero lo hizo.

Apilo un poco de madera cuidadosamente en una parte agradable y seca de la cueva, cerca del fuego pero no demasiado cerca. Necesito reunir más y pensar que tal vez lo haga hoy antes de que haga más frío. Se necesita mucho tiempo para recolectar mucha madera ya que no hay muchos árboles cerca de la cueva, solo la pequeña arboleda cerca del barranco, pero la madera de los árboles de allí no arde bien. Tengo que ir al bosque de pinos cerca del lago para recolectar mejor madera y no puedo cargar mucha a la vez.

Mientras apila la madera, noto que hay un pequeño trozo de corteza aplanada contra la pared de la cueva junto a los platos de arcilla de Beh. También está el pequeño cuchillo de pedernal que le di a Beh cuando intentaba cortar un poco de carne de jabalí. Recojo la corteza para arrojarla al fuego cuando noto que hay un montón de líneas paralelas talladas en ella, presumiblemente con el trozo de pedernal. Ladeo la cabeza hacia un lado y lo miro, pero no puedo entender por qué Beh pondría marcas en un trozo de madera. Aunque mi primer pensamiento es arrojar el trozo de corteza al fuego, me encojo de hombros y dejo la leña donde la encontré. Puede que no sepa para qué sirve, pero un plato roto es suficiente para aprender a no alterar las cosas que Beh ha utilizado.

Vuelvo a mirar hacia afuera y veo que ya es bastante tarde en la mañana, aunque el cielo nublado no da muchas pistas. Decido que necesito despertar a Beh para que todavía haya tiempo de recoger una cantidad decente de leña antes de que oscurezca.

Me dejo caer a su lado y extiendo la mano para tocar su hombro. "Beh." No hay respuesta de mi pareja, así que lo intento un poco más alto. "¡Beh!"

Beh refunfuña y rueda, tomando el borde del pelaje y pasándolo casi por encima de su cabeza. No puedo evitar sonreír ante el acto. El ruidito que hace es como el chillido de un animalito. Tiro del borde del pelaje, pero sus dedos lo agarran con fuerza. Se agarra con fuerza al borde, así que sé que está realmente despierta.

Por impulso, meto los pies debajo del pelaje y me acurruco a su lado. Siento su cuerpo empujarse contra el mío en busca de calor, y envuelvo mi brazo alrededor de su cintura. Mi nariz se desliza por su omóplato y sube hasta su cuello mientras mis dedos trazan pequeños círculos ligeros alrededor de su costado y su vientre.

Beh se retuerce ante mi ligero toque, sus gruñidos de protesta se escapan incluso mientras se ríe. Sonrío contra la piel de su garganta y paso el dorso de mis dedos por su vientre. Ella se retuerce y ríe mientras hace sonidos fuertes y toma mi mano. Tiro y la llevo hacia atrás para poder mirarla a la cara.

Sus ojos son brillantes y su sonrisa es gloriosa. Su cabello está por todas partes, creando una suave y esponjosa nube marrón detrás de ella. Ella me mira y hace la colección de sonidos que ha estado repitiendo a menudo cuando estamos juntos en las pieles.

Le devuelvo la sonrisa y luego llevo mi boca a su cuello para chupar la piel. Me estoy poniendo duro rápidamente y sé que tengo que parar. No tenemos tiempo para aparearnos esta mañana; Tenemos que recoger suficiente leña antes del anochecer. Nuestras reservas de alimentos están aumentando, pero no tenemos suficiente para pasar el invierno. La fría mañana me recuerda lo pronto que llegará el invierno.

Me alejo de ella y Beh me rasca la mandíbula con los dedos, emitiendo más sonidos. Empiezo a alejarme de ella para levantarme, pero ella me agarra de los hombros para acercarme a ella. Inclino la cabeza y le devuelvo la sonrisa mientras ella hace más ruido. Esta vez, incluye los sonidos de nuestros nombres, lo cual es extraño.

¡Pero ese es mi compañero!

Acaricio la punta de mi nariz contra ella y empiezo a levantarme de nuevo. De nuevo, ella me detiene, diciendo los sonidos de nuestro nombre junto con otro sonido. Suspiro y apoyo mi cabeza junto a la de ella. Miro por encima del hombro hacia la entrada de la cueva y me pregunto qué tan tarde será realmente la mañana.

"¡Eh!"

Mi cabeza se mueve hacia atrás para mirarla mientras ella pronuncia el sonido de su nombre, otro sonido y luego el mío. Mi mano se levanta y toca sus labios suavemente.

"¿Khzz?"

Beh suspira y coloca sus labios rápidamente contra los míos. Sonriendo, mis dedos vuelven a hacerle cosquillas en los costados antes de sacarme de las pieles y arrastrar a Beh conmigo. Tenemos demasiado que hacer para seguir tumbados. Mientras Beh come, recojo las herramientas que necesitaremos para el día. Cuando esté lista, nos dirigimos al pinar.

Utilizo el gran trozo de pedernal que he afilado para convertirlo en un hacha de mano para romper los troncos en trozos manejables. Aunque el día es muy frío y el sol no brilla, el trabajo es duro y pronto me deshago de mi abrigo exterior de piel y elijo trabajar usando solo el que me envuelve la cintura. Beh me observa trabajar y también se ocupa de apilar las piezas que he cortado para que podamos llevarlas de vuelta.

Hacemos dos viajes, pero todavía no recolectamos mucha leña y el día ya es tarde cuando regresamos para la tercera carga. Los ruidos de Beh han pasado de ser silenciosos y ocasionales a ser un poco más fuertes y mucho más constantes. Puedo ver que no está contenta y asumo que es por el clima frío y el trabajo duro. Aún así, necesitamos la madera y solo podemos transportar una cantidad limitada a la vez.

Beh hace algunos sonidos más y luego se dirige hacia un tronco hueco que ya había descontado; las termitas lo han comido demasiado como para que valga la pena traerlo de vuelta. Ella se sienta junto a él de todos modos, lo golpea y luego se sienta sobre sus talones y se queda mirando al suelo. Cuando levanto la vista de mi trabajo un momento después, puedo ver sus hombros temblar.

Me levanto de un salto, preocupada de que se haya lastimado, y encuentro a mi pareja mirando un trozo de madera roto y ahuecado con lágrimas corriendo por su rostro.

"¿Beh?" Me arrodillo y extiendo la mano, y Beh viene a mis brazos.

El día llega tarde y, aunque sé que deberíamos traer un par de cargas más de madera, también necesito cuidar de Beh. Está molesta y, aunque no sé por qué, sé que tengo que cuidarla hasta que se sienta mejor.

Solo hay unos pocos trozos de madera cortada, así que llevo a Beh hacia ellos y coloco sus brazos para cargarlos. Una vez que ella dobla los brazos hacia arriba y alrededor de los troncos, me agacho, pongo una mano detrás de sus rodillas y la otra detrás de su espalda, y la levanto.

Beh agarra la madera con un poco más de fuerza y apoya su cabeza en mi hombro, todavía llorando, mientras comienzo el viaje de regreso a la cueva. La miro de cerca, asegurándome de que no esté realmente herida, y paso mi nariz por la de ella para que sepa que la cuidaré. Estoy cansado y me duelen los músculos, pero Beh es lo primero.

Llevo a mi pareja de regreso a casa mientras las nubes oscuras comienzan a formarse en el horizonte. El viento se levanta y sostengo a Beh cerca de mi pecho mientras acelero el paso. Apenas metemos la madera en la grieta de la roca cuando las nubes empiezan a llover a cántaros del cielo.

Beh calienta agua en una de las vasijas de barro y sus lágrimas finalmente se secan. Después de comer, la observo parada en la entrada de la cueva y observo cómo la tormenta empapa los campos afuera. Ella me mira fijamente sin moverse durante mucho tiempo, pero se relaja contra mí cuando me acerco detrás de ella y envuelvo mis brazos alrededor de su cintura.

Ella gira la cabeza hacia mí y presiono mi nariz contra su mejilla, lo que me hace sonreír.

Nos quedamos atrapados dentro de la cueva durante varios días mientras la tormenta continúa, acompañada de truenos y relámpagos, pero aprovechamos bien el tiempo. Apenas lo noto mientras los gritos de Beh resuenan en mis oídos y por toda la cueva.

Gruño con la fuerza de llenarla una y otra vez mientras las manos de mi pareja recorren mi cuerpo arriba y abajo, agarrando mis hombros y brazos, luego deslizándose rápidamente hacia abajo para agarrar mi trasero y alentar mi ritmo implacable.

"Oh... Ehd... uh... uh..."

El sonido de mi nombre en sus labios me anima y me aprieto contra ella con cada embestida. Muevo mi mano desde su cadera hasta su costado y agarro uno de sus senos. Observo su rostro mientras mi pulgar y mis dedos pellizcan ligeramente el pezón, tal como ella me mostró que hiciera, y su boca se abre en un grito mientras se estremece a mi alrededor.

Sus uñas se clavan en la carne de mi trasero, empujándome más hacia ella y manteniéndome firme mientras la lleno con semen y la posibilidad de que una nueva vida crezca en su vientre. Por más que estoy dentro de ella, creo que debe ser pronto cuando detendrá sus hemorragias mensuales a medida que su estómago se vuelva redondo e hinchado.

No puedo esperar.

Me dejo caer contra ella, sudorosa y agotada. Beh me rodea los hombros con las manos y deja caer la cabeza sobre las pieles mientras intenta relajar la respiración.

Los cielos continúan cayendo sobre nosotros. Mi boca presiona rápidamente la garganta de Beh antes de salir de ella y levantarme para atender el fuego. Hay mucha madera por ahora, pero me preocupa que tengamos problemas para recolectar suficiente para el invierno. La lluvia ha sido constante y violenta desde la noche en que llevé a Beh de regreso a la cueva, y no hemos salido desde entonces.

Me acerco a la grieta de la cueva y contemplo las estepas. El barranco está inundado y me alegro de que la cueva esté lo suficientemente elevada como para que el agua que sube no pueda llegar hasta aquí. Tendrían que llover muchos, muchos días más para que el agua subiera tanto. Espero que no sea así.

Necesitamos más madera.

Tal como están las cosas, la madera del bosque estará mojada y no podré guardarla en el escondite encima de la cueva por temor a que se pudra antes de poder usarla. También hemos perdido días de trabajo en un momento crucial. Esto significa que no se ha recogido más leña, no se han pescado más conejos ni peces y no se han añadido más plantas a nuestras cestas.

Al menos hemos trabajado para tener un bebé.

Mucho.

Sonrío y vuelvo a entrar para encontrarme con mi compañera cocinando, usando sus vasijas de barro y haciendo ruidos fluidos, parecidos a los de los pájaros. Hay ritmo en los sonidos y un sonido fluye hacia el siguiente sin pausa. Ella empezó a hacer esto el día anterior y lo encuentro mucho más agradable que el ruido que suele hacer.

Voy a su lado y me siento, apoyo mi cabeza en su hombro y la observo mezclar cosas, creando comidas mucho más sabrosas que las que jamás había probado por mi cuenta. Paso mi nariz contra su cuello y suspiro, contenta.

Incluso con el trabajo de cortar la madera empapada, hace demasiado frío para quitarme la envoltura.

Por fin ha parado de llover, pero nos hemos quedado con temperaturas suficientes para congelar el suelo por la mañana, y el sol de la tarde poco ayuda a calentarlo. Al amparo de los pinos, donde el sol no llega, el frío es amargo, pero al menos el viento es mínimo.

Beh está cerca de un pequeño claro de maleza, trabajando diligentemente.

No tengo idea de lo que está tratando de hacer y ya dejé de intentar que me ayude con la madera a pesar de que hice otra hacha de pedernal del tamaño adecuado para sus manos más pequeñas. En su lugar, está decidida a hacer lo que sea que esté haciendo. Lo único que sé con seguridad es que ella arrastró una de las pieles viejas hasta aquí a pesar de que había sido lavada recientemente en el lago junto con todo lo demás.

Arrodillado frente a un gran tronco en el suelo, estoy concentrado en mi trabajo y no le presto mucha atención mientras ella comienza a hacer muchos ruidos fuertes. Los sonidos no son los alarmantes sino los que parece hacer cuando está feliz por algo, e incluso hay algunas risas que los acompañan. No presto atención porque casi he terminado de cortar el gran trozo de madera que está en el suelo frente a mí y no quiero romper el ritmo. Me estoy concentrando mucho y me sobresalto brevemente cuando Beh se para frente a mí y deja caer un montón de pelos y palos a mis pies.

La miro, algo molesta por la interrupción, y luego bajo la pila. Beh continúa haciendo ruidos de excitación mientras se arrodilla y extiende la piel a cuyos lados ha atado dos largos postes. Cuando miro más de cerca, puedo ver que cortó tiras de cuero, las metió a través de agujeros en la piel y luego envolvió las correas alrededor de los postes para mantenerlo todo junto. Las ramas gruesas son largas y los extremos de los postes sobresalen más que la propia piel.

No tengo la menor idea de lo que se supone que es.

Respiro profundamente, respiro por la nariz y vuelvo a cortar.

Beh hace más ruidos, que trato de ignorar mientras termino con la madera. Las astillas húmedas que se aferran a mi brazo me pican, y sólo quiero terminar esto y regresar a la cueva con al menos un poco de madera para intentar secarme junto al fuego. El frío es una indicación del poco tiempo que realmente nos queda, y ahora que tengo una pareja que proteger, no estaría bien que me muriera congelado buscando leña en la nieve en lugar de mantenerla abrigada con nuestras pieles.

"¡Eh!"

Sigo cortando.

"¡Eh!"

Me limpio la frente mientras rompo la pieza en la que he estado trabajando y paso al siguiente tronco.

"¡EY!"

Finalmente levanto la vista y los ojos de Beh me miran fijamente. Ella hace mucho más ruido y señala los palos y se esconde de nuevo.

Lo cubrió con la madera cortada.

Toda la piel contiene no solo lo que corté sino también algunas de las ramas que estaban sueltas y funcionan bien para reavivar las brasas de la mañana. En el cuero hay mucha más madera de la que cualquiera de nosotros puede llevar en muchos viajes de regreso a la cueva. Beh se agacha y agarra los extremos de los dos palos a un lado de la piel y se levanta, levantándolo todo del suelo. La piel no se toca en absoluto, sólo los otros dos extremos de las ramas. Da un par de pasos hacia atrás y todo el montón se mueve con ella.

Ahora entiendo lo que ha estado haciendo y mis ojos se abren mucho ante su descubrimiento. Me levanto y me acerco a ella, extendiendo la mano para pasar la mano por uno de los largos postes. Beh sonríe y hace más sonidos mientras lo arrastra un poco más.

La alcanzo y tomo los extremos de los postes con mis propias manos. Levanto todo un poco y casi no puedo creer lo ligero que es. Tiene que haber algún problema con la madera que hemos recogido. Quizás esté hueco.

Reviso los pedazos aunque sé que no estaban huecos cuando los corté. Son sólidos y pesados. Me agacho e intento recoger el cuero lleno de troncos, ¡pero apenas puedo moverlo! Vuelvo a los extremos de los palos y los agarro con fuerza antes de tirarlos hacia atrás.

¡Se mueve con tanta facilidad!

Volviéndome hacia mi pareja, dejo caer los palos y envuelvo mis brazos alrededor de sus hombros en señal de agradecimiento.

Con la piel de Beh en un palo, conseguimos llevar toda la madera que necesitamos a la cueva ese día. Incluso tenemos tiempo suficiente para volver a colocar las trampas para conejos, recoger agua, juncos y espadañas junto al lago y aun así regresar al calor de la cueva antes del anochecer.

Observo a Beh con sus vasijas de barro y la veo con ojos diferentes a los que la vi la noche anterior. ¿Cómo supo hacer cosas como vasijas de barro y una forma de transportar cosas que nunca antes había visto o siquiera considerado? Ahora que lo he visto, parece algo natural y fácil, pero creo que nunca se me habría ocurrido por mi cuenta.

Frotando sus hombros y espalda y tocando con mi nariz un lado de su cara y cuello, trato de mostrarle mi gratitud. Utilizo su talla de madera para ayudarla a desenredar su cabello, pero lo retiro cuando ella intenta hacer lo mismo por mí.

Quiero hacer todo lo que pueda por ella.

Esa noche, espero a que ella diga mi nombre una y otra vez con placer antes de finalmente entrar en ella. Cuando termino, le llevo comida y agua y luego la abrazo fuerte contra mi pecho mientras duerme. Al día siguiente, tomo pasto del campo y lo tejo para hacer una estera nueva para Beh, aunque no es muy bonita; Al menos no se está desmoronando como el anterior.

Beh me mira y en algún momento mueve la cabeza de un lado a otro con una pequeña sonrisa en su rostro. Creo que está contenta. Espero que lo sea. Durante el día usamos su piel en un palo para recolectar. Todas las noches la toco suavemente con las manos y la nariz. Ella acerca sus labios a los míos y siento su placer una y otra vez antes de colocarme dentro de ella.

Habría hecho cualquier cosa por ella antes simplemente porque era mía y debía protegerla y porque quería poner un bebé dentro de ella, pero su piel en un palo ha cambiado mucho. Ahora estoy asombrado por ella de una manera que va mucho más allá de su belleza y su voluntad de permitirme cuidarla y llevarme dentro de ella. Anteriormente, cuando caminábamos hacia el lago, solo había tiempo para un viaje en un día. A menudo dejábamos algunas cosas atrás simplemente porque no podíamos llevarlas de vuelta. Con la piel en un palo, puedo pescar muchos más peces para secarlos y Beh puede llevar su arcilla a la cueva para terminar. Trabajamos más duro y más rápido en la orilla del agua para arrancar espadañas e incluso recolectar nueces, hongos y granos en el camino de regreso.

No importa lo que carguemos en la piel con un palo, todavía puedo levantarlo y cargarlo, con mucho más de lo que jamás hubiera podido llevar en mis brazos. No lo entiendo en absoluto. No es sólo una cuestión de equilibrio. Con la piel de Beh en un palo, puedo levantar más peso que sin ella.

Es desconcertante y maravilloso.

Aparte de eso, podemos colocar trozos de piel en el más grande y usarlos para sostener el grano y otras plantas más pequeñas a medida que los recolectamos, en lugar de tener que sostenerlos mientras los recolectamos. Esto ha hecho que recolectar grano sea especialmente fácil y podemos recolectar más grano en un solo viaje.

En sólo tres días estamos casi completamente preparados para el invierno.

Después de comer nuestra última comida de la noche, empiezo a mimar a mi pareja nuevamente, comenzando por su cabello. Estoy especialmente agradecido porque después de lavarse el pelo en el lago, decidió que hacía demasiado frío para meterse en el agua y me ahorré un baño. Su cabello está seco y no tiene muchos enredos, pero trabajo en él de todos modos. Disfruto tocándolo.

Pronto nos acomodamos en nuestras pieles y la tomo en mis brazos. Nuestras bocas se encuentran y encuentro sus suaves senos y luego los pliegues entre sus piernas. Sus rodillas se separan y sus caderas se mueven contra mis dedos mientras se deslizan dentro y fuera de ella. Ella grita mi nombre, se estremece y se deja caer entre las pieles.

Mi respiración se aceleró, me giro entre sus piernas para posicionarme, pero la mano de Beh en mi pecho me detiene. Hay luz en sus ojos y una pequeña sonrisa en su rostro mientras me empuja fuera de ella y sobre mi espalda. Me quedé allí confundida mientras sus dedos cepillaban el cabello de mi frente y mis mejillas, extendiéndolo sobre las pieles detrás de mí antes de que sus manos recorrieran mi cuello y mis hombros.

Mis ojos se cierran y tiemblo cuando sus dedos recorren todo mi cuerpo, se detienen en mi cintura y vuelven a subir. Me masajea los hombros y los brazos y la miro, queriendo que sepa que no necesitaba hacer esto; ya le estaba muy agradecido y no necesitaba reciprocidad. Ella vuelve a mirarme, sus ojos suaves mientras acaricia suavemente mi mejilla.

Su sonrisa se hace más grande mientras se levanta y lanza una de sus piernas sobre mi cuerpo, sentándose a horcajadas sobre mi cintura. La miro, confundido por un momento, pero luego inmediatamente distraído mientras ella se sienta derecha y levanta los brazos sobre su cabeza y hacia arriba a través de su cabello. El efecto levanta sus senos mientras su cabello cae en cascada sobre sus brazos y hombros.

"¡Hoh!" Apenas puedo respirar y no tiene nada que ver con que ella esté sentada sobre mi estómago.

Beh se inclina un poco y sus pechos cuelgan frente a mí como la fruta más tentadora. Los alcanzo y soy recompensado con su gemido de placer. Se inclina aún más para presionar sus labios contra los míos, su lengua entra en mi boca mientras sus caderas se deslizan hacia abajo. Puedo sentir mi pene endurecido entre sus piernas, y ella se mueve hacia adelante y hacia atrás, cubriéndolo con su humedad resbaladiza.

¿De qué otras maneras podría intentar poner un bebé dentro de ella?

Siento su mano rodear mi eje y sostenerlo apuntando hacia arriba, lejos de mi cuerpo. Ella se levanta más sobre sus rodillas, y todo lo que puedo hacer es mirarla con los ojos muy abiertos mientras ella me coloca en su entrada y lentamente baja sobre mí.

Mi pecho se agarrota y no puedo respirar. Con mi cabeza apoyada en las pieles, mis ojos se ponen en blanco. Gritaría si pudiera, pero no se me escapa ningún sonido. La siento levantarse, sólo para bajar su cuerpo nuevamente, enterrando mi longitud dentro de su canal.

Cuando abro los ojos, se me escapa el aliento al verla. Sus manos descansan sobre mi pecho mientras se eleva y baja sobre mí. Mis manos, me doy cuenta, están inmóviles contra sus pechos, y rápidamente lo rectifico con mis caricias. Ella gime, se aprieta a mi alrededor y mis caderas responden por reflejo, empujándose contra ella en un intento de profundizar.

Beh comienza a moverse más rápido, sus movimientos se aceleran mientras sus pechos rebotan en mis manos. Empujo hacia arriba con las caderas, arqueando la espalda y empujando hacia arriba con los talones, pero no es suficiente. Mis manos liberan sus pechos y agarran con fuerza sus caderas.

Mis músculos se tensan para levantarla y bajarla lo más rápido que puedo, la fricción me alivia de cualquier otra sensación mientras la empujo repetidamente. Se inclina sobre mí, su aliento caliente sobre mi hombro mientras iguala mis movimientos, y el cambio de ángulo es demasiado. La presión aumenta y rápidamente enciende fuegos dentro de mí, y le grito mientras lleno su cuerpo.

Beh continúa, acariciando lentamente unas cuantas veces más mientras termino con un escalofrío, y luego apoya su cabeza contra mi hombro.

Finalmente, la rodeo con mis brazos mientras mi mente se deleita en lo increíble que es y mi cuerpo exhausto se queda dormido.

CAPITULO 15

Me recosté sobre un codo y miré a mi pareja, tratando de entender.

Cada vez que la toqué hoy, ella apartó mi mano. Ahora ella duerme antes de que yo haya estado dentro de ella, mis avances nuevamente se negaron. Es la primera vez que no nos juntamos antes de dormir desde la última vez que estuvo sangrando.

No entiendo y me duele el pecho.

Ella no parecía enojada conmigo ni molesta por nada. Ella acababa de tomar mi mano suavemente y la apartó cuando intenté alcanzarla, haciendo un sonido de no al mismo tiempo.

Ahora está durmiendo tranquilamente y al menos puedo rodearle la cintura con el brazo y abrazarla contra mí. Considero ponerme dentro de ella mientras duerme, pero cada vez que lo he intentado en el pasado, ella se ha despertado. Temo que si hago otro intento, ella no estará contenta conmigo.

Ella rueda hacia un lado, exponiéndome su espalda. Me acerco a él para darle más calidez y al mismo tiempo nos rodeo con el pelaje. El fuego todavía arde intensamente y la cueva está cálida, pero el invierno llegará muy pronto.

Recuesto mi cabeza junto a la de ella e inhalo el aroma de su cabello. Mi nariz toca su cuello y cierro los ojos para comenzar una noche casi sin dormir.

El día siguiente no es diferente.

La noche siguiente tampoco.

Intento todo para apaciguarla. Hago cubrepiés con piel de conejo para dárselos, le hago un nuevo cuchillo de pedernal y le doy los mejores trozos de carne de nuestra cena. Cuando estamos en el lago, incluso me sumerjo en el agua helada porque sé que es su preferencia.

Nada funciona.

La noche siguiente, la abrazo hacia mí, presiono mis labios contra su cuello y la miro a los ojos mientras ella me toca con su mano. Aunque quiero aguantar, ella me acaricia hasta que gimo y caigo al suelo. No me deja tocarla entre sus piernas aunque no está sangrando.

Resoplo, enojado conmigo mismo por no durar más cuando ella me agarró. La miro y siento que mi pecho se aprieta. Ella me sonríe, pero sus ojos están tristes. Gimiendo suavemente, la acerco a mis brazos.

"¿Khiizz?"

Ella hace sonidos con la boca y yo trato de silenciarla con mis labios. Sus manos agarran mis hombros, empujándome un poco antes de sentirla relajarse y abrir la boca. Bajo por su barbilla y garganta, tal como lo hizo conmigo antes, pero ella me detiene.

Toma mi cara entre sus palmas y hace muchos sonidos. Puedo ver lágrimas formándose en el rabillo de sus ojos y todavía no sé por qué está molesta o por qué me rechaza. ¿Cree que no tenemos suficientes tiendas para el invierno? Su piel en un palo se ha encargado de que lo hagamos. Incluso hay más, por lo que podemos estar seguros de que ella comerá lo suficiente incluso si un bebé comienza a crecer dentro de ella.

Con mi pulgar, levanto la mano para limpiarle la lágrima del ojo y su mirada cae con la mano. Se toca el estómago por un momento y luego agita las manos en el aire mientras emite más sonidos fuertes. Me estremezco ante el sonido y Beh suspira profundamente antes de tomar mi rostro entre sus manos nuevamente.

Su boca se mueve y surgen sonidos suaves. Cierro los ojos y deseo que los sonidos se detengan y que ella simplemente me deje estar dentro de ella.

Ella no lo hace.

Al día siguiente volvemos al lago llevándonos la piel en un palo. Aunque todavía me maravillo de lo bien que funciona llevar cosas a nuestra cueva, no puedo concentrarme en nada. No he dormido bien en tres noches y estoy tenso y frustrado con mi pareja.

Hace un poco más de calor y Beh se quita el fular y los pequeños trozos de tela rosa para lavarse en el lago. Sólo mirar su cuerpo me molesta, sabiendo que por alguna razón, ella ya no me dejará tocarla de esa manera.

Beh mete en el agua uno de los pequeños trozos de tela que cortó y lo usa para frotar jaboncillo debajo de los brazos y alrededor del cuello.

La quiero, y no poder tenerla realmente me hace enojar mucho.

Con un gruñido, recojo el trozo de pedernal en el que he estado trabajando, me giro y pisoteo hacia el borde del bosque. Escucho a Beh llamarme, pero la ignoro. Me dejo caer en el césped lejos de ella y le doy la espalda, sin siquiera mirar en su dirección mientras sigo fingiendo que trabajo.

El trozo de pedernal es demasiado pequeño y la roca que uso para separar los trozos del núcleo de la piedra es demasiado dura para cualquier trabajo delicado, incluso cuando la reduzco a un tamaño utilizable. Termina rompiéndose, así que principalmente golpeo las piezas, lanzando trozos de pedernal afilado por todos lados y sin importarme realmente en qué podría terminar cuando termine. Beh me llama mientras termina de bañarse y miro hacia arriba para verla caminando hacia mí.

La miro por el rabillo del ojo pero no me muevo. Coloca las manos en las caderas y de su boca salen sonidos fuertes. Levantar un poco el hombro bloquea mi visión debido a la gruesa envoltura que me rodea y no puedo ver sus ojos deslumbrantes. Ya me duele la cabeza por la falta de sueño y el sol deslumbrante, así que me alejo de ella y empiezo a golpear el pedernal de nuevo.

Beh se queda en silencio y un momento después levanto la vista, sólo para ver dónde está. Apenas es visible en la orilla del agua, sentada cerca de la roca grande y plana donde normalmente intenta dar forma a la arcilla. Ella aplasta sus dedos en la suciedad y golpea la piedra. Vuelvo a mi propio trabajo después de un par de respiraciones profundas.

No sé si estoy enojado por su rechazo, triste por eso o temo que nunca más me dejará tocarla. Los recuerdos de haber estado solo durante el último invierno (las noches de vientos aullantes, el frío mientras me acurrucaba junto al fuego y miraba las brasas, y el dolor en el estómago que no era solo por el hambre) inundan mi cabeza. Mientras recuerdo lo que es estar sin nadie, me doy cuenta de que si Beh nunca más me deja meter mi pene dentro de ella, tenerla conmigo seguirá siendo mejor de lo que era. Mientras ella me permita abrazarla cerca de mi pecho, protegerla y mantenerla caliente, todo estará bien.

Con ella me siento completa y contenta.

Sonrío un poco al darme cuenta. Aunque no me deja entrar en ella, todavía me deja poner mi boca en la suya y ella sigue en mi cueva. Ella me hace compañía envuelta en nuestras pieles por la noche y cuando me sonríe, siento calor por dentro.

No me importa nada más.

Me limpio las astillas de pedernal de mi regazo y miro a mi hermosa compañera mientras aplasta arcilla contra una roca. La miro fijamente mientras mi sonrisa se ilumina, y justo cuando estoy a punto de levantarme e ir hacia ella, un movimiento cerca del borde del bosque más cercano a Beh capta mi atención.

Hay un hombre que se acerca silenciosamente a ella por detrás.

Su cabello es de color claro y está recogido contra su cuello con un trozo de tendón, y su barba es espesa. Lleva abrigos de piel muy parecidos a los míos, desde la simple capa alrededor de sus hombros hasta la pieza de piel atada y envuelta alrededor de su abdomen que cuelga hasta parte de sus muslos. Tiene protectores para pies y piernas que casi le llegan a la rodilla. Es mayor y más grande que yo y camina con determinación hacia mi pareja.

Todo sucede en el instante de tiempo que me toma ponerme de pie.

Sin dudarlo, agarra a Beh por la cintura y ella deja escapar un grito de sorpresa mientras él la empuja al suelo. Puedo ver que la expresión de su rostro pasa de la molestia al terror cuando inclina la cabeza para mirar por encima del hombro y se da cuenta de que el hombre detrás de ella no soy yo. Su mano se coloca entre sus omóplatos mientras tira de los lazos de su chal e intenta colocarse entre las piernas de Beh.

Sé exactamente su intención.

Quiere poner a su bebé dentro de mi Beh.

Con un rugido, corro hacia el lago.

El otro hombre se vuelve hacia mí, con los ojos muy abiertos por la sorpresa. No me había visto cuando se acercó a ella ya que estaba casi escondido en el otro extremo del bosque de pinos. Ahora se vuelve hacia mí con Beh todavía en sus manos. Ella grita, sus brazos y piernas se agitan contra él mientras él intenta mantener su agarre alrededor de su cuerpo.

Corro, mis brazos se extienden y mi garganta se vuelve áspera con mis gritos. Se levanta en toda su altura y arroja a Beh a un lado mientras se prepara para mi ataque. No me importa que sea más grande. Está intentando arrebatarme a Beh y no permitiré que eso suceda.

No puedo.

No puedo estar sin ella.

Chocamos y nuestros cuerpos caen al suelo, mitad dentro y mitad fuera del agua. Con un giro rápido, está encima de mí. Siento el escozor de su puño contra mi cara mientras lucho por enderezarme. Me golpea dos veces más antes de que pueda devolverle el golpe, enviándolo a un lado. Lo sigo, tratando de ganar terreno mientras muevo mis brazos salvajemente con la esperanza de lastimarlo. Nos damos la vuelta, primero con él encima, pero lo empujo con todas mis fuerzas. Mientras retrocedo para golpear su cara, me patea el estómago y me arroja lejos de él por completo.

Aterrizo sobre mi trasero cerca de la línea de agua, pero me levanto rápidamente. Viene hacia mí, agachando la cabeza en el último momento y embistiendo mi estómago, quitándome el aire de los pulmones. Cayendo a las rocas, jadeo y golpeo su espalda un par de veces pero fue en vano. Me giro y giro mientras luchamos y logro poner mi rodilla contra su pecho para alejarlo de mí.

Puedo oír a Beh gritar, pero no puedo mirarla ahora mismo. Me duele la espalda por el lugar donde me tiró al suelo y todavía apenas puedo respirar. Cuando el otro hombre recupera el equilibrio, recojo piedras y empiezo a arrojarlas hacia él con la esperanza de golpearlo en la cabeza, pero no apunto y él viene hacia mí de nuevo.

Nos rodeamos y sé que no puedo vencerlo solo con la fuerza. Es mucho más grande que yo y su fuerza mucho mayor. Me duele el pecho y puedo sentir la bilis ardiendo en la parte posterior de mi garganta al pensarlo, pero en mi mente sé que no puedo ganar. Si no gano, él tomará a Beh y pondrá a su bebé en ella en lugar del mío. Incluso puede que me la quite por completo.

Grito ante el solo pensamiento y trato de saltar y ganar algo de ventaja en altura, pero él está preparado para mí y me tira fácilmente al suelo. Salta encima de mí y nuevamente siento sus puños. Uno golpea mi sien y por un momento todo se oscurece.

Cuando mis sentidos regresan, él ya no está sobre mí y Beh está gritando el sonido de mi nombre. Sacudo la cabeza y me levanto sobre mi codo mientras trato de concentrarme en los dos que no están lejos de mí. Él la agarra firmemente del brazo y la atrae hacia él mientras retrocede por la playa.

Gritando de nuevo, salto y corro hacia ellos. El hombre levanta a mi compañera del suelo y ella grita y patalea con las piernas. Él levanta la vista cuando me acerco, gruñe y arroja a Beh contra las rocas debajo de él.

Justo antes de alcanzarlo, veo un pequeño trozo de madera flotante en el suelo frente a mí y me agacho para agarrarlo con la mano antes de saltar hacia él nuevamente. Él mueve su brazo y conecta con mi hombro, pero agarro la madera flotante con fuerza y la balanceo hacia su cabeza.

Grita de dolor y se rodea la cabeza con los brazos. Le golpeé de nuevo, esta vez en la espalda. Agita un brazo hacia mí, pero me aparto del camino y su golpe es ineficaz. La siguiente vez que golpeo, conecto con su mandíbula y sale volando hacia atrás contra las rocas.

Rodando inestablemente sobre manos y rodillas, corre por el suelo por un momento antes de recuperar el equilibrio y correr hacia los árboles. Con un grito de victoria, corro hacia Beh, que yace inmóvil cerca del agua. Me arrodillo a su lado, levanto su cabeza del suelo y le aparto el pelo de la cara.

"¡Bien!"

Tiene los ojos cerrados y no se mueve cuando llamo su nombre. Se están formando moretones visibles en sus mejillas y brazos, pero no creo que eso la haga dormir. Paso mi otro brazo alrededor de sus hombros para levantarla más de las rocas.

Hay sangre por todas las rocas donde aterrizó su cabeza. El cabello de Beh es rojo y enmarañado, y su sangre cubre mis manos y su cara. La atraigo hacia mi regazo y la abrazo con fuerza, tratando de alejar la sangre de su piel, pero sigue saliendo de un corte cerca de su sien. Debió haberse golpeado la cabeza contra las rocas cuando él la arrojó al suelo.

Sigo intentando alejar la sangre con los dedos, pero no me detengo. Gotea y se acumula en el suelo mientras grito el sonido de su nombre, pero ella no abre los ojos. Siento que mi pecho está tratando de aplastarse y mi garganta está apretada y dolorida mientras lloro por ella pero no recibo respuesta. Mis manos tiemblan mientras sostengo su cabeza contra mi hombro y la balanceo hacia adelante y hacia atrás. Siento lágrimas cálidas saliendo de mis ojos.

No me molesto en alejarlos.

Me duele la frente cuando cierro los ojos con fuerza y meto la cara contra su cabello enredado.

"¿Beh?" Sacudo un poco sus hombros, pero ella no se mueve. Me estremezco cuando las lágrimas vuelven a manchar mis mejillas, vuelvo la cara hacia el cielo y grito.

No sé cuánto tiempo me siento en las rocas, sosteniendo a mi pareja contra mi pecho; solo sé que a medida que el viento sopla más frío, finalmente llama mi atención y miro hacia arriba para ver el cielo tornándose rojo con la puesta de sol.

Beh no se ha movido.

Jadeo y toso, tratando de aclararme la garganta para poder respirar adecuadamente y luego decido que simplemente no me importa. Se me revuelve el estómago y tengo que girar la cabeza sobre el hombro mientras tengo arcadas. Trago con fuerza a través de la bilis y la mucosidad de la garganta y toso de nuevo.

"¿Beh?" Yo susurro. Paso mi pulgar por su mejilla y su piel está fría. Otro sollozo me atrapa mientras apoyo mi oreja contra su pecho, apenas capaz de mantenerla agarrada mientras escucho atentamente...

...y escuchar el latido superficial pero constante de su corazón.

Necesito llevarla de regreso a la cueva para calentarla.

Me pongo de pie y la levanto en mis brazos. Una parte de mí quiere simplemente correr lo más rápido que pueda para llevarla a un lugar seguro, pero sus pieles todavía están en el suelo cerca de la orilla del lago, y no quiero correr el riesgo de caerme y dejarla caer. Sin embargo, me niego a bajarla y la sostengo con un brazo mientras doblo las rodillas para alcanzar sus pieles y colocarlas sobre su cuerpo. Reúno todo lo que puedo de esta manera y la acerco a mi cuerpo mientras empiezo a caminar.

Es bueno que conozca los caminos tan bien como los conozco porque no puedo concentrarme en hacia dónde van mis pies, solo en la mujer en mis brazos y la sangre en su rostro. Otro grito desgarra mi pecho mientras mantengo mi ritmo lento pero constante, tratando de asegurarme de no empujarla demasiado.

El sol se pone a mis espaldas justo cuando llego a las estepas al otro lado del pinar. Puedo ver el acantilado que sostiene nuestra cueva, pero todavía lleva algo de tiempo llegar allí. Subir la ligera pendiente y luego atravesar la estrecha grieta mientras llevo a Beh no es fácil, pero la abrazo con más fuerza y logro entrar.

Está oscuro y el fuego no son más que brasas.

Con tanto cuidado como puedo, acuesto a Beh con nuestras pieles en el fondo de la cueva. Coloco el costado de mi cara contra su pecho una vez más. Ella todavía no se ha movido en absoluto, pero puedo oír los latidos de su corazón. Respiro profundamente, tropiezo hacia el fuego y rápidamente reavivo las llamas, agrego leños y vuelvo corriendo al lado de Beh.

Ella está quieta y su piel permanece helada.

Froto mis manos arriba y abajo por sus brazos en un esfuerzo por calentarla y luego agarro todas las pieles sobrantes de alrededor de la cueva para apilarlas en la depresión donde dormimos. Me acuesto a su lado, la envuelvo en las pieles y le aparto el cabello de la frente nuevamente.

La herida ya no gotea sangre, pero tiene un aspecto desagradable incluso a la luz del fuego.

"¿Bien?"

Nada.

Vuelvo a sentir lágrimas en los ojos y respiro con fuerza. Me cuesta respirar por la nariz. Toco la mejilla de Beh y luego el borde de su labio. Presiono mi boca contra la de ella, pero no obtengo respuesta.

Puedo sentir su aliento saliendo de entre sus labios entreabiertos.

Paso mi brazo alrededor de su cintura y la atraigo contra mí. Apoyo mi cabeza sobre las pieles junto a la de ella y observo su rostro, esperando que abra los ojos o la boca y emita un sonido. ¿Cuántas veces me he molestado con sus ruidos extraños, deseando que guardara silencio como ahora?

Mi pecho se aprieta de nuevo.

Finalmente, me doy cuenta de que daría cualquier cosa por volver a escuchar los sonidos de mi pareja.

CAPITULO 16

Duermo muy poco y me despierto a menudo para ver si los ojos de Beh se han abierto. Me pregunto si solo necesita descansar y se despertará cuando salga el sol por la mañana, como lo hace todas las mañanas, pero no es así. Intento sacudirla y gritarle, pero no ayuda. Le levanto la cabeza e intento que le baje un poco de agua a la garganta, pero la mayor parte se derrama alrededor de su boca. Creo que tragó un poco, pero es difícil saberlo.

Aunque no puedo obligarla a comer.

Mojando un trozo de tela de las viejas calzas de Beh en agua que calenté junto al fuego, lavé lentamente la sangre de la cara de Beh. A Beh no le gusta nada estar sucia y espero que limpiarla la ayude a despertarse. Intento quitarle la sangre del pelo también, pero no es muy fácil porque tiene el pelo muy enredado. Primero pruebo con un poco de agua, frotando los mechones entre mis dedos para aflojar la masa seca, pero no funciona bien. La acerco contra mi pecho e intento usar la talla de madera para eliminar los gruñidos, pero sostener su cuerpo inerte y usar la talla de madera al mismo tiempo no es fácil. Se necesita mucho tiempo para que quede suave.

Me tomo el tiempo: a Beh le gusta tener el cabello limpio y sin enredos.

¿Qué importa si está dormida?

Me palpita la cabeza y me duele la mejilla e está hinchada por el golpe que me dio el otro hombre. Mientras no lo toque, no está tan mal. Si lo olvido y lo golpeo con la mano, me duele, pero no se parece en nada a cómo se lastima a Beh.

Inhalo y siento que mis ojos doloridos comienzan a llorar de nuevo.

"¿Beh?" Aparto un poco de su cabello de su frente y miro el corte. Ya no sangra, pero tiene un color rojo brillante alrededor de los bordes y tiene la piel magullada alrededor de la sien y alrededor del ojo. Toco con la nariz el lugar debajo de las marcas negras y moradas y cierro los ojos.

Me pregunto qué haré si ella no se despierta y no tengo una respuesta. Mientras me acuesto junto a ella y la atraigo hacia mis brazos, mi estómago gruñe y de repente sé exactamente lo que haré. Si ella no se despierta, entonces me quedaré aquí con ella hasta que yo tampoco me despierte.

No me molesto en moverme de las pieles cuando me despierto. Sostengo a Beh contra mí, asegurándome de que todavía puedo sentir los latidos de su corazón en su pecho y su aliento en sus labios. Paso la punta de mi nariz sobre la de ella y susurro el sonido de su nombre, pero no hay respuesta de mi pareja.

Recordando cómo se despertaba cada vez que intentaba ponerle un bebé mientras dormía, me pregunto si puedo despertarla de esa manera. El aire en la cueva es frío cuando me quito la envoltura e intento entrar en su cuerpo, pero no puedo detener el dolor en mi pecho y mi pene no se pone duro, así que me acuesto y la acerco a ella. yo otra vez.

"Bien."

Balanceo su cuerpo como lo había hecho en el lago, susurrando el sonido de su nombre una y otra vez y deseando poder oírla decir el mío. Sollozos ahogados se escapan de mi boca mientras la abrazo con más fuerza y me pregunto si hay algo más que pueda hacer.

Cuando se pone el sol, la cueva queda completamente oscura.

Esta oscuro.

El viento aúlla afuera y envuelvo fuertemente a Beh con las pieles, asegurándome de que no pase frío. Tengo que abrazarla cerca de mí porque no puedo verla en la oscuridad y el frío de nuestra pequeña casa.

"¿Pacto?"

"Bien..."

"Ehd..."

Siento el suave toque de los dedos contra mi mejilla y cierro los ojos con fuerza. No quiero despertar de este sueño. Puede que tenga un poco más de frío del que preferiría en mis sueños, pero puedo escuchar los sonidos divertidos que le gusta hacer a mi pareja, así que aceptaré el frío sin quejarme.

"¡Eh!"

Mis párpados se abren y veo el hermoso rostro de Beh vuelto hacia el mío. Tiene los labios secos y agrietados, y está pálida bajo la tenue luz que viene del exterior de la cueva. Siento como si mi cuerpo estuviera cubierto por rocas gigantes cuando la miro y me doy cuenta de que todavía debo estar soñando. Cuando me despierte, ella tendrá los ojos cerrados y no volverá a pronunciar mi nombre.

Pero ella lo hace. Ella dice el sonido de mi nombre y sus ojos todavía están abiertos.

"¿Beh?" Mis ojos se abren más cuando me doy cuenta de que esta vez no estoy soñando, y sus ojos están realmente abiertos. Está realmente despierta y vuelve a emitir sonidos. "¡Beh!"

La acuno contra mí y la abrazo tan fuerte como puedo sin lastimarla. Sollozo el sonido de su nombre una y otra vez mientras la abrazo, y mi pecho se siente más liviano cuando ella levanta la mano para agarrar mi brazo. Retrocediendo un poco, miro su rostro (solo para asegurarme de que realmente esté despierta) y paso mis manos suavemente por su piel. Cuando mis dedos tocan sus labios resecos, rápidamente salto para traerle un poco de agua.

Mudarme es difícil porque estoy débil por falta de comida y bebida. Me obligo a arrastrar el odre de agua junto con una de las tazas de arcilla de Beh. Con mi brazo alrededor de sus hombros, la ayudo a sentarse un poco para beber. Termina tomando demasiado y tose, pero sólo por un momento. Rápidamente toma otro trago después de que la tos desaparece.

Dejo la taza y toco suavemente el costado de su cara. Sus ojos se mueven lentamente hacia los míos.

"Beh..." Le acaricio la mejilla con la yema del pulgar y soy recompensado con su sonrisa y sonidos extraños.

Los amo y presiono mis labios a un lado de su boca para que pueda seguir haciendo ruidos.

Con cuidado, la acuesto sobre las pieles y voy a calentar algo para que coma. Me acerco al círculo de piedras al lado de los platos de barro y la carne seca y uso un palo corto para meter el fuego en el fogón y encontrar brasas.

No me encuentro con nada más que aire frío y cenizas. Me dejo caer sobre mi trasero frente a las frías cenizas mientras la realidad se hunde en mí.

El fuego se apagó.

Siento un dolor punzante en toda la parte posterior de mi cabeza, lo que me dificulta pensar, pero sé exactamente lo que he hecho. No pensé que Beh fuera a despertar y dejé que el fuego se apagara.

Miro por encima del hombro a Beh, todavía tumbado sobre las pieles pero al menos con los ojos abiertos. Puedo verla bastante bien por la luz que entra por la entrada de la cueva, y ella me sonríe cuando nuestras miradas se encuentran. Ella no debe darse cuenta de lo que pasó.

Asumiendo el riesgo, muevo mis manos entre la ceniza, tratando de encontrar algo de calor en la pila, pero no hay nada. Sólo hace frío y polvo. Parte de la ceniza se eleva en el aire y me hace estornudar.

Cuando el fuego quemó mi hogar y mi tribu, me llevé parte de ello y mantuve viva al menos una chispa durante la primera temporada que estuve solo. A medida que los días se hacían más fríos, una noche me olvidé de guardarlo y me desperté en un campamento frío. Aunque había hecho fuego antes, siempre lo había hecho con la ayuda de otros para mantener la presión sobre el palo y soplar la yesca si se creaba suficiente calor para encender un poco de lana o cabello para encender el fuego.

No tenía a nadie que me ayudara y pasaron tres días intentándolo antes de que lograra iniciar otro incendio. Beh no puede esperar tanto. Ahora está despierta, pero todavía está herida. Necesito poder cuidarla y, para hacerlo, necesitaré fuego. No creo que Beh esté lo suficientemente bien como para ayudarme.

Respiro profundamente, luchando contra el deseo de volver a recostarme en la cama y sucumbir a la debilidad que siento y la desesperación que queda de pensar que Beh no despertaría. Sin embargo, no puedo permitirme rendirme ahora sólo porque me siento débil y cansado. Tengo que ayudar a Beh, aunque será difícil provocar otro incendio. Tampoco puedo tardar tres días en hacerlo realidad. La cueva está fría y mi pareja necesita calor y comida para mejorar.

Alineando parte de la leña que Beh recogió con la piel de un palo, encuentro una rama larga y recta que debería funcionar bien para hacer fuego. Salgo a trompicones hacia el escondite de leña y encuentro un trozo seco de corteza exterior que es bastante plano. También quito hebras de corteza interior de uno de los troncos. Pasando los dedos por mi cabello, saco varios mechones y los amontono con las virutas del tronco. Juntos, deberían ser una buena yesca si logro producir una chispa.

Cuando, no si.

Le fallé a mi pareja cuando dejé que el fuego se apagara, y tengo que arreglarlo ahora. Tengo que hacer fuego para Beh. No le volveré a fallar.

Reúno todo lo que necesito y voy a ver a Beh. Le llevo agua y carne seca junto con una de sus tazas llena de bellotas. Rápidamente los abro con una piedra y coloco mis labios contra su frente antes de volver a mis materiales para hacer fuego. Puedo escuchar a Beh haciendo sus sonidos y la miro por encima del hombro, escuchando atentamente.

Me encantan sus sonidos.

Coloco las virutas a un lado del trozo plano de corteza y uso mi cuchillo de pedernal para tallar una pequeña depresión en el centro. Una vez que tiene el tamaño adecuado para sujetar firmemente el palo recto, coloco el extremo en el agujero y me levanto sobre mis rodillas. Sostengo el palo entre mis palmas y respiro profundamente. Mis manos comienzan a frotarse hacia adelante y hacia atrás rápidamente, estableciendo un ritmo rápido mientras empujo el palo hacia abajo para crear más presión junto con la fricción.

Beh continúa emitiendo sonidos y siento que mi corazón se acelera solo al saber que ella está detrás de mí, vestida con pieles, despierta y bien otra vez. Ella todavía necesita cuidados, lo sé. También sé que nunca jamás volveré a fallarle. No la dejaré sola ni por un momento y definitivamente no permitiré que nuestro fuego se apague nuevamente.

Como para recordarme el motivo, un viento frío sopla por la boca de la cueva.

Cuando mis manos llegan a la parte inferior del palo, las muevo rápidamente hacia arriba nuevamente, tratando de mantener la presión en el extremo del palo contra la corteza. El palo gira tan rápido como mis palmas pueden moverse, y trato de no frenar mientras mis rodillas empiezan a dolerme contra el suelo de piedra de la cueva y los músculos de mis brazos se fatigan. Estoy debilitado por la falta de alimento y un poco mareado, pero sigo adelante.

Miro hacia el pelaje y veo que los ojos de Beh están cerrados. Presa del pánico, dejo caer el palo para encender fuego y corro a su lado. Aturdida, tiene los ojos abiertos y la sostengo con fuerza contra mi pecho por un momento mientras siento mis mejillas humedecerse con lágrimas de alivio. Siento su mano contra mi cara y las puntas de sus dedos frotan las lágrimas de mi mejilla.

Siento una extraña combinación de ligereza y pesadez en mi pecho. Agradezco que Beh todavía esté bien, pero también sé que tendré que empezar de nuevo con el fuego. Ya me duelen los brazos y las rodillas, pero no puedo darme el lujo de descansar. No puedo tardar días en encender otro incendio.

Como algunas bellotas y mastico carne seca para tener algo de fuerza. Beh intenta sentarse pero parece muy cansado. Pasa su mano por mi cabello mientras coloco mi frente contra su hombro por un minuto. Con un largo suspiro, vuelvo a las herramientas para hacer fuego para comenzar de nuevo. Utilizo una piel vieja en el suelo como un pequeño acolchado para mis rodillas.

Al poco tiempo, mis hombros arden por el dolor del uso excesivo; El sudor gotea de mi frente y todavía no tengo fuego. Beh se acerca lentamente, haciendo ruidos suaves mientras se acerca a mí, pero trato de no mirar ni permitirme distraerme de nuevo.

Necesito este fuego. Beh lo necesita. Tengo que mantenerla.

Los pensamientos me mantienen concentrado a través del dolor en mis músculos. Mis palmas empujan el palo hacia la corteza una y otra vez, continuando la fricción para aumentar el calor. Mis ojos pican cuando el sudor corre hacia ellos, pero sigo adelante, sin disminuir la velocidad, sin detenerme. Después de lo que parecieron días, puedo ver una pizca de humo justo en el borde del pequeño agujero donde el palo se une a la corteza.

Entonces Beh emite un sonido fuerte y agudo y el palo se me escapa de la mano.

Con un grito, agarro el mechón de pelo y ladrido, pero ya es demasiado tarde: la presión se pierde, el calor se difunde. Siento que mis hombros se desploman hacia adelante mientras el cansancio me invade, y mis ojos se vuelven lentamente hacia mi pareja, cuyos sonidos me sobresaltaron.

"¡Beh!" Lloro mientras miro su rostro sonriente y me pregunto si su cabeza ya no funciona bien. Tiene que entender la importancia del fuego y tiene que saber que ahora tendré que empezar de nuevo.

Ella extiende su mano y hace más ruido, sonriendo y agitando su otra mano hacia el fondo de la cueva. Cuando miro su palma, veo la cosita redonda que se desprendió de las graciosas mallas que llevaba cuando la encontré por primera vez. Ya no brilla mucho porque está cubierto de polvo. Debió haberse perdido en la tierra del suelo de la cueva.

Entrecierro los ojos confundida. ¿Está emocionada porque encontró la cosita redonda y esta emoción es suficiente para asustarme? ¿No se da cuenta de que nuestro fuego se ha apagado? Quiero agarrarla y sacudirla con frustración, pero me doy cuenta de que es posible que todavía esté enferma.

Ella hace más ruido y luego se ríe.

Mi pareja es muy, muy extraña y, a veces, extremadamente frustrante.

Me dejo caer al suelo, cansada y dolorida con una ampolla en la palma. Agarro mi cabello con mis manos y lo tiro un poco. Llevo mis rodillas hasta mi pecho para dejar caer mi cabeza sobre ellas. Beh continúa con sus ruidos y, aunque quiero que me molesten, no lo hago. Sigue haciendo ruidos, lo que significa que está despierta y bien.

¿Pero por cuánto tiempo?

Como respuesta, una ráfaga de viento llega desde la entrada para soplar contra mi piel cubierta de sudor, enfriándome rápidamente. Necesito conseguir una piel para cubrir la entrada, lo que ayudaría a mantener el calor en la pequeña cueva. Aún así, necesitamos el fuego más que nada para proporcionarnos calor, un lugar para cocinar y también una forma de protegernos de cualquier depredador que pueda buscar refugio durante el invierno en nuestra cueva.

"¡Eh!"

Abro los ojos para mirarla. Me señala a mí, luego a la cosa redonda y luego al palo de fuego, la corteza y la yesca. Ahora está haciendo ruidos más rápido, sosteniendo la pequeña cosa redonda en alto y apuntando a mi cintura. Inclino mi cabeza y la apoyo sobre mis rodillas mientras observo su presentación animada. Cuando vuelve a señalar la parte inferior de mi cuerpo, me pregunto si quiere que le ponga un bebé ahora.

Podría mantenernos calientes, así que tiene razón.

Me levanto y me acerco a ella, colocando mi mano en el costado de su cara y pasando mi nariz por la de ella. Paso mi mano sobre su hombro y bajo su brazo, deteniéndome en su muñeca. Envuelvo mis dedos alrededor de él y empiezo a tirar de ella hacia las pieles.

"No, Ehd."

El sonido de Beh no parece enojado, pero todavía me estremezco y doy un paso atrás de ella. Cuando la miro, ella está sosteniendo la cosa redonda y alcanzando mi cintura. En el pliegue de mi bata está mi cuchillo de pedernal, que ella saca y sostiene junto a la cosa redonda. Hace más ruido y se acerca a los materiales que inician el fuego.

Empiezo a sentarme de nuevo, pero ella me agarra la mano y me lleva a su lado. Los ruidos continúan mientras señala los objetos que encienden el fuego, el cuchillo de pedernal y la cosa redonda una y otra vez. Ella hace contacto visual conmigo y dice el sonido de mi nombre.

"Beh", respondo.

Ella suspira y sacude la cabeza rápidamente. Con otra respiración profunda, coloca sus manos (una sosteniendo la cosa redonda y la otra mi cuchillo) justo sobre la parte superior del trozo plano de corteza y la yesca que se encuentra encima. Frota la pequeña cosa redonda sobre mi cuchillo y aparece un pequeño rasguño oscuro en la superficie.

Gruño y se lo arrebato. Hace mucho más ruido, pero cuando lo alcanza, no se lo devuelvo. Necesito ese cuchillo; es mi mejor No quiero que la cosita redonda lo marque ni lo rompa. Con un resoplido, se levanta y va al fondo de la cueva, toma otro trozo de pedernal (el hacha que uso para cortar leña) y regresa al área del fuego. Sus ojos se encuentran con los míos con una mirada furiosa y su mandíbula está tensa. Ella levanta las cejas cuando entrecierro los ojos, pero esta vez no hago ningún movimiento para detenerla.

Vuelve a frotar el pedernal con el objeto redondo y deja una marca oscura en la superficie del hacha. Ella lo hace una y otra vez. Entrecierra los ojos y los músculos de su brazo se tensan. Ella deja escapar un pequeño gruñido, que encuentro muy, muy tentador.

En mi distracción, casi me pierdo lo que hace a continuación.

Su frustración crece, golpea con fuerza la pequeña cosa redonda contra el pedernal y una pequeña chispa de luz vuela en el aire antes de apagarse rápidamente.

Beh deja escapar un grito muy parecido al que hizo antes, sorprendiéndome de nuevo. Mis ojos se agrandan cuando ella vuelve a golpear la cosa redonda contra el trozo de pedernal, produciendo otra chispa que aterriza en la corteza de abajo con una pequeña voluta de humo.

"¡Hoh!"

Los ojos de Beh se vuelven hacia los míos y sonríe ampliamente mientras miro desde ella hasta las cosas que tiene en las manos y la yesca que hay debajo. Acerco mi cara mientras ella vuelve a golpear el pedernal, y cuando la chispa cae a la corteza, soplo suavemente... y la chispa se apaga.

Miro rápidamente a Beh a los ojos y los sonidos de su boca son silenciosos. Sus ojos se estrechan y se concentran mientras se inclina. Se mueve para golpear el pedernal de nuevo y una chispa vuela por el aire y me golpea en la nariz.

"¡Ah!"

Salto hacia atrás de dolor y sorpresa, frotándome el lugar quemado.

Los sonidos de Beh son más fuertes cuando deja caer el pedernal y el objeto redondo y luego me roza la nariz. Realmente no duele pero me sorprende. Miro a mi pareja a través de mis pestañas mientras ella mira mi cara y luego pasa su pulgar por mi mejilla.

Es una distracción, pero cuando vuelve a coger el pedernal y el objeto redondo, recuerdo cuestiones más urgentes y volvemos a intentar iniciar un incendio. Beh golpea el pedernal y, después de un par de veces más, la chispa golpea la yesca directamente y, cuando soplo, surge una pequeña llama. Sólo unos minutos más tarde, agrego algunos palitos finos y muevo la corteza ardiente al círculo de piedra. Unos minutos después, arde un fuego crepitante.

Me inclino hacia atrás y miro el fuego. Ahora que la tarea está completa, no tengo idea de qué pensar sobre cómo se logró. Nunca había visto un incendio iniciado tan rápidamente excepto en una tormenta eléctrica como la que quemó el bosque y mató a mi tribu.

Como la piel de un palo, no tengo idea de cómo a Beh se le ocurriría hacer algo así para encender un fuego. ¿Cómo puede salir fuego de esa cosita redonda? ¿Es eso lo que usa su tribu para hacer fuego? ¿Será por eso que forma parte de sus calzas?

Hay demasiadas preguntas en mi cabeza y no hay forma de obtener respuestas. Me dejo caer sobre mi trasero y siento que la tensión comienza a fluir fuera de mi cuerpo mientras respiro profundamente. Volvemos a tener fuego y mi compañero está despierto.

Miro a mi compañero que está sentado en la alfombra de césped y sonríe ampliamente. Sus ojos se vuelven hacia los míos y parecen brillar a la luz del fuego. Me arrastro hacia ella y envuelvo mis brazos alrededor de su cintura, colocando mi cabeza en su regazo y mi cara contra su estómago. La abrazo con fuerza con gratitud y asombro mientras ella acaricia mi cabello y emite suaves sonidos susurrantes.

Finalmente sé que estaremos bien.

CAPITULO 17

Cuando los primeros copos de nieve comienzan a caer del cielo, contemplo las frías estepas con más comodidad de la que normalmente sentiría en esta época del año. Cuando me abro camino alrededor de la piel que cubre parcialmente la entrada a nuestra cueva, veo la razón y sonrío.

Beh emite sonidos suaves y rítmicos mientras revuelve granos cocidos, raíces de espadaña y carne de conejo en una de sus vasijas de barro. Ha hecho otro, uno más grande, y yace entre las brasas del fuego, justo fuera de la cueva. Con la piel en un palo, sacamos la olla grande del lago y Beh me bañó con agua tibia calentada en una olla de barro sobre el fuego. De esa manera, Beh puede lavarnos a los dos sin congelarme hasta la muerte en el proceso. Con el fogón de Beh, es fácil encender un fuego en cualquier lugar al que vayamos, incluso junto al lago.

No tengo idea de por qué a mi pareja le gusta tanto lavarse o por qué me empuja a hacerlo también, pero parece hacerla feliz. Cuando mi pareja está feliz, sonríe y se acuesta en nuestras pieles por la noche con las piernas abiertas mientras la tomo lentamente, llenándola con mi semilla para tener un hijo.

Beh me llama, me alejo del cielo que se oscurece y vuelvo al interior. Levanta uno de sus cuencos de barro para mostrarme que nuestra comida está lista para comer. Miro alrededor de la cueva y me maravillo de lo mucho que hemos recolectado en los últimos días usando los fuegos junto al lago para secar rápidamente peces y conejos, así como usando la piel de un palo para devolver mucho más de lo que podríamos llevar por nuestra cuenta. Hay recipientes de barro y cueros envueltos llenos de comida, suficiente para pasar el invierno incluso si ya tuviéramos un puñado de niños. Casi ni siquiera hay suficiente espacio para todo. Los montones de cereales, carne seca y pieles están invadiendo el espacio habitable de la cueva.

Beh me llama de nuevo, sacándome de mis pensamientos.

Mi corazón late más rápido con solo mirarla.

Me acerco a ella y me arrodillo a su lado por un momento antes de acostarme de costado y colocar mi cabeza en su regazo. A veces prefiero simplemente tener su aroma a mi alrededor que las comidas que prepara. Me giro para mirarla y me agradece su sonrisa y sus dedos en mi mejilla. También noto que se ha desechado las tiras de cuero alrededor de su cintura y entre sus piernas que le atrapan la sangre y nuevamente usa la pequeña tela rosa en su lugar.

Espero que no tenga más tiempos de sangrado. Me digo a mí mismo que la razón de mis pensamientos es porque quiero que ella se mueva con un bebé creciendo en ella, pero tampoco me gusta cuando ella me aleja cuando tiene su momento de sangrar. A mi pareja le gusta que todo esté limpio y seco, y ponerle mi pene mientras sangra claramente no es una opción.

Sin embargo, hay otras ocasiones, incluso cuando no está sangrando, que todavía se niega a dejarme ponerle un bebé. Creo que tal vez esté cansada esos días ya que hemos terminado gran parte del trabajo para el invierno, pero hay otros días en los que el trabajo duro no parece molestarla. También hubo un día en que no me dejó tocarla, y simplemente la mantuve adentro conmigo todo el día y le llevé todo lo que necesitaba.

Ella todavía no me dejó intentar poner un bebé dentro de ella. Ni siquiera un poquito.

Levanto la mano y paso el dorso de mis dedos por su mejilla. Puedo sentir mi propio corazón comenzando a latir más rápido en mi pecho mientras me pregunto si ella me recibirá esta noche, si este sería el momento en que un bebé comenzaría a crecer dentro de ella. Giro la cabeza para besar su muslo, provocando una risita de mi pareja.

"¿Beso?" Beh me sonríe.

"¡Khizz!" Me siento para poder alcanzarla mejor y coloco mis labios sobre los de ella. Colocando mis manos a cada lado de su cabeza, caliento sus labios con los míos. Definitivamente ha estado probando nuestra comida y puedo saborearla en su lengua.

Las manos de Beh suben por mi espalda y agarran mis hombros. Continúo pasando mis labios sobre los de ella mientras mi mano se desliza por su cuello y sobre su pecho. Cuando busco la abertura de su pelaje, ella aparta mi mano y emite algunos sonidos. Extendiendo la mano a mi alrededor, trae un cuenco lleno de comida y lo coloca en mis manos.

Suspiro y tomo el cuenco con un puchero. Tengo hambre, si tengo que admitirlo ante mí mismo, pero preferiría tener a Beh en mis brazos y tal vez optar por regresar a las pieles temprano esta noche, solo para evitar el frío, por supuesto. Mientras me meto el cuenco en la boca, siento los suaves dedos de Beh apartando un mechón de pelo de mi cara y alrededor de mi oreja.

Hace cosquillas.

Me acerco y hago lo mismo con ella, enrollando un largo mechón de su suave cabello alrededor de la curva de su oreja. Sigo el mechón hasta el hombro y hacia atrás con los dedos hasta llegar al final. Beh sonríe y puedo ver sus mejillas ponerse rojas a la luz del fuego mientras mira hacia otro lado. Me acerco un poco más a ella, abandonando el cuenco a un lado mientras levanto la mano y le aparto más cabello de la cara y del hombro.

Ella se acerca y me hace lo mismo otra vez.

Siento que mis labios se curvan en una sonrisa mientras vamos de un lado a otro, acercándonos más y más cada vez que nos alcanzamos el uno al otro. Finalmente, estoy lo suficientemente cerca como para pasar la nariz por su mejilla mientras ella me quita más cabello de la frente y detrás de la oreja. Mi mano se mueve desde su posición suelta en su cintura a una posición más firme en su muslo, abriendo su pelaje para que pueda tocar su piel.

Ella se estremece bajo mi tacto y la acerco más a mí mientras abro mi propia envoltura, decidido a calentarla con mi piel. Estoy dura y cuando su pierna me roza, jadeo.

Los labios de Beh cubren los míos de nuevo, y meto el pulgar entre sus piernas para frotar el pequeño y duro bulto que encuentro allí. Ella gime en mi boca mientras sus manos se retuercen en mi cabello y sus caderas empujan contra mi mano, buscando más fricción. Sin embargo, no me deja tocarla allí por mucho tiempo.

Mi pareja sabe exactamente lo que quiere y se lo agradezco.

Beh se pone de rodillas y se mueve para que mis muslos queden entre los suyos. Siento la punta de mi pene rozar su abertura. Puedo sentir su humedad acumularse a mi alrededor antes de que agarre mi eje y me posicione en su entrada. Como hace cuando se sube encima de mí, Beh baja lentamente su cuerpo sobre el mío, envolviéndome en calidez, su aroma y una sensación de paz y unidad.

Mis manos agarran sus caderas y lentamente levanto y bajo su cuerpo sobre el mío, uniéndonos lentamente mientras miro sus ojos. Beh tararea y me rodea el cuello con los brazos mientras se mueve arriba y abajo conmigo, con los ojos parcialmente cerrados y la boca curvada en una hermosa sonrisa.

Cuando siento que la presión que se acumula en mi cuerpo se concentra y explota en el de ella, mi piel se cubre con la calidez de su aliento, su piel y su sonrisa. No lloro como lo hago a veces, sino que apoyo mi cabeza contra su hombro y gimo suavemente contra su piel mientras Beh lanza jadeos breves y agudos y se estremece a mi alrededor.

Mi pecho sube y baja mientras la miro, hipnotizado por ella en demasiadas maneras como para considerarlas. A pesar de sus rarezas, ella es sin duda perfecta en todos los aspectos que me importan. Sus manos recorren mi rostro, rascando la barba corta y desaliñada de mi mandíbula antes de inclinarse para capturar mi boca con la suya. Cuando se recuesta de nuevo, sigue sonriendo.

Levantando un poco su cuerpo, Beh se baja de mí y empiezo a volver al plato de comida, preguntándome si todavía está caliente. Antes de que tenga la oportunidad de determinar el calor de la comida, Beh toma mi mano y tira de ella. La miro e inclino la cabeza hacia un lado. Su sonrisa y su sonrojo han regresado, y tira de mi mano nuevamente hasta que me acerco a ella. Beh se da vuelta inmediatamente y se dirige hacia nuestras pieles.

Beh todavía tiene hambre... pero no de comida.

Afuera el viento es fuerte y frío, pero a la luz del fuego de la cueva, envuelto en cálidas pieles y en los brazos de mi pareja, todo es cálido y confortable. Siento los brazos y las piernas pesados y me resulta difícil mantener los ojos abiertos mientras acurruco mi cuerpo contra el de Beh. Puedo sentir sus dedos en mis hombros y en mi cabello, y eso me hace sonreír.

Beh emite sonidos suaves mientras sus dedos recorren mi mejilla y mi mandíbula. Un dedo se detiene en mis labios y corre hacia adelante y hacia atrás sobre el inferior. Puedo oírla hacer los mismos sonidos una y otra vez, respiro profundamente y me acomodo contra su hombro. Mis ojos se cierran de nuevo y aquí hace calor y paz.

El dedo de Beh vuelve a recorrer mis labios, luego a mi oreja y de nuevo a mi nariz. Me hace cosquillas y de repente estornudo. Beh comienza a reír mientras me froto la nariz para deshacerme de la sensación de cosquilleo. Beh se tapa la boca con la mano, pero todavía puedo oírla reír y ver el brillo de la risa en sus ojos.

Ella es tan bella.

Ahora completamente despierto, me pongo encima de Beh y capturo su boca risueña con mis labios. Rodamos hasta el borde de las pieles y regresamos mientras las risas de Beh se convierten en gemidos. Puedo sentir sus caderas empujando contra las mías, y me alegro mucho de que ya no se moleste en usar esas cositas rosadas por la noche.

Las manos de Beh presionan mi pecho y volvemos a rodar, esta vez ella termina encima, a horcajadas sobre mí. Ella toma mis manos y las coloca sobre sus pechos mientras se pone de rodillas lo suficiente como para colocarme en su entrada y caer con un grito ahogado. Sus caderas giran mientras la empujo, ambos rápidamente jadeamos y sudamos a pesar del frío de la cueva. Nuestras pieles caen a nuestro alrededor, pero apenas lo noto.

Ella es suficiente para calentarme, por dentro y por fuera.

Agarrando sus caderas, nos hago rodar de nuevo y termino con ella inmovilizada debajo de mí mientras me muevo lentamente encima de ella, usando empujones profundos y duros hasta que ella grita por mí mientras la lleno de nuevo. Paso mi nariz por el vaso sanguíneo caliente en el costado de su cuello y luego hasta su oreja antes de apoyar mi cabeza contra su hombro. Presiono mi cuerpo contra el de ella por un momento antes de moverme para acostarme a su lado.

La miro y sonrío mientras ella mira hacia abajo con ojos brillantes y aparta el cabello de mi cara. Los labios de Beh se mueven y salen ruidos: los mismos sonidos se repiten una y otra vez. Sus ojos me miran intensamente y puedo verlos apretarse ligeramente mientras los sonidos salen suavemente. Su mano está a un lado de mi cara y puedo sentir una ligera presión contra mi piel donde ella me toca.

Luego hace los sonidos de nuestros nombres con otro sonido entre ellos. Se inclina un poco hacia adelante cuando lo hace y pone sus dedos en mis labios. La miro, sin estar segura de qué va a hacer a continuación mientras toma mi mano entre las suyas y coloca mis dedos sobre su boca. Por lo general, se enoja cuando le tapo la boca con la mano y ahora lo hace ella misma.

Mi pareja es extraña.

Ella vuelve a hacer los sonidos y puedo sentir sus labios moverse bajo mis dedos. Ella dice el sonido de su propio nombre, luego otro ruido, y luego el sonido de mi nombre, todo con mis dedos tocando sus labios.

"Beh", susurro. Siento que su boca se convierte en una sonrisa.

"Ehd". Hace más ruidos, hace una pausa y luego respira profundamente. Ella vuelve a emitir ese sonido y siento la forma en que sus labios y su lengua se mueven cuando sale el sonido. Al principio, su lengua toca la parte posterior de sus dientes frontales superiores. Su boca se abre un poco más, pero finalmente se cierra de nuevo con sus dientes superiores apenas tocando su labio inferior mientras el aire sale, completando el ruido.

¡Cuánto esfuerzo por un solo sonido!

Ella lo vuelve a hacer.

"Llll..." Coloco mi lengua detrás de mis dientes como lo hace ella, y sus ojos se abren. Su cabeza se mueve hacia arriba y hacia abajo rápidamente mientras vuelve a emitir el sonido. Abro la boca y redondeo los labios.

"Aww..." Finalmente, veo cómo sus dientes golpean su labio.

"Fff..."

Ella hace el sonido nuevamente y también me da una sonrisa gloriosa.

"Llll...ooaawwffff..." El ruido no suena igual en absoluto. Lo intento de nuevo. "Luh... awwff".

"Amar." Su sonido es tranquilo y conciso. Tardo más en repetirlo.

"Luhhh."

Los ojos de Beh se vuelven grandes y redondos mientras literalmente chilla y me agarra la cabeza, riendo y llorando mientras hace el sonido una y otra vez. Sus labios cubren un lado de mi cara y luego el otro y finalmente se posan en los míos. Siento su lengua contra mi boca y me abro a ella. Cuando nos separamos, la escucho hacer los sonidos nuevamente.

"Beh ama a Ehd".

"¡Luhffs!" Suena como el ruido que hace un viejo lobo cuando intenta quitarse la nieve de la nariz. No tengo idea de por qué Beh está tan emocionada, pero la rodeo con mis brazos de todos modos, disfrutando de su calor y el consuelo que brinda su cuerpo al estar junto al mío. Afuera, el viento frío continúa aullando y la nieve continúa cayendo, pero aquí estamos seguros, cálidos y juntos.

El ruido en sí no importa mientras Beh esté feliz.

La tormenta de nieve ha durado mucho, mucho tiempo. Afuera el sol no ha sido visible y el paso de los días es imposible de determinar. Duermo con la pesadez del invierno, atrayéndome a la profundidad de las mantas y al calor de mi pareja, pero Beh no. Cuando revuelvo, a veces ella está atendiendo el fuego o cocinando. A menudo ella simplemente está tumbada a mi lado y acariciando lentamente con sus dedos mi cabello en la tenue luz de la cueva.

Esta vez, cuando me despierto, Beh está acurrucada a mi lado y respira lentamente. Tengo los hombros helados y veo que se nos han caído las pieles. Rápidamente los levanto y envuelvo mis brazos fuertemente alrededor de Beh. La piel de su espalda también está fría, pero se calienta rápidamente cuando la vuelvo a envolver.

El frío me ha sacado de mi sueño más profundo y mis ojos permanecen abiertos mientras veo a Beh dormir. Recordar otros inviernos en este mismo lugar por mi cuenta es suficiente para que me duela el corazón. Luego, cuando abrí los ojos, no había nada que ver aparte de las brasas ardientes del fuego.

Con cuidado de no volver a quitarle el pelaje, salgo del área para dormir y coloco troncos sobre las brasas. Las llamas vuelven a la vida inmediatamente. A su luz, puedo ver un cuenco redondo con restos de grano en su interior, así como un pelaje junto a las rocas, envuelto alrededor de algo.

Desenvuelvo la piel y dentro está la olla grande y profunda que Beh hizo con una tapa. Cuando quito la tapa, hay una capa de algo en el fondo. No estoy exactamente seguro de qué es, aparte de que parece que tiene algunas bellotas y piñones encima.

Meto el dedo y toco el brebaje. Mi dedo pasa fácilmente hasta el fondo de la olla. Lo enrollo para sacar un poco, pero en realidad no se pega a mi dedo como esperaba. Meto un par de dedos más y saco un poco. La consistencia es suave y un poco húmeda, pero no mojada. Se desmorona un poco, pero sobre todo se siente... esponjoso.

Lo huelo y huele a cereales cocidos y nueces. Ponerme un poco en la boca lo confirma, pero la textura es completamente diferente a cualquier cosa que haya comido antes. Sin embargo, me gusta y rápidamente me llena el estómago.

Escucho los ruidos de Beh y miro hacia las pieles. Está acostada de lado, apoyada en un codo. Ella me sonríe y rápidamente acerco toda la olla a la cama para poder volver a meterme en las pieles con ella. Comemos; Pongo mi pene dentro de ella por un rato y luego me vuelvo a dormir.

La calidez y el confort de la presencia de Beh se han vuelto comunes, pero no se dan por sentado. Cuando me despierto, lo primero que noto es el calor de Beh. Acaricio su piel y me deleito con los sentimientos que recorren mi cuerpo cuando la toco.

Estoy envuelto alrededor de ella con mi cabeza sobre su hombro, y cuando inclino mi cabeza, miro a mi pareja. Ella se acuesta boca arriba con la cabeza inclinada hacia mí y los ojos cerrados. Me acurruco más cerca de ella y mi mano recorre lentamente su costado de arriba a abajo.

Accidentalmente rozo su pecho.

También hace calor.

Y suave.

Paso la punta de un dedo alrededor del pezón, pero realmente no puedo verlo a la tenue luz del fuego. De todos modos, su pecho está cubierto en su mayor parte con una de nuestras pieles para dormir.

Aún puedo sentirlo, así que lo hago. Beh se mueve un poco mientras duerme y hago una pausa por un momento.

Aunque me gustaría intentar volver a darle un bebé, no quiero despertarla. No estoy completamente seguro de cuánto tiempo hemos estado dormidos, y ya lo intenté más temprano en la noche, esperando que eso la hiciera sentir mejor.

Los ojos de Beh seguían llorosos al principio del día y no sé por qué está triste. Hubo varios días después de que finalmente pasó la tormenta de nieve que ella estaba molesta; incluso se enojó en un momento y arrojó el palito al fuego. Lo reconocí como el que había estado marcando con su cuchillo de pedernal. Estoy segura de que lo ha estado marcando todos los días, pero después de quemarlo, no marcó un palo nuevo. Han pasado muchos días desde que hizo eso y no ha llorado desde entonces.

No hasta esta tarde.

Mis brazos la rodean y muevo mi cuerpo hacia arriba para poder acercarla contra mi pecho. Se da vuelta con facilidad e incluso mientras duerme, sus brazos encuentran mis hombros. Me agacho y tiro las pieles sobre nosotros, hasta la parte posterior de su cuello. Habíamos desechado nuestra ropa en un montón y solo usábamos las pieles en el área de dormir. Es más cómodo de esta manera, sobre todo porque se pasa más tiempo con las pieles que sin ellas.

Abrazo a Beh una vez más, pero luego recuerdo lo suave que es su pecho y me inclino entre nosotros para tocarlo de nuevo. Todavía hace calor y su piel está suave. Su pecho está lleno y redondo, y gime un poco cuando lo toco, así que me detengo.

Realmente no quiero molestarla a pesar de que me estoy poniendo duro por estar acostado a su lado.

Miro hacia la entrada de la cueva y me pregunto si el día traerá luz del sol o simplemente más nubes. Si hace suficiente calor, podría intentar buscar algo de carne fresca; ha pasado algún tiempo desde que la comimos. Sin embargo, no hemos pasado hambre en absoluto, lo que me hace sonreír y abrazar a Beh. Incluso por mi cuenta, no habría podido comer tanto durante los días de invierno y aún así espero que me quede algo cuando llegue la primavera.

Beh sigue tomando nuestra comida y haciendo cosas extrañas con ella. Tritura el grano con una piedra y uno de sus cuencos de barro, luego lo mezcla con grasa y nueces y lo deja en las brasas la mayor parte del día. Luego lo corta con un cuchillo de pedernal en cuadritos y me los da con un cuenco lleno de guiso.

Sabe bien, pero nunca había visto a nadie preparar tantas cosas diferentes para comer. Nadie en mi tribu jamás hizo tales cosas. Hay otras comidas que creo que intenta preparar, pero no salen tan bien. Hizo cosas duras y planas con el grano, pero se quemaron en el fuego. Ella no me dejó intentar comerlos después.

Sostengo a Beh durante el resto de la noche, pensando en lo diferente que es el invierno con ella aquí. Justo cuando la luz comienza a ser visible a través de la piel sobre la entrada de la cueva, Beh se mueve y me mira. Su brillante sonrisa ilumina mi día más de lo que el sol ilumina el cielo.

Beh levanta la mano y toca mi mejilla.

"Amor", susurra.

"¡Luff!" Respondo y su sonrisa se ilumina aún más.

Sin duda, haré cualquier cosa por ella.

El viento de las estepas muerde la piel expuesta de mis mejillas y cuello. Tenso los hombros y trato de meter la cabeza en el pelaje, pero el viento parece decidido a meterse debajo de mis mantas y enfriarme tanto como sea posible. Acelero el paso de regreso a la cueva y a mi pareja.

Cerca de la entrada a la cueva, el acantilado bloquea parte del viento y no hace tanto frío allí. Meto debajo del brazo los dos conejos que atrapé en mis trampas y saco un poco de madera del escondite que hay encima de la cueva. Una vez dentro, mi cuerpo produce un escalofrío involuntario cuando el cambio de temperatura golpea mi piel.

Beh levanta la vista del fuego, sonríe y comienza a emitir ruidos. Dejo los conejos y voy hacia ella rápidamente.

"¿Khizz orza?"

Beh se ríe y presiona sus cálidos labios contra los míos fríos. Ella hace más sonidos, un poco más fuertes esta vez, y frota mis heladas mejillas con sus manos. Mi piel se calienta rápidamente con su toque y voy al costado de la cueva para despellejar los conejos para nuestra cena.

Beh tiene muchos otros alimentos ya cocinados, así que cuando le doy los trozos finos de carne, no pasa mucho tiempo antes de que podamos comer. Beh hace mucho ruido entre bocado y toque varias cosas a su alrededor mientras lo hace. Solía hacer eso con frecuencia, mostrándome uno de los platos de barro, o tal vez un palo o una piel, pero a menudo se enojaba después de un tiempo, así que ya no lo hacía mucho. Ella cambia a los sonidos rítmicos, que a mí me gustan más, hasta que finalmente tapo su boca con la mía y la llevo a nuestras pieles.

A la mañana siguiente, temprano, abro los ojos y estoy un poco desorientado por despertarme tan temprano. El invierno es para dormir más profundamente y durante más tiempo, pero algo me ha sacado de mi sueño temprano.

Es mi compañero.

Beh está a mi lado vestida de pieles, apoyada en manos y rodillas y completamente inmóvil. La miro justo a tiempo para que se cubra la boca, salte y salga disparada hacia la entrada de la cueva. Saliendo de las pieles, corro tras ella y la encuentro inclinada sobre el borde del barranco, vomitando. Ella está tratando de mantener su cabello alejado de su cara al mismo tiempo, y puedo ver que está luchando.

Me muevo hacia su lado rápidamente y le enrollo el cabello detrás de su cuello, sosteniéndolo con una mano y sosteniéndola con la otra. Después de un par de veces más, se sienta sobre sus talones y comienza a temblar. La levanto y ella aparta la cara de mí. Una vez que volvemos al interior de la cueva, le llevo la bolsa de agua, un poco de menta seca y un pelaje para envolverle los hombros. Mastica la menta, se enjuaga la boca, escupe en las brasas del fuego, haciéndolas silbar, y se apoya en mi pecho mientras la abrazo con fuerza. La acuno suavemente en mis brazos, pero mi pareja está inusualmente callada todo el día.

Beh hace muy poco ruido durante todo el día y se queda dormida tan pronto como se acuesta sobre las pieles por la noche. La tengo cerca de mí y cuando me duermo, recuerdo a uno de mis hermanos que vomitó durante días y días hasta morir. Dos niños más de nuestra tribu murieron de la misma manera durante ese invierno.

A la mañana siguiente sucede lo mismo.

Al día siguiente no he dormido nada y estoy aterrorizada. Sostengo a Beh y la acuno en mis brazos. Hace algunos ruidos, pero tiene los ojos apagados y parece muy cansada. Más tarde, bebe un poco del caldo de carne que le preparo sobre el fuego y come algunos de los granos sobrantes que cocinó la noche anterior.

Ella parece estar bien, pero claro, ayer también parecía estar bien. Me niego a dejarla ir, ni siquiera por un momento. Cuando ella sale a hacer sus necesidades, yo me quedo a su lado. Ella grita y trata de alejarme, pero no me muevo. Ella finalmente se va, y luego la levanto y la llevo adentro a pesar de sus débiles esfuerzos.

Beh me gruñe pero termina apoyando su cabeza contra mi pecho mientras nos sentamos frente al fuego. Coloco mi barbilla en la parte superior de su cabeza y cierro los ojos.

"Ehd". Me animé al escuchar el sonido de mi nombre, y sólo entonces me di cuenta de que estaba empezando a quedarme dormido. Miro a Beh y ella me mira. Ella hace muchos más sonidos y toca mi mejilla.

"Luff." Cuando hago ese sonido, Beh siempre sonríe. Por lo general, ella también responde lo mismo, pero esta vez su sonrisa no llega a sus ojos y no dice nada a cambio. En cambio, toma mi mano y la pone sobre su estómago.

"Ehd", dice en voz baja. Siento su mano presionar la mía contra su estómago y los recuerdos inundan mi cerebro. Las mujeres de mi tribu que estaban enfermas como lo estaba Beh, a menudo cuando se despertaban por la mañana, algún tiempo después comenzaban a mostrar al niño creciendo dentro de ellas.

Mis dedos se contraen y la comprensión surge de la piel de mis dedos, donde tocan el cálido vientre de mi pareja, hasta mi brazo y mi cerebro. Mi interior se siente cálido y pegajoso mientras mi cabeza se llena de pensamientos sobre el estómago de Beh creciendo y redondeándose. Las imágenes en mi cabeza continúan y pienso en una personita diminuta mamando de sus pechos mientras sostengo a la madre y al niño para mantenerlos a salvo.

"¿Beh?" La miro y me empiezan a doler las mejillas por el tamaño de mi sonrisa, pero no puedo evitarlo. Levanto a Beh de mi regazo y la dejo suavemente sobre la estera de césped junto al fuego. Luego me inclino y rozo mi nariz contra el centro de su estómago, justo debajo de su ombligo.

Finalmente, he puesto un bebé dentro de mi pareja.

CAPITULO 18

Respiro larga y profundamente e inhalo el aroma de la primavera. En realidad todavía no está aquí, pero está lo suficientemente cerca como para que el aire se sienta y sepa diferente. Puedo escuchar el canto de los pájaros cuando comienzan a volar entre los arbustos cerca del barranco, y me pregunto si a Beh le gustaría comerse sus huevos.

Me pregunto si al bebé también le gustarán.

Beh se acerca detrás de mí, con los ojos todavía borrosos por el sueño y con una de las pieles de la cama envuelta sobre sus hombros. Me arrodillo y presiono el costado de mi cara contra la pequeña hinchazón entre sus caderas como lo hago todas las mañanas. Todavía no he sentido al bebé moverse dentro de ella, pero recuerdo cuando mi madre llevaba a mis hermanitos y hermanas pequeños cómo se movía su estómago cuando pataleaban y rodaban.

No puedo esperar a sentir moverse el bebé que puse dentro de Beh.

Beh usa los dedos de una mano para pasar por mi cabello enredado mientras la miro a la cara. El sol brilla y golpea su cabello desde atrás, haciéndola lucir como si brillara. Envolviendo mis brazos alrededor de su cintura, la sostengo con fuerza por un momento antes de levantarme nuevamente. Ella toma mi mano con la suya y usa la otra para mantener el pelaje abrochado en su cuello. Todavía hace bastante frío afuera, incluso con el sol brillando y el clima primaveral obviamente está en camino.

"¿Khizz?"

Beh se inclina hacia mí y coloca su boca contra la mía mientras yo toco su mejilla con el dorso de mis dedos. Respiro larga y profundamente de nuevo antes de llevarla de regreso a la cueva donde puede mantenerse caliente.

El estómago de mi pareja crece a medida que los días se hacen más largos y cálidos. Cuando termina el invierno, tenemos suficiente grano almacenado y carne seca para que nos dure un tiempo, pero es bueno encontrar algo fresco y verde para comer.

Hay tréboles floreciendo por todas las estepas, y alterno entre comerlo donde estoy sentado y observar a Beh mientras camina recogiendo las flores. Cuando se inclina para recogerlos, siento que me endurezco al pensar en la noche anterior y en lo anchas que parecen sus caderas cuando empujo dentro de ella. Beh está creciendo junto con nuestro bebé y estoy segura de que nunca ha sido tan hermosa como lo es ahora.

Me rasco la barbilla y la mandíbula. La barba que me he dejado durante el invierno está más espesa que en años anteriores y me pica ahora que el día se ha vuelto cálido. También me froto la nuca y me doy cuenta de lo largo que se me ha vuelto el pelo. El cabello de Beh es muy largo, y observo cómo se lleva la mano detrás de la cabeza y se enrolla el cabello alrededor de sí mismo, girándolo y convirtiéndolo en un largo cordón que baja por su espalda.

Intrigada, me acerco a ella y paso mis dedos por ella. No cuelga tan bajo como suele hacerlo, pero estoy seguro de que no lo cortó. Beh se gira y me mira por encima del hombro, haciendo sonidos todo el tiempo con la boca. La miro y luego a su cabello en mi mano. Le doy un pequeño tirón y Beh me golpea los dedos.

"¡No, Ehd!"

Preocupada de que siga enojada, me dejo caer y acaricio su vientre. La miro y luego rápidamente miro hacia abajo de nuevo. Paso la nariz por el abrigo de piel que la envuelve hasta que siento su mano en mi cabeza y sé que estoy perdonado.

Beh recoge más flores, algunos hongos y los capullos y las tiernas hojas tiernas de muchas de las plantas a medida que avanzamos de camino al lago. Agarro mi lanza con más fuerza a medida que nos acercamos, haciendo que Beh permanezca en las sombras de los árboles de hoja perenne mientras escaneo el área primero. No voy a correr ningún riesgo en absoluto, no cuando Beh tiene un bebé dentro de ella.

Cada vez que venimos al lago, recuerdo al hombre que intentó quitarme a Beh.

Una vez que estoy seguro de que no hay nadie más alrededor, saco el pequeño encendedor redondo de un pliegue de mi abrigo de piel y lo uso junto con un trozo de pedernal para encender un pequeño fuego. Beh va al agua y llena una de las bolsas de agua. Lo coloca sobre la piel sobre un palo y luego llena una vasija de barro con agua. Ella toma mi mano y no me molesto en pelear por eso. Rápidamente me sumerjo y dejo que Beh me frote el cabello y la cara. Una vez que ella considera que estoy lo suficientemente limpio, me siento junto al fuego y trato de calentarme un poco mientras veo a Beh bañarse.

Deja caer sus pieles al suelo y veo que todavía lleva las cositas rosas a pesar de que parecen un poco estiradas sobre la mitad superior de ella, y la mitad inferior se pliega y rueda sobre sí misma debajo del bulto de su estómago. . Siento que mi sonrisa se amplía cuando ella se gira hacia un lado y puedo ver la silueta del bulto donde está creciendo el bebé.

La sigo observando mientras me acerco a la orilla del agua, donde normalmente se puede encontrar pedernal. Encuentro un trozo de buen tamaño y una piedra para golpearlo. Necesito algunos cuchillos más afilados ya que muchos de los míos se han vuelto desafilados con el uso. Tomo algunas astillas largas y afiladas y luego vuelvo al agua cerca de Beh y me siento a esperarla.

Las puntas de mi cabello todavía están mojadas y siento frío en la nuca. Llevo la mano detrás de mi cabeza, agarro un mechón de cabello y luego uso una de las nuevas hojas de pedernal para cortarlo.

"¡Eh!" Escucho a Beh gritar mi nombre y la miro. Sus ojos reflejan conmoción y confusión, e inmediatamente dejo caer mi pedernal y recojo mi lanza nuevamente. Miro a nuestro alrededor pero no veo nada fuera de lo común. Cuando miro a Beh, ella camina hacia mí.

Se detiene y pone su mano sobre mi cabeza, haciendo un montón de ruidos mientras pasa sus dedos por mi cabello. Levanta la otra mano y agarra la punta de mi cabello de un lado (el lado que ya he cortado más corto) y niega con la cabeza.

Pasando su mano por mi brazo, me empuja hacia abajo para sentarme en las piedras mientras toma mi último trozo de pedernal y se pone a trabajar en mi cabello. No le lleva mucho tiempo, pero cuando termina, me lleva de regreso al lago y me lava nuevamente. Paso mis dedos por los mechones más cortos y me sorprende lo uniforme que se siente. Normalmente termino con trozos largos en lugares aleatorios alrededor de mi cabeza.

Beh hace más ruidos con la boca, me toma la mano y me sienta cerca del fuego. Espero mientras toma uno de los paños que usa para lavar y lo sumerge en la olla con agua tibia. Ella mira mi rostro con mucha atención y yo me quedo quieto bajo su mirada. Beh levanta la mano y me frota el pelo de la cara. Luego presiona el paño húmedo y tibio a un lado de mi cara y lo sostiene allí.

No estoy segura de por qué está haciendo esto (ya me lavó la cara), pero no me muevo para detenerla. El calor se siente bien mientras me lava las mejillas y el cuello.

Mi compañera toma una de las hojas de pedernal en su mano y quita la tela de mi piel. Con un movimiento lento y suave, pasa el borde de la hoja por mi mandíbula. Abro mucho los ojos mientras veo su sonrisa aparecer en su rostro.

"¿Luffs?" No sé qué está haciendo, pero parece muy feliz por ello, así que me quedo quieto mientras ella pasa el borde de la roca afilada por mi cuello y mis mejillas. Cuando termina con un lado, hace el otro. Deja el pedernal y vuelve a acercar el paño tibio a mi cara, primero por un lado y luego por el otro.

Beh se sienta sobre sus talones y me da otra sonrisa mientras hace ruidos. Ella toma mi mano y la presiona contra mi mejilla.

¡Se me ha ido la barba!

La piel de mi cara es suave como la de Beh. Paso los dedos por todas partes, pero no hay pelos por ninguna parte. Se siente extraño pero también agradable. Ya no me pica la cara y la siento suave cuando la toco.

Miro a Beh, que sigue sonriendo y haciendo sonidos con la boca. Me pongo de rodillas, tomo su rostro entre mis manos y la miro a los ojos. Parpadean alrededor de mi cara y cabeza cuando me inclino y paso la nariz primero por un pómulo y luego por el otro. Sus manos también cubren mi cara y frota sus pulgares sobre mis mejillas antes de que sus labios presionen los míos.

Pongo mis manos sobre sus hombros y luego las paso por sus brazos y muñecas. Los muevo hacia el frente de ella y los coloco sobre su estómago redondeado. Beh mira hacia abajo y sus ojos se humedecen mientras mira mis manos en su vientre.

"¿Beh, luffs?" Espero que le devuelva la sonrisa, y así parece por un momento. Puedo sentir lo preocupada que está y no estoy seguro de si está preocupada por el bebé, por nuestros suministros de alimentos o por algo completamente distinto. Sólo sé que quiero que ella esté segura de mí y que la cuidaré y la protegeré a ella y al bebé. Nunca dejaré que les pase nada y me aseguraré de que ambos tengan suficiente para el próximo invierno. Siempre me ocuparé de ellos primero, asegurándome de que haya suficiente para ambos en las próximas temporadas.

Mis manos apartan las lágrimas de sus mejillas y Beh intenta sonreírme.

"Amor", susurra.

La rodeo con mis brazos para mostrarle que todo estará bien. Las lágrimas de Beh finalmente se secan y recogemos todo para llevarlo de regreso a la cueva.

A medida que los días pasan de cálidos a calurosos, la barriga de Beh se hace más grande y no parece estar tan triste como al principio. A veces todavía se molesta sin motivo aparente, pero siempre lo hace. Es sólo una parte de ella.

Mi pareja es inusual y no podría estar más feliz por ello.

Los alimentos frescos y las carnes abundan en los días de primavera y verano, aunque la mayor parte de la caza se presenta en forma de aves, conejos y peces. Necesitamos otro animal grande para su piel (habrá que mantener caliente al bebé), así que cavo otra trampa a lo largo de las estepas, lejos de nuestra cueva.

Beh intenta ayudar al principio, tomando una roca grande y plana y raspando la tierra del área que he seleccionado en el sendero por donde han pasado muchos uros grandes para llegar al lago desde sus áreas de alimentación y vivienda. Si pudiera hacer que uno de los bueyes grandes cayera y se lastimara en un agujero, podría acabar con él rápidamente. Son tan grandes que uno solo proporcionaría no sólo abundante carne, sino también tendones para atar, piel para vestir y huesos para herramientas. Sus cuernos y órganos también pueden ser útiles para muchas otras cosas.

Una vez que Beh se sienta y hace una mueca con la mano alrededor del estómago, hago que deje de intentar cavar conmigo. Sé que tomará días hacer la trampa incluso si ella ayuda, y no quiero que sufra. Ella retrocede con un suspiro y se acerca al escondite, apoyada en un palo, para sacar los juncos que había recogido en el lago. Ella comienza a entretejerlos y tengo que sonreír por lo rápido que hace algo útil.

Las cosas que hace están lejos de ser bonitas, pero normalmente pueden contener algo.

Continúo investigando, cogiendo un ritmo que no me permite pensar mucho. Hoy hace calor en las estepas y el sol quema mi piel desnuda mientras trabajo, creando lo que debe ser un río de sudor que corre entre mis hombros y me baja por la espalda. Beh me sorprende un poco cuando trae el odre de agua y me hace beber. Hace muchos sonidos y pasa su mano por un lado de mi cara mientras me sonríe.

Creo que a ella le gusta cuando no tengo barba, así que dejo que se la corte cuando vamos al lago a bañarnos. Siempre la hace sonreír y luego pasa sus manos por mi cara. Por lo general, cuando termina de tocarlo, me agarra por los hombros y coloca su boca sobre la mía. Poco después, agarra mi pene y lo mete dentro de ella.

Me alegro de que todavía quiera hacer eso a pesar de que ya tiene un bebé. Todavía me pregunto si empezará a crecer otro también y si ambos saldrán al mismo tiempo. Sin embargo, eso nunca les pasó a las mujeres de mi tribu y he visto nacer a muchos bebés.

El día se hace tarde y ni siquiera he terminado la mitad del camino. Me quedaría hasta casi el anochecer si estuviera solo, pero quiero que Beh regrese a nuestra cueva y esté a salvo antes del anochecer. Hacemos un viaje rápido al lago donde Beh toma mi mano y comienza a hacer muchos ruidos a medida que nos acercamos al otro lado. Ella me lleva a donde se puede encontrar la mejor arcilla, la señala y luego señala la piel en un palo.

Ella va a lavarse al lago y suspiro mientras empiezo a cavar. Después de que varios puñados de arcilla se asientan sobre una estera de pasto sobre la piel, me inclino hacia atrás y me estiro. Mis ojos se mueven hacia Beh por un momento, y luego, lenta y automáticamente, escaneo la línea de árboles en busca de cualquier señal de peligro.

En el bosque a un lado, algo me llama la atención. Me quedo mirando por un momento, tratando de descubrir qué es, pero no estoy seguro. Parece una roca grande y redonda, pero es de color blanco brillante. Intrigado, me levanto de mi lugar junto a la pequeña entrada al lago, reviso a Beh una vez más y camino un poco entre los árboles.

A medida que me acerco a la cosa que parece una roca blanca, me doy cuenta de que hay más cosas blancas en el suelo, no sólo la parte redonda. No tengo que acercarme mucho para darme cuenta exactamente de qué es: el cráneo blanco y redondo de una persona. Las otras piezas consisten en un puñado de costillas, parte de la columna y huesos de la cadera. También hay algunos otros huesos aleatorios dispersos.

Recuerdo al hombre que había atacado a Beh en otoño y sé que así fue como corrió después de que lo golpeé con el tronco. Me inclino y veo que la superficie del cráneo tiene una larga grieta. La grieta está en la misma zona donde lo golpeó el tronco.

Tengo que tragar mientras la bilis sube a mi garganta y un escalofrío recorre mi cuerpo. Me alejo varios pasos de él, sin querer sentir lástima por el hombre que había intentado quitarme a Beh, pero incapaz de sentirme feliz de saber que no podría volver a amenazarnos por lo que había hecho.

Nunca antes había lastimado a alguien.

Nunca.

Escucho a Beh pronunciar mi nombre y trago con fuerza de nuevo antes de volver a la arcilla y la piel. Cuando salgo del bosque, Beh hace muchos ruidos y me pasa la mano por la cara. Sus ojos se estrechan con preocupación mientras sus sonidos se vuelven suaves y mira por encima de mi hombro hacia el bosque. Cuando toca mi brazo, me doy cuenta de que estoy temblando.

Rápidamente tomo su mano y levanto el extremo de la piel con un palo, con la intención de regresar directamente a la cueva. Beh tiene otras ideas, sin embargo, y me arrastra hacia el agua para lavarme. El agua fría sobre mi piel caliente me calma y, por una vez, agradezco su insistencia en la limpieza.

El sol casi se ha puesto cuando llegamos a la cueva y ambos estamos agotados por el día. En cuanto hayamos comido, nos vamos a nuestras pieles. Mientras coloco besos sobre su enorme barriga, me pregunto cuánto tiempo pasará antes de que el bebé decida salir y si se parecerá a mí. Las manos de Beh recorren mi cara y mis hombros, y mis dedos juguetean con sus pezones y entre sus piernas hasta que grita por mí.

Esa noche sueño.

Estoy sosteniendo la mano de Beh mientras ella se balancea sobre las puntas de sus pies sobre un montón de pieles suaves. Tiene los ojos cerrados con fuerza mientras emite un gemido mientras yo me agacho y atrapo al bebé que se cae entre sus piernas. La cosa diminuta deja escapar un largo y saludable gemido y lo levanto para que Beh lo vea. Los ojos de Beh se abren como platos y se desploma hacia un lado, inmóvil. La sacudo y grito el sonido de su nombre, pero ella no responde. Su rostro se transforma en el de una mujer de mi tribu... una que murió al dar a luz a su hija...

Cuando me despierto, estoy cubierto de sudor frío y temblando. Trago fuerte para evitar llorar en voz alta y rodeo a Beh con mis brazos para acercarla a mí. Ella murmura en sueños y se inquieta (ahora le resulta difícil encontrar una posición cómoda), pero luego vuelve a tranquilizarse.

Me había olvidado de la mujer de mi tribu que había estado intentando dar a luz durante tanto tiempo en pleno invierno, sólo para caer justo después de que naciera el niño. Aunque el bebé estaba sano y sobrevivió del pecho de otra mujer, la madre ni siquiera abrió los ojos el tiempo suficiente para ver al niño.

Mi madre había dado a luz a tantos niños con facilidad que ni siquiera había pensado en lo difícil que a veces era para otros. ¿Qué pasa si Beh no puede sacar al bebé durante mucho tiempo y le duele? ¿Qué pasa si el bebé no sale a tiempo o sale demasiado tarde? ¿Qué pasa si ella necesita ayuda y no sé qué hacer?

¿Qué pasa si algo le sucede a Beh? ¿Cómo cuidaré al bebé? No tengo otra madre que lo cuide y nunca he visto a un hombre usar sus pezones de esa manera. Estoy bastante seguro de que no funcionan. ¿Cómo sobrevivirá el bebé?

¿Cómo sobreviviré?

He vivido solo durante mucho, mucho tiempo, y solo las últimas temporadas con Beh me hacen darme cuenta de que de ninguna manera quiero volver a estar solo. Nunca podría sobrevivir sin Beh conmigo. Ni siquiera querría vivir si ella ya no estuviera aquí.

Me acerco y froto el vientre redondo de Beh, esperando que el contacto con su piel me calme. Funciona hasta cierto punto, especialmente cuando el bebé comienza a moverse y siento pequeñas rodillas y codos (al menos, creo que eso es lo que son) tocando el interior del estómago de Beh. No parece moverse tanto como antes y creo que tal vez sea demasiado grande para moverse tanto.

¿Qué pasa si el bebé es demasiado grande para salir?

Puedo sentir el pánico crecer dentro de mí mientras acerco a Beh a mi pecho. Ella gime y se da vuelta, sus ojos borrosos observan mi cara antes de poner su mano contra mi mejilla.

"¿Eh?" Beh hace muchos sonidos con la boca y puedo ver la preocupación en sus ojos. Mientras miro su rostro, mi mente evoca imágenes de ella con ojos vidriosos y piel pálida y fría. Me estremezco y siento lágrimas en las comisuras de mis ojos.

Sin más sonidos, Beh me rodea la cabeza con sus brazos y me atrae hacia su pecho. Su cuerpo se mueve hacia adelante y hacia atrás lentamente dentro de las pieles, meciéndome y pasando sus dedos por el cabello de mi nuca. Intento calmar mis pensamientos, pero lo único que me trae paz es mirarla a los ojos.

Beh pasa días cavando una pequeña depresión del tamaño de un bebé en la parte trasera de la cueva detrás de nuestras pieles para dormir. Coloca las pieles más suaves alrededor de pastos suaves y secos. Utiliza el cuero del uro atrapado en la trampa del pozo para hacer un montón de pequeños triángulos, aunque no puedo entender qué pretende hacer con ellos. Lo único que sé con seguridad es mantenerme fuera de su camino. Intenté ayudar muchas veces, pero Beh me rechaza y no acepta ninguna ayuda.

Actúa como si tuviera la cabeza caliente por la enfermedad, pero no es así.

Los ruidos de su boca son casi constantes, pero también lo es su deseo de meterme entre las pieles y meterme dentro de ella, y ha estado así durante días y días. Al principio estaba emocionado. Ahora estoy completamente agotado.

Observo cómo mi compañera toma puñados de granos y carnes cocidos de la olla cerca del fuego y se los lame de los dedos. Ella gime de placer por el sabor, y el sonido que podría haberme puesto duro más temprano ese día solo hace que mi pene se contraiga un poco mientras ella me mira y sonríe durante su desayuno. Siento que me duelen las mejillas por la sonrisa que le doy mientras ella lucha por ponerse de pie.

Me agacho y tomo a mi pareja por los antebrazos para ayudarla a levantarse. Ella tropieza ligeramente, pero la mantengo erguida. Beh jadea y me agarra el brazo aún más fuerte. Cuando miro hacia abajo, puedo ver sus nudillos pálidos por su fuerte agarre. Me suelta con una mano y la usa para frotar alrededor y debajo de su vientre mientras su aliento se escapa en pequeños y rápidos tragos. Nos miramos fijamente a los ojos y la comprensión pasa a través de ellos.

Por fin llega el bebé.

CAPITULO 19

El sonido de la respiración de mi compañero y el leve crepitar del fuego son los únicos sonidos en la cueva. El eco de la última ronda de gritos de Beh se ha desvanecido, aunque parece que los sonidos permanecerán alojados para siempre en mi cerebro.

No recuerdo que las mujeres de mi tribu tardaran tanto en tener un bebé.

Beh respira larga y profundamente y observo su rostro de cerca por un momento antes de ofrecerle tentativamente una de las tazas de arcilla con agua. Cierra los ojos y me aprieta la mano, pero no toma la bebida. Al menos esta vez no me lo devuelve.

El sol se ha puesto afuera y Beh está exhausto. Mi sueño vuelve a mí y trato de abrazarla y consolarla, pero a veces ella me aleja. Intento no pensar en que algo terrible le pase a ella o al bebé, pero no puedo evitarlo. Me duele el pecho y se me hace un nudo en la garganta. Había querido poner un bebé dentro de ella desde que la traje a la cueva por primera vez, pero ahora que el bebé realmente está saliendo, tengo miedo.

Sé que Beh también lo es. Puedo verlo en sus ojos.

Su respiración se vuelve más rápida y sus dedos aprietan mi mano mientras grita de nuevo. La rodeo con mi brazo para estabilizarla. Su posición actual de manos y rodillas parece ser tan buena como cualquiera de las otras que ha probado, pero el bebé aún no nace. Los dedos de Beh se aferran a mi mano y al pelaje viejo y desgastado del suelo debajo de ella. Intenté poner los más suaves debajo de ella al comienzo del día, pero Beh los movió todos al pequeño hoyo que talló para el bebé.

Después de que el dolor parece haber pasado, Beh cae de costado en el suelo. Extiendo la mano y le acaricio la cara, pero ella no me mira.

"¿Bien?"

Veo que sus ojos se tensan un poco y su pecho sube y baja con un profundo suspiro, pero todavía no me mira. Toco su mejilla y luego su hombro. Beh simplemente cierra los ojos. Ella contiene la respiración y no emite ningún sonido, pero por la tensión en su cuerpo puedo decir que otro dolor la ha golpeado. Después de un rato, deja escapar un grito ahogado y comienza a respirar de nuevo.

"Luffs", susurro mientras toco su mejilla de nuevo.

Otro suspiro, pero ahora me mira. Sus labios se contraen en una leve sonrisa antes de que otro dolor la golpee y grite de nuevo. Su boca emite una multitud de sonidos extraños cuando extiende la mano, me atrae hacia ella y luego me aleja de nuevo.

Luego ella grita y me tira hacia atrás. No puedo seguir el ritmo que ella quiere que esté y mi propia falta de conocimiento me hace enojar conmigo mismo. No sé lo suficiente sobre cómo ayudar a una mujer a dar a luz y Beh necesita más ayuda de la que yo puedo brindarle.

Beh levanta un poco las rodillas, pero la forma en que está acostada de lado no funciona muy bien. Aunque está muy cansada; No sé cómo puede seguir adelante. Me pregunto si podría tomar una siesta un rato y luego intentarlo de nuevo. Varios dolores más la golpean, pero Beh no se levanta de su lado. Parece que los dolores empeoran cuando está así, pero ya casi no puede moverse.

No se que hacer.

De repente, los ojos de Beh se abren mientras intenta darse la vuelta pero no puede. Me levanto rápidamente para ayudarla, y un momento después ella está de nuevo sobre sus manos y rodillas, balanceándose lentamente hacia adelante y hacia atrás mientras gime.

Beh agarra mi brazo y lo usa como palanca mientras se pone de pie y dobla las rodillas, manteniendo el equilibrio sobre las puntas de los pies. Me muevo para arrodillarme frente a ella y ella me rodea el cuello con los brazos y se aferra con fuerza a mis hombros. Ella grita una y otra vez mientras las lágrimas brotan de sus ojos. Quiero alejar la humedad, pero tengo miedo de que se caiga si la suelto.

Mientras Beh se esfuerza con los dientes apretados, miro hacia abajo y veo la coronilla de una cabecita con cabello oscuro asomando entre sus piernas.

"¡Hoh!" Agacho la mano y puedo sentir el cabello del bebé, húmedo y cálido.

Beh gruñe y me agarra, luego parece relajarse por un momento y la cabeza del bebé desaparece nuevamente dentro de ella. Un momento después, Beh apoya su cabeza contra mi hombro y empuja. Nuevamente, se puede ver una cabecita cuando lo hace.

Una y otra vez, cada vez que me agacho, pensando que ese será el momento en que salga el bebé, pero no es así. Finalmente, cuando la luz del sol de la mañana comienza a filtrarse hacia la cueva y Beh ya casi no puede mantener el equilibrio, sucede algo.

Con un gemido final, Beh clava sus uñas en mis hombros y empuja. Un sonido húmedo y chapoteante acompaña a una pequeña figura que se retuerce mientras cae entre las piernas de mi pareja y cae hacia mis manos. Lo recojo en un brazo y con el otro ayudo lentamente a Beh a acostarse de costado. Ella todavía está jadeando, llorando y riendo, todo al mismo tiempo. Beh se acerca a mis manos mientras un delicado llanto se escapa de los labios de nuestro nuevo hijo.

Miro hacia mis brazos a la pequeña niña que yace en ellos.

Soy padre.

Con la única excepción posible de su madre, nunca he visto nada tan hermoso como nuestra hija. Es tan pequeña en mis manos que tengo miedo de romperla. Sus pequeños dedos se aferran a la nada y sus pequeñas piernas patean mis muñecas mientras llora.

Miro a mi pareja. Su cabello está húmedo y le cae sobre los ojos, pero su sonrisa es brillante cuando tomo al bebé y lo coloco en sus brazos. Las lágrimas caen de los ojos de Beh mientras mira al niño.

Los ojos del bebé se cierran con fuerza y deja escapar otro pequeño gemido. Mientras Beh acerca al niño a su pecho, miro el cordón que todavía los conecta. Recordando lo que hacían las mujeres de mi tribu, saco un largo hilo de tendón y lo ato alrededor del cordón umbilical cerca del estómago del bebé. Tomo una segunda pieza y la ato un poco más abajo.

Beh de repente jadea y me mira mientras otro dolor recorre su cuerpo. Coloco mi mano sobre su estómago y siento la tensión de los músculos debajo de su piel. Extiendo la mano y tomo a la bebé para envolverla en el suave pelaje que Beh había dejado a un lado, y sus llantos disminuyen un poco. La sostengo con una mano y rápidamente corto el cordón con mi cuchillo de pedernal, justo entre los trozos de tendón. Ahora que está bien abrigada, puedo acostar al bebé en nuestras pieles para dormir el tiempo suficiente para ayudar a Beh a sacar la placenta.

Cuando termina la tarea, mi pareja y mi hijo están agotados: Beh por el parto y el bebé por el llanto. Los coloco en las pieles y les llevo agua Beh y granos cocidos fríos. Beh hace ruidos con la boca y señala con el dedo el fuego. Le agrego algunos troncos para que vuelva a arder y Beh suspira y mueve la cabeza de un lado a otro. Toma el vaso de agua que le traje y moja el borde de una de las piezas de cuero en él, luego procede a limpiar los restos de sangre y mocos de la cara del bebé.

Encuentro uno de los pequeños cuadrados de tela cerca del fuego y noto la vasija de barro llena de agua que Beh colocó antes cuando comenzó a sentir dolores. Lo traigo junto con la tela. Beh sonríe mientras la ayudo a limpiar al bebé con agua tibia y luego uso el paño para lavarle las piernas y la cara.

Queriendo asegurarme de que Beh tenga todo lo que necesita, llevo carne del fuego y una taza llena de nueces a las pieles de dormir y se las doy mientras ella intenta que el bebé succione de su pecho. Son necesarios varios intentos, pero finalmente los diminutos labios del bebé se envuelven alrededor del pezón de su madre y el reflejo toma el control.

Beh hace una mueca cuando el bebé se prende y luego relaja su cabeza entre las pieles. Agarro una de las pieles extra y la hago una bolita para colocarla debajo de su cabeza, ya que a ella le gusta acostarse de esa manera. Ella me mira y sus ojos brillan.

"Amor", susurra.

"¡Luff!"

Beh y nuestra hija se acomodan más profundamente en el área para dormir mientras yo recojo el pelaje viejo que ahora está cubierto de sangre, envuelvo la placenta en él y salgo de la cueva. No voy muy lejos (nunca dejaría sola a mi nueva familia por mucho tiempo), pero sólo lo suficiente para encontrar el hoyo que había cavado hace algún tiempo y arrojar en él la placenta envuelta en piel. Lo cubro con tierra y hojas para mantener alejados a los depredadores y luego regreso a la cueva.

El bebé todavía está ocupado mamando, aunque parece estar dormido al mismo tiempo. Los ojos de Beh están abiertos pero vidriosos, y creo que sólo está parcialmente despierta. Intento que coma más y ella bebe un poco de caldo de carne antes de despedirme.

Aunque el sol está alto en el cielo, me arrastro sobre mi pareja y mi bebé para acostarme con ellos sobre las cálidas pieles. Los observo con asombro y me pregunto si hay alguna forma posible de ser más feliz que en este mismo momento.

Me acerco para quitarle el pelo de la frente a Beh y me doy cuenta de que el pelo del bebé (ahora que se ha secado un poco más) no es del mismo color que el de Beh. Tiene un tinte rojo dorado, que sé que se parece más al mío. Esto me incita a mirar su rostro más de cerca, pero ella está demasiado interesada en el pecho de su madre para mostrarme todo su rostro y sus ojos todavía están cerrados. Me pregunto de qué color serán y si serán grandes y azules como los de su madre. Sus dedos son pequeños pero largos, en comparación con el resto de sus manitas, y sus mejillas están llenas y redondas con manchas rojas por el llanto.

Los dedos de Beh se enroscan en mi cabello y acerca mi rostro al suyo para presionar su boca contra la mía.

"Khzz", susurro cuando ella me suelta, y soy recompensado con sus labios contra los míos una vez más. Hace muchos sonidos suaves mientras sus ojos me miran a la cara. Observo cómo mueve su boca mientras los ruidos salen de entre sus labios y agradezco que sean ruidos tranquilos. Extiendo la mano y envuelvo mi brazo alrededor del bebé y de Beh antes de apoyar mi cabeza sobre las pieles.

Miro a Beh por un momento, pero el solo hecho de acostarme me ha acabado y me quedo dormido rápidamente. Con la calidez de mi pareja y mi hijo para consolarme, respiro larga y lentamente y sonrío.

Mientras me quedo dormido, me pregunto si puedo ponerle otro bebé ahora.

Los primeros días son duros.

Beh está muy cansado y el bebé no duerme mucho tiempo seguido. Ha pasado un tiempo desde que estuve cerca de un bebé. Mi hermano menor ya tenía varias temporadas cuando el fuego se llevó a mi tribu y olvidé lo desordenados que pueden ser. Beh usa los pequeños triángulos de cuero con algunos de sus cuadrados de tela adentro para envolver el trasero del bebé, y termino lavando las cosas apestosas afuera de la cueva junto con las correas de cuero que Beh usa para absorber la sangre después de dar a luz. .

Hacemos muchos viajes al lago usando la piel de un palo para llevar no solo los suministros que recolectamos sino también a nuestro bebé. Ella se acuesta en el medio, rodeada de pieles, y mira a su alrededor con grandes ojos azules que son exactamente como los de Beh. Se retuerce y se mueve mucho cuando la colocan boca arriba y su piel es maravillosamente suave. Me gusta tocar la comisura de su boca y verla girar hacia mi dedo en busca de leche.

Ella es tan bonita, como Beh.

Incluso con poco sueño continuo, tenemos que prepararnos para el invierno. Yo pesco en el lago mientras Beh sostiene al bebé cerca de su pecho y busca raíces de espadaña. Una vez que tiene muchos de ellos cargados en la piel, se sienta a alimentar al bebé un rato. Vuelvo a mi trabajo hasta que la oigo gritar mi nombre.

"¡Eh!"

Rápidamente, miro hacia arriba y alrededor del área, pero no parece haber ningún peligro y los sonidos de Beh no parecen alarmados. Recogiendo los tres peces pequeños que he pescado, me acerco a ella y me agacho para asegurarme de que el bebé está bien. Chupa el pecho de su madre con avidez y emite pequeños gruñidos mientras lo hace.

Yo sonrío.

"Ehd". Beh extiende la mano y toca mi pecho. Luego coloca su mano sobre su propio pecho, justo encima de sus senos. "Beh."

Entrecierro los ojos mientras ella coloca su mano sobre el bebé y hace más sonidos. Inclino mi cabeza hacia un lado y trato de escuchar atentamente sus sonidos, pero son sólo ruido. Ella continúa por un tiempo y yo me aburro. Justo cuando estoy a punto de levantarme y volver a pescar, ella me agarra la mano y la aprieta con fuerza.

"Ehd...Beh..." repite, y luego vuelve a tocar al bebé.

Poco a poco, la comprensión llega a mí. Beh quiere un sonido de nombre para el bebé. No sé por qué me pregunta, ya que las madres siempre inventan los sonidos de los nombres de sus bebés. Me pregunto si se supone que los sonidos que ha estado haciendo son el sonido de un nombre, pero no creo que eso sea posible. Hay demasiados sonidos extraños juntos para eso.

Quizás no sepa cómo llamarla.

"Beh", digo mientras toco su hombro. Coloco mi mano sobre la cabeza del bebé, luego me acerco y coloco mi mano sobre los labios de Beh. Me alejo y la miro expectante, esperando que me diga el sonido del nombre del bebé.

Sus ojos permanecen en los míos durante varios minutos antes de volver a mirar al bebé que la amamanta y pasar su mano por su suave cabeza. Luego hace una combinación de sonidos que me recuerdan los ruidos que a veces hace cuando cocina, esos que van todos juntos. Ella me mira y sonríe, repitiendo los sonidos más lentamente.

Sigue siendo una cantidad de ruido ridículamente complicada para el sonido de un nombre, así que no estoy seguro de qué está haciendo. Ella hace los sonidos una y otra vez, y observo cómo sus labios y su lengua se mueven juntos.

"Sheee... bueno..."

En la última parte, su lengua pasa por la parte posterior de sus dientes en un sonido algo familiar.

"¿Luffs?" Cuestiono.

"Laaaah", dice Beh. "Sheee-lah".

"Luuhh..." ¿Por qué hace todos sus sonidos tan complejos?

"Shee-lah".

"Adelante."

"Sss..."

"Llllah..."

Caminamos de un lado a otro por un tiempo antes de que Beh suspire y sacuda la cabeza hacia mí. Ella emite una serie de sonidos largos y fuertes y miro a mi alrededor para asegurarme de que no ha atraído ninguna atención no deseada mientras suspira de nuevo.

"¿Eh?" dice en voz baja.

Mucho mejor.

"Lah", repito con una sonrisa.

Lah elige ese momento para soltar el pezón de Beh y escuchar el sonido de mi voz. Mi sonrisa se hace más grande cuando paso mi dedo por su pequeña y suave mejilla, y ella parpadea antes de volver a su comida. Beh se ríe y se acerca para acercarme y poner su boca sobre la mía.

"Lah", dice en voz baja.

"Allá."

Nuestra hija tiene un sonido de nombre.

El invierno llega temprano en forma de fuertes nevadas.

El tiempo cambia rápidamente y sin previo aviso, pero tenemos comida de sobra y deberíamos tener suficiente si el invierno no es demasiado largo. Mientras Lah se alimenta de su madre, Beh tiene hambre con más frecuencia que antes. Aun así, creo que debería haber suficiente.

Espero que lo haya.

Los copos de nieve caen del cielo nublado mientras me envuelvo con mi pelaje exterior y contemplo el campo cubierto de nieve. También espero que Beh me deje intentar ponerle otro bebé pronto, pero ella me rechaza cada vez que lo intento. Ha pasado mucho tiempo desde que me tuve dentro de ella y lo extraño. Intenté simplemente tocarla, pero todavía está sangrando desde el parto y tampoco me deja hacerlo.

Una vez que Lah esté durmiendo, Beh pondrá su mano sobre mí hasta que mi semilla se derrame sobre las pieles. Se siente bien pero no es lo que quiero. Quiero abrazarla contra mí mientras me muevo, saborear sus labios y escucharla gritar mi nombre mientras se estremece a mi alrededor.

Empujando la piel que cubre la entrada de la cueva hacia un lado, me deslizo a través de la grieta hacia el calor de la cueva. Sacudo la cabeza rápidamente para hacer volar la nieve en todas direcciones. Escucho algunas risas desde el otro lado de la cueva y sonrío para mis adentros. Después de usar el pelaje grueso para tapar la grieta que conduce al exterior y protegernos de los vientos, me muevo al otro lado de la cueva donde está mi familia.

Dejo los dos conejos que atrapé en las trampas al lado del fuego (los despellejaré y cocinaré más tarde) y me giro hacia mi pareja. Beh tararea y emite sonidos fluidos mientras se sienta con Lah cerca del fuego. Cada vez que Beh hace ruidos con la boca, Lah observa atentamente su rostro. Me acerco detrás de ellos y me siento, envolviendo mis piernas alrededor de las caderas de Beh y mis brazos alrededor de ambos mientras nos mantenemos calientes junto al fuego. Afuera el viento aúlla y la nieve sopla, pero por dentro estamos contentos.

Beh gira la cabeza hacia mí y se apoya en mi pecho mientras coloco mi barbilla en su hombro. Los ojos de Lah se encuentran con los míos y creo ver que las comisuras de su boca se levantan un poco. Mi corazón late más rápido al ver a la niña que parece reconocerme ahora. En poco tiempo, creo que ella realmente me sonreirá.

Los sonidos de Beh son suaves y acuna a nuestro hijo en un brazo mientras rodea mi cabeza para agarrar el cabello de mi nuca y acercar mi boca a la de ella. Me presiono contra ella y mi lengua traza el contorno de sus labios.

Al separarnos, abrimos los ojos y nos miramos de cerca. Durante un largo momento, simplemente nos quedamos mirando. No es en absoluto amenazante ni incómodo; somos solo nosotros dos, juntos, y mi piel se calienta ante la idea de estar con ella.

Con un grito agudo de nuestra hija, ambos volvemos al momento. Mi pecho tiembla un poco mientras trato de no reírme, pero Beh ni siquiera lo intenta. Los ojos de Lah se agrandan mientras nos mira a ambos, sorprendida y guarda silencio por los extraños sonidos que hacemos. Luego cierra los ojos y deja escapar un grito largo y estridente.

Me duele la cabeza.

A medida que crece, Lah hace casi tanto ruido como su madre.

Hay una parte de mí a la que le gusta observarlos a los dos mientras se miran y emiten sonidos, pero el ruido constante dentro de la cueva hace que las sienes a un lado de mi cabeza palpiten. Nuestra casa ha comenzado a sentirse un poco apretada con tres personas en ella. Apenas hay espacio para mí, Beh y Lah, del tamaño que tiene ahora. Ella se retuerce y se retuerce cuando la sostienes, pero no puede moverse a ningún lado por sí sola. Una vez que tenga el tamaño de una persona, esta cueva no será lo suficientemente grande para nosotros. Además, cuando Lah crezca, Beh debería haber tenido varios hijos. Podríamos tener una tribu entera para entonces, y una tribu definitivamente no cabría en nuestra cueva.

En algún momento, antes de que Lah crezca demasiado o antes de que tenga otro bebé en Beh, tendremos que buscar un nuevo lugar para vivir. Este no es el único pensamiento que me preocupa. También estoy preocupada por Beh porque todavía no parece querer que le ponga otro bebé.

Lah se sienta sobre su trasero regordete y su madre extiende los brazos para mantener el equilibrio. El bebé se mece un poco hacia adelante y hacia atrás y chilla. Beh le hace muchos ruidos y luego se gira para hacerme ruidos a mí. Lah también me mira y deja escapar otro chillido mientras salta arriba y abajo.

Me tengo que reír porque se ve muy divertida cuando hace eso, pero al mismo tiempo, no puedo esperar hasta la primavera cuando pueda salir de la cueva y alejarme de todo el alboroto. La soledad de cazar solo me parece cada vez más atractiva.

Voy a la entrada de la cueva y aparto el pelaje para mirar afuera. El cielo está nublado, pero el aire es ligeramente más cálido que el día anterior y la espesa nieve finalmente comienza a derretirse. Solo como excusa, tomo uno de los cuencos de arcilla y lo llevo afuera, lo lleno de nieve compacta y miro al cielo durante unos minutos hasta que el viento me hiela los oídos. Cuando vuelvo a entrar, Beh ha colocado a Lah, que de repente dormía, sobre un montón de pieles para su siesta.

Coloco el cuenco cerca del fuego para derretir la nieve y me acerco a Beh. Acaricia la mejilla de nuestra hija y Lah hace pequeños movimientos de succión mientras duerme antes de soltar un largo bostezo.

Beh también bosteza y la llevo hacia las pieles para dormir cerca del bebé y la convenzo de que se acueste. Ella necesita dormir más (los dos lo necesitamos), pero rara vez parece quedarse dormida cuando Lah lo hace. Ella pasa todo ese tiempo mirándola.

Con la esperanza de ayudarla a descansar, me pongo las pieles con Beh y envuelvo mis brazos alrededor de su cintura. Me da la espalda y la presiona contra mi pecho para poder mirar al bebé. Inclino mi cabeza contra el hombro de Beh e inhalo. Su cabello siempre huele tan bien. La agarro con más fuerza y empujo mis caderas contra ella. Beh se pone ligeramente rígida y sé que puede sentir mi fuerza en su espalda.

No fue mi intención; Simplemente no puedo evitarlo.

Siento su pecho subir y bajar con un largo suspiro antes de que ella gire para mirarme. Beh coloca una mano sobre mi pecho y levanta la otra para tomar mi cara.

"¿Luffs, khizz?"

La sonrisa de Beh ilumina su rostro y rodea mi cabeza para acercarme a ella. Sus labios tocan los míos suavemente y luego con más necesidad y la boca abierta. Recostada contra las pieles, la dejo hacer lo que quiera. No quiero presionar; Ha pasado tanto tiempo desde que ella hizo algo más que un simple toque rápido de mis labios antes de disuadirme suavemente de hacer más. No quiero arruinar esto, sea lo que sea.

Su lengua toca la mía y su mano recorre mi cuello y mi hombro, donde lo agarra con fuerza. Presiono mi mano en su espalda y acerco nuestros cuerpos, gimiendo levemente en su boca mientras mi pene se presiona entre nosotros de la manera más maravillosa.

Beh también gime, mueve su mano por mi pecho y la envuelve alrededor de mi eje. Respiro larga y profundamente y trato de mantenerme firme mientras ella me acaricia.

Me gusta cuando ella hace eso.

Quiero más.

Mi mano encuentra su pecho debajo de sus pieles y mi pulgar frota suavemente sus pezones. Al menos ya no parecen estar tan doloridos como cuando Lah estaba aprendiendo por primera vez a obtener leche de su madre. Beh hacía una mueca de dolor cada vez que Lah se prendeba, y cuando intenté tocar sus pechos, ella no emitió ningún sonido.

Las caderas de Beh se balancean contra mi cuerpo incluso con su mano atrapada entre nosotros. Estoy muy cerca de su entrada y sé que si simplemente alejara su mano, podría estar dentro de ella muy rápidamente. Sin embargo, ella no quiere esto y nunca entenderé por qué a veces no quiere.

Ella jadea suavemente mientras sigo tocando su pecho y presiono mis labios a un lado de su cuello. Su piel está salada allí, y la lamo con la parte plana de mi lengua, haciéndola gemir lo suficientemente fuerte como para presionar su cara contra mi hombro para evitar despertar a Lah.

Luego ella me empuja y termino boca arriba, sudando y con el pecho agitado.

Se sienta y se rodea las piernas con los brazos por un momento, apoyando la frente en las rodillas. Ella hace algunos ruidos, incluido el sonido de mi nombre y el sonido de los luffs.

"Beh Luffs." Repito y la alcanzo.

Ella se gira y me sonríe antes de extender la mano y colocarla sobre mi pecho.

"Beh Luffs Ehd".

Sus dedos se mueven hacia abajo, y creo que al principio simplemente se alejará, pero luego deja que permanezcan contra mi piel, recorriendo el centro de mi cuerpo hasta mi estómago y luego hacia abajo. Sus dedos recorren mi longitud, haciendo que salte de emoción.

Intento estabilizar mi respiración rápida mientras ella lo acaricia con un dedo desde la punta hasta la base y luego vuelve a subir. Añade otro dedo y luego lo rodea con la mano. Se mueve hacia arriba y hacia abajo un par de veces y luego sostiene mi pene de modo que quede recto fuera de mi cuerpo, apuntando al techo de la cueva.

Luego se inclina y toma mi pene con su boca.

"¡Hoh!"

Me siento rápidamente, el impacto de las acciones de mi pareja hace que mi cuerpo reaccione casi violentamente.

Beh tiene mi pene en su boca.

¡En su boca!

¡No puedo poner un bebé ahí!

Las manos de Beh descansan sobre mi estómago y mis muslos mientras se inclina sobre mí, y su boca envuelve la mitad de mi longitud antes de volver a subir. Su lengua pasa por la punta y luego vuelve a bajar. Al principio, quiero alejarla, pero la confusión sobre por qué haría tal cosa detiene mis movimientos el tiempo suficiente para sentir.

Su boca está cálida y húmeda, y su lengua acaricia la línea sensible en la parte inferior de mi pene.

"Bien..."

Sus ojos miran los míos cuando escucha el sonido de su nombre, y los veo brillar con alegría y deseo. Mi mano se extiende y toca el costado de su cabeza, apartando mechones de su cabello mientras la veo moverse hacia abajo nuevamente.

Estoy atrapado en la vista y las sensaciones. Aunque mi mente no puede entender por qué ella consideraría hacerme esto, no voy a detenerla.

Definitivamente no.

Su boca se mueve hacia arriba de nuevo y sus labios acarician mi carne dura mientras me envuelve con ellos. Mientras miro, sus mejillas se hunden y de repente siento que la succión atrae más de mi longitud hacia su boca.

"¡Eh! ¡Eh! Mi respiración sale en breves jadeos mientras mis piernas se tensan, palpitan y se estremecen. Mis caderas se mueven hacia arriba, empujando mi pene más hacia la boca de Beh mientras siento que mi semilla sigue las sensaciones de mi clímax.

Los ojos de Beh se abren un poco y luego se cierran mientras su garganta se mueve. Ella se retira, me suelta y se sienta sobre sus rodillas.

Con mis propios ojos muy abiertos, me acerco y acerco su rostro a mí, mis ojos bailando entre los de ella para tratar de entender qué habría causado que ella hiciera tal cosa y cómo podría lograr que lo hiciera de nuevo. Examino su cara sonriente y me doy cuenta de que parece... orgullosa.

Cerrando los ojos, me inclino hacia adelante y arrastro la punta de mi nariz desde la punta de su nariz hasta su frente y luego hacia abajo. Cuando miro a Beh de nuevo, ella todavía está sonriendo y eso me hace sentir cálido por dentro a pesar del frío dentro de la cueva.

"Khizz", susurro, y ella acerca su boca a la mía. Tiene un sabor extraño y al principio me alejo, confundido. Rápidamente me doy cuenta de que es mi semilla lo que pruebo en ella y presiono mis labios contra los de ella nuevamente. Mi lengua se mete en su boca y considero el extraño sabor salado. Me hace preguntarme: ¿a qué sabría?

Alcanzo las caderas de Beh y rápidamente la levanto y la giro para acostarla sobre las pieles. Ella deja escapar un breve grito de sorpresa, pero se calma con una mirada hacia nuestro dormido Lah. Coloco mis labios sobre ella una vez más y luego deslizo mis manos por los costados de su cuerpo mientras me muevo hacia abajo también.

Tomo sus piernas con mis manos y las empujo hacia arriba y hacia los lados. Puedo verla abriéndose allí, aunque mi pene aún no está listo para responder. De todos modos, ese no es mi plan. Me acuesto entre sus piernas, apoyándome sobre los codos mientras miro el rostro de Beh.

Está sonrojado y hermoso.

Acercándome a su núcleo, primero toco la punta con la punta de mi nariz, inhalando su aroma antes de extender la lengua para encontrar ese lugar que es tan sensible. El cuerpo de Beh reacciona de inmediato y sus caderas se mueven. No puedo seguir sus movimientos, así que envuelvo mis brazos alrededor de sus muslos y caderas y la sostengo contra las pieles.

Mi lengua la encuentra de nuevo, girando primero alrededor del pequeño capullo en la parte superior de sus pliegues y luego hacia abajo para explorar los pliegues mismos. El sabor no es diferente al sabor de su boca que acababa de ser, pero algo más sutil. Su carne es increíblemente suave en mi lengua y no puedo evitar saborear su interior también.

Esto también hace que ella salte y tengo que sujetarla un poco más, lo que la hace gemir demasiado fuerte. Me quedo quieto mientras oigo a Lah moverse entre sus propias pieles no muy lejos de nosotros. Miro a Beh, que ahora tiene una mano sobre la boca. Utiliza el otro para empujarme desde sus caderas y se da vuelta para alcanzar a Lah.

Después de acariciar la mejilla del niño varias veces, Lah volvió a quedarse dormido.

Suspiro aliviado.

Un momento después, Beh está de rodillas frente a mí, empujándome hacia atrás. Quiero protestar, pero también espero que tal vez ella vuelva a poner mi pene en su boca o incluso dentro de ella para intentar tener otro bebé, así que le permito maniobrarme hasta colocarme en posición supina.

Lo siguiente que sé es que ella está sentada a horcajadas sobre mi pecho hacia atrás. Se inclina y siento de nuevo su cálido aliento cerca de mi ingle. Al mismo tiempo, se acerca a mí y me doy cuenta de lo que quiere.

Mis manos agarran su trasero y sus muslos y llevo sus pliegues a mi boca nuevamente. Ella gime, pero esta vez el sonido se ahoga mientras envuelve sus labios alrededor de mi pene semierecto. Gimo contra su carne, tarareando dentro de ella, y puedo sentir sus piernas tensas alrededor de mi cabeza. Ella también gime, lo que envía vibraciones a través de mi longitud y al resto de mi cuerpo y endurece aún más mi pene.

Mi lengua sube y baja por ella, tratando de seguir movimientos similares que mis dedos han usado en el pasado para brindarle placer. Beh tararea y gime alrededor de mi pene al mismo tiempo, y apenas puedo soportar las sensaciones duales. Cuando empieza a chupar, sé que no podré aguantar mucho más.

Mi lengua trabaja furiosamente contra su pequeño bulto, acariciando y dando vueltas, y Beh empuja sus caderas contra mi cara mientras se balancea hacia adelante y hacia atrás sobre mí. La punta de mi pene golpea la parte posterior de su garganta mientras siento su cuerpo estremecerse a mi alrededor. Puedo sentir más de lo que puedo oír sus gritos, lo que me lleva al límite y mi pene se vacía en su boca nuevamente.

Beh rueda hacia un lado, formando un montón junto a mis piernas.

Me obligo a levantar las rodillas, girarme y envolverla en mis brazos. Su respiración se vuelve entrecortada y puedo sentir el latido de su corazón contra mi pecho. Ella hace algunos ruidos suaves mientras acaricia mi mejilla con sus dedos y yo le acaricio el cuello con la nariz.

Finalmente, reconozco los aspectos positivos de la versatilidad.

CAPITULO 20

Lah crece muy rápido.

Cuando llega el invierno, ella levanta la cabeza y mira alrededor de la habitación sin ayuda. Le fascina mirar el fuego y los pechos de su madre, que constantemente están grandes y redondos por la leche. Puedo entender el interés de Lah, ya que yo también estoy bastante fascinado con ellos. Además de ser mucho más grandes, ahora son más sensibles cuando los toco, y como Beh finalmente me permite volver a meterle el pene, trato de tocarlos todo el tiempo. Parece hacer que Beh piense en tener más bebés o al menos esté dispuesto a intentar tener otro.

Después de la primera tormenta de nieve, el invierno es suave y con poca nieve, lo que facilita el acceso al lago en busca de agua. A veces voy solo, lo cual me preocupa, pero quiero que Lah se mantenga caliente, y todavía hace frío incluso sin nieve ni hielo que caigan del cielo.

Lah aún no ha aprendido a gatear por la cueva, pero tan pronto como aprendió a rodar de atrás hacia adelante, comenzó a rodar para llegar a donde quisiera estar. Tengo miedo de que se caiga rodando hacia el fuego, así que cubro el exterior del fogón, lejos del calor, con más leña para mantenerla alejada de las llamas.

Nuestra hija suele dormir envuelta en pieles con Beh y conmigo por la noche, aunque a menudo duerme la siesta en su pequeño montón de pieles. Me gustan esos momentos, ya que Beh generalmente me deja tocarla y luego intenta ponerle otro bebé. A veces, cuando intento dormir, Lah se acerca, me agarra la nariz y emite sonidos extraños, lo que hace que Beh se ría.

Beh siempre hace cualquier sonido que haga Lah justo después de que Lah hace el ruido. Nunca antes había considerado que los hijos de Beh tendrían algunas de sus rarezas, pero no me importa. Bueno, excepto cuando me duele la cabeza.

Me dirijo al lago en busca de agua dulce y Beh se queda en la cueva con Lah. Sólo queda una capa de nieve en el suelo y, aunque no hay brotes en los árboles, puedo sentir la llegada de la primavera en el aire y me alegro por ello. Tenemos suficiente comida para muchos días más, pero se nos acabaron los cereales y sólo quedan nueces y tubérculos para complementar los conejos que encuentro.

Cuando regreso de mi viaje al lago, Beh sostiene y mece a Lah en sus brazos con una expresión de preocupación en su rostro. Inmediatamente comienza a hacer ruidos fuertes y asustados, y yo corro hacia ella y coloco los odres de agua en el suelo junto al fuego. Ella dice el sonido del nombre de Lah muchas veces y sus sonidos son rápidos. Finalmente, toma mi mano y la coloca sobre la cabeza del bebé.

Lah es muy cálida al tacto, mucho más cálida de lo habitual, y ni siquiera está envuelta en piel. Ayudo a Beh a limpiarla con agua fría y luego la envuelvo firmemente en piel de conejo. Lah comienza a temblar y la llevo a ella y a su madre a las pieles para dormir y las aseguro a ambas en mi abrazo. A la mañana siguiente, los labios de Lah están secos y agrietados, y tiene problemas para prenderse al pecho de Beh para amamantar.

Lah está enfermo.

Usamos el agua de las pieles para bañar a nuestra hija para tratar de enfriar su piel, pero no funciona y rápidamente consume toda nuestra agua fresca. Todos los días debo volver corriendo al lago por más. No quiero dejar a Beh y Lah, pero ya no hay nieve y no hay suficiente para derretirse. Corro todo el camino y, aunque me duelen las piernas y el pecho por el esfuerzo, no me detengo para descansar. Simplemente sigo avanzando hasta llegar a la cueva.

En el interior, Lah permanece en el pecho de su madre aunque está demasiado débil para mamar. Su diminuto rostro y cuerpo han estado calientes durante días, e incluso usar el agua fría del lago no parece ayudar por mucho tiempo. Beh hace cada vez más ruido e

incluso parece algo frenética a veces, como si estuviera esperando que
yo hiciera algo.

No se que hacer.

Después de encender el fuego, los llevo a ambos de regreso a las
pieles para dormir y nos cubro a todos juntos. Beh no ha dormido
mucho y necesita fuerzas. Tomo a Lah de ella y la convenzo para que
se acueste y acaricio el cabello de Beh mientras intenta dormir. Lah
yace en mis brazos, silenciosa y quieta. Su piel caliente me calienta, y
sería agradable sentir el aire fresco de la mañana si no comprendiera
que su fiebre ha durado demasiado. Ella no está mejorando.

Entiendo como los recuerdos del pasado me consumen.

Hubo momentos en que mi madre había pasado días enteros
cargando a mi hermanita, que había desarrollado fiebre sólo una
temporada después de su nacimiento. Mamá la abrazó y la meció,
y papá le trajo agua fría, pero no ayudó, al igual que no ayuda con
Lah. Mi madre me apartó cuando intenté acercarme, tal como lo hizo
con mis otros hermanos y hermanas. Al final, cuando mi hermanita
dejó de moverse y respirar, mi padre simplemente abrazó a mi madre
mientras ella lloraba.

Lah se mueve y deja escapar un pequeño y débil grito. La acerco
a mi pecho y paso mi nariz por su mejilla hasta que se queda quieta
nuevamente. Al menos Beh sigue durmiendo. Creo que necesitará
su fuerza aún más pronto. Miro el rostro de Beh y la imagino en
mi mente como había sido mi madre. Recuerdo a mi padre en su
propio dolor mientras intentaba consolarla. Mi mente reemplaza a
mis padres conmigo y con Beh, y pienso en mí mismo sosteniendo a
Beh después... después...

Tendré que meterla en un hoyo profundo y taparla para que los
animales no lleguen a su cuerpo.

Me estremezco y mi garganta se vuelve apretada y seca. Sostengo
a Lah más cerca de mi pecho y me muevo lentamente hacia adelante
y hacia atrás, balanceándome al ritmo de mis sollozos silenciosos

mientras el sol se pone fuera de la cueva. Me acuesto junto a mi pareja, mantengo a nuestra hija cerca de mi pecho y sucumbo al sueño.

Hace frío y está oscuro en mitad de la noche, y de repente me despiertan.

Los gritos de Lah son débiles y me siento inmediatamente para alcanzarla, pero Beh ya la tiene en sus brazos. La abraza contra su pecho, pero Lah no la sujeta del pezón. Intento ayudar, pero no sé cómo hacer que amamante. Las lágrimas corren por el rostro de Beh mientras los gritos de Lah se calman. Ya no tiene fuerzas para emitir sonidos.

Cruzando las piernas sobre las pieles, atraigo a Beh hacia mi regazo, contra mi pecho, rodeándolas a ambas con mis brazos. Tomo una de las pieles y nos envuelvo juntos, y quiero desesperadamente darle consuelo a mi pareja, pero no hay consuelo que ofrecer. Me balanceo lentamente hacia adelante y hacia atrás, pero descubro que me estoy entumeciendo por dentro. Pensar en lo que sé que va a pasar me produce un dolor en el pecho que no puedo soportar.

Pronto nuestra hija va a morir.

Durante el día y la noche, los sostengo a ambos cerca de mí mientras observo cómo las brasas del fuego se apagan. Hace frío en la cueva, pero saber que puedo encender un fuego rápidamente con la cosita redonda me impide alejarme de mi familia. No quiero soltarlos ni por un momento.

Mis ojos arden cuando el día comienza a amanecer y una luz cálida brilla en la grieta de la cueva.

Entonces escucho el sonido más extraño.

Casi suena como una horda de insectos justo al lado de mi cara, pero es demasiado ruidoso. Es tan fuerte que incluso me duelen los oídos, y meto la cabeza en el espacio entre el hombro y el cuello de Beh, tratando de taparme los oídos. Beh se retuerce en mis brazos, y cuando aprieto a ella y a Lah con más fuerza, siento la mano de Beh empujar contra mi pecho mientras intenta girar entre mis manos.

El ruido comienza a disminuir y me encuentro con el cálido cuerpo de Lah en mis manos mientras Beh se libera de mis brazos y me entrega al bebé. Observo, estupefacta, cómo Beh deja las pieles y corre hacia la grieta de la cueva. Un momento después me levanto, envuelvo a Lah en una de las pieles y sigo a mi pareja afuera hacia la tenue luz de la mañana.

En el campo fuera de la cueva está la cosa más extraña que he visto en mi vida.

La fuente del zumbido parece ser círculos concéntricos gigantes, transparentes y que giran en rayas grises y azules alrededor y alrededor. Son enormes, se elevan al menos tres veces mi altura y el ruido fuera de la cueva es ensordecedor. Dentro de la esfera hay destellos rojos y dorados que parecen chispas del fuego, lo suficientemente brillantes como para lastimarme los ojos.

Mientras estoy con la boca abierta, los círculos comienzan a girar cada vez más lento, y los destellos rojos y dorados se vuelven más frecuentes y comienzan a tomar forma. A medida que los destellos toman forma, puedo ver la imagen de un hombre que comienza a aparecer en el centro. Es alto y viste una prenda larga y completamente blanca desde los hombros hasta la mitad de las piernas. Debajo del chal blanco, veo unos leggings que tienen el mismo diseño que los que llevaba Beh cuando la encontré por primera vez, aunque el color es como el color de las agujas de pino en primavera.

Cuando los círculos vaporosos dejan de girar, simplemente desaparecen como el humo de un fuego, pero no hay calor. Lo único que queda en el campo es el hombre, perfectamente quieto con los brazos ligeramente extendidos delante de su cuerpo. Tiene en sus manos un objeto extraño, negro y rectangular.

Nada menos que puro terror se apodera de mí.

Beh grita y empieza a correr hacia adelante, pero yo estoy destrozada y no sé cómo reaccionar. Pase lo que pase, no puede ser seguro y quiero evitar que se acerque al hombre, pero Lah está en mis brazos y necesito mantenerla a salvo también. Para cuando puedo colocar a Lah en un brazo para intentar agarrar a Beh, ella está fuera de mi alcance y estoy demasiado aturdido para perseguir a mi pareja.

Ella corre directamente hacia el hombre y le rodea el cuerpo con los brazos. Lo miro mientras sus brazos rodean a mi pareja y él la sostiene cerca de él con el rectángulo negro sostenido en una mano en su espalda. Mi aliento se queda atrapado en mi pecho y no sale. Inmovilizada por el miedo, acerco a Lah a mí y observo a Beh mientras ella da un pequeño paso hacia atrás, todavía sosteniendo las manos del hombre, y comienza a hacerle sonidos.

Su boca se abre y le responde con más ruidos.

Beh hace más sonidos y hace más ruido. Van y vienen hasta que siento que la presión en mi pecho va a hacer que mi cuerpo se deshaga. Me doy cuenta de que no estoy respirando y me obligo a respirar, lo que sale en forma de sollozo.

Beh me mira por encima del hombro y emite más sonidos. Puedo escuchar el miedo y el dolor en los ruidos que hace y me obligo a dar unos pasos hacia adelante, inseguro y todavía aterrorizado. No tengo idea de lo que está pasando, pero es obvio que este hombre conoce a mi Beh.

Sus manos suben y tocan su rostro, y veo que las lágrimas comienzan a brotar de sus ojos. Necesito ir hacia ella, pero mis pies no quieren acercarme al hombre extraño, a su ropa extraña o al lugar donde acaba de estar el círculo gigante. Avanzo y retrocedo nuevamente antes de obligarme a dar un paso hacia mi pareja. No quiero nada más que traerla de regreso a la cueva y defender a mi familia del extraño.

Me acerco y el hombre gira la cabeza para mirarme. Tiene mucho pelo esponjoso debajo de la nariz pero no tiene barba alrededor de la cara, lo que lo hace lucir muy extraño. Su cabello es oscuro, del mismo color que el de Beh, y cuando me acerco, puedo ver que sus ojos también son del mismo color que los de Beh, y su rostro también es similar. También es muy mayor y tiene zonas grises en el pelo. Aún así, el parecido es inconfundible.

Este hombre debe ser el padre de Beh.

Trago fuerte y acerco a Lah a mí. Se mueve mientras duerme y, cuando miro hacia abajo, sus ojos se abren y se cierran de nuevo. Se me aprieta el corazón, pero estoy tan confundida que ni siquiera sé qué pensar: ni sobre Lah, ni sobre Beh, el hombre extraño que ha aparecido de repente en el campo fuera de nuestra cueva, ni sobre el intenso ruido que recientemente ha rodeado El área completa.

El hombre (el padre de Beh, sin duda) me mira a los ojos mientras Beh sigue haciendo ruidos. Él la mira y aprovecho la oportunidad para agacharme un poco y tratar de acercarme detrás de ella sin que él se dé cuenta. Padre o no, no confío en él. No sé qué está haciendo aquí ni cómo apareció en el campo cerca de nuestra cueva. Quiero a Beh conmigo, cerca de mí, como lo está Lah. Quiero que abrace a nuestra hija mientras la sostengo.

Sé que a Lah no le queda mucho tiempo.

Nos quiero juntos.

Deberíamos estar juntos cuando suceda.

Lentamente, me acerco a la espalda de Beh y extiendo la mano para agarrar su mano. Beh hace más sonidos y el hombre levanta un dedo, apuntando hacia el cielo mientras sacude la cabeza rápidamente. Intento atraerla hacia mí suavemente, pero ella se resiste.

"¡Bien!"

Su cabeza gira hacia mí y su padre emite más sonidos.

¡Odio, odio, ODIO los sonidos!

Con un gruñido, tiro con fuerza de su brazo y la acerco a mi lado mientras empiezo a retroceder. Incluso saber que este hombre tiene que ser su padre no importa; ella es mía y no entiendo lo que está pasando. La necesito. Lah la necesita.

El extraño comienza a hacer sonidos mucho más fuertes y yo rugo para silenciarlo. Beh me toca la mejilla y me hace ruidos suaves y relajantes, pero no hace nada para calmarme. Mi corazón late con fuerza y mi respiración se acelera. Quiero levantarla y volver corriendo a la cueva con ella. Quiero encontrar mi lanza más afilada y proteger la entrada, alejando a este desconocido de mi familia.

Necesito proteger a Beh y Lah.

"Ehd", susurra Beh suavemente mientras su mano pasa por un lado de mi cara. Se acerca y toca mi nariz con la suya. Otra lágrima corre por su rostro. "Luff."

"Luffs", repito.

"Luffs Lah", dice Beh, y sus sonidos se ahogan por las lágrimas. Ella hace más sonidos y escucho el nombre de Lah entre ellos. Los ojos de Beh miran los míos y su tristeza atraviesa mi corazón.

"Lah..." Miro al niño en mis brazos. Sus ojos están abiertos de nuevo, pero están opacos, y donde deberían ser blancos, son amarillos. Ella me mira fijamente mientras su pequeño pecho salta arriba y abajo mientras respira con dificultad.

Beh quita su mano de mi cara y la deja caer sobre Lah. Lentamente saca a la niña de mis brazos y me mira a los ojos mientras se aleja de mí. Me quedo allí, en el campo, atónito. Mi cuerpo se enfría desde mis hombros hasta mi torso y mis extremidades. No lo entiendo, pero el sentimiento de pavor es inconfundible.

Beh se da vuelta y sostiene a Lah en sus brazos extendidos. Su padre extiende la mano y toma al bebé con cuidado y delicadeza en sus brazos. Sus ojos van del bebé a su hija y luego a mí.

Más sonidos.

Doy un paso adelante y se me escapa un gruñido del pecho. Beh extiende su mano hacia mí con la palma hacia arriba.

"¡No!"

Dejo de moverme, pero el gruñido continúa.

Más ruidos.

Primero de él, luego de ella.

Sus ojos se vuelven tristes y su cabeza se mueve hacia arriba y hacia abajo.

Un sollozo ahogado sale de mi pareja mientras se aleja del hombre y me agarra con fuerza la parte superior del brazo. Su hombro empuja contra mi pecho, tratando de impulsarme hacia atrás. Me quedo quieto, apoyándome contra ella mientras mis ojos se endurecen al ver a este hombre con mi hija en brazos. Está enferma, muriendo, y no la quiero en ningún otro lugar que no sea con su madre y conmigo.

Acuna a Lah suavemente y usa su otra mano para tocar el rectángulo negro que sostiene. Un momento después, el zumbido y zumbido comienza de nuevo. Beh vuelve a empujar con fuerza contra mi pecho.

"¡Eh!"

La miro a los ojos y el dolor y el dolor son demasiado. Ya no puedo contener el sollozo que se me ha quedado atrapado en la garganta. Beh envuelve sus brazos fuertemente alrededor de mi cuello mientras me empuja con todo su cuerpo, obligándome a retroceder. Miro por encima de su hombro mientras la esfera gris azulada se forma y gira alrededor del padre de Beh y de Lah. Se mueve cada vez más rápido y el ruido vuelve a ser doloroso para mis oídos. Cierro los ojos con fuerza y me estremezco.

Mi compañero me agarra del hombro y me empuja bruscamente lejos de la cosa que gira. Siento como si mi cabeza diera vueltas con la misma rapidez y, a través del ruido y la confusión, me doy cuenta de que ha dejado a Lah allí, dentro de esa cosa con su padre.

"Beh... ¡Lah!" Miro de ella al campo donde los destellos rojos y dorados ahora rodean a mi hija. Intento acercarme a él, pero Beh me agarra con fuerza del brazo y una sensación extraña y punzante cubre mi piel a medida que me acerco. Se me erizan los pelos del brazo y la cabeza empieza a latirme con fuerza. Dudo, mirando hacia adelante mientras la imagen del hombre sosteniendo a mi bebé cambia de un contorno a una forma sin forma y luego desaparece.

El zumbido no se desvanece esta vez, sino que simplemente se detiene.

"¿Eh?" Mis ojos buscan los de Beh, y ella mueve la cabeza hacia adelante y hacia atrás mientras las lágrimas fluyen libremente. Miro a Beh, al campo desolado y vacío y viceversa.

Su cuerpo se vuelve flácido y débil, y tengo que tomarla en mis brazos para evitar que se caiga. Agachándome ligeramente, atraigo a Beh hacia mi abrazo y la sostengo contra mi pecho, tal como había estado sosteniendo a nuestra Lah hace sólo unos momentos.

"¡Lah!" Lloro más fuerte. Beh aprieta sus brazos alrededor de mi cuello, apoya su cabeza contra mi hombro y solloza.

Sus gritos ahogan mis propios gritos.

"¡QUÉ!"

Finalmente, me doy cuenta de que nuestro bebé se ha ido.

CAPITULO 21

Me siento, mirando.

Las nieves se han derretido. Los árboles tienen hojas nuevas y el campo fuera de la cueva está vacío.

Completamente vacío.

En mis manos está uno de los triángulos de cuero que Beh envolvía alrededor de Lah para evitar que se ensuciara demasiado cuando hacía sus necesidades. En mi mente están todos mis recuerdos de ella: cómo olía después de que su madre le limpiaba el polvo y la suciedad de la cara, la forma en que se quitaba las pieles para tratar de llegar a donde quería ir, y cómo Se sintió acostada segura en mis brazos.

Debería estar cazando y recolectando comida, pero no puedo hacer nada más que sentarme en el suelo y observar alguna señal de mi hija.

No hay ninguno.

"¿Pacto?"

Miro hacia la cueva hacia mi pareja. Ella me llamó antes, pero no me moví para volver a entrar. Ella se acerca y me tiende la mano. Nuestros dedos se entrelazan y me pongo de rodillas, mirando de nuevo el campo vacío mientras lo hago.

Vacío.

Completamente vacío.

"¿Eh?" Vuelvo mis ojos hacia los de Beh y veo el color azul oscuro que había vivido en los ojos de nuestra hija, así como en los ojos del hombre que se la llevó.

Beh hace sonidos suaves y pasa sus dedos por mi cabello. Se está volviendo largo otra vez y me pregunto si me hará quedarme quieta el tiempo suficiente para acortarlo. Acaricio mi cabeza contra su estómago con los ojos cerrados, simplemente inhalando el aroma de su piel por un rato.

Cuando abro los ojos de nuevo, me concentro en las tres pequeñas líneas que adornan la piel de Beh a lo largo de su abdomen. Son marcas que quedaron de cuando tenía a Lah dentro de ella. Extiendo un solo dedo y los acaricio lentamente, uno a la vez. Cuando vuelvo a mirar hacia arriba, las mejillas de Beh están húmedas.

No he intentado poner otro bebé en Beh desde que Lah desapareció del campo frente a mí. Tampoco he comido ni dormido mucho. Beh me arrastró hasta el lago una vez, pero me negué a meterme en el agua y no intenté pescar ningún pez. Sólo me senté en las rocas y esperé a que ella estuviera lista para regresar a la cueva.

Mientras continúo mirando a Beh, el sentimiento de tristeza y temor que me ha abrumado desde que Lah desapareció parece retorcerse dentro de mí hasta que son reemplazados por vergüenza. En mi propio dolor, no he sido un buen compañero para Beh.

Mi nariz recorre cada una de las pequeñas líneas mientras los pensamientos de su estómago redondeándose llenan mi cabeza. Es primavera y debería estar cazando para mantener a mi pareja. Debería estar recolectando madera y reponiendo el escondite sobre la cueva. Debería hacer una trampa para animales grandes para poder reemplazar el cuero y las pieles que se han desgastado con el tiempo.

Al mirar a Beh, puedo ver su tristeza por Lah pero también su preocupación por mí, por nosotros. Debería ocuparme de Beh. Debería protegerla. Debería intentar darle otro bebé para ayudarla a aliviar el dolor de perder al primero.

Lah se ha ido, pero Beh es joven y fuerte. Le pondré otro bebé y, cuando lo haga, tendré que asegurarme de que haya suficiente comida y otros suministros para mantener a Beh saludable mientras gesta y amamanta a otro niño.

Me levanto y levanto a Beh en mis brazos. Ella deja escapar un pequeño chillido de sorpresa, lo que me hace sonreír. Recuerdo cuándo hizo eso antes y espero a ver si emite el sonido de no.

Ella no lo hace.

La llevo dentro de la cueva y la dejo. Mis manos cubren su rostro y me inclino para pasar mi nariz por su mandíbula.

"¿Khizz?"

Beh envuelve sus brazos alrededor de mi cuello mientras nuestras bocas se tocan. Mi pene se endurece con su toque y me gustaría mucho estar dentro de ella de inmediato, pero recuerdo cómo me negué a meterme en el agua del lago y cuánto le gusta a Beh que esté limpio. Me separo, le sonrío y le limpio la humedad de debajo de los ojos.

Recogiendo la piel con un palo y algunas de las cestas de recolección, Beh y yo vamos al lago. Ella recolecta espadañas, juncos y setas mientras yo coloco trampas para conejos y peces. Antes de irnos, me sumerjo en agua fría y le dejo usar jaboncillo para lavarme el pelo. Cuando termina con su propio cabello, me siento detrás de ella y uso la talla de madera para ayudarla a deshacerse de los gruñidos.

Beh sigue girándose para mirarme y, aunque mis pensamientos continúan volviendo a Lah, me concentro en mi pareja. Espero que me perdone por no cuidarla como debería y me deje intentarlo de nuevo.

Regresamos antes de que se ponga el sol y acuesto a mi pareja en nuestras cómodas pieles. Nuestras bocas y narices se encuentran, y la sostengo con fuerza contra mí mientras la lleno. Ella me llama y se niega a soltarme incluso cuando ambos estamos demasiado cansados para seguir moviéndonos. Finalmente, Beh rueda hacia un lado y yo me acerco detrás de ella, sosteniéndola contra mi pecho mientras duerme.

Beh también está triste, pero cocina los granos restantes en el fondo de la cueva y recoge cogollos frescos para comer. Ella todavía cuida el fuego y se asegura de que tengamos agua para beber. Ella es tan hermosa y la he estado descuidando.

Ya no puedo hacer eso.

Ella lo es todo para mí y tengo que ser una buena compañera para ella.

Todavía me duele el corazón por Lah y sé que otro niño no será el mismo, pero cuando miro a Beh, me doy cuenta de que hay muchas posibilidades por delante. Mientras acaricio su mejilla, sé que cada hijo que nazca de ella será parte de nosotros dos, y cada uno llenará mi corazón nuevamente de una manera nueva, incluso si el vacío dejado por la ausencia de Lah nunca se llena por completo.

Beh se vuelve de nuevo y levanta la mano para acariciar los pelos cortos de mi cara. La acaricio con la nariz, presiono mis labios contra su piel y vuelvo mi atención hacia el frente de la cueva.

Tengo que asegurarme de que ella esté a salvo.

Me levanto, estiro los brazos por encima de la cabeza y miro hacia el fuego, que ahora se ha vuelto a encender. Las vasijas de barro están vacías, no queda nada de los granos cocidos del desayuno. El apetito de Beh últimamente es asombroso. Termino mi estiramiento y me muevo hacia el otro lado del fuego.

Esta vez todo ha sido más fácil, desde el momento en que Beh tomó mi mano y la colocó sobre su abdomen para decirme que había un bebé dentro de ella hasta el día en que nació nuestro hijo. Sólo puedo esperar que el próximo también sea más fácil, aunque no creo que haya otro creciendo dentro de Beh todavía. Con suerte, el próximo nacerá en primavera, no en pleno invierno como lo fue Lee.

Los ojos de Lee son más claros que los de Lah y creo que podrían ser del mismo color que los míos. Unos días después de su nacimiento, Beh me señaló los ojos y los suyos una y otra vez. Parecen del color de los árboles de hoja perenne cuando el sol golpea las agujas. No sé qué color de cabello tendrá porque todavía casi no lo tiene.

Tan pronto como me siento, Beh deja caer un trozo de cuero sobre mi regazo y coloca a Lee en medio. Lo sostengo mientras se retuerce y se retuerce, y su madre usa trozos de tela y agua tibia para lavarlo completamente como lo hace todos los días. Ella no quiere que se ensucie en absoluto y lo lava con mucha más frecuencia que a Lah. No lo entiendo, pero cuando se trata de mi pareja, rara vez lo hago.

Aunque estoy contento de nuevo. Mis pesadillas cesaron poco después de que nos dimos cuenta de que vendría otro bebé, aunque Beh todavía a veces llora por Lah mientras duerme. Lo hizo anoche, pero cuando la abracé, se calmó. Recuerdo lo asustada que parecía y la miro a la cara.

"¡Luff!"

Beh me mira y sonríe, que es lo que quiero. Toma el extremo del paño y me limpia la mejilla con él. Probablemente tengo hollín en la cara cuando estaba preparando el desayuno. El agua me sienta bien y me refresca.

Sin embargo, a Lee no parece gustarle y llora y se retuerce, tratando de soltarse de mis brazos y alejarse arrastrándose. Ha estado gateando por toda la cueva durante varios días e incluso logró encontrar el camino hacia el exterior la mañana anterior. Ahora se dirige hacia la grieta de la cueva cada vez que lo sueltan.

Beh se ríe mientras sostengo a Lee y ella termina de limpiar. Cuando termina, lo acuesto con la esperanza de que duerma un rato para poder poner otro bebé en Beh, pero Lee no coopera. Con una risita, Beh nos empuja a ambos afuera y yo llevo a Lee al campo para dejarlo arrastrarse desnudo por la hierba mientras yo uso un trozo de pedernal para afilar una nueva lanza. Necesito cazar antílopes por sus pieles, aunque la variedad de carne también sería bienvenida.

Lee se gira hacia un lado y me mira con los ojos entrecerrados. Empuja su cuerpo regordete hasta quedar sentado y tira de la hierba a su alrededor. Luego vuelve a mirarme.

"¡Sí, sí, sí, sí, sí, sí!"

Hace tanto ruido como su madre. Me preocupa que nunca esté lo suficientemente tranquilo como para convertirse en cazador y mantener a su pareja. Por supuesto, también me pregunto dónde encontrará pareja. Los hermanos no son buenos compañeros y eso es todo lo que podemos darle. Algún día tendremos que buscar a otras personas. Sólo puedo esperar encontrar una tribu que sea amigable. Por el momento he estado buscando una cueva más grande, pero no he encontrado ninguna más grande ni mejor que donde vivimos ahora.

"¡Ma ma ma ma!" Lee levanta los brazos en el aire y rebota sobre su trasero. Oigo a Beh salir de la cueva detrás de mí y me giro para mirarla, desnuda y gloriosa bajo el sol de verano. Ella va inmediatamente hacia nuestro hijo y lo levanta en brazos, acariciando su mejilla con su nariz. Él agarra su pecho, lo que la hace reír. Ella lo carga y se sienta a mi lado para alimentarlo.

Dejo el pedernal y la lanza y me vuelvo hacia ella, extendiendo la mano y recogiéndolos para colocarlos en mi regazo. Envuelvo mis brazos alrededor de la cintura de Beh, dándole a Lee mis antebrazos para que se recueste mientras amamanta. Parece ser el más cómodo de esa manera. Siempre que puedo, sostengo a Beh cuando amamanta al bebé. Cuando estamos todos juntos de esa manera, puedo pasar la nariz por el cuello de Beh, oler su cabello y observar a Lee también.

Beh hace sonidos suaves mientras Lee la mira fijamente a la cara y chupa. Su pequeña mano descansa posesivamente justo encima de su pezón y lo agarra repetidamente como si necesitara la seguridad de que todavía está allí y todavía lleno de leche. Apoyo mi cabeza en el hombro de Beh y ambos miramos el campo hacia los pinos y observamos a los pájaros volar por el cielo.

El día no hace demasiado calor, pero el sol calienta. Cierro los ojos ante su calidez e inclino un poco la cabeza hacia arriba. Después de unos minutos, Beh levanta a Lee y lo gira hacia su otro seno para que pueda completar su comida.

A mí también me está dando hambre.

Beh gira la cabeza para poder verme mejor y la sonrisa en su rostro abarca mi corazón. Ella se acerca y apoya la palma de su mano contra mi mejilla.

"Beh ama a Ehd. Beh ama a Lee".

"¡Luffs Beh!" Hago los sonidos y veo cómo se iluminan sus ojos y crece su sonrisa. "¡Lee orza!"

La sonrisa de Beh se convierte en risa, lo que asusta a Lee lo suficiente como para que el pezón se le resbale de la boca. Él comienza a llorar y levanto un dedo para acariciarle la mejilla hasta que se calma y vuelve a succionar. Beh apoya su espalda contra mi pecho y suspira.

Creo que ella está contenta, tal como yo.

Cierro los ojos de nuevo y escucho los sonidos a mi alrededor. La respiración tranquila de Beh, el ruidoso amamantamiento de Lee, los pájaros en los árboles y los insectos en el campo llenan mis oídos. Los insectos son particularmente ruidosos y parecen hacerse cada vez más ruidosos.

Y más fuerte.

Beh jadea y siento que la tensión pasa de su cuerpo al mío.

Sé que el sonido no son insectos y mi cuerpo comienza a temblar a medida que el sonido aumenta hasta el punto en que me duelen los oídos. Rayas de color azul plateado aparecen en el campo frente a nosotros, dando vueltas a una velocidad cada vez mayor. La sensación de pavor que sentí cuando nos quitaron a Lah regresa con una fuerte presión en mi pecho. Por varios momentos me quedo congelado y incapaz de reaccionar ante lo que estoy viendo.

Nuevamente, como sucedió hace mucho tiempo cuando Lah desapareció, motas rojas y doradas destellan dentro de la esfera, chispeando como brasas del fuego en la cueva oscura por la noche, y recuerdo lo que sucedió la última vez que esas chispas aparecieron en el campo. Sin esperar un momento más, grito y me levanto de un salto, llevando a Beh y Lee conmigo. Los pies de Beh tocan el suelo y comienza a alejarse de mí, hacia la cosa chispeante y giratoria que está apareciendo en el campo.

"¡Beh!" Le grito y agarro su brazo. Mirando la forma brillante que comienza a tomar forma, tomo mi lanza del suelo y jalo a Beh y Lee detrás de mí. Estoy completamente resuelto y no permitiré que Beh me detenga mientras la empujo a un lado, obligándola a regresar a la cueva a pesar de sus ruidos y luchas.

¡No dejaré que nadie me quite a Lee!

Girándome rápidamente, uso un brazo para rodear la cintura de Beh y el otro para sostener mi lanza hacia la cosa que gira. Empieza a disminuir y reconozco la imagen de una persona en el medio de la esfera. Tiro bruscamente de Beh, cuyos fuertes sonidos van aumentando, y arrastro a mi pareja y a mi hijo a la seguridad de la cueva.

Empujándolos a través de la entrada de la cueva, me giro y me agacho con mi lanza lista. Bloqueo la abertura con mi cuerpo e ignoro la mano de Beh empujando mi hombro y sus ruidos agudos. Lee llora enojado por haber sido separado del pecho de su madre, pero me niego a reconocer a ninguno de los dos.

Tengo que proteger a mi familia.

"Ehd... Ehd..." La mano de Beh acaricia mi hombro, y sus sonidos se vuelven más suaves a medida que la forma del hombre toma forma en el centro de los círculos giratorios.

No dejaré que se lleve a nuestro hijo.

No lo haré.

¡No lo haré!

Mi pecho se agita con la respiración entrecortada mientras agarro mi lanza. Me tiemblan las manos y quiero estabilizarlas, pero es como si los pensamientos de Lah desapareciendo hace tanto tiempo estuvieran cayendo de mi cabeza hacia mi pecho, aplastándome bajo su peso. Recuerdo al hombre al que golpeé para proteger a Beh hace todas esas temporadas. Recuerdo lo que le pasó y me tranquilizo por si tengo que luchar. Lo he hecho antes y puedo hacerlo de nuevo.

El zumbido se detiene y puedo ver la forma más clara del hombre a medida que los círculos se desvanecen. El hombre y lo que sea que tenga en sus brazos es todo lo que queda. Definitivamente es el hombre de antes. Sus ojos oscuros y su labio superior peludo son iguales.

Aprieto mi lanza con más fuerza y la levanto con amenaza.

"¡Eh, no!" Beh me agarra la parte superior del brazo y me sacude, gritando.

De pie firmemente en la entrada, gruño y libero mi brazo de su agarre. Doy un paso adelante, aunque no le dejo suficiente espacio para que ella se deslice a mi alrededor. El hombre camina lentamente hacia nosotros y le grito una advertencia. Extiendo mi lanza y golpeo con el pie mientras Beh empuja contra mi espalda, pero mis pies están plantados firmemente y ella no puede apartarme del camino.

No sé por qué lo intenta.

"¡Eh!" ella grita de nuevo, y una vez más agarra mi brazo de lanza. "¡Lah!"

Tengo que cerrar los ojos por un momento, empapado en los recuerdos de la niña que fue la primera niña que puse dentro de Beh. La sensación aplastante que no había sentido en mucho tiempo ha regresado, reteniéndome y haciendo que mi agarre de la lanza flaqueara.

¡No dejaré que se quede con Lee!

Nuevamente le grito a la figura del hombre que se acerca, quien reduce la velocidad y se detiene. Sus ojos se mueven entre mi cara y la de Beh. Ella sigue diciendo el sonido de mi nombre e incluso se acerca para agarrar mi cara. Miro a Beh y la expresión de su rostro es aterradora.

Obviamente está tan asustada como yo.

Su mano presiona el costado de mi cara y una lágrima cae de su ojo.

"Lah", dice en voz baja y señala al hombre.

Lo miro y me concentro en lo que hay en sus brazos. Veo un bulto, envuelto en un material extraño metido en un brazo mientras que la otra mano agarra una cosa grande, negra y cuadrada. Aunque no me importa esa cosa. Mi atención es captada por el bulto que de repente se retuerce y luego grita.

Reconozco el llanto.

Me ha perseguido desde el día en que se llevó a Lah.

El hombre se acerca un paso más y puedo ver una carita rodeada por la tela blanca en su brazo. Todo el bulto se mueve y la boquita se abre de nuevo en un largo grito. No es el llanto debilitado que recuerdo de los últimos días que estuvo con nosotros, sino el llanto fuerte y saludable que llenaba mis oídos muchas noches cuando Lah se despertaba con hambre o frío.

El hombre sostiene a mi hija.

"Lah." El sonido de su nombre sale de mi boca y cae en el aire. Mi estómago se siente como si como algo que ha estado en el fondo de la cueva demasiado tiempo, y puedo sentirlo rodando dentro de mí, amenazando con expulsar el desayuno. Beh empuja mi hombro con sus manos cálidas y húmedas, tratando de rodearme. No se que pensar.

Han pasado más de una serie de temporadas desde que el extraño se llevó a Lah, pero ella luce exactamente igual. Tiene el mismo tamaño y llora igual. Sé que es ella, puedo sentirlo en mi corazón. Tampoco creo que Lah siga enfermo. Estaba muy débil cuando él la tomó y ahora su llanto es mucho más fuerte. Miro al hombre que sostiene a mi hija y le entrecierro los ojos.

Él se la llevó. Estaba enferma y él nos la quitó.

Un gruñido bajo surge de mi pecho mientras agarro la lanza con un poco más de fuerza. Si me alejo de la cueva, Beh saldrá detrás de mí y podría tomarla, como hizo con Lah. También podría llevarse a Lee. Mi estómago se revuelve de nuevo. No puedo alejarme sin poner en peligro al resto de mi familia, pero el hombre no está lo suficientemente cerca como para usar la lanza contra él. Miro al suelo cerca de la cueva, buscando piedras para arrojarle.

Siento el aliento de Beh en un costado de mi cuello y agarra con fuerza la parte superior de mi brazo mientras su pecho presiona contra mi espalda. El hombre frente a mí emite sonidos y Beh le devuelve los sonidos. Sus ojos permanecen en los míos y no aparto la mirada de él. Sus sonidos se hacen más fuertes al igual que mis gruñidos.

Beh me agarra por los hombros y grita más sonidos. Los ojos del hombre se estrechan y su cabeza se mueve hacia arriba y hacia abajo una vez. Da unos pasos hacia nosotros y yo me agacho, preparando mi lanza. Sus brazos se extienden hacia adelante y acuesta a Lah a poca distancia de mis pies antes de retroceder por completo.

Miro a Beh, luego al hombre y luego a Lah. El niño envuelto se retuerce en el suelo y vuelve a gritar. Sus sonidos me impulsan a seguir adelante, pero tengo miedo por Beh y Lee. A medida que los gritos de Lah aumentan, sostengo mi lanza detrás de mí para bloquear a Beh y observo al hombre de cerca mientras doy un paso adelante. Tanto el hombre como Beh permanecen inmóviles mientras doy otro paso. Cuando estoy lo suficientemente cerca como para agacharme y tocar a Lah, la opresión en mi estómago y pecho desaparece.

Es ella.

Mi hija.

Mi Lah.

Mis dedos acarician su pequeña mejilla, que ya no arde por la fiebre. Se ve exactamente igual que antes, sólo que sus labios están un poco más llenos, ya no están agrietados ni secos. Cuando retiro la manta que la envuelve, puedo ver que sus brazos están regordetes y su piel es suave. Extiendo la mano y la saco del suelo, sosteniéndola con fuerza contra mi pecho.

Cierro los ojos y puedo sentir el ardor detrás de ellos cuando su cálida piel se encuentra con la mía. Con mi mejilla pegada a la de ella, nuestras cálidas lágrimas se mezclan y me deleito con el sonido de su llanto fuerte, enojado y saludable. Puedo sentir el latido de su corazón contra mi piel y respiro profundamente para inhalar su aroma, como el de su madre pero un poco más dulce.

Otro sonido fuerte invade el momento.

"¡No!"

El silencio de Beh me sobresalta y miro por encima de mi hombro derecho para mirarla. Sus ojos están muy abiertos y llenos de miedo, y sus manos se extienden hacia mí. Oigo el ruido de unos pasos rápidos a mi izquierda, pero no puedo reaccionar a tiempo sin dejar caer a Lah.

De repente siento un dolor agudo en el brazo y todo se vuelve negro.

Me despierto con la cabeza palpitando.

Estoy rodeada por los olores familiares de la cueva, las pieles con las que dormimos y el cuerpo de Beh cerca del mío. Alcanzo su calidez automáticamente y siento otro cuerpo más pequeño acurrucado entre nosotros. Mis oídos captan los sonidos rítmicos de un bebé lactante, pero al mismo tiempo puedo escuchar los llantos de otro.

El sol todavía brilla en la grieta desde el exterior de la cueva y el fuego arde intensamente, pero la luz dentro de la cueva es tenue. Aun así, me duele más la cabeza y me duelen los ojos cuando los abro.

Entre nosotros, envuelta en una tela suave y extraña y mamando del pecho de su madre está Lah. Por un momento, creo que me he despertado de un sueño extraño (que tal vez nunca nos la quitaron y ni siquiera estuvo enferma), pero los sonidos de otra persona me recuerdan que no es así.

Lee golpea con sus pequeños puños el pelaje que envuelve la mitad inferior de su madre mientras intenta gatear entre nosotros para determinar qué está haciendo este otro niño con su leche. A través de mi visión borrosa, lo veo intentar alejar a su hermana. Beh lo levanta con su mano libre, sonríe y hace ruidos suaves. Ella lo coloca contra su otro pecho, que él inmediatamente agarra y se mete en la boca. Sus ojos verdes se entrecierran y miran fijamente a la niña que alimenta a su lado, y chupa con más fuerza.

Intento acercar un poco más la cabeza a ellos, pero me mareo inmediatamente. Cierro los ojos de nuevo, pero eso sólo lo empeora y gimo. Siento la mano de Beh contra mi mandíbula y escucho sus suaves sonidos.

"Shh, Ehd".

Miro su cara y puedo ver que tiene los ojos rojos e hinchados, pero está sonriendo. Vuelvo a bajar los ojos hacia Lah. Sus ojos se han cerrado y su boca se ha quedado quieta. Lee todavía le frunce el ceño, pero parece bastante contento con la leche en la boca. Mirando de un lado a otro entre ellos, es obvio que Lee es toda una temporada mayor que Lah en tamaño. Lah nació a finales del verano y enfermó al comienzo del invierno anterior. Parece tener el mismo tamaño que entonces, sólo que más gorda y saludable que la última vez que la vi. Lee había nacido en invierno y ahora estamos nuevamente en pleno verano.

Lah debería ser mucho más grande que Lee, pero no lo es.

Mi cabeza da vueltas de nuevo.

Escucho más sonidos provenientes del otro lado de la cueva. Los sonidos tienen un tenor más profundo que los que hacen Beh y Lee, pero recuerdo haber escuchado el mismo tono antes. El sonido provenía del hombre.

Levanto la cabeza, ignorando los latidos en mis sienes y las náuseas en mi estómago. Frente al fuego, en la repisa donde Beh había alineado sus diversas cestas de recolección, está sentado el hombre: el padre de Beh. Lleva la misma extraña bata blanca que le cuelga hasta los muslos y sus piernas están cubiertas con mallas como las que solía usar Beh. Sin embargo, son de un color azul más claro y no parecen tan ajustados ni tan gruesos. El material parece delgado ya que fluye con sus piernas cuando se mueve.

Se sienta con la espalda curvada y los codos a la altura de las rodillas. Hay algo en el suelo cerca de sus pies, pero no sé qué es. Mis ojos todavía tienen problemas para enfocar debido al dolor punzante en mi cabeza.

Su boca se abre y sonidos similares a los que hace Beh fluyen rápidamente entre sus labios. Los ruidos de Beh siguen, y los ojos de Lee se abren de par en par mientras los mira a ambos, lo suficientemente distraído como para soltar el pezón de Beh por un momento.

"¡Pa-pa-pa-da!" Lee vuelve al pezón después de hacer el ruido y cierra los ojos mientras se prende y vuelve a comer.

Todavía mareada, intento levantarme, pero la mano de Beh contra mi pecho me envía de nuevo a las pieles. Cuando intento mover las piernas, no quieren cooperar. Siento como si hubiera estado corriendo toda una mañana o como si no hubiera dormido en toda la noche. Quizás pueda alejar a Beh y obligarme a ponerme de pie, pero sus suaves manos sobre mi piel y los susurros de mi nombre me calman y me recosto.

Miro al padre de Beh y lo observo con recelo mientras Beh toma de su pecho a los dos niños dormidos y los acuesta juntos sobre un montón de pieles a mi lado. Agarro su mano mientras ella se pone de pie, y ella agarra mis dedos brevemente antes de moverse hacia el lado de la cueva donde está sentado su padre, poniendo su abrigo de cuero alrededor de sus hombros mientras avanza.

Por un momento quiero seguirla y alejarla más de él, pero me doy cuenta de que tal vez llevo un rato dormido, y si él hubiera querido llevárselos a todos, ya lo habría hecho. Además, como su padre, creo que no querría hacerle daño.

Así que no me muevo cuando ella va a su lado, pero observo atentamente mientras ella dobla las piernas debajo de su cuerpo para sentarse cerca de sus pies. Intento concentrarme más en el objeto allí y me doy cuenta de que se parece mucho a lo que llevaba en la mano cuando apareció por primera vez, pero ahora se ve diferente. Mete la mano dentro de la cosa (el contenedor) y saca un objeto pequeño y cilíndrico. Hace un ruido extraño cuando lo sacude y hace sonidos con la boca. La cabeza de Beh se mueve hacia arriba y hacia abajo y coloca el objeto nuevamente en el contenedor.

El padre de Beh repite sus acciones con muchas cosas de aspecto extraño, pero mi mente todavía está confusa y tengo problemas para mantener los ojos abiertos. Me giro ligeramente para mirar las formas de mis dos hijos dormidos. La mano de Lee se extendió y agarró el brazo de su hermana, llevándole los dedos a la boca, donde los chupa mientras duerme. Me acerco y coloco mi brazo sobre ambos de forma protectora.

Finalmente, toda mi familia está junta y sonrío.

CAPITULO 22

Beh y su padre se sientan junto al fuego y hacen ruido constantemente. Me duele la cabeza, pero hace sonreír y reír a Beh.

Inclinándome, tomo a Lee, que se arrastra rápidamente, bajo un brazo y lo acerco al fuego. Bch ha terminado de preparar nuestro desayuno y Lah parece haber terminado ya el suyo. Beh la acuesta sobre el extraño y suave material en el que estaba envuelta Lah cuando su padre la trajo de regreso y revisa suavemente la otra tela más pequeña que está envuelta alrededor del trasero de Lah para ver si está mojada. Lee también tiene uno, sujeto en el frente con un palo pequeño y brillante que es tan afilado en el extremo que atraviesa la cubierta. Los hábiles dedos de Beh pueden colocar y quitar el palito brillante rápidamente, pero termino con un dedo sangrando cuando lo intento.

Hay muchas cosas extrañas que el padre de Beh tiene en su extraño contenedor.

Me siento junto a Lah y le entrego a Lee a Beh. Ya ha comido, pero parece más exigente con el tiempo de Beh ahora que Lah está con nosotros nuevamente. Aunque es apenas la segunda mañana que su hermana regresa con nosotros, se da cuenta de que ahora comparte su tiempo.

Beh y su padre siguen haciendo ruido mientras yo como y le froto los pies a Lah hasta que se queda dormida.

"¿Pacto?"

Miro a Beh cuando la oigo pronunciar mi nombre. Se acerca a Lah y coloca su mano sobre mi pecho.

"Ehd". Beh me golpea el pecho con los dedos.

"Lah". Toca la parte superior de la cabeza de Lah.

Entrecierro un poco los ojos mientras su mano se mueve hacia el torso vestido de blanco de su padre.

"Papá."

Mis ojos se encuentran con los suyos y frunzo el ceño.

Realmente no sé lo que siento por el hombre. Nos quitó a Lah de una manera que realmente no puedo comprender, y aunque la ha devuelto, el método de devolución es demasiado extraño y no entiendo qué le ha pasado a mi pequeña. Una parte de mí está agradecida de que haya regresado y parezca sana otra vez, pero otra parte de mí desconfía; No sé por qué ha regresado ni qué hará a continuación. He estado ignorando su presencia en su mayor parte, esperando que desaparezca otra vez.

Beh repite el sonido que hizo una y otra vez, y me doy cuenta de que debe estar diciendo el sonido de su nombre. Miro de ella a él otra vez, y sus ojos azules, parecidos a los de Beh, parpadean entre los míos. No quiero reconocerlo porque lo único que realmente quiero es que se vaya rápidamente y nunca regrese.

Lee elige ese momento para empezar a hacer sus propios ruidos.

"¡Si si SI SI SI!"

Beh le sonríe mientras repite los sonidos que hace. Los pies de Lah se mueven mientras duerme y vuelvo mi atención a ella, frotándole los dedos hasta que duerme más profundamente. Beh se acerca y coloca su mano encima de la mía.

"Papá", dice de nuevo.

La miro a los ojos antes de mirar brevemente a su padre. Mis ojos se posan en mi comida, pero ya no tengo hambre. En lugar de comer más, me acerco y tomo a Lee de la mano de Beh, levanto a Lah con el otro brazo y salgo de la cueva con ambos.

El sol es cálido y sé que el verano llegará pronto. Llevo a los dos bebés cerca del barranco y no cerca del campo donde el padre de Beh sigue apareciendo y desapareciendo. No los quiero demasiado cerca del área en absoluto. Lee está inquieto y quiere moverse solo. Lo coloco en el suelo y lo observo atentamente mientras acuno a Lah en mis brazos.

Estoy cansada y confundida, y espero que un poco de tiempo lejos de papá me aclare la cabeza. Al menos tengo una distracción: mi hijo, que intenta meterse en la boca casi todo lo que puede agarrar del suelo. Mientras balanceo a Lah sobre mi rodilla, le quito cosas de sus manitas a pesar de sus protestas.

Escucho los sonidos de mi pareja detrás de mí y miro por encima del hombro a ella y a papá saliendo de la cueva. Tiene un pequeño rectángulo negro en la mano, uno que le he visto llevar antes. Mi corazón comienza a latir con fuerza y rápidamente agarro a Lee y lo atraigo hacia mis brazos. Beh y papá caminan hacia mí y yo camino unos pasos hacia atrás.

No dejaré que me los quite.

A medida que se acercan, sigo alejándome, dando vueltas lentamente hacia un lado. Si llevo a los niños a la cueva, será más fácil protegerlos, pero Beh y papá están entre la entrada y yo.

"Ehd", dice Beh en voz baja mientras se acerca a mí. Al mismo tiempo, usa su otro brazo para extender la mano y presionar contra el pecho de su padre. Deja de avanzar y solo se acerca Beh. Observo a su padre mientras ella se acerca, observándolo atentamente hasta que siento la mano de Beh contra mi mejilla.

La miro y veo tristeza en sus ojos.

Ha estado llorando e instintivamente me acerco a ella, queriendo ofrecerle consuelo. Sus ojos se encuentran con los míos y resopla un poco. Intenta sonreír, pero eso no quita la tristeza de sus ojos. Mueve sus dedos desde mi cara hasta la parte superior de las cabezas de cada uno de los niños antes de colocar su mano contra mi espalda y guiarme hacia la cueva. La sigo, incapaz de apartar los ojos de ella mientras nos movemos alrededor de su padre en un arco, manteniendo una buena distancia entre nosotros.

Él emite sonidos y Beh responde con más ruidos de su boca.

Mis ojos bailan con los suyos y se estrechan mientras un gruñido instintivo emana de mi pecho. Papá camina en un arco opuesto alejándonos de nosotros, dirigiéndose al centro del campo afuera de nuestra casa. Beh susurra el sonido de mi nombre y me guía en silencio el resto del camino hasta la boca de la cueva.

Me quedo cerca de la entrada, abrazando a ambos niños con fuerza mientras Beh se aleja de mí. Siento la opresión y el pánico en mi pecho mientras ella se aleja de la cueva. No tengo idea de qué va a hacer mientras se dirige al centro del campo, se acerca a su padre y le rodea la cintura con los brazos. Ella inclina un lado de su rostro contra su pecho y él le devuelve el abrazo.

Por un momento, regresa la visión de pesadilla de Lah en los brazos del hombre mientras desaparecían de mi vista. Se me escapa el aliento cuando pienso en Beh en el lugar de Lah... en perderla.

Antes de que el pánico me abrume, Beh suelta la cintura de papá y se aleja de él. Ella levanta la mano con la palma hacia él mientras regresa a la cueva. Puedo ver sus hombros temblar entre sollozos silenciosos y no sé qué debo hacer. Quiero abrazarla, consolarla, pero los bebés me están tomando los brazos y tengo miedo de soltarlos.

Me coloco lo más cerca que puedo de ella e inclino mi cuerpo hacia el de ella. Beh se gira rápidamente y levanta los brazos para envolverlos con fuerza alrededor de mi cabeza, haciéndome inclinarme hacia ella. Me abraza con tanta fuerza que duele, pero no me importa. Su rostro descansa sobre mi hombro, justo encima de la cabeza dormida de Lah, y se gira para observar el centro del campo, donde el extraño ruido parecido a un insecto crece rápidamente.

Intento subir un poco mejor a Lee sobre mi hombro para poder al menos tocar el cabello de Beh con mis dedos mientras miro desde sus ojos rojos al campo. Los círculos giratorios rodean a papá, mareándome mientras trato de seguir el movimiento con mis ojos. Las lágrimas de Beh manchan sus mejillas mientras le levanta la mano por última vez.

Luego desaparece.

Espero que nunca regrese.

Con los bebés todavía en mis brazos, rodeo a Beh y la empujo suavemente para animarla a regresar a la cueva. Con una última mirada hacia el campo, se da vuelta y la sigo.

Más tarde, cuando los bebés están acomodados para pasar la noche, rodeo a Beh con mis brazos. Tan pronto como lo hago, ella comienza a llorar de nuevo. Se da vuelta y entierra su rostro contra mi hombro mientras envuelve sus brazos alrededor de mi cuello. La sostengo mientras sus sollozos silenciosos nos sacuden a ambos.

Con un brazo alrededor de sus hombros, uso el otro para pasar mi mano arriba y abajo por su brazo. Paso un pequeño punto en su hombro e inclino un poco la cabeza para examinarlo a la luz del fuego. Es muy pequeño, casi del tamaño de la punta de mi dedo meñique, justo en la parte superior de su brazo. Sólo un pequeño bulto rígido debajo de su piel. Paso mi dedo sobre él.

Beh se sienta en mis brazos y mira su hombro y luego a mí. Veo un tinte rojo cubrir sus mejillas por un momento antes de que ella apoye un lado de su cara contra mi pecho.

"Beh ama a Ehd", susurra suavemente.

"¡Luff!" Grito y miro su rostro en busca de su sonrisa.

Ella no tiene uno.

"Luff." Repito y sus ojos se vuelven hacia mí. "Beh orza."

Levanta los dedos y acaricia mi mejilla. Ella hace sonidos más rápidos, que no puedo seguir y no reconocer, pero al menos finalmente me sonríe.

"¿Khizz?"

Su sonrisa se amplía y se inclina para colocar sus labios sobre los míos mientras le limpio las lágrimas de la cara.

Lah crece tan rápido que empiezo a preguntarme si alcanzará a Lee.

Beh se ríe mientras Lee intenta huir de ella, sus diminutos pies lo llevan mucho más rápido de lo que esperaría de alguien tan pequeño. Lah también se ríe y trata de seguir el ritmo de su hermano gateando rápidamente. Beh rápidamente atrapa primero a uno, luego al otro, y los lleva de regreso a la cueva para pasar la noche.

Como hace casi todas las noches desde que papá desapareció, Beh saca la cosa plana rectangular que se abre una y otra vez desde el contenedor. Cada vez que la abre, hay algo diferente que ver. Ayer parecían semillas por dentro. Esta noche, la parte plana parece ser flores, pero cuando trato de tocarlas, son simplemente suaves y un poco cálidas, no parecen flores en absoluto. Mis dedos lo acarician y mis ojos se estrechan. Sacudo un poco la cabeza, sin entender su fascinación por una flor que no se puede comer.

Mi compañero es raro.

"¿Khizz?"

Beh coloca su boca sobre la mía por un momento antes de volver a la cosa plana. Vuelvo a acompañar a Lee y Lah hacia las pieles para dormir. Hay muchas cosas extrañas en el contenedor que dejó el padre de Beh y trato de no tocarlas si puedo evitarlo. Beh normalmente aparta mi mano cuando lo intento.

A los niños ahora les resulta un poco más difícil conciliar el sueño. Quieren jugar entre ellos en lugar de acostarse y cerrar los ojos. Se necesita algo de tiempo para frotarse los pies, pero una vez que Lah se duerme, Lee se aburre y sigue el ejemplo de su hermana. Beh vuelve a poner la cosa plana en el contenedor y lo cierra antes de tumbarse sobre las pieles a mi lado.

Me pongo encima de Beh, quien se tapa la boca para detener la risa. Toco sus costados desnudos con el dorso de mis dedos y paso la nariz por su hombro, sobre su clavícula y hasta su pecho. Continúo bajando y Beh me agarra el pelo con los puños mientras tomo su sexo en mi boca. Cuando miro hacia arriba a través de mis pestañas, ella se muerde el labio inferior, tratando de no gritar, lo que me hace sonreír y trabajar más duro.

La siento estremecerse a mi alrededor, sus muslos prácticamente me aplastan la cabeza antes de que me ponga de rodillas y me guíe dentro de ella. Es tan cálida y resbaladiza por dentro... no pasa mucho tiempo antes de que tenga que reprimir mis propios gritos contra su hombro para no despertar a nuestros hijos.

Creo que ya tiene otro bebé dentro; Hace bastante tiempo que no sangra, pero quiero asegurarme.

A medida que pasan las estaciones, nuestros hijos crecen.

Me despierto y Lah y Beh hacen suaves sonidos junto al fuego.

Lee está tumbado a mi lado y me sorprende lo largo que es. Estoy seguro de que será un cazador alto y fuerte cuando sea adulto. Algún día será un buen compañero.

Por supuesto, todavía necesito encontrar otra tribu.

Es un pensamiento que me viene a la mente a menudo ahora que ambos niños crecen tan rápido y aprenden tantas cosas. Beh le ha estado enseñando a Lah cómo hervir agua, usando piedras calentadas por el fuego, además de mostrarles a ambos niños el interior de la cosa plana y señalar diferentes flores y árboles afuera. Lee ha estado tratando de ayudarme a fabricar herramientas con pedernal, aunque hasta ahora solo ha terminado con pedazos de piedra rotos. Aprendió a colocar trampas para conejos y atrapó la primera hace apenas unos días.

Beh les hace ruido a ambos todo el tiempo, y ellos también le hacen ruidos a ella. Aunque no me importa. Los sonidos constantes me recuerdan que todos están aquí conmigo. Pueden hacer todo el ruido que quieran mientras estemos todos juntos.

Aunque no hemos visto a nadie desde el hombre que atacó a Beh, todavía me pregunto qué pensarán los demás de sus sonidos. Me preocupa que sea difícil unirme a otro grupo si encontramos uno. Sé que necesitamos buscar y, con la primavera cerca, será un buen momento para viajar y encontrar a otras personas. Si no encontramos a nadie antes del verano, podemos regresar y empezar a ahorrar para el invierno nuevamente.

Aunque la cueva parece más pequeña ahora que Lee y Lah son más grandes, el trabajo es mucho más rápido con su ayuda. Por supuesto, ahora que ya no beben la leche materna, también es necesario recolectar mucha más comida.

Otra razón más para buscar una tribu.

Estiro los brazos por encima de la cabeza y bostezo. Me rasco el estómago por un momento mientras observo a Beh y Lah junto al fuego, preparando el desayuno. El cabello de Lah es más claro que el de Beh, casi como el mío, y ahora es lo suficientemente largo como para cubrir sus omóplatos. Me gustaría verlos toda la mañana, pero necesito salir a hacer mis necesidades.

Orino en el barranco y pienso en la suerte que tengo de tener a Beh, Lee y Lah. Aunque lo intenté una y otra vez, no logré poner otro bebé dentro de Beh. Ahora me pregunto si podremos hacer más. No tiene tiempos de sangrado, lo cual es bueno porque nunca me hace esperar, pero no parece correcto para una mujer tan joven como ella.

Aún así, nuestros dos hijos han sobrevivido a la edad de ser niños pequeños, lo que no siempre sucede. Ninguno de los dos ha caído enfermo y ambos están fuertes.

Bostezo de nuevo, me rasco la barba incipiente de la barbilla y me envuelvo con mi pelaje para protegerme del frío de la mañana. Camino lentamente de regreso al frente de la cueva, inhalando el aire fresco y claro y escuchando los sonidos de los pájaros. Me recuerdan que dentro de poco podremos cazar huevos y a Lee le encanta trepar a los árboles.

"¡Sotavento!"

Mi hijo me sonríe cuando entro a la cueva, le hace sonidos a su madre y luego agarra la pequeña lanza que le hice. Todavía es joven para cazar animales más grandes, pero sé que quiere intentarlo y necesitamos la carne. Las plantas de primavera todavía son difíciles de encontrar y estoy cansado del conejo.

Lah hace ruidos bruscos a su hermano y a Beh, pero Beh responde en voz alta y Lah refunfuña mientras se sienta junto al fuego y comienza a juguetear con pasto fresco. Ha estado tejiendo tapetes nuevos y ya ha superado las habilidades de su madre. Lee me sigue fuera de la cueva y sus sonidos disminuyen rápidamente.

No hace ruidos cuando su madre y su hermana no están cerca de nosotros, lo cual me gusta.

Subimos por el acantilado hasta las altas estepas. El viento sopla mucho más fuerte aquí y me envuelvo un poco más el pelaje alrededor de los hombros mientras caminamos hacia el área donde vi la manada de antílopes el día anterior. Lee camina silenciosamente detrás de mí mientras avanzamos por la hierba hacia el otro lado. Se necesita algún tiempo para llegar a la zona ya que la manada se ha trasladado a un terreno más fresco.

Encontramos un grupo de rocas y nos agazapamos detrás de ellas para observar la manada. Hay algunas hembras preñadas pero aún no hay crías que podamos cazar. Lee comienza a inquietarse mientras observo los movimientos de los animales y coloco mi mano en su pierna para calmarlo. Señalo al otro lado del campo hacia una hembra que se ha alejado de la manada. Mientras la observamos, se acerca a un gran charco de nieve derretida para beber.

Creo que será un buen lugar para cavar una trampa, pero tendremos que esperar hasta que la manada se aleje. Sé que Lee se sentirá decepcionado, pero no podremos empezar hasta el anochecer. Decido regresar a casa para comer. Volveremos más tarde.

Antes de que pueda levantarme para regresar a la cueva, la manada comienza a moverse hacia nosotros. Miro al otro lado del campo justo cuando varios antílopes comienzan a huir del gran charco y de la solitaria hembra. Ella levanta la cabeza, pero antes de que tenga la oportunidad de correr, aparecen unos hombres con lanzas en las manos y la rodean.

Lee hace un sonido y rápidamente coloco mi mano sobre su boca para silenciarlo.

Entrecierro los ojos para enfocar el campo y observo cómo los hombres cierran la brecha alrededor del animal. Ella entra en pánico y corre para intentar interponerse entre ellos, pero la apuñalan con sus lanzas y ella cae al suelo. Un hombre corpulento, de pelo oscuro y rizado, se acerca y clava su lanza en el cuello del animal.

Miro a mi hijo y desearía que se hubiera quedado en la cueva. No sé qué tan seguro es para él estar rodeado de personas desconocidas. Preferiría acercarme a ellos solo para determinar si son amigables, pero con el tiempo que me llevaría devolver a Lee a la cueva, podrían haberse ido.

Otros hombres se unen al que mató al antílope. Hay un hombre más joven, de pelo claro y otro de pelo oscuro como el primero. Todos caen al suelo cerca de la bestia y comienzan a despojar al animal de su carne.

Me sobresalto cuando mi hijo me agarra del brazo. Señala al otro lado del campo y yo sigo la dirección con los ojos. Desde el extremo opuesto de las estepas viene un grupo de mujeres y niños. Una de las mujeres es muy alta, casi tan alta como los hombres, con cabello amarillo brillante, mientras que otra es pequeña y oscura. Un hombre y una mujer mayores, también con cabello de color claro, van detrás. Finalmente, una mujer joven de cabello castaño cierra la marcha del grupo. Cada una de las mujeres sostiene a un niño pequeño en brazos.

Mi familia necesita una tribu.

Respiro profundamente, me levanto y empiezo a avanzar hacia ellos. Lee se acerca a mí, pero cuando lo miro y entrecierro los ojos en señal de advertencia, se coloca a una distancia segura detrás de mí. Vuelvo mi atención al grupo mientras se congregan alrededor del animal.

Camino lentamente con mi lanza bajada pero visible. A medida que acortamos la distancia, el hombre mayor que está detrás del grupo se gira hacia mí. Lo veo inclinar la cabeza hacia un lado y su expresión es amistosa. Da un paso hacia un lado y golpea el hombro del hombre grande con el dorso de su mano.

El grupo detiene su trabajo y todos miran hacia nosotros. El hombre corpulento, de pelo rizado, sonríe y sus ojos se iluminan a modo de saludo.

Finalmente, encontramos a otras personas y son amigables.

CAPITULO 23

Había olvidado lo fácil que es prepararse para el invierno con la ayuda de un grupo.

Se necesita algo de tiempo para encontrar una cueva lo suficientemente grande como para albergarnos a todos, pero lo hacemos. Nuestra nueva tribu tenía un hogar en el bosque, muy parecido al lugar donde yo crecí, pero las lluvias primaverales lo destruyeron y necesitaban un nuevo lugar. La cueva que encontramos está en el lado opuesto del lago, cerca de la cueva que Beh y yo compartimos con Lah y Lee, y está situada en lo alto de las rocas, lejos de muchos peligros.

No es grande, pero es perfecto para nuestro grupo pequeño. Peh es el macho mayor. Él y su compañero, Met, viven en el área más alejada de la entrada y las corrientes de aire. Su hijo, Ehm, tiene hijos casi mayores, pero no tiene pareja. No sé qué le pasó a ella. Todos los niños tienen los mismos ojos castaños claros que Peh y Ehm y cabello oscuro y rizado.

Ehm y Peh están muy impresionados con la piel de Beh en un palo y usan más pieles y palos para hacer soportes adicionales. Con más personas, podemos derribar animales más grandes y llevárselos fácilmente a todos los demás para desollarlos y preparar la carne en la seguridad de la cueva.

Las ideas de mi compañero son impresionantes, aunque nada les impresionó más que el pequeño fuego redondo.

Cuando encontramos nuestro nuevo hogar por primera vez, no teníamos brasas para iniciar un nuevo fuego. Peh y Ehm comenzaron a juntar palos y yesca para iniciar el largo y difícil proceso de hacer un fuego cuando Beh se acercó con una sonrisa tímida y encendió uno con la cosa redonda y un trozo de pedernal. Quedaron tan impresionados que le pidieron que hiciera otro y luego les mostraran cómo hacerlo también. Beh también enseñó a las mujeres a hacer platos de arcilla, y Met le mostró a Beh cómo cavar un túnel detrás del fuego, lo que hace que arda más. Cuando usan el fuego más caliente para secar la arcilla, termina siendo más fuerte y menos propensa a romperse.

Aunque nuestra tribu entrecierra los ojos ante mi pareja y mis hijos cuando empiezan a hacer muchos ruidos extraños, todavía nos han aceptado. Creo que las valiosas ideas de Beh ayudaron mucho con eso.

Camino alrededor del gran fuego comunitario hasta la sección de la cueva donde mi familia se acuesta a dormir. No es tan cálido y acogedor como lo era nuestra pequeña casa, y la boca de la cueva es casi tan grande como toda la cueva. Es más una depresión profunda en la ladera de una montaña que una cueva propiamente dicha, pero tiene el tamaño justo para nuestra tribu en crecimiento. Colgamos pieles de postes largos, encajados entre rocas para mantener alejadas las corrientes de aire, y es fácil encender un fuego sin tener que preocuparnos de que el humo no pueda escapar.

Peh y Beh parecen llevarse muy bien, especialmente después de que Beh se da cuenta de que él camina cojeando, encuentra un bastón bueno y fuerte y le muestra una manera de usarlo para ayudarlo a caminar más fácilmente.

Estoy muy feliz de que haya más niños que Lee y Lah puedan conocer. Hay niñas y niños de aproximadamente el mismo tamaño, por lo que podrán tener pareja cuando tengan edad suficiente.

Jeh y Feh tienen muchos hijos, aunque el pequeño bebé que Feh llevaba cuando nos conocimos nació muerto. Ahora está embarazada de nuevo y ese niño debería nacer más adelante en el otoño. Beh y yo sólo tenemos dos, pero ambos han vivido lo suficiente como para no preocuparme demasiado. Todavía intento poner otro en Beh cada vez que puedo.

Lah corre hacia mí y me rodea la cintura con sus brazos. Le devuelvo el abrazo y le sonrío mientras ella me hace sonidos incomprensibles.

"¡Aquí orza!"

Su sonrisa se parece tanto a la de Beh que me hace sentir cálido por dentro, incluso cuando los días son fríos. Ella me mira y la luz del sol hace que sus ojos brillen antes de presionar su mejilla contra mi pecho. Me sorprende lo alta que ya ha crecido. Parece que cada vez que la abrazo ha crecido más.

Me estremezco un poco al pensar en cuánto tiempo estuvimos sin ella y me alegro de que ahora estemos al otro lado del lago, lejos del campo donde papá vino a robársela. A veces todavía volvemos a nuestra pequeña cueva, normalmente para pasar un rato lejos del resto del grupo o para cavar en busca de setas que crecen cerca del barranco. Beh mantiene su extraño contenedor negro lleno de cosas aún más extrañas allí, en el estante de atrás. Aunque lleva consigo esa pequeña cosa plana rectangular llena de imágenes, los demás objetos permanecen en la pequeña cueva que llamamos hogar durante tanto tiempo.

Lah me suelta y vuelve corriendo al fuego comunitario para ayudar a preparar la cena. Beh está quitando la tierra de algunas plantas que excavó del suelo cerca del borde del bosque. Hay tubérculos grandes y bulbosos en los extremos, que se parecen un poco a las cebollas silvestres que le gustan, pero son más grandes y de color morado. Se emocionó cuando las encontró y señaló una imagen de las hojas de su objeto plano a Lah y Lee. Los tres hicieron mucho ruido antes de desenterrarlos.

Beh los cocina en agua caliente durante mucho tiempo y cuando los pruebo, tienen un sabor dulce y extraño. El resto de la tribu también los disfruta. Es bueno tener cosas nuevas para comer y nadie se enferma por ellas.

Me siento con mi brazo alrededor de mi pareja después de comer y veo la puesta de sol fuera de la cueva. Las noches todavía son bastante cálidas, pero la atraigo hacia mí y disfruto del calor de su cuerpo. Lah y Lee se sientan con los otros niños junto a la luz del fuego, tratando de hacer lanzas afiladas con palos largos y pedernal.

Mañana Lee irá conmigo y con los otros hombres a matar un animal grande. Será la primera vez que lo intente. Estoy entusiasmado y al mismo tiempo cauteloso porque los animales grandes pueden ser peligrosos, pero si podemos capturar a dos de los grandes uros que han estado bebiendo en el lago durante los últimos días, tendremos suficiente carne y pieles para el invierno.

Mi hijo será un hombre.

Inspiro el aroma del cabello de Beh y acaricio mi nariz contra su cuello. Ella sigue la señal y lentamente nos dirigimos hacia nuestras pieles, cubriéndonos con una piel grande para darnos un poco de privacidad. Intento no gemir demasiado fuerte mientras entro en ella lentamente. Beh arquea la espalda y empuja sus caderas contra mí mientras yo me acerco a ella. Sus manos se enredan en mi cabello mientras meto la cabeza entre su cuello y su hombro. Su piel es salada y cálida, y mi corazón late más rápido al sentirla tan cerca de mí otra vez.

Mi Beh, mi compañero.

Mis dedos rozan suavemente sus pezones y la siento tensarse, tratando de calmar sus propios llantos mientras se deshace a mi alrededor. Presiono mi boca contra su cuello, mordisqueándola juguetonamente mientras aumento mi ritmo y la lleno rápidamente.

Rodando hacia mi lado, la sostengo contra mí mientras nuestra respiración rápida se calma. Beh pasa sus manos por mi cabello y sé lo que está pensando; pronto volverá a cortar un poco. Sonrío contra su piel.

Ella siempre me cuida.

Al acercar mi nariz a su oreja, soplo aire cálido contra su piel hasta que se retuerce contra mí y me aleja un poco. Me levanto sobre un codo para contemplar su hermoso rostro. Ella me sonríe y sus mejillas se ponen rojas cuando la miro a los ojos.

Tan hermoso.

"¿Eh?" susurra suavemente y toco la punta de su nariz con la mía.

Beh alcanza mi mano en su cadera y lentamente la lleva a su vientre. Sus ojos brillan mientras empuja mi palma hacia su abdomen. Miro hacia abajo y siento que mi sonrisa crece.

Sé que finalmente logré darle otro bebé.

Mi corazón late en mi pecho, calentando mis entrañas mientras el fuego calienta mi piel. Beh agarra mi mano (su nerviosismo es evidente) mientras Lee camina alrededor del fuego y extiende la mano para tomar las manos de Jeh y la hija de Feh, Ney. Veo una lágrima formarse en el ojo de mi pareja mientras Lee hace suaves sonidos en el oído de Nay justo antes de que toque la punta de su nariz con la de ella. Pasa la punta por el puente de su nariz hasta su frente, y Nay sonríe ampliamente mientras sus mejillas se tiñen de rosa. Ella lo mira de reojo mientras él hace otro sonido, entrecerrando un poco los ojos, mirando su boca.

Sé lo que siente por los sonidos de Lee. Los ruidos de Beh me resultaron muy extraños cuando la conocí por primera vez. Aún así, Ney acepta a Lee tal como es y sé que él la mantendrá y le dará hijos.

Beh vuelve su rostro hacia mi hombro, tratando de ocultar sus lágrimas. No entiendo por qué llora, pero mi pareja llora por muchas cosas que no tienen sentido para mí. Lah toma la otra mano de su madre y la aprieta también. Me pregunto cómo responderá Beh cuando Lah se mude de nuestra zona de dormitorio a la suya. Todavía no puedo decidir a cuál de los jóvenes prefiere, Mik o Ty, aunque sé que a Ehm le gustaría que nuestras familias se unieran. Por supuesto, si Lah no elige a Ty, el hijo de Ehm, entonces seguiremos unidos en algún momento en el futuro, cuando mi hija menor, Kay, tenga edad suficiente para aparearse. Sólo hay dos niños de edad adecuada y ambos son hijos de Ehm.

Lee y Ney desaparecen en la parte más oscura de la parte trasera de la cueva, y Ehm ayuda a un Peh anciano a llegar a donde estamos Beh y yo. La sonrisa de Peh es reservada. Todavía llora por Met, su compañero que murió en el invierno, pero vuelve a mostrar vida en sus ojos. Verlo intentar seguir sin Met me hace pensar que no pasará mucho tiempo antes de que él también se acueste y no se vuelva a levantar.

Sé que si Beh muere antes que yo, no sobreviviré. Al mismo tiempo, espero que sus ojos se cierren para siempre ante los míos. Aunque me uniría a ella inmediatamente después, cuando la miro sé qué tipo de dolor sentiría si algo me sucediera. No quiero que ella sienta ese dolor, el dolor de perder a su pareja.

Por más difícil que sea, preferiría sentirlo por ella.

Jeh me abraza bruscamente, luego levanta a Beh en el aire y la hace girar. Extiendo la mano para estabilizar a Peh, quien pone los ojos en blanco ante su hijo pero todavía se ríe un poco. Feh se acerca y golpea el brazo de Jeh hasta que vuelve a dejar a Beh en el suelo, con la cara roja y riendo.

Paso a Fil, nuestro hijo menor, a mi otro brazo. En realidad es demasiado grande para seguir cargándolo, pero le he permitido jugar al bebé mucho más de lo que debería. Aunque él es el último. Sabía que no tendríamos más poco después de que él naciera...

Beh había colocado a Fil en el cabestrillo que llevaba alrededor de los hombros para que pudiera amamantar mientras caminábamos. Lee y Lah habían decidido quedarse atrás y cazar, pero Kay estaba con nosotros, corriendo de un lado a otro por el pequeño sendero que conducía desde la cueva de la tribu a la pequeña cueva en la que habíamos vivido antes.

Era finales de primavera y Fil había nacido el otoño anterior. No habíamos estado en la pequeña cueva en todo el invierno y Beh parecía ansioso por llegar allí. Una vez que llegamos, encendí un fuego, en caso de que ella quisiera pasar la noche, y le pedí a Kay que me ayudara a ventilar las pieles que aún estaban allí.

Beh fue al divertido contenedor negro y sacó algo. No era algo que hubiera visto antes: un tubo largo con un poco de rojo en un extremo y rayas negras en el costado. Beh lo sacó y lo sostuvo en sus manos por un rato, y una vez que Kay se acomodó un rato en las pieles, fui a buscar a Beh con lágrimas en los ojos.

Me arrodillé ante ella y tomé su rostro entre mis manos, sin entenderlo, pero sabiendo que todavía me necesitaba. La rodeé con mis brazos y la sostuve cerca de mi pecho, rodeándola a ella y a Fil juntos. Dejó la cosa a un lado y envolvió sus brazos alrededor de mi cabeza, abrazándome con fuerza por un momento antes de alejarme un poco para recoger el objeto largo nuevamente.

Entonces, Beh respiró hondo y me miró a los ojos. No entendí qué estaba tratando de comunicar aparte de... arrepentimiento. Tristeza. Decisión.

Tomó el objeto y lo sostuvo contra su brazo. Una respiración profunda más y empujó parte de ella con el pulgar. Ella hizo una mueca y le quité la cosa. Había sangre en su brazo, sólo un poco, pero tiré la cosa fuera de la boca de la cueva mientras me ocupaba de su brazo por un rato.

Poco después regresamos a la cueva tribal y esa noche Beh empezó a sangrar. Sangró durante días, mucho más de lo normal, incluso más que después de haber dado a luz. Su estómago se contraía dolorosamente y me pidió que le preparara agua caliente, hervida y mezclada con hojas de una planta que encontró, que parecía ayudar. Estaba aterrorizada, pero finalmente el sangrado disminuyó y se detuvo, y Beh ya no sentía dolor.

En ese momento supe que no tendríamos más hijos y por eso mimo a Fil. Lo tengo conmigo casi todo el tiempo, temeroso de perderme un solo segundo de su vida. Ha sido fácil ya que él es silencioso como yo y no hace todos los ruidos extraños que les gusta hacer a su madre y a otros hermanos. Sus ojos son del mismo color que los de su madre, grandes y expresivos. Él es perfectamente capaz de caminar de regreso a nuestra área de la cueva, pero lo llevo de todos modos.

Beh simplemente sonríe y mueve la cabeza hacia adelante y hacia atrás. Ella todavía le hace sonidos a Fil, y él observará cómo se mueve su boca y ha repetido algunos de sus sonidos. Cuando lo hace, Beh está extasiado y Fil simplemente está confundido. Lo acerco a mí y toco su mejilla con mi nariz.

Estoy familiarizado con su frustración por los constantes sonidos de su madre.

Nos acostamos sobre nuestras pieles, Beh todavía con los ojos llorosos y Lah sentada sobre las pieles y mirándose las manos. A veces mira hacia la sección de la cueva que será para Lee y Nay y suspira. Kay se acerca a Lah y emite sonidos, y Lah responde. Los ruidos de Beh son agudos y mordaces, y ambas chicas se callan y se acuestan.

Me recosté en el centro, con Beh y Fil a un lado y Lah y Kay al otro. Si me acuesto boca arriba, puedo alcanzarlos a todos. Lah se encuentra ahora más lejos, como lo estaba Lee antes. Se gira para mirar hacia la entrada de la cueva y alejarse de mí. Pronto elegirá a su pareja; Estoy seguro. Ella y Lee seguirán siendo cercanos, pero ahora todo también será diferente.

Mi familia está creciendo.

Mis pies descalzos están fríos. No me di cuenta del frío que haría lejos de la cueva con el viento que soplaba desde el lago. Probablemente lo sabía, pero lo olvidé. Parece que olvido muchas cosas últimamente, como el sonido del nombre que Kay y Gar le dieron a su último hijo. Parece que no puedo memorizarlo.

La tos de Beh me hace olvidarme de mis pies mientras la acerco más a mi pecho, sosteniéndola tan firmemente como mis viejos brazos todavía pueden. No pesa casi nada, lo cual es bueno para mis brazos pero también es la razón por la que la llevo en brazos. Está demasiado débil para caminar sola.

Lee sabía que no regresaríamos; podía verlo en sus ojos.

Sostener a Beh un poco más arriba a un lado calma su tos, al menos por ahora. Nunca se calma por completo y ha empeorado constantemente a medida que se acerca el invierno. Su brazo alrededor de mi cuello apenas se agarra a mi piel, un testimonio de su debilidad. Apenas ha comido y sólo ha tomado unos pocos tragos de agua durante el último día. Todas las plantas que ha utilizado para ayudarme a mí o a alguien más de la tribu a sentirnos mejor no han hecho ninguna diferencia.

"¡Hoh!" Me tropiezo con la rama de un árbol que está al otro lado del sendero y tengo que recuperar el equilibrio para no dejar caer a Beh. Ella se ríe (el sonido me recuerda a la hermosa joven que encontré hace tanto tiempo) mientras toca el costado de mi boca con su dedo.

La risa me trae de nuevo la tos, y la abrazo cerca mientras acelero el paso. No quiero llegar demasiado tarde. Quiero estar en nuestra cueva cuando llegue el momento.

No sé por qué, pero siento que es importante estar ahí. Es donde aprendimos unos de otros, donde realmente nos convertimos en compañeros. Es donde puse a Lah y Lee dentro de ella y donde ambos nacieron. Es el lugar al que Beh siempre quiere regresar al menos una vez cada verano, solo para mirar a su alrededor y ver las cosas extrañas dentro del contenedor negro.

Quizás piense en papá cuando hace eso.

Tropiezo una vez más mientras subo el ligero saliente desde el barranco hasta la boca de nuestra cueva. Me alegro de que todavía haya luz del día afuera mientras echo un vistazo rápido para asegurarme de que ningún animal se haya instalado desde la última vez que estuvimos aquí.

La cueva está vacía.

Me giro hacia un lado para llevar a Beh al interior, pero no consigo encontrar el ángulo adecuado para que ambos pasemos por la estrecha abertura al mismo tiempo. Tengo que ponerla de pie y sostenerla por detrás mientras ambos atravesamos la grieta. Hay muchas pieles viejas en el fondo de la cueva donde solíamos dormir, y acuesto a Beh encima de ellas mientras uso su pequeña cosa redonda y brillante para hacer un fuego rápidamente.

Me duele la espalda mientras me enderezo, arrojando algunos trozos de madera más al fuego mientras me froto la columna. Escucho a Beh gritar mi nombre y rápidamente me muevo a su lado, olvidando mis propios dolores. Me acuesto a su lado y me pongo una de las pieles a nuestro alrededor. Acuno su frágil cuerpo en mis brazos, sosteniéndola un poco mientras otro ataque de tos le quita el aliento.

Una vez que ha disminuido, la acuesto y me acurruco a su lado. Ella se estremece y nos cubrimos con otra piel. Parece difícil para ella mantenerse abrigada estos días a pesar de que todavía no hace demasiado frío. Me acerco lo más que puedo a ella, dejando que el calor de mi cuerpo la impregne. La sostengo mientras el sol se pone y el calor del fuego llena la pequeña cueva.

Pienso en el primer día que la vi, sentada en el fondo de mi pozo de caza. Recuerdo lo obstinada que era al principio, aunque ahora, cuando pienso en ello, me doy cuenta de que sólo estaba confundida y asustada. Recuerdo la primera vez que me desenredó el cabello y la pequeña talla de madera que había hecho para ayudarme con la tarea.

Hice otro y se lo di a Lah cuando se apareó con Ty. Kay también recibió uno cuando se apareó con Gar. Muchos de los otros hombres comenzaron a tallar regalos similares para sus propias compañeras e hijas.

Recuerdo la primera vez que estuve dentro de Beh, tocando la suave piel de su espalda mientras oleadas de placer se movían sobre mí. Recuerdo cuando puse mi mano sobre su vientre y sentí que

Lah pataleaba. Recuerdo cuando nació Kay y cómo Lee me ayudó a cortar el cordón umbilical y colocar a su nueva hermana sobre el estómago de su madre.

Lo recuerdo todo.

La mano de Beh tiembla cuando levanta la mano y toca mi mandíbula. Sus dedos son suaves y frescos, y me inclino hacia su tacto mientras ella acaricia mi piel.

"Beh... ama... Ehd", susurra, y sus ojos me brillan como lo hicieron la primera vez que intenté poner un bebé dentro de ella. Parece que fue hace mucho tiempo, pero también tan reciente, como si el tiempo no fuera realmente relevante para los sentimientos dentro de nosotros dos.

Pero el tiempo sigue avanzando y no hay nada que pueda hacer para detenerlo.

"Luffs Beh", pronuncia mi boca, y soy recompensado con su tranquila sonrisa y el toque de sus delgados dedos en mi mejilla. "Ehd orza a Beh".

Durante mucho tiempo, solo la miro a los ojos. Son diferentes según su edad pero siguen siendo iguales. Todavía me mantienen cautivo y quiero pasar cada momento de cada día mirándolos. Ella también mira la mía y una pequeña sonrisa permanece en sus labios. Sus dedos tocan mi boca y su garganta se mueve mientras traga y respira con dificultad.

"¿Khizz?" Levanto la mano y aparto su cabello plateado de su frente.

La sonrisa de Beh se amplía y me acerco para presionar mi boca contra la de ella. Sus labios son suaves y cálidos, como siempre lo han sido.

Lentamente, ella se aleja y apoya su cabeza contra mi hombro. Me acomodo entre las pieles y miro su rostro. Puedo sentir su respiración entrecortada contra mi piel mientras la acerco. Ella vuelve su rostro hacia mí y me da una última sonrisa.

De nuevo, se gira hacia mi pecho y siento sus labios presionar contra mi piel. Otro suspiro entrecortado. Otro.

No más.

Mis ojos arden y mi pecho se oprime. La atraigo hacia mí, apoyando mi cabeza contra su hombro e inhalando el aroma de su cabello. Mi nariz recorre la piel texturizada de su cuello y coloco mis labios ligeramente contra su mandíbula.

No puedo detener las lágrimas. No quiero llorar. Estoy demasiado cansada para llorar. Mi vida con Beh fue hermosa, trascendió todo lo que nos diferenciaba y nos unió a nuestra familia y tribu.

No debería llorar.

Froto mi mejilla contra su hombro y aprieto mi agarre. La rodeo con mis brazos y también giro nuestras piernas, solo por si acaso. Quiero asegurarme de que nada pueda separarnos. Quiero estar seguro de que permaneceremos juntos para siempre.

Me acomodo contra el cuerpo de Beh, huelo su cabello nuevamente y dejo escapar un largo y profundo suspiro.

Finalmente, cierro los ojos por última vez.

CAPÍTULO 24 | EPÍLOGO

Muchos milenios después...

"¡Isabel! ¿No es ese el hallazgo de tu mamá?

Suspiro, me subo más la mochila al hombro y me giro para ver a Teresa y Sheila acercándose detrás de mí. Ambos agarran un brazo para enlazarlo con el suyo antes de arrastrarme a la siguiente exposición del museo.

Los amantes prehistóricos.

"¿Su grupo todavía está siendo investigado por fraude?" pregunta Teresa.

"Sí, supongo", respondo. "Nadie admite nada y no han encontrado ningún tipo de evidencia real de que haya sido colocado a propósito".

"¿Qué se plantó?" —Pregunta Sheila. Sus padres le prohíben totalmente ver televisión o utilizar Internet, por lo que nunca tiene la menor idea de lo que está pasando en el mundo. No me imagino sin tener un televisor, un iPad o mi teléfono. Simplemente no.

Realmente no quiero entrar en detalles con ellos, así que en lugar de responder, me inclino y presiono el pequeño botón cerca del borde de la exhibición que contiene los restos esqueléticos de dos personas prehistóricas, envueltos en un fuerte abrazo.

"Los amantes prehistóricos", comienza una voz suave y femenina. La voz de mamá siempre me recuerda cuándo me leía antes de acostarme y sonrío cuando suena por los parlantes del museo. "La excavación, ubicada cerca de Pecs, Hungría, fue descubierta..."

Varios otros clientes se unen al grupo, algunos de mi último año y otros simplemente los visitantes habituales del museo. El hallazgo recibió mucha atención nacional desde el principio, pero cuando se cuestionó su validez debido a uno de los elementos encontrados en el sitio, los medios se volvieron locos. Realmente no entiendo su fascinación por todo el asunto. Quiero decir, tiene que ser un error, ¿no?

"...la datación por carbono los establece mucho antes que cualquier otro resto de Homo sapiens descubierto..."

Miro los diversos objetos encontrados en el sitio. La mayor parte son cosas habituales. Aparte de los esqueletos fosilizados reales envueltos en un abrazo eterno, hay evidencia de un fuego de cocina, incluidos algunos trozos de cerámica rotos que se encontraron en un lago cercano y que se pensaba que tenían la misma edad. En realidad, las piezas no están cocidas, como aprendí a hacer en la YMCA el verano pasado, solo piezas de arcilla en bruto. La ruptura es extraña y forma un patrón en zigzag único en el centro.

"...la controversia en torno al sitio comenzó cuando se descubrió un pequeño botón redondo entre los restos..."

Se enciende un foco y tengo que poner los ojos en blanco. No puedo creer que realmente estén resaltando lo que ha hecho que todos cuestionen todo el hallazgo. La luz se refleja en un pequeño botón plateado con letras que deletrean "JORDACHE" en un semicírculo a su alrededor.

"...aunque no se ha determinado ninguna explicación real..."

"¡Ay dios mío!" Teresa exclama mientras se agacha y agarra el botón de metal de mis jeans, que también tiene estampado "JORDACHE". "¡Siempre supe que tenías el sentido de la moda de un neandertal!"

Teresa sufre un ataque de risa histérica y Sheila se ríe en su mano. Estoy seguro de que intentará utilizar esto como una forma de hacerme reconsiderar una expedición de compras a Atlanta este fin de semana. Tengo demasiada tarea y, entre el hallazgo de mamá y los experimentos de papá, también soy la única que hace tareas domésticas estos días. Los trapos sucios formarán su propio sistema de gobierno si no los lavo pronto.

"...mediante el uso de métodos de prueba modernos, la antigüedad del botón muestra que pertenece al mismo período de tiempo que el resto de los hallazgos en el sitio. Muchos grupos religiosos lo están utilizando ahora como evidencia de que tales métodos de datación no son confiables y que el creacionismo debería ser..."

Dejo de escuchar la voz de mi madre y miro el resto de la pantalla. Hay más cerámica, que es la parte que más entusiasmaba a mamá. Al parecer, en aquel entonces nadie fabricaba vasijas. Pensé que era obvio, algo así como la rueda. Quiero decir, hasta yo puedo hacer platos de barro, por el amor de Dios. También hay pequeños patrones entrecruzados en una de las rocas, que mamá cree que fueron dejados por algún tipo de canasta tejida.

En serio, ¿qué tan difícil puede ser tejer algunas cañas?

A pesar de mi falta de interés en el campo arqueológico, debo admitir que la gente me intriga. Están envueltos en un fuerte abrazo, con las piernas entrelazadas y los brazos abrazándose entre sí. Casi se puede sentir la emoción proveniente de la pizarra de piedra caliza en la que están incrustados. Se encuentran uno frente al otro con las cabezas muy juntas, dando la impresión de que acaban de compartir su beso final.

"¿Crees que lo hicieron al estilo perrito?" Sheila vuelve a reírse.

Lo juro, puede que sea tan virginal como ella, pero con su educación, ella nunca ha visto una escena de amor de telenovela. La semana pasada descubrió que hay otros puestos además del misionero. De todos modos, ella me arruinó por completo las imágenes, así que me alejo.

"¿Es demasiado pronto para dirigirse al patio de comidas?" Pregunto. Entre las excavaciones de mamá y el laboratorio de papá, he pasado la mitad de mi vida en este museo. El resto de las pantallas son las que ya he visto.

"Se supone que debemos terminar esta exhibición", Sheila mira el horario doblado en sus manos, "así como los dos siguientes, y luego hacer una pausa para almorzar".

Dos de las personas detrás de mí empiezan a hablar de que mi madre debe ser un fraude o al menos emplear a los asistentes más inescrupulosos para darse a conocer mejor en el mundo arqueológico. Miro y reconozco vagamente al chico como uno de los otros profesores de su departamento. Frunzo el ceño mientras toma de la mano a la dama con la que está y la lleva hacia el modelo de tamaño natural de un perezoso gigante. Sheila y Teresa empiezan a ir en la misma dirección.

"Los veré a ustedes en el almuerzo, ¿de acuerdo?" Llamo por encima del hombro mientras me dirijo a la parte trasera de la exposición y a la oficina de mi padre, sin darles la oportunidad de responder.

Papá no es arqueólogo, como mamá, pero todavía está en el mundo de la ciencia: la física y las propiedades de la materia y toda esa basura. Pensaría en él como en otro Bill Nye, el científico, pero papá no tiene personalidad para la televisión. Había aburrido mortalmente a los pobres niños con sus largas explicaciones sobre la Teoría de la Relatividad de Einstein, las partículas del bosón de Higgs, los agujeros de gusano o lo que fuera. De todos modos, siempre está tratando de probar sus teorías. Algo en el hallazgo prehistórico de mamá lo tiene convencido de que sus teorías sobre el viaje en el tiempo son correctas y que la teoría de cuerdas es una broma. No tengo idea de qué está hablando, pero recién ahora estoy cursando mi primer semestre de física. La mayor parte de lo que he aprendido hasta ahora es lo mismo que aprendí de episodios antiguos de The Big Bang Theory.

Papá no está en su oficina, así que rodeo el escritorio y me dirijo a la puerta que hay detrás. La abro y lo llamo, pero tampoco está en su laboratorio. Espero al menos poder interrumpirlo el tiempo suficiente para ver si quiere almorzar conmigo o algo así, pero no aparece por ningún lado.

Me rindo y decido que tendré que enfrentarme a las masas nuevamente por el resto de la sala de exposiciones antes de poder comer. Siendo la chica consciente de la energía que soy, apago el interruptor de la luz cuando empiezo a irme.

Hay algo verde brillante en la parte trasera del laboratorio.

Curioso, vuelvo a encender la luz.

El brillo verde es demasiado tenue para notarlo con las luces encendidas, pero me acerco a él de todos modos, sintiéndome algo atraída. Desde que era niño, me gustaba husmear en las cosas del laboratorio de papá, así que no le doy mucha importancia cuando voy a investigar un poco más. Además, realmente no quiero unirme al resto de mi clase hasta que sea hora de comer, y tengo tiempo que perder.

Detrás de un pequeño divisor, algo así como las paredes cúbicas que se ven en los edificios de oficinas, hay una larga mesa de laboratorio en la esquina de la habitación. Justo en el centro hay un objeto alto y cilíndrico, de donde se origina la luz. Hay algo parecido a una masa en el centro. La sustancia parece flotar en un líquido pegajoso y me recuerda a esas viejas lámparas de lava.

Junto con una de esas grandes baterías de auto y un par de libros, hay una pila de papeles en la mesa al lado de la cosa verde, cubierta con los garabatos de mi papá. Son las notas de papá para sí mismo, y tengo que sonreír al ver que no hay ni una sola parte que tenga sentido en toda la página. Sólo papá puede saber de qué habla papá la mayor parte del tiempo, como siempre dice mamá. Esto es sólo un montón más de sus rasguños de pollo.

Sujeto de ADN 1(M) –incapaz de categorizar –no H. sapiens. Diferenciación cerebral. ¿Área de Broca?

Sujeto de ADN 2 (F)—H. sapiens - relacionado conmigo?? (volver a probar: usar un control diferente)

Botón – acero, no aluminio – a 4,23 metros de los restos

Las fechas de la cerámica coinciden: 164.230-164.235

Después de eso, hay un montón de ecuaciones sin sentido, en lo que a mí respecta. Vuelvo a mirar la cosa verde, que parece estar chapoteando dentro del cilindro un poco más rápido, pero por lo demás es bastante aburrida.

Me doy la vuelta para irme. Supongo que probablemente ya he estado jodiendo aquí bastante tiempo y necesito volver con mi grupo. Sea lo que sea que esté haciendo papá, obviamente no estará para almorzar. Espero que llegue a casa a tiempo para cenar con nosotros al menos esta noche.

Cuando me doy vuelta para alejarme, me golpeo el dedo del pie con la mesa del laboratorio y todo se balancea por un segundo mientras el dedo me palpita en el zapato. Intento no caer de bruces mientras salto sobre un pie y me froto el dedo. Miro rápidamente el contenido de la mesa del laboratorio para asegurarme de que no he estropeado nada.

El brillo verde aparece y desaparece, algo que no ocurría antes. Miro a su alrededor y veo un cable delgado en la parte posterior, que parece estar al menos parcialmente desconectado de su fuente. Llego hacia atrás, agarro el extremo y luego lo vuelvo a colocar en su lugar.

En un instante, todo mi brazo se siente como si estuviera vibrando y casi quedo cegado por la luz verde. La habitación parece girar y girar del revés, transformando tanto el cilindro verde como el resto de la mesa en una cascada arremolinada de color y luz. Me abruman las náuseas y los mareos. Mi visión se vuelve borrosa cuando rayos de luces brillantes en rojo y dorado inundan mis ojos hasta que tengo que cerrarlos. La sangre late en mis oídos y, por un momento, estoy seguro de que me están haciendo pedazos.

Entonces todo se detiene.

Con un escalofrío, abro los ojos.

Veo suciedad.

Y algunas raíces.

Durante varios minutos, me quedo ahí sentada mientras mi mente intenta darle sentido a lo que está pasando. Falla estrepitosamente y me quedo mirando con incredulidad las ásperas paredes de tierra que me rodean y el cielo despejado, visible cuando miro hacia arriba.

Estoy en un hoyo.

Todavía desorientado, miro a mi alrededor y trato de orientarme. Es obvio que ya no estoy en el laboratorio de papá, pero ¿dónde estoy? Miro hacia abajo a mi lado y noto un trozo de suelo grande y oscuro a solo unos centímetros de mi cadera. Extiendo la mano para tocar la mancha oscura y mis dedos se vuelven pegajosos y rojos. Hay sangre en el suelo a mi lado.

¡Santo cielo!

Se me revuelve el estómago y, por un momento, creo que voy a sentir náuseas. De alguna manera, logro evitar vomitar, pero me aseguro de respirar por la boca y no volver a mirar al suelo a mi lado. Me limpio la mano en la pared de tierra, tratando de limpiarme los dedos sin mirar realmente lo que estoy haciendo. No funciona bien.

Tengo que salir de aquí.

Me levanto, pero apenas puedo alcanzar el borde del agujero y no puedo hacer suficiente palanca para levantarme. Cuando lo intento, la tierra se desmorona entre mis dedos y llueve sobre mi cabeza. Me paso los dedos por el pelo y la suciedad vuela por todos lados. Sacudo la cabeza de nuevo antes de volver a caer al fondo del agujero. Intento recordar todas las tonterías que papá intentó enseñarme sobre la supervivencia en la naturaleza, pero no me viene mucho a la mente.

No entrar en pánico.

Me obligo a respirar lenta y profundamente y trato de descubrir qué debo hacer. ¡Desde aquí abajo ni siquiera sé si estoy en el desierto! Cuando escucho, no oigo nada excepto el sonido del viento, pero eso no significa necesariamente que no haya nadie al alcance del oído.

"¡Ey!" Grito. Me levanto y me tapo la boca con las manos. "¡Ey! ¿Hay alguien ahí fuera? ¡Estoy atascado! ¡Ayuda!"

Cuando eso no funciona, dejo escapar un grito largo y continuo mientras salto arriba y abajo. Cuando siento la garganta en carne viva, intento por última vez levantarme, pero la tierra cede y me dejo caer sobre mi trasero, apoyándome en mis manos para apoyarme. Cierro los ojos por un momento, tratando de que esos ejercicios de respiración profunda me calmen, pero no lo hacen. Sacudo la cabeza, dejo escapar un largo y lento suspiro y vuelvo a mirar hacia arriba.

Me encuentro con una salvaje mata de cabello largo, de color marrón rojizo, que sobresale por toda la cabeza de un hombre joven. Su cabello es lo suficientemente largo como para llegar hasta sus hombros y su rostro está cubierto por una barba corta y áspera del mismo color. Donde no está cubierto de pelo, está cubierto de tierra. Desde entre la suciedad y el cabello, me mira con los ojos verdes más hermosos y brillantes que jamás haya visto.

Lo miro fijamente durante mucho, mucho tiempo mientras él me devuelve la mirada, y las imágenes del laboratorio de papá vuelan atropelladamente en mi cabeza. El plan era simplemente parar y saludar y tal vez almorzar con papá. Estuve allí hace sólo unos momentos, pero ahora... ahora, definitivamente no lo estoy.

¿Dónde estoy?

El hombre en la parte superior del agujero tiene ojos claros e inteligentes, pero no lleva nada más que un trozo de cuero alrededor de su cintura y lleva una lanza de estilo antiguo, tipo apuñalador. Sea quien sea, no es de la Georgia del siglo XXI.

¿Cuándo lo soy?

Finalmente, a pesar de mi confusión actual, me doy cuenta de que mi vida está a punto de cambiar de una manera muy drástica.

EL FIN

Don't miss out!

Visit the website below and you can sign up to receive emails whenever Abner Smith publishes a new book. There's no charge and no obligation.

https://books2read.com/r/B-A-VOSAB-LSUQC

BOOKS 2 READ

Connecting independent readers to independent writers.

Did you love *El hombre de las Cavernas 1: Una historia de amor que trasciende el lenguaje y el tiempo*? Then you should read *Fresno Dorado: Arthur se ha enamorado de esta misteriosa chica que no cree en el amor*[1] by Abner Smith!

[2]

Ellen, huérfana, no puede ver el sentido del amor cuando sólo trae dolor: su madre moribunda ha hecho un trato con el malvado y todopoderoso gobernante de su mundo por el que cualquiera que haga daño a su amada hija será castigado; su nueva madrastra se está volviendo loca de dolor por la muerte del padre de Ellen; y sus hermanastras necesitan desesperadamente la aprobación de su madre, pero ella se la sigue negando.

Y aunque su familia la desprecia, Ellen siempre debe fingir que es feliz, o todos serán maldecidos...

---

1. https://books2read.com/u/mv62ll

2. https://books2read.com/u/mv62ll

Also by Abner Smith

El hombre de las Cavernas 1: Una historia de amor que trasciende el lenguaje y el tiempo
El hombre de las Cavernas 1: Una historia de amor que trasciende el lenguaje y el tiempo

L'homme des Cavernes
L'homme des Cavernes
L'homme des Cavernes

Standalone
L'Énigme de l'Abîme Obscur
Les Liens de l'Ombre: Secrets Enfouis, Destins Brisés
Lettres à Clara
Frêne doré
Histoire d'amour d'Halloween
Le Nécromancien me Réclame
Soif de Vengeance
Un Cœur à Reconquérir
Cartas a Clara: Billy Townsend se enamoró de Patricia Bonha

El Nigromante me Reclama: Sus demandas son tan retorcidas como sus experimentos

Sed de Venganza

Fresno Dorado: Arthur se ha enamorado de esta misteriosa chica que no cree en el amor